시체로 놀지 마 어른들아

<SHITAI DE ASOBUNA OTONATACHI>

Copyright © 2024 Jun Kurachi
Originally published in Japan in 2024 by Jitsugyo no Nihon Sha, Ltd.
Korean translation rights arranged with Jitsugyo no Nihon Sha, Ltd.
through JM Contents Agency Co.
Korean edition copyright © 2025 by Blueholesix

이 책은 JMCA를 통해 일본의 Jitsugyo no Nihon Sha, Ltd. 와 독점 계약하여
한국어판 출판권이 블루홀식스에 있습니다.
저작권법에 의해 한국 내에서 보호를 받는 저작물이므로 무단 전재와 복제를 금합니다.

시체로 어디든 갈 테야

구라치 준 연작소설
문지원 옮김

차례

본격 오브 더 리빙 데드 … 007
당황한 세 명의 범인 후보 … 127
그것을 동반 자살이라고 불러야 하는가 … 233
시체로 놀지 마 어른들아 … 357
옮긴이의 말 … 419

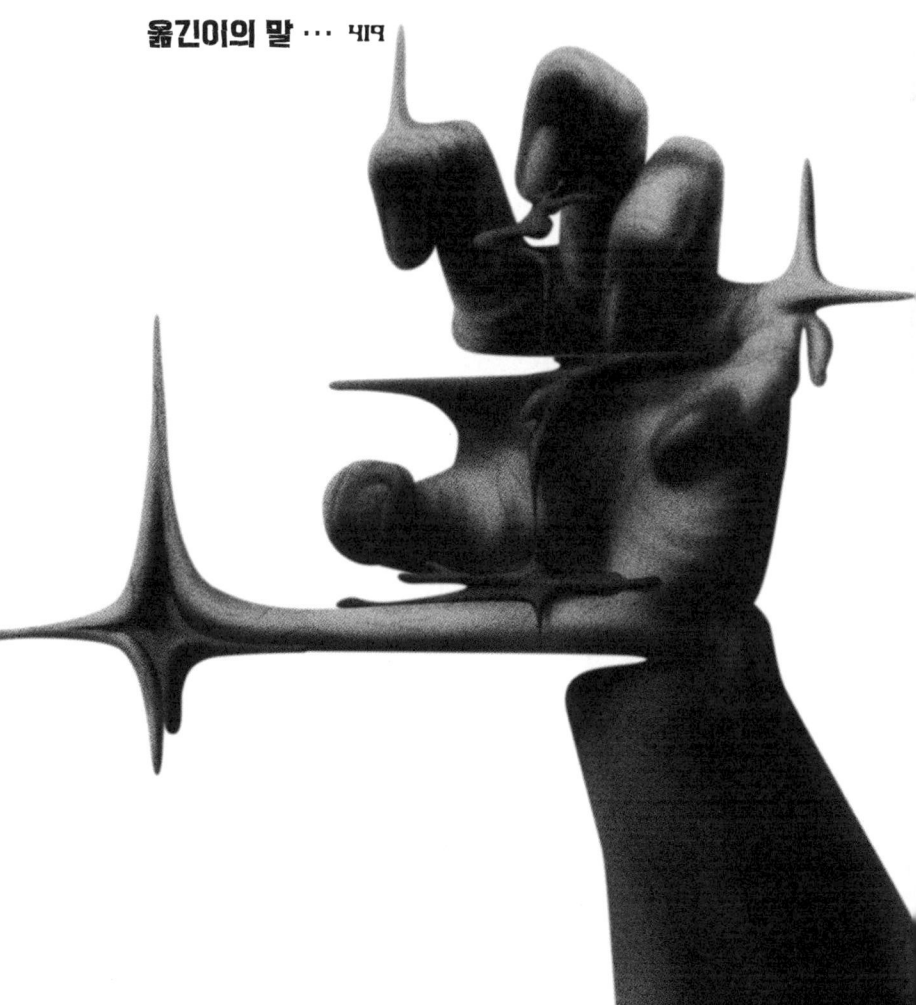

일러두기
본문의 각주는 전부 독자의 이해를 돕기 위한 옮긴이 주입니다.

본격 오브 더 리빙 데드

이 작품은 모 인기 작가의 모 베스트셀러 작품에 등장하는
설정과 비슷한 부분이 있지만 내용은 전혀 다릅니다.
따라서 모 베스트셀러 작품의 트릭, 진상, 범인 등은
일절 언급하지 않습니다. 안심하고 읽으셔도 됩니다.
이 설정을 사용하는 데 모 인기 작가 선생님의 허락을 받았습니다.
선생님, 감사합니다.
(모 베스트셀러 작품의 스포일러를 방지하기 위해
작가 이름과 작품 이름을 밝히지 못하는 점 양해 바랍니다.)

시체는 위를 본 자세로 누워 있었다.

방 오른쪽 구석, 책상 근처였다.

죽은 자의 모습은 차마 눈 뜨고 볼 수 없을 정도로 끔찍했다.

상체의 왼쪽 절반, 얼굴, 목, 어깨 부위 손상이 특히 심했다. 왼쪽 목 주위는 살을 물어 뜯어놔 형체를 알아보기 힘들었다.

너무나도 비참한 모습에 나는 무심코 시선을 돌리고 말았다.

놈들 짓이 틀림없다.

어젯밤 일어난 참극으로 이미 세 사람이 희생됐다.

그런데 하룻밤이 지나고 이렇게 또 한 사람이 놈들에게 당했다.

"이럴 수가."

살아남은 사람 중 한 명이 중얼거렸다.

모두 경악했다.

사람들은 놀라움과 공포로 얼굴에서 핏기가 가셨다.

시체를 확인해 보니 역시 놈들이 한 짓이라는 사실이 분명해졌다.

죽은 자를 애도하며 묵념했다.

그리고 생존자 한 명이 이렇게 말했다.

"그런데 이상하지 않아? 확실히 밖에는 좀비가 우글우글해. 하지만 여기는 2층이잖아. 좀비가 어떻게 여기까지 올라왔지? 게다가 범인, 아니 이런 경우는 범좀비라고 해야 하나, 그놈들의 모습이 어디에도 보이지 않아. 좀비는 어디로 사라졌을까?"

⚒

참극의 시작은 어젯밤이었다.

그 일이 일어나기 전까지 J대학 소프트테니스 동아리 회원들은 여름밤을 즐기고 있었다. N현에 있는 작은 산의 정상에 세워진 세미나 하우스. 건물 앞 광장에서 바비큐 파티가 열렸다.

푸짐한 고기와 채소에 마무리는 야키소바로 모두가 맛있게 배를 채웠다. 4학년 오가와라가 사 들고 온 수박 두 통 중 한 통을 잘라 껍질만 남기고 다 먹었다. 주당들은 술을 잔뜩 마시고 술이 약한 사람들은 음식을 배불리 먹으며 바

바비큐 파티는 즐거운 분위기에서 끝을 향해 가고 있었다. 그런 타이밍이었다.

동아리 회원들은 바비큐 그릴 주변에서 시끌벅적하게 떠들고 있었다.

동아리 회원이 아니라 초대받은 손님인 나는 조금 떨어진 곳에서 밤바람을 맞고 있었다. 고개를 들자 도시에서는 볼 수 없는 수많은 별이 총총 빛났다. 도시의 열대야가 거짓말처럼 느껴질 정도로 공기가 상쾌했다. 바람은 많이 불지 않았지만 산 정상에서 느끼는 밤공기는 한여름이라고는 믿기지 않을 정도로 시원했다. 숲의 향이 진하게 배어 있었다.

피서 여행도 나쁘지 않네. 나는 멍하니 그런 생각을 했다.

또 다른 손님인 내 친구 다네가시마는 무엇이 그렇게 즐거운지 말없이 계속 모닥불만 피웠다. 먹고 마시는 시간조차 아껴가며 장작을 태웠다.

여자 회원 세 명이 그 불로 마시멜로를 구우며 환호성을 질렀다.

그런 평화로운 밤이었다. 그런데…….

그 일은 갑자기 시작됐다.

산 정상에 있는 광장은 마을과 달리 가로등이 없어서 어두웠다. 바비큐 그릴의 불꽃, 주변에서 다네가시마가 피우는 모닥불, 땅바닥에 놓인 충전식 램프. 이 세 가지가 불빛의 전부였다. 주변 숲은 완전히 짙은 어둠 속에 잠겨 있었다. 달빛은 몹시 희미해서 나무 끄트머리만 간신히 비출 뿐이었다. 세 빛이 돔 형태로 바비큐장을 둘러싸고 있었다. 놈은 돔 밖의 어둠 속에서 별안간 나타났다.

사람의 형상을 하고 두 발로 걸어서 처음에는 다들 사람이라고 생각했다. 산기슭 마을에서 누가 올라온 줄 알았다. 그런데 놈은 느닷없이 1학년인 이치이의 등에 매달리더니 이치이가 "엇?" 하고 돌아볼 틈도 없이 이를 드러내며 목덜미를 물어뜯었다.

이치이가 비명을 질렀다.

그 자리에 있던 모두가 흠칫 놀라 이치이를 바라봤다가 그보다 더 뒤 어둠 속에서 둘, 셋 모습을 드러내는 놈들을 발견했다. 이를 드러낸 그 괴물들은 목에서 피가 뿜어져 나오는 이치이에게 달려들어 팔과 목, 얼굴을 물어뜯었다.

비명이 뚝 끊기더니 이치이가 그 자리에 쓰러졌다. 그런데도 놈들은 점점 더 많이 등장하며 이치이의 몸을 덮쳤다. 그러고는 탐욕스러운 기세로 이치이의 몸에 이를 박았다.

마침내 이치이의 팔과 다리가 두세 번 경련하더니 더 이상 움직이지 않았다.

죽었다. 나는 직감적으로 생각했다. 그토록 무지막지하게 물어뜯기며 피를 흘렸으니 도저히 살아 있을 수 없을 것이다.

몹시 충격적인 상황에 넋을 잃고 멍하니 있는데 놈들이 차례차례 어둠 속에서 모습을 드러냈다.

사람처럼 생겼지만 사람이 아닌 존재.

놈들은 창백한 얼굴로 양팔을 축 늘어뜨린 채 뻣뻣하게 선 자세였는데, 무릎이 경직돼서 제대로 접히지 않는지 삐거덕삐거덕 한 걸음씩 천천히 걸었다. 초점 없는 눈, 표정이 사라진 얼굴, 기우뚱한 목. 한 걸음씩 부자연스러운 걸음걸이로 걷는 섬뜩한 모습. 온몸에서 풍기는 날고기 썩은 내처럼 역겨운 냄새. 그리고 놈들의 목과 얼굴에는 하나같이 물어뜯겨 훼손된 상처가 있었다. 피가 말라붙은 상처에는 잇자국이 선명했다. 추악한 생김새. 누가 봐도 정상이 아니었다.

"조, 좀비다."

동아리 회원인 2학년 오카다가 경악하며 중얼거렸다.

그래, 좀비였다. 영화나 게임에 등장하는 좀비 그 자체였다. 놈들이 어둠 속에서 우글우글 떼를 지어 몰려나왔다. 이제 스물, 아니 서른 마리쯤 될까. 남자와 여자가 뒤섞여 있고 외모와 나이도 제각각이지만 그런 구분은 더 이상 의미가 없었다. 그저 끔찍하게 생긴 움직이는 시체일 뿐이었다. 나는 숨을 삼키며 그 자리에 못 박힌 듯 서 있을 수밖에 없었다.

"젠장! 이 괴물 새끼들이 이치이를!"

니노미야가 고함을 질렀다.

니노미야는 죽창을 겨눴다. 낮에 곰이 나올지 모른다는 말을 듣고 장난삼아 여러 개 만들어 둔 대나무 창이었다.

느릿느릿 걸음을 떼는 좀비들을 향해 니노미야가 죽창을

똑바로 겨누고 돌진했다. 비스듬히 날카롭게 자른 창끝이 좀비의 왼쪽 심장에 정확하게 꽂혔다.

"꼴 좋다, 이치이의 복수다."

니노미야는 득의양양한 표정으로 소리쳤다. 그런데 좀비는 심장을 꿰뚫리고도 멈추지 않았다. 죽창이 심장을 점점 깊이 파고드는 것도 개의치 않고 앞으로 걸었다. 마치 닭꼬치에 첫 번째 고기 조각을 꽂아 넣는 것 같았다. 젊은 남자의 모습을 한 그 좀비는 스스로 죽창을 가슴에 쑤셔 넣으며 창의 손잡이 부분까지 나아갔다. 그리고 그 창을 쥔 니노미야를 향해 손을 뻗었다.

"으아아아아아아아!"

니노미야가 비명을 질렀다. 공포에 다리가 굳었는지 움직이지 못했다. 나는 빨리 죽창을 놓으라고 소리치려고 했지만 이미 늦었다.

죽창에 가슴을 관통당한 좀비는 두 손으로 니노미야의 어깨를 단단히 움켜쥐고는 얼굴을 들이밀며 목덜미에 달라붙었다.

"끄아아아아아악!"

니노미야의 비명과 함께 엄청난 피가 밤하늘에 솟구쳤다. 마치 피 분수 같았다.

목을 물어뜯는 좀비를 떼어내려는 니노미야의 팔에 다른 좀비가 달라붙어서 티셔츠 소매 밖으로 드러난 팔을 거침없이 물어뜯었다.

"아아아아아아악!"

니노미야가 다시 비명을 질렀다. 세 번째, 네 번째 좀비도 달려들었다. 순식간에 좀비로 뒤덮인 니노미야는 그 험오스러운 난장판 속으로 자취를 감췄다.

이제 비명도 들리지 않았다. 좀비들이 살을 우걱우걱 뜯어 먹는 소리만 고요한 어둠 속에 희미하게 들려왔다.

지나치게 잔인한 광경에 나는 움직일 수 없었다.

모두 망연자실한 채 아무 말도 꺼내지 못했다.

그 침묵의 속박을 깬 사람은 1학년 미타니였다.

"꺄아아아아아악!"

미타니는 새된 비명을 지르자마자 세미나 하우스의 반대편인 주차 공간이 있는 방향으로 달려갔다. 패닉을 일으켰나? 그쪽은 좀비 떼가 있는 곳이었다. 무모한 질주에 나는 마음이 초조했다.

하지만 좀비는 걸음이 느리고 둔했다. 미타니는 좀비 떼 사이를 겁 없이 뚫고 달려가면서 반바지 주머니에서 무언가를 꺼냈다.

그러고는 차에 다가가면서 손에 든 물건을 앞으로 뻗었다. 그 사이에 손에 든 물건이 열쇠고리라는 사실을 깨달았다. 리모컨 키로 도어락을 해제한 미타니는 재빠르게 운전석으로 미끄러져 들어갔다.

근처에 있던 좀비들이 그쪽으로 걸어갔지만 움직임이 굼떠서 차까지 이르지는 못했다. 그 기회를 놓치지 않은 미타니는 차에 시동을 건 뒤 다급하게 출발했다.

"혼자 도망치다니!"

동아리 회장인 가몬이 어이없다는 듯 말했다. 하지만 나는 패닉에 빠져 혼자 도망칠 만도 하다고 생각했다. 게다가 미타니가 산기슭 마을까지 내려간다면 구조를 요청해 줄 수도 있었다.

제발, 미타니 너만 믿을게. 내가 마음속으로 응원하며 지켜보는 동안 차는 방향을 틀어 산 아래로 내려가는 산길 입구로 향했다. 그곳에서 산기슭까지는 외길이었다.

그러나 자동차 전조등이 비춘 것은 몹시도 끔찍한 광경이었다. 산길이 온통 좀비 떼로 가득했던 것이다.

"으악!"

내 뒤에서 누가 소리를 질렀다.

그러나 미타니가 모는 차는 개의치 않고 용맹하게 좀비 떼 속으로 돌진했다. 좀비를 다섯 마리, 여섯 마리 튕겨내며 차체가 찌그러져도 앞으로 나아갔다.

하지만 도중에 좀비들에게 막혀서 속도가 뚝 떨어지는 바람에 힘을 다하고 말았다. 좀비 한 마리가 앞바퀴에 끼어 타이어가 헛돌면서 차는 완전히 멈춰 섰다. 곧바로 좀비들이 보닛에 올라탔고 차는 좀비 떼에 둘러싸였다. 차량 앞 유리까지 기어 올라가 두 손으로 유리를 내리치는 놈도 있었다.

　차에 타고 있는 미타니는 얼마나 무서울까. 지켜보는 나도 온몸에 소름이 돋았다.

　아오야마가 소리쳤다.

　"미타니! 돌아와! 후진해, 후진!"

　멀어서 들리지 않았겠지만 타이밍 좋게 차는 후진으로 달리기 시작했다. 달라붙은 좀비들을 떨쳐내며 차는 엄청난 속도로 후진했다. 하지만 앞 유리에 달라붙은 한 마리는 좀처럼 떨어지지 않았다. 끈질기게 매달린 그놈은 운전석 쪽 앞 유리를 미친 듯이 내리쳤다. 그것에 정신이 팔린 탓인지 차가 엉뚱한 방향으로 틀어졌다. 차는 그렇게 좀비 한 마리를 매단 채 뒷부분을 큰 나무에 박고 멈춰 섰다.

　무시무시한 소리가 울려 퍼졌다.

　가속도가 붙은 탓에 차량 뒷범퍼와 나무 사이에 낀 좀비는 복부를 짓눌리며 찢어졌다. 좀비의 하체는 차 밑으로, 상체는 튕겨 나가며 차 옆에 떨어졌다.

　미타니가 완전히 멈춰 선 차의 문을 열며 비틀비틀 내렸다. 나무에 부딪힌 충격으로 다쳤는지 얼굴을 찡그리며 오른쪽 다리를 절었다.

　그때 3학년 기노가 미타니를 향해 소리쳤다.

　"미타니! 서둘러. 빨리 이쪽으로 돌아와! 좀비들이 따라온다고."

그 소리에 마음이 급해진 미타니는 사람들이 있는 곳으로 달려오려고 했다.

그런데 믿을 수 없는 일이 일어났다. 조금 전 나무와 차 사이에 끼어 몸이 찢어지며 상체가 날아갔던 그 좀비가 상체만으로 기어 미타니에게 다가가고 있었다. 좀비는 팔의 힘에 의지해 포복하며 전진하는 자세로 앞으로 기었다. 충돌할 때 받은 충격으로 차 옆으로 튕겨 나가는 바람에 차 문과 가까운 곳에 있었다. 좀비는 금세 미타니를 따라잡아 발목을 붙잡았다.

예상치 못한 상황에 미타니가 비명을 질렀다. 좀비는 그대로 한쪽 다리에 매달리며 종아리에 달라붙었다. 미타니의 비명이 어둠에 잠긴 숲에 울려 퍼졌다. 그 소리에 반응한 듯 다른 좀비들도 우르르 몰려들었다. 다친 다리를 물린 미타니는 몸을 움직이지 못해 눈 깜짝할 사이에 좀비 떼에 포위되고 말았다.

엄청난 피가 솟구치며 좀비들의 머리에 쏟아졌다. 수많은 좀비가 겹겹이 덮쳐들었고 미타니는 그 속으로 사라졌다.

나는 그저 지켜볼 수밖에 없었다.

도대체 이게 무슨 일일지. 불과 몇 분 만에 세 명이나 목숨을 잃었다. 그것도 무시무시한 좀비들에게 물어뜯겨서.

온몸에 소름이 돋고 덜덜 떨렸다.

그 사이에도 좀비는 여전히 늘어나 어둠 속에서 삐걱삐걱

나타났다. 빛에 비친 좀비는 50마리가 넘어 보였다. 옷차림은 다양하지만 하나같이 안색이 창백하고 멍한 눈은 초점이 없었다. 그중에 오른팔이 뜯겨 없어진 한 마리를 본 것 같은데 기분 탓일까.

짧은 비명이 들렸다.

무의식중에 돌아보니 모닥불 옆에 서 있던 2학년 나이토를 노린 좀비 한 마리가 그녀를 향해 다가갔다. 곧 손이 닿을 거리였다.

"위험해!"

그 순간 기노가 전속력으로 달려 나이토의 몸을 밀쳤고 두 사람은 서로 뒤엉켜 땅바닥을 굴렀다. 좀비의 손톱이 방금까지 나이토가 서 있던 공간을 가르며 허공을 할퀴었다. 하마터면 긁힐 뻔했다. 두 여학생은 아직 일어나지 못했는데 또 다른 좀비 한 마리가 다가가고 있었다.

그때 아오야마가 뛰어가 여자들을 뒤로 숨기며 좀비를 가로막았다. 손에는 다네가시마가 모닥불 장작을 팰 때 사용했던 정글도를 들고 있었다.

아오야마는 정글도를 두 손으로 고쳐 쥐며 좀비와 정면으로 맞섰다. 그때 오카다가 소리를 질렀다.

"아오야마 선배, 머리예요! 좀비는 뇌를 부수면 죽어요!"

아오야마는 오카다를 흘끔 쳐다본 뒤 자세를 바꿔 정글도를 머리 위로 들어 올렸다. 그러고는 한 걸음 내딛으며 다가 오는 좀비의 정수리를 혼신의 힘으로 내려쳤다.

칼날이 좀비의 머리를 수직으로 갈랐고, 두개골을 부수며 미간까지 깊게 파고들었다.

머리가 두 동강 난 좀비는 표정 없는 얼굴로 입을 벌린 채 그 자리에 주저앉았다.

"좋아! 해치웠어."

오카다가 환희에 차 소리쳤다.

하지만 좀비는 계속해서 늘어났다.

이제는 사방이 완전히 가로막혔다. 좀비가 겹겹이 벽처럼 둘러싸서 빠져나갈 수 없었다. 빈 곳은 등지고 있는 세미나 하우스뿐이었다.

"건물 안이야! 안으로 도망쳐. 다들, 빨리!"

다네가시마가 크게 소리쳤다. 평소에는 태평하고 느긋한 다네가시마가 이렇게 다급한 목소리로 말하는 모습을 보는 것은 처음이었다.

사람들은 다네가시마의 말에 따라 움직였다.

무엇보다 도망칠 곳이 그쪽밖에 없었다.

당황한 사람들은 세미나 하우스를 향해 달렸다. 누가 발로 차는 바람에 배터리가 나갔는지 램프의 불이 갑자기 꺼졌다.

어둠이 짙었다.

좀비들의 썩은 내가 점점 가까워졌다. 나는 정신없이 달렸다.

다행히 좀비의 걸음은 삐걱대고 느려 아무도 잡히지 않고 모두 건물 입구로 뛰어들었다.

누군가 문을 닫았다.

정적이 찾아왔다.

나는 안도하며 입구 앞 로비에 그만 주저앉고 말았다. 다른 사람들도 거친 숨을 몰아쉬며 저마다 쭈그려 앉았다.

이런 상황에 처할 줄 누가 알았겠는가. 물론 나도 꿈에서도 생각하지 못했다.

⚒

“저기, 우메모토. 피서 여행 같이 가지 않을래? 산 위에 올라가면 시원할 거야.”

‘근세문학사’ 강의가 끝난 뒤, 나와 같은 3학년인 가몬이 물어왔다.

J대학 소프트테니스 동아리의 회장인 가몬이 나에게 동아리 여행에 함께 가지 않겠냐고 권유한 것이었다.

내가 가몬에게 근세문학사 강의 노트를 빌려준 적이 있는데 그 덕분에 간신히 중간고사를 치른 가몬이 그 답례로 초대한 듯했다.

“우리 아버지 회사가 소유한 세미나 하우스가 있어. 산 정상에 그 건물만 덩그러니 있어서 한밤중까지 시끄럽게 놀아도 민원이 들어오지 않거든. 물론 차량도 보내줄 테고 회비도 필요 없어."

가몬은 인심 후하게 말했다. 평소에도 씀씀이가 좋다고 소문이 자자한 사람다웠다.

N현에 있는 작은 산 위에 세미나 하우스가 있다고 했다. 여름방학에 3박 4일 동안 그곳에서 느긋하게 놀고 올 계획이며, 비용은 모두 가몬이 부담한다고 했다. 참으로 통 큰 계획이었다.

가몬이 회장인 그 동아리는 코트에서 흘리는 땀보다 술집에서 마시는 거품 나는 황금색 음료의 양이 훨씬 많으며, 라켓을 쥐는 시간보다 노래방 마이크를 쥐는 시간이 훨씬 긴 곳으로 소문이 자자했다. 실로 가볍고 부담 없는 분위기라고 했다.

"어때? 주변에 숲 빼고 아무것도 없어서 마음 편히 놀 수 있어. 여자애들도 올 거야."

가몬의 감언이설 때문은 아니지만 마음은 이미 기울었다. 도쿄 도심의 열대야를 피할 수 있다면 먼 N현까지 가는 것도 색다른 재미가 있겠다는 생각이 들었기 때문이다. 여름방학은 길고 길다. 나흘 정도는 마음 놓고 놀아도 괜찮았다.

"우메모토 네가 혼자라서 뻘쭘할 것 같으면 네 친구 한 명 더 데리고 와도 돼."

가몬은 의미심장하게 말했다. 아마 여자친구를 데리고 와도 상관없다는 뜻이겠지. 하지만 공교롭게도 나는 지금 여자친구가 없다. 어쩔 수 없이 한가해 보이는 친구와 함께 가기로 했다.

다네가시마는 같은 학년 남학생으로 나와 친한 사이였다. 아마 그와 친한 사람은 나 정도이리라. 말수가 적고 무슨 생각을 하는지 도통 알 수 없는 그 친구는 세상사에 무관심하다고 할까, 주변의 눈치를 보지 않는다고 할까, 어딘가 현실과 동떨어진 느낌이었다. 그런 다네가시마가 가벼운 분위기의 동아리와 함께 여행을 가면 어떤 반응을 보일지 궁금했다.

"같이 가도 상관없어."

내가 동아리 여행을 제안했을 때 다네가시마가 한 대답이었다.

"도쿄의 더위에서 벗어날 수 있다면 어디든 좋아."

누구나 생각은 다 비슷했다.

이렇게 나는 동아리 피서 여행에 동행하게 됐다. 타인의 시선 따위 신경 쓰지 않는 어딘가 자유롭고 다소 특이한 친구와 함께.

그리고 8월에 접어들면서 J대학 소프트테니스 동아리 회원들과 초대 손님 두 명이 함께 N현으로 떠났다. 도쿄에서 차로 두 시간 반 정도. 산 정상의 세미나 하우스에 도착했을 때는 모두 환호성을 질렀다. 설마 그곳에서 그런 피가 낭자한 참극에 휘말릴 줄은 꿈에도 모르고.

✼

 목숨을 걸고 세미나 하우스로 피신한 우리는 우선 세미나실로 자리를 옮겼다. 1층에 있는 가장 넓은 공간이었다.
 기진맥진해 넋을 잃은 동아리 회원들이 하나둘 모였고 여학생 한 명은 흐느껴 울었다.
 그럴 만도 했다. 눈앞에서 동아리 친구가 세 명이나 연달아 끔찍하게 살해당했으니. 심지어 좀비에게 잡아먹히는 소름 끼치기 짝이 없는 방법으로. 나라도 울고 싶은 심정이었다.
 기분은 최악이었지만 건물 안의 모든 조명이 환하게 켜져 있어서 안심이 됐다. 건물 전체에 에어컨이 설치되어 있어 시원한 점도 그나마 다행이었다.
 "제길, 세 명이나 죽었어. 빌어먹을, 일단 신고부터 해야지."
 초조하게 휴대폰을 꺼낸 가몬은 이내 짜증을 내며 휴대폰을 바닥에 집어 던졌다.
 "아, 그렇지. 이런 젠장! 휴대폰 안 되지!"
 "물건에 화풀이하지 마. 어린애도 아니고."
 차가운 말투로 지적한 사람은 3학년 여학생 기노였다. 성격이 강해 보이는, 눈길을 끄는 미인이었다.
 가몬은 당황해서 깜빡한 듯하지만 이 세미나 하우스 내부는 통화권 이탈 구역이었다. 건물 밖 바비큐 파티를 한 광장을 지나 주차 공간 근처까지 나가야 신호가 잡혔다. 지형 문제인지 이 건물 안에서는 신호가 잡히지 않았다. 밖으로 조금만 나가면 휴대폰이 터지기 때문에 마음 놓고 있었는데 지금 우리는 여기서 한 발짝도 나갈 수 없는 상황이었다. 게다가 산 정상까지 전화선을 연결해 놓지 않아 유선 전화도 사용할 수 없었다. 이 상태로는 외부와 연락할 방법이 없었다. 그렇다, 우리는 완전히 고립된 것이다.

가몬은 더더욱 초조해진 목소리로 말했다.

"제길, 무슨 수를 써서라도 탈출할 거야. 다 같이 숲을 가로질러 아랫마을로 탈출하자."

"그건 포기하는 편이 현명해. 숲속에 그 괴물들이 없다는 보장이 어딨어."

기노가 차갑게 대꾸했다. 또렷한 이목구비에 늘씬한 기노는 냉정한 모습도 잘 어울렸다.

"그러면 차를 타자. 차로 뚫고 가는 수밖에 없어. 야, 오카다. 네 차 좀 가져와서 현관 바로 앞에 세워."

오카다는 가몬의 지시에 겁먹은 목소리로 대답했다.

"안 돼요. 차를 여기로 끌고 오기도 전에 좀비에게 둘러싸여 죽을 거예요."

2학년인 오카다는 키가 작고 안경을 쓴 비실비실한 오타쿠 같은 인상이었다. 평소에도 가몬의 심부름꾼 역할을 떠맡고 있었는지도 모른다.

가몬은 그런 후배의 모습에 더욱 초조한 듯했다.

"빌어먹을, 저 괴물들은 도대체 뭐야. 어디서 튀어나온 거야."

그 말에 오카다가 대답했다.

"어디서 왔는지는 몰라도 좀비예요."

"나도 알아. 내가 궁금한 건 도대체 뭐냐는 거야."

"뭐냐고 물으면 모던 좀비라고 답할 수밖에 없네요. 조지 로메로 감독이 만든 전형적인 형태의 좀비요."

"뭐라고 중얼거리는 거야, 무슨 말인지 하나도 모르겠네."

가몬은 짜증을 다른 사람에게 돌리며 물었다.

"맞다, 나이토. 너 의대생이지? 저게 무슨 생물인지 알겠네?"

그때까지 울상을 짓고 있던 나이토는 갑자기 지목당하자 움찔 놀라며 굳었다.

"아뇨, 저기, 잘 모르겠어요. 저는 의대생이기는 해도 소아과를 지망하거든요."

체구가 작고 내성적인 나이토는 기어들어가는 목소리로 대답했다. 그녀가 의대생이라니 의외였다. 도서관 구석 자리에서 『작은 아씨들』을 원서로 읽고 있을 것 같은 이미지였기 때문이었다.

가몬은 온순해 보이는 나이토를 노려보며 혀를 찼다.

"쳇, 도움이 안 돼, 도움이. 그러고도 의대생이야?"

"죄, 죄송합니다."

울어서 퉁퉁 부은 눈으로 고개를 숙이는 나이토는 완전히 주눅이 들었다. 그때, 성격이 당찬 기노가 나이토를 감쌌다.

"말도 안 되는 소리 하지 마. 도대체 어느 나라 의대생이 좀비에 대해 잘 안다고."

"시끄러워, 의사가 될 사람이라면 당연히 인체에 대해 잘 알아야지."

"사람의 몸과 괴물의 몸이 같아? 헛소리하는 건 너잖아."

"뭐라고?"

말싸움으로 번질 기세였다.

"잠깐, 잠깐만. 둘 다 흥분하지 마. 다들 불안해하잖아."

두 사람을 말린 사람은 아오야마였다. 그는 단정하고 남자답게 생긴 남학생으로 마치 젊은 무사처럼 듬직하게 서 있었는데 키가 컸다. 나와 비슷하게 180센티미터 정도는 되어 보였다.

"일단 진정해. 먼저 상황 파악부터 하자."

아오야마는 이성적으로 말했다. 그가 가몬보다 훨씬 리더 같았는데, 실제로 두 사람은 회장 자리를 놓고 경쟁했다고 들었다. 그런데 가몬이 표를 얻기 위해 후배들에게 돈을 펑펑 썼다는 소문을 어디선가 들은 기억이 났다.

회장 자리를 돈으로 샀다는 소문이 도는 그 가몬이 말했다.

"상황 파악이라면 이미 했잖아. 정체 모를 괴물 떼에게 습격당해 애들이 셋이나 죽었어. 우리도 그놈들 때문에 여기 갇혀서 마을에 연락할 수 없는 상태고."

"괴물이 아니라 좀비라니까요."

오카다가 지적했다.

"시끄러워. 왜 자꾸 끼어들어. 짜증 나게. 오타쿠 자식."

가몬이 짜증스럽게 소리쳤다.

"예민하게 굴지 좀 마. 넌 회장이잖아."

아오야마가 말렸다.

"회장인데 어쩌라고, 나보고 책임지라는 말이야?"

"그런 소리 한 사람 없어."

"그럼 어쩌라는 거야."

가몬은 이번에는 아오야마에게 신경질을 부렸다.

"자자, 가몬, 진정해. 이제 그만하자고."

험악한 분위기를 누그러뜨린 사람은 유일한 4학년인 오가와라였다. 체격이 좋지만 목소리는 깃털처럼 부드럽고 포용력 있는 사람이었다. 그 넓은 마음으로 후배들을 살뜰하게 챙기는 모습을 오늘 하루만 해도 여러 번 봤다. 너무 착한 탓에 때로는 손해만 보는 것 아닐까 싶을 정도로 좋은 사람이었다.

오가와라는 차분하게 말했다.

"아오야마의 말처럼 상황을 파악하는 게 중요해. 일단 진정하자."

"언제 죽을 줄 알고요, 지금 진정하게 생겼어요?"

오가와라가 선배이기 때문에 가몬은 존댓말을 썼지만 말투는 공격적이었다. 그 말에 아오야마가 대답했다.

"그래, 죽을지도 모르는 상황에서 평정심을 유지하기란 어렵지. 그러니까 우선 안전 확보부터 하자. 가장 먼저 이 건물 안이 안전한지 확인해야지."

"그래? 그럼 다녀와. 나는 여기서 기다릴 테니."

가몬이 왕이라도 된 듯 명령조로 말했다. 그는 돈이 많은 데다가 이 세미나 하우스의 주인이라는 사실을 앞세워 거리낌 없이 거들먹거렸다.

"그럼 저도 확인하러 같이 갈래요."

오카다가 나서자 기노도 말했다.

"맞는 말이야, 나도 안전한지 아닌지 내 눈으로 직접 확인하고 싶어."

결국 그렇게 모두 함께 가게 됐다. 왕은 혼자 남겨졌다. 왕좌에 앉은 자는 외로운 법이지만 가몬은 전혀 신경 쓰지 않는 눈치였다. 나는 가몬의 평소 모습밖에 보지 못했기 때문에 그가 동아리에서 이렇게나 거만하게 행동하는 줄 몰랐다. 아무리 봐도 너무 유치하게 굴어서 기가 막혔다.

"절대 작은 틈도 놓치지 마. 괴물이 어디서 들어올지 모르니까."

가몬은 건방지게 명령했다.

그 말에 아무도 대꾸하지 않은 채 줄줄이 세미나실을 나갔다. 나와 다네가시마도 그 무리에 합류했다.

뚜렷한 이목구비에 어중간하게 긴 머리가 대책 없이 헝클어진 다네가시마는 아까부터 아무 말도 하지 않았다. 조심성 많은 성격이라서가 아니라 타인의 행동에 관심이 없기 때문이었다. 늘 눈치 보지 않고 자신만의 세계에서 사는 듯한 다네가시마는 위기 상황인 지금도 마치 남의 일인 것처럼 생각하는 얼굴이었다.

우리는 선두에 선 다네가시마를 따라 우선 도구 보관실로 향했다. 1층 가장 안쪽에 있는 방이었다. 그곳에서 각자 무기가 될 만한 물건을 찾기로 했다. 좀비를 언제 어디서 마주칠지 모르니 저마다 손도끼, 쇠 막대기, 대형 망치, 삽 등을 골라 쥐었다. 그러나 무기를 들어도 사람들의 얼굴에서 불안한 기색은 사라지지 않았다.

그래도 앞장서서 이끄는 아오야마를 따라 용기를 쥐어 짜내 1층을 둘러봤다.

세미나 하우스는 산 정상에 있는 외딴 건물치고는 규모가 컸다. 방이 많고 부지도 넓었다. 전등이 밝아서 공포에 떨지 않아도 되는 점은 다행이었지만 그래도 무서웠다. 다들 겁에 질려 잔뜩 움츠린 자세로 이리저리 살폈다.

창밖을 보니 건물 뒤에도 좀비 몇 마리가 삐거덕거리며 배회하고 있었다.

아오야마가 작은 소리로 지시했다.

"놈들을 자극하지 않도록 조심해. 창문이 있는 방들은 불을 끄고 돌자. 커튼도 쳐서 우리가 움직이는 게 보이지 않도록 해야겠어."

우리는 발소리를 죽이고 아오야마의 말에 따라 각 방을 돌아다녔다.

1층은 단단히 걸어 잠갔다. 아직 세미나 하우스 안으로 들어온 좀비는 없었다. 에어컨 덕분에 창문을 열어 두지 않아서 천만다행이었다. 설마 벽을 타고 기어올라 2층으로 침입하지는 않겠지. 건물 안은 당분간 안전할 것 같아서 우리는 비로소 안심했다.

하지만 마냥 안심할 수는 없었다. 이 세미나 하우스는 산 정상에 덩그러니 세워진 육지 위 외딴 섬 같은 곳이었기 때문이었다. 주변에 다른 건물도 없어서 구조를 요청할 만한 대상이 아무도 없었다.

사방을 둘러싼 좀비 떼 때문에 건물 밖으로 나갈 수 없다. 통화권 이탈 구역이라 휴대폰으로 외부와 연락을 주고받을 수도 없다. 좀비는 유리창을 깰 힘도 없고 깰 생각도 못 하는 것 같지만 우리도 밖으로 도망갈 수 없는 상황이었다. 한 발짝이라도 나갔다가는 금세 좀비의 먹잇감이 될 터였다.

다들 어깨를 축 늘어뜨리고 세미나실로 돌아갔다. 세미나실은 중학교나 고등학교의 교실 두 개를 합친 크기로 그 안에 긴 책상이 가지런히 놓여 있었다. 연수나 회의 때 사용하는 것 같았는데 앞에는 커다란 화이트보드도 있었다.

"왔어? 어땠어?"

우리가 세미나실로 들어가자 가몬이 긴 책상 위에 앉아 거만한 자세로 몸을 뒤로 젖힌 채 물었다. 왕인 것처럼 거드름을 피우며 말했지만 아오야마는 개의치 않고 고분고분 대답했다.

"1층은 완벽하게 문단속했어. 일단 건물 안은 안전할 것 같아. 하지만 좀비가 사방을 둘러싸서 여기서 탈출할 방법은 없어 보여."

그 보고를 들은 가몬이 또다시 짜증을 내며 말했다.

"뭐 하는 거야, 무조건 탈출 방법을 찾아내."

"말도 안 되는 소리 하지 마, 주변에 온통 좀비뿐이라고. 어떻게 탈출할 건데."

"그러니까 어떻게든 방법을 찾아내라고."

그때 오가와라가 끼어들었다.

"자자, 가몬, 진정해. 일단 정보가 필요하겠네. 아랫마을 상황은 어떨까? 구조대가 올 수 있는 상황인지 궁금한데. TV는 없어?"

"없어요. 전파가 닿지 않아서 있어도 못 쓰니까요."

가몬의 대답에 오가와라는 거듭 물었다.

"라디오도 없어? 인터넷은? 컴퓨터도 없나?"

"전파가 안 터진다고요. TV도 라디오도 쓸모가 없어요.

인터넷도 연결이 안 되어 있고."

가몬은 선배에게도 짜증을 감추지 않았다. 그래도 오가와라는 여전히 차분했다

"난감하네. 그럼 외부 정보를 알 수 없잖아. 연락도 할 수 없고, 이거 참 큰일이네."

깃털처럼 부드러운 목소리로 말했다. 그와 달리 가몬은 날카로운 목소리로 대꾸했다.

"제길! 이러면 독 안에 든 쥐 신세잖아. 누가 좀 어떻게 해 봐."

그러더니 책상에 거만하게 앉은 자세로 옆 책상을 발로 쾅 찼다. 불쾌한 소리가 울려 퍼졌다.

기노가 모양 좋은 눈썹을 찌푸리며 말했다.

"물건에 화풀이하지 좀 말라고. 꼴사납게."

"시끄러워. 나한테 이래라저래라 하지 마. 야, 넌 언제까지 징징댈 거야. 그만해, 나까지 우울해지니까."

가몬은 짜증의 화살을 나이토에게 돌렸다. 괜히 불똥을 맞은 나이토는 몸을 움츠리며 말했다.

"죄, 죄송합니다."

"사람한테도 화풀이하지 마. 진정 좀 하라고."

기노가 다시 지적했다.

"닥쳐. 괴물들에게 습격당했는데 지금 진정하게 생겼어?"

"괴물이 아니라 좀비라고요."

정정하는 오카다를 향해 가몬이 소리쳤다.
"시끄러워, 그만 좀 해! 말꼬리 잡지 말라니까. 안 그래도 짜증 나는데."
"다들 그만해."
과열된 분위기를 가라앉힌 사람은 역시 오가와라였다.
"우리끼리 싸울 때가 아니야, 좀 더 생산적인 이야기를 하자."
차분하면서도 상냥한 어조로 타일렀다.
유일한 4학년 참가자인 오가와라는 고향에 있는 지방은행에 취직이 확정되어 심적으로 여유롭다는 말을 낮에 들었다. 다른 4학년 회원들은 취업 준비를 하느라 이 시기에도 도쿄의 폭염 속에서 땀을 뻘뻘 흘리며 분주히 뛰어다니고 있었다.
오가와라는 오전에 다른 4학년 친구를 만나 입사 지원서를 작성하는 요령에 대해 상담해주다가 혼자 늦게 도착했다. 여행보다 친구의 고민 상담을 더 중시하는 자상한 사람 같았다.
"일단 건물 안에 있으면 안전해. 그 점은 솔직히 기뻐해도 돼. 불행 중 다행이지. 우선 목숨을 잃은 세 사람의 명복을 빌며 묵념하자."
리더십을 발휘한 아오야마의 말에 모두 선 채로 조용히 눈을 감고 고개를 숙이며 묵념했다.

이번에는 가몬도 순순히 따랐다.

그 와중에 나는 살아남은 사람이 누구인지 머릿속으로 정리했다. 가몬 외에는 모두 오늘 처음 본 사람들이지만 하루 동안 함께 움직였더니 일행들의 성격을 대강 파악할 수 있었다.

가몬: 동아리 회장. 자기중심적이고 제멋대로인 성격(3학년)
아오야마: 실질적인 리더. 미남(3학년)
오카다: 덩치가 작은 오타쿠(2학년)
오가와라: 온화하고 친절한 성격으로 중재자 역할(4학년)
기노: 성격이 강한 미인(3학년)
나이토: 소심한 여자 의대생(2학년)

이 여섯 명에 사망한 이치이(1학년), 니노미야(2학년), 미타니(1학년)까지 총 아홉 명이 동아리 회원이었다. 오늘 온 사람은 전체 동아리 회원의 절반 정도였다고 한다. 나머지 반은 취업 준비, 아르바이트, 귀성, 운전면허 취득 등 개인 사정으로 불참했다. 아오야마는 안전을 확보한 이 상황이 불행 중 다행이라고 했지만 사실 결과적으로 보면 여행에 참가하지 못한 회원들이 운 좋은 사람들이었다.

어쨌든 동아리 회원 아홉 명과 게스트로 참가한 나와 다네가시마까지 모두 열한 명이 피서 여행의 참가자였다. 그중에서도 벌써 세 명을 잃었지만.

아오야마는 묵념을 마친 뒤 입을 열었다.

"앞으로 어떻게 할지 의논하자. 그전에 일단 앉을까? 마음이 불안해지니까."

그 제안에 가몬이 거칠게 반발했다.

"야, 누가 멋대로 나서래. 회장은 나야."

그 말에 아오야마도 불쾌한 기색으로 대꾸했다.

"그럼 회장답게 행동해. 아까부터 계속 왜 그러는 건데."

"내가 뭘 어쨌는데."

가몬의 얼굴이 불쾌하게 일그러진 그때, 오가와라가 다시 끼어들어 말렸다.

"애들아, 마음 좀 가라앉히자. 가몬, 아직 술 덜 깬 거 아니지?"

"술은 진작에 깼어요. 그런 일을 겪었는데 당연하지."

가몬은 못마땅하게 말하면서도 한풀 꺾였다.

그렇게 화이트보드 앞쪽에 모여 긴 책상을 사이에 두고 다들 흩어져 의자에 둘러앉았다. 마흔 명은 채울 수 있을 정도로 넓어서 지금 이 인원만으로는 휑하고 썰렁하게 느껴졌다. 동아리 회원이 아니라 외부인인 나는 조금 떨어진 곳에 자리를 잡았다. 그에 더해 다네가시마는 사람들이 둥글게 모여 앉은 원에서 떨어져 혼자 덩그러니 앉았다. 외부인이라서 눈치를 보며 조심스러워하는 것이 아니라 그저 자유롭게 행동하는 것이었다.

아오야마가 사람들을 둘러보더니 사회자처럼 말했다.

"자, 우리는 지금 좀비에 둘러싸여서 여기에 갇혔는데 탈출 방법이 없을까?"

그 물음에 오카다가 손가락으로 안경을 고쳐 쓰며 입을 열었다.

"탈출은 어려울 것 같아요. 영화에서도 이런 상황에서는 대개 건물에 갇혀서 버티거든요. 괜히 억지로 탈출하려는 등장인물은 예외 없이 다 죽어요."

"오카다가 잘 아는 것 같네. 아까도 어떤 유형이라고 분류하기도 했고."

"딱히 잘은 몰라요. 영화에서 본 게 전부예요."

"지금은 그 정도라도 괜찮아. 영화 이야기 좀 해줄래? 상황을 타개하려면 먼저 적을 알아야 하니까."

아오야마가 재촉했다.

"그럼 제가 아는 것만 조금 말해 볼게요."

오카다는 다시 한번 손끝으로 안경을 밀어 올렸다.

"좀비는 여러분도 알다시피 원래 죽은 자를 되살려서 부리는 부두교의 주술이었어요. 시체가 움직인다는 개념 자체가 공포심을 유발하기 때문에 예전부터 공포 영화나 스플래터 영화의 소재로 자주 쓰였죠. 하지만 몬스터로 따지면 흡혈귀나 늑대인간 같은 대표적인 캐릭터에 비해 급이 좀 떨어지는 느낌이었어요. 그런데 한 천재 감독 덕분에 단숨에 주류로 부상했죠. 조지 로메로. 이 공포 영화의 거장이 1968년 〈살아 있는 시체들의 밤〉을 제작했어요. 이때 로메로 감독이 만든 좀비 스타일이 이후 호러 팬들 사이에서 '모던 좀비'라고 불리며 현대 좀비 개념의 토대가 됐고요. 요즘 좀비 하면 떠오르는 이미지는 로메로 감독이 처음 만든 셈이에요. 로메로 감독은 1978년에 〈새벽의 저주〉를 제작했는데 이 영화가 세계적으로 대박이 나면서 모던 좀비의 이미지가 완전히 정착됐어요."

오카다는 긴 설명을 빠르게 늘어놓았다. 잘 아는 분야가 나오면 말이 많아지는 것이 오타쿠다웠다.

"로메로 감독이 창조한 모던 좀비 스타일은 전 세계의 차세대 크리에이터들에게 영향을 줬고 지금도 다양하게 변형되어 만들어지고 있어요. 하지만 모던 좀비의 기본 틀은 변함이 없죠. 그 특징을 몇 가지 꼽아볼게요."

오카다는 화이트보드 앞으로 걸어가 마커를 집어 들었다. 그러고는 화이트보드에 ①이라고 썼다.

① 좀비는 움직이는 시체다.

오카다는 첫 번째 줄에 그렇게 적은 후, 사람들을 향해 돌아서더니 말했다.

"이건 아시죠? 아까 봤듯이 우리를 덮친 건 절대 살아 있는 멀쩡한 사람이 아니에요."

그 말에 모두가 말없이 고개를 끄덕였다. 그 지독한 썩은 내는 확실히 살아 있는 사람에게서는 날 수 없는 냄새였다.

② 지능이 없고 그저 이리저리 돌아다닌다.

오카다가 두 번째 줄을 적었다.
"이것도 봤죠? 겉모습은 사람처럼 생겼지만 의사소통은 전혀 안 돼요. 움직이는 시체인데다 의사소통이 안 된다는 생리적인 혐오감. 좀비가 공포 영화의 주인공이 된 이유는 그 특성 때문이에요. 등장만으로도 관객이 생리적인 혐오감을 느끼죠. 바로 그 점이 공포를 불러일으키는 거예요."

그렇구나, 좀비는 그냥 돌아다니기만 하는구나. 하긴 직접 본 바로는 그다지 민첩하게 움직이지 못했다. 우리가 세미나 하우스로 피신할 수 있던 이유도 뒤를 쫓던 놈들이 굼떴기 때문이었다.

③ 살아 있는 사람을 보면 공격한다.

"좀비의 먹이는 살아 있는 사람이에요. 그래서 무조건 공격하죠. 놈들에게 산 사람은 미끼일 뿐이에요."

④ 공격 방법은 주로 물어뜯기.

 "놈들은 잡아먹으려고 달려들어요. 가끔 손톱으로 할퀴면서 움직이지 못하게 하려고도 하지만 기본적으로는 물어뜯으면서 공격해요. 이성이 없고 힘 조절을 못 하니까 들입다 물기만 하는 거죠. 사람 근육 정도는 금방 뜯겨서 찢어져요."
 오카다의 말에 나는 광장에서 세 사람이 죽던 장면을 떠올리고 말았다. 이치이와 니노미야는 통제되지 않는 좀비 떼에게 마구 물어뜯겨서 먹혔다. 끔찍한 장면이었다. 구역질이 날 만큼.

⑤ 좀비에게 물려 죽은 인간은 되살아나서 좀비가 된다.

 "이게 문제예요. 좀비가 무서운 이유는 계속 늘어난다는 특성 때문이에요. 좀비에게 희생된 사람도 좀비가 된다. 영화 주인공들도 이 점 때문에 위기에 빠질 때가 많죠. 적이 점점 늘어나니까요. 극 전개상 긴장감도 높아지고, 보기만 해도 혐오스러운 시체들이 점점 늘어나 걸어다니니까 관객도 자연스럽게 더 강한 공포감을 느끼게 돼요."

⑥ 좀비는 심장을 터뜨리는 정도로는 죽지 않는다.

"죽은 상태니까 감각을 느끼지 못해요. 아마 고통조차 느끼지 못하는 것 같아요. 어지간한 방법으로는 죽일 수 없는 점도 좀비의 문제 중 하나예요."

오카다가 쉬지 않고 설명했다. 나도 직접 목격한 사실이었다. 니노미야가 죽창으로 좀비의 심장을 꿰뚫었지만 아무런 타격도 입히지 못했고 좀비는 주저하지 않고 덤벼들었다. 그 모습 또한 끔찍했다. 다들 그 장면을 떠올렸는지 공포에 질린 얼굴이었다.

⑦ 신체 일부가 손상돼도 계속 움직인다.

"실제로 봤죠? 미타니의 차에 부딪혀 상, 하체가 분리된 좀비가 상체만으로도 기어서 움직였던 거. 미타니를 덮쳤잖아요."

문득 떠오른 생각에 무심코 말을 내뱉었다.

"그러고 보니 팔 하나가 없는 좀비를 본 것 같아. 잘못 본 게 아니었구나."

내 말을 들은 오카다가 고개를 끄덕였다.

"기분 탓도 아니고, 잘못 본 것도 아니에요. 아마 살아 있을 때 물어뜯긴 뒤 그대로 되살아난 것 같아요. 그렇게 생긴 좀비가 있어도 이상하지 않아요."

그렇구나, 기분 탓이 아니었구나. 그래도 찜찜한 기분은 사라지지 않았다.

⑧ 움직이는 좀비를 멈추게 하려면 뇌를 파괴하는 방법뿐이다.

"이게 좀비의 유일한 약점이에요. 뇌를 파괴해야 겨우 죽일 수 있어요."

오카다의 설명에 기노가 고개를 살짝 끄덕이며 물었다.

"아까 아오야마가 그랬던 것처럼?"

"네."

아까 광장에서 좀비와 사투를 벌일 때 아오야마는 두 여학생을 보호하면서 정글도를 높게 쳐들어 좀비의 정수리를 깨부쉈다. 오카다가 머리를 노리라고 조언했기 때문이었다.

"지금 나타난 좀비가 모던 좀비라는 걸 알아본 이유는 움직임이 느리고 심장을 꿰뚫리고도 공격을 멈추지 않았기 때문이에요. 로메로 감독 이후 시대에 나온 영화에는 전력 질주하며 쫓아오거나 물속에서도 헤엄쳐 쫓아오는 좀비도 등장했지만 우리를 덮친 좀비는 그런 능력까지는 없는 것 같아요. 그래서 여기 등장한 좀비들이 전형적인 모던 좀비라는 걸 알았어요. 그렇다면 뇌만 없애면 죽일 수 있어요. 이상, 좀비의 특징 여덟 가지였습니다."

오카다가 '들어주셔서 감사합니다'라는 식으로 인사했다. 좀비 세미나는 끝인가 보다.

"그럼 그냥 머리를 깨부수면 되잖아. 하나도 남김없이 전부."

기노가 외모와 어울리지 않게 과격하게 말했다. 하지만 오카다는 고개를 저었다.

"저렇게 많은 좀비를 다요? 현실적이지 않아요. 한 마리를 죽이는 사이에 다른 좀비들이 떼거지로 달려들 거예요."

오카다의 말이 맞았다. 이곳을 둘러싸고 있는 좀비의 수를 생각하면 한 마리씩 상대할 만큼 여유로운 상황은 아니었다.

가몬이 여전히 책상에 거만하게 걸터앉은 자세로 콧방귀를 뀌었다.

"뭐야, 가만히 들어줬더니 그게 다야? 좀 더 효율적으로 좀비를 처리할 방법은 없어?"

"없어요, 효율적인 방법은. 뇌를 파괴하는 것만이 유일한 방법이에요."

"좀비를 전멸시키는 광선 같은 건 영화에 안 나와?"

"그런 편리한 무기는 없을걸요."

"그럼 영화는 어떻게 끝나는데?"

"주인공들이 힘들게 탈출해서 도망치는 결말이 많은 것 같네요. 인류가 멸종하는 배드 엔딩도 있어요. 아무것도 할 수 없어서 주인공이 포기한 채 끝나는 영화도 있고요. 가끔은 백신이 개발돼 희망의 불씨를 살리며 끝나기도 하는데 대부분 절망적으로 끝나요."

오카다의 대답에 기노가 어깨를 으쓱이며 말했다.

"카타르시스가 없네."

"공포 영화니까요. 블록버스터 영화처럼 통쾌한 느낌은 없죠."

그 말을 들은 가몬이 얼굴을 찌푸리며 말했다.

"뭐야, 좀비를 쓸어버리지도 못하고. 그럼 재미가 없잖아."

"영화에서는 총을 쏴서 해치워요, 비교적 통쾌하게. 총이라면 멀리서도 공격할 수 있으니까요. 좀비의 머리를 쉴 새 없이 쏴 맞히니까 하나하나 처리할 때 기분이 좋긴 해요."

"그건 외국 영화라서 그런 거잖아."

가몬이 불만스럽게 대꾸하며 말을 이었다.

"여기에는 총이 없으니 네가 한 말은 조금도 도움이 안 돼."

"죄송해요, 저도 영화로 쌓은 지식뿐이라. 설마 현실에서 좀비에게 습격당하리라고는 꿈에도 생각 못 했거든요."

오카다가 겸연쩍게 대답하자 아오야마가 물었다.

"원인은? 좀비는 어떻게 생기는 거지? 영화에서 어떻게 묘사돼?"

"우주에서 의문의 방사선이 쏟아져 내리거나 갑자기 이상한 전염병이 돌거나 해요. 처음에 대충 설명만 나올 때가 많죠."

오카다의 대답에 기노가 어이없다는 듯 말했다.

"설정이 너무 허술한 거 아냐?"

"B급 공포 영화라 보통 그런 부분은 대충 넘어가요. 적은 예산으로 단시간 내에 관객을 공포로 몰아넣는 것이 목적이라서 설정을 디테일하게 짤 필요도 없을걸요. 원작인 일본 게임이 인기를 끌면서 할리우드 영화로 제작된 인기 시리즈는 기업 윤리라고는 없는 거대 제약회사가 인간 병기를 개발하려고 바이러스 실험을 하다가 그렇게 됐다고 설정하기도 했죠."

"밖에 있는 좀비들도 바이러스 때문에 저렇게 된 건가?"

아오야마가 물었다.

"글쎄요, 모르겠어요."

오카다는 힘없이 고개를 저으며 말을 이었다.

"추측하자면 끝이 없어요. 바이오 병기, 병원균의 변질, 운석에 실려 온 감염형 세균, 다른 행성의 침략 등 무엇이든 생각할 수 있죠. 그런데 원인을 밝힌다고 이 사태를 해결할 방법을 알 수 있을까요?"

"쓸모없는 지식뿐이네."

가몬이 비난했다.

"죄송해요."

오카다는 주눅 들었다.

긴 이야기를 한 것 치고는 오카다의 지식에서 이 위기를 벗어날 실마리는 전혀 찾을 수 없었다.

"나도 좀 말해도 될까?"

그런데 그때 원 밖에서 누군가 말했다.

다네가시마였다. 둥글게 모여 앉은 사람들과 조금 떨어진 곳에 앉아 있던 다네가시마가 몹시 헝클어진 부스스한 머리를 쓸어올리며 사람들을 바라봤다.

줄곧 말이 없던 사람이 갑자기 입을 열자 놀란 사람들의 시선이 그 덥수룩한 머리에 집중됐다. 다네가시마는 그런 반응에도 아랑곳하지 않고 말했다.

"⑤번이 마음에 걸려. 좀비에게 물려 죽은 사람도 다시 살아나 좀비가 된다."

그리고 화이트보드를 손가락으로 가리키며 무심한 어투로 말을 이었다.

"그럼 아까 죽은 세 명. 지금 어떻게 됐을까?"

순간 그 자리에 있던 모두가 숨을 삼켰다. 그리고 말없이 서로의 얼굴만 마주 봤다. 거기까지는 생각하지 못했나 보다. 나조차도 전혀 예상하지 못했다.

"2층으로 가자. 2층에서 아래를 내려다볼 수 있어."

당황한 아오야마가 자리에서 일어나 세미나실을 뛰쳐나갔고, 사람들이 그 뒤를 따랐다. 왕인 척 거드름을 피우던 가몬도 훌쩍거리던 나이토도 이 순간만큼은 벌떡 일어나 움직였다. 나도 마찬가지였다. 다네가시마만 태평한 모습으로 뒤따라왔다.

우리는 계단을 뛰어 올라갔다.

2층에는 숙박용 개인실이 늘어서 있었다. 복도의 북쪽에는 일반 사원이 사용할 법한 작은 방들이 많았고 남쪽에는 임원용 넓은 방이 몇 개 있는 구조였다.

바비큐를 한 광장은 건물 남쪽에 있어서 우리는 임원용 개인실 하나로 우르르 몰려갔다. 그리고 방 남쪽 창에 돌출된 반원 모양 발코니의 철제 난간으로 달려갔다.

밖은 어두워서 달빛만으로는 상황을 자세히 파악할 수 없었다. 하지만 어둑어둑한 와중에도 저 아래 광장에서 우글거리는 좀비 수십 마리는 생생하게 보였다. 그들은 기괴하고 소름 끼치는 걸음걸이로 목적 없이 어슬렁거리고 있었다.

발코니 난간에서 몸을 내밀자 아래에서 썩은 내가 희미하게 풍겨왔다. 좀비가 내뿜는 악취였지만 우리는 개의치 않고 광장을 가득 메운 좀비 떼를 내려다봤다.

가몬이 불만스러운 기색으로 입을 열었다.

"어두워서 잘 안 보여."

"손전등 가져왔어."

오가와라가 뒤에서 손전등 하나를 내밀었다. 아오야마가 그것을 건네받아 바로 아래를 비췄다. 불빛이 움직일 때마다 좀비 그림자가 춤을 췄다.

좀비는 빛에는 전혀 반응하지 않고 천천히 돌아다녔다. 딱히 중요한 점은 아니지만 아까보다 수가 늘어났다. 역겨운 기분에 나도 모르게 소름이 돋아 팔을 문질렀다.

아직도 바비큐 그릴에서 희미하게 타오르는 불이 보였다. 아오야마는 그 주변을 중심으로 손전등 불빛을 비췄다. 이치이가 습격당한 자리였지만 쓰러진 이치이는 보이지 않았다.

"없어."

아오야마가 중얼거리자 가몬이 옆에서 손전등을 낚아채듯 빼앗았다.

"줘 봐. 내가 볼게."

빛 한 줄기가 광장의 땅바닥에 닿았다.

"미타니는 차 옆에서 당했지."

가몬이 말하며 그쪽을 비췄다. 차량 뒷부분을 큰 나무에 박은 뒤 멈춰 선 차. 차는 아까 봤던 그 자리에 그대로 있었다. 그 주위를 손전등 불빛이 천천히 비추며 움직였다. 미타니는 차 문 앞에서 습격당했는데 역시 미타니의 시체도 그곳에 없었다.

가몬은 의아하다는 듯 말했다.

"이상하네. 분명 저기였는데."

기노가 손가락으로 아래를 가리키며 말했다.

"니노미야는 저기 근처였어."

가몬은 순순히 그쪽을 비췄다.

하지만 그쪽에도 바닥에 쓰러져 있어야 할 니노미야는 보이지 않았다.

"잠깐 실례."

다네가시마가 자연스럽게 가몬의 손에서 손전등을 불쑥 가져갔다. 그리고 광장에서 배회하는 좀비들을 비췄다. 하나하나씩 신중하게.

"야, 뭐 하는 거야."

"시력이 좋거든."

다네가시마는 발끈하는 가몬에게 태연한 얼굴로 엉뚱한 대답을 하며 손전등을 계속 움직였다.

그러다가 갑자기 불빛이 멈췄다. 좀비 한 마리를 비추고 있었다.

"저기 봐."

다네가시마가 긴장감 없는 목소리로 말했다. 우리는 일제히 그쪽으로 시선을 돌렸다.

오싹 소름이 돋아서 견딜 수 없었다.

그곳에는 좀비가 된 니노미야가 있었다. 입고 있던 빨간 티셔츠도 눈에 익었다. 목과 팔 곳곳에 물어뜯긴 흔적이 남아 있어 비참하기 짝이 없는 모습이었다. 티셔츠도 갈가리 찢어져 너덜너덜했다. 끔찍한 좀비였지만 얼굴만은 그동안 알고 지낸 니노미야였다. 입을 반쯤 벌린 채 눈은 초점을 잃고 고개를 기우뚱한 모습으로 천천히 돌아다녔다. 안색은 푸르스름하다 못해 하얗게 질려 있었다.

나이토가 작게 비명을 질렀다.

니노미야는 혐오스러운 좀비가 되어 있었다.

그와 오늘 처음 만난 나도 이렇게 충격이 큰데 오랫동안 알고 지낸 동아리 회원들의 심정은 오죽할까. 그 자리에 있는 누구도 한마디도 하지 못했다.

다네가시마는 무심하게 입을 열었다.

"더 찾으면 이치이와 미타니도 발견할 수 있을 것 같은데, 어떻게 할까?"

그 말을 들은 아오야마는 침통한 표정으로 대답했다.

"아니, 그럴 필요 없어."

그러고는 다네가시마의 손을 잡아 누르며 니노미야를 비추던 빛을 다른 쪽으로 돌렸다.

우리는 침울한 기분으로 1층 세미나실로 돌아간 뒤 말없이 자리에 앉았다. 끔찍하게 변한 친구의 모습에 다들 몹시 충격을 받은 듯 한동안 초상난 집처럼 암울한 침묵만 가득했다.

빠르게 정신을 차린 사람은 실질적인 리더인 아오야마였다. 결연한 얼굴로 고개를 든 아오야마는 포용력 있는 리더답게 사람들을 독려했다.

"아무튼 앞으로 어떻게 할지 함께 고민해 보자. 다들 의견을 말해줘."

그 말에 가몬이 대답했다.

"어떻게 하긴, 무조건 강행 돌파지. 차를 몰고 아랫마을까지 내려가자."

기세는 좋았지만 나머지 사람들은 대답을 망설였다.

이곳은 산 정상의 막다른 곳이다.

산기슭에서 2차선 산길을 차로 15분 정도 올라가면 도시 부자들의 피서지로 보이는 별장지가 나온다. 넓은 부지에 호화로운 건물이 열 채 정도 늘어서 있는데, 포장도로는 거기가 끝이다. 거기서부터 산 정상으로 올라가는 길은 차 한 대가 겨우 지나갈 수 있는, 숲속을 관통하는 좁은 비포장 산길이었다. 그렇게 울퉁불퉁한 길을 15분쯤 더 올라가야 비로소 산 정상에 도착한다. 산 이름이 무엇인지는 듣지 못해 모른다. 바로 그 정상에 세미나 하우스가 있는데 2층짜리 콘크리트 건물로 특별히 공들인 디자인은 아니지만 규모는 비교적 크다. 가몬의 아버지가 경영하는 회사의 소유라고 했다.

그리고 우리는 지금 이곳에 갇혀 있다.

가몬이 제안한 강행 돌파는 모두의 동의를 얻지 못했고 이를 대변하듯 기노가 입을 열었다.

"그건 아닌 것 같아. 미타니처럼 되겠지. 산길에도 좀비가 우글거렸던 걸 봤잖아. 오가지도 못한 채 최악의 결말만 맞게 될 게 뻔해."

가몬은 이를 악물며 말했다.

"젠장, 하긴 엄청 많긴 했어. 저 좀비들, 도대체 몇 마리,

아니 몇 구나 있는 거야?"

'마리'를 '구'라는 단위로 바꿔 말한 이유는 좀비가 된 니노미야를 봤기 때문이리라. 오카다가 손끝으로 안경을 밀어 고쳐 쓰며 말했다.

"말도 안 되게 많죠."

"그런데 산기슭 마을에서 행사를 하고 있지 않았나?"

아오야마가 떠올랐다는 듯 말하자 기노가 단정한 얼굴을 찌푸리며 대답했다.

"아, 그랬지."

그러고 보니 점심을 먹었던 산기슭 마을의 작은 식당이 이상하게 붐볐던 기억이 났다. 마을 살리기 행사를 한다는 말을 그곳에서 들었다.

내년에 방영될 드라마가 이 지역 출신의 전국 시대 무장의 이야기를 다룬다고 해서 홍보를 위해 시 전체가 참여하는 대규모 행사가 마침 오늘 시작됐다고 했다. 주연 배우를 비롯해 조연을 맡은 중견 배우들, 그리고 요즘 한창 인기를 끌고 있는 젊은 여배우까지 초청한 매우 공들인 행사였다.

배우들은 갑옷을 입고 무사로 분장한 뒤 말을 타고 퍼레이드를 할 예정이었다. 여배우들도 화려한 기모노 차림으로 가마를 타고 퍼레이드에 참가한다고 했다. 이렇게 무더운 날씨에 참으로 고생이었다. 그 밖에도 총포 보존회에서 화승총 사격 시연, 기마 무사단의 인간 장기 퍼포먼스, 드라마

주제곡을 부른 인기 가수의 미니 콘서트 등 볼거리가 풍성했다.

노점상 앞에는 줄이 길게 늘어섰을 터였다.

그 행사와 우리의 여행 일정이 우연히 겹쳤다. 미타니는 인기 배우를 직접 보고 싶어 했지만 다른 일행들이 반대해서 포기했다. 동아리 분위기가 다소 가볍고 자유롭기는 해도 한없이 방종하지는 않은 것 같았다. 그래서 우리는 행사를 구경하지 않고 산길로 올랐다.

"그래, 맞아. 그거 때문에 차가 많이 막혔지. 더 일찍 도착할 수 있었는데."

혼자 늦게 도착한 오가와라는 부드러운 목소리로 투덜댔다. 아오야마가 고개를 갸웃거리며 입을 열었다.

"산기슭 마을에는 사람이 얼마나 많이 모였을까?"

그러자 나이토가 울먹울먹하며 중얼거렸다.

"여기 오는 길에 차에서 라디오를 들었어요, 지역 뉴스요. 2만 명 정도 방문할 것으로 예상한다던데요."

"2만 명!?"

오카다가 안경 너머에 있는 눈을 부릅떴고 아오야마도 얼굴을 찌푸렸다.

"만약 그 사람들이 다 좀비가 됐다면……."

"그러면 어마어마할 텐데. 2만 명의 좀비 떼라니. 10분의 1이라도 산길을 헤매다 여기로 오게 되면 큰일이야."

기노가 걱정스럽게 말했다.

"장난하지 마, 2만 구나 된다고? 총도 없는데 어떻게 싸워."

성질을 내는 가몬과 달리 아오야마는 냉정하게 말했다.

"으음, 장기전을 각오해야 할지도 모르겠어. 지구전 말이야."

오카다도 난감한 얼굴로 말했다.

"그러게요, 영화에서도 갇혀서 버티는 경우가 많아요. 좀비에게 둘러싸이면 대개 그런 식으로 전개되니까."

"물은? 확보할 수 있겠어?"

아오야마의 물음에 가몬은 무릎을 덜덜 떨며 대답했다.

"아, 그건 걱정하지 마. 산에서 솟아나는 샘물을 여과해서 쓰고 있어. 마를 일이 없지. 그리고 지하 케이블이라서 좀비가 전선을 끊을 우려는 없으니 전기도 문제없어. 하긴 아랫마을의 변전소가 털리면 끝장이긴 하지만."

그 말에 아오야마가 고개를 끄덕였다.

"물과 전력, 최소한의 인프라는 확보할 수 있을 것 같네. 이 부분은 그나마 안심이야. 이제 남은 문제는 식량인데."

"그건 좀 불안한데. 원래 3박 예정이었기 때문에 그 정도 식량밖에 없어."

이번에는 기노가 대답했다.

"그래? 그래도 뭐, 어떻게든 되겠지. 사람은 물만 있으면 일주일은 버틸 수 있어."

"야, 굶어 죽을 때까지 여기 틀어박혀 있을 거야? 그건 사양이야."

 가몬이 불평하자 아오야마가 침착하게 설득했다.

 "아니, 설마 굶어 죽을 때까지 농성해야 할 정도로 오래 걸리지는 않을 거야. 각자 일정을 가족이나 친구들이 알고 있을 테니까. 우리가 여기 있는 걸 주변 사람들도 다 알고. 설마 좀비가 전국에 다 퍼진 건 아닐 테니 반드시 구조대가 올 거야. 그것도 조만간. 그때까지만 버티면 돼."

 그 말을 들은 가몬은 기분이 풀린 듯했다.

 "그렇지, 아버지한테도 3박 4일간 머문다고 했으니까. 아니, 무엇보다 아랫마을도 좀비가 출몰해서 난리가 났을 거야. 우리가 집에 돌아가지 않으면 우리 아버지나 다른 분들이 걱정해서 구조를 요청하겠지. 어쩌면 생각보다 빨리 구조대가 올지도 몰라."

 "그래, 맞아. 그러니까 그때까지만 열심히 버티자. 얘들아, 괜찮을 거야. 나이토도 진정해."

 "네."

 아오야마의 말에 나이토가 겨우 눈물을 닦고 고개를 끄덕였다. 오카다는 개의치 않고 말했다.

 "어떤 영화에서는 좀비는 야행성이라 태양 아래서는 활동하지 못하고 어둠 속에 틀어박혀 있다는 설정이 나오기도 해요."

 "그건 모던 좀비 유형이야?"

기노의 질문에 오카다는 고개를 저었다.

"아니에요. 그보다 훨씬 뒤에 나온 작품에서 등장하는 유형이에요."

"밖에 있는 좀비들이 그 유형이면 좋을 텐데. 별로 가망은 없어 보이지만."

"그럼 오늘 밤은 이만 쉬자. 체력을 아끼는 것도 중요해. 다들 지쳤고 이런 상태로는 좋은 아이디어도 떠오르지 않을 거야. 어차피 밤에 탈출하는 건 위험하기도 하니까. 아침이 되면 탈출 방법과 이런저런 내용을 다시 한번 검토해 보자. 구조대가 오기 전에 우리 힘으로 도망칠 수 있다면 더할 나위 없겠지. 상황에 따라서는 여기서 버티는 것밖에 답이 없겠지만 그것도 내일 정하자."

아오야마의 말에 모두가 수긍했다. 그럴 수밖에 없는 분위기였다.

그런데 그 분위기에 찬물을 끼얹듯 다네가시마가 거리낌 없이 말했다.

"나는 아침이 되면 옥상에서 봉화를 올리고 싶어. 산 아래에서 누군가가 연기를 발견한다면 여기 사람이 있다는 걸 알 테니까. 산 정상에서 연기가 치솟으면 눈에 더 잘 띌 거야."

아오야마는 깊이 생각에 잠겼다가 대답했다.

"응, 좋은 방법이네. 내일 시도해 보자. 다네가시마, 네게 부탁해도 될까?"

"내가 말을 꺼냈으니 내가 할게. 그런데 태울 만한 물건이 없네. 장작은 다 광장에 두고 와서. 가구나 창틀을 부숴서 태워도 괜찮을까?"

"상관없어, 얼마든지 마음대로 해. 어차피 아버지 회사 물건이야."

가몬이 부자답게 통 크게 대답했다.

"그럼 오늘 밤은 각자 자기 방에서 쉬자. 체력 유지를 위해 충분히 쉴 것. 그리고 무슨 일이 있으면 크게 소리쳐 알릴 것. 좀비가 건물 안으로 들어오면 큰일이니까."

아오야마가 상황을 정리했다.

"왜 네가 지휘하는데."

가몬이 불평했지만 더 이상 대거리할 기운은 없는 듯했다. 다들 지칠 대로 지쳤다.

아오야마는 가몬의 불만에는 대꾸하지 않고 말했다.

"나는 1층 문단속이 제대로 되어 있는지 다시 둘러보고 올게. 좀비가 기어들어 올 틈이 있는지 확인해야겠어."

"혼자서는 위험해요, 저랑 같이 가요."

그렇게 말하며 자리에서 일어난 오카다가 긴 책상 위에 놓인 쇠 막대기를 집어 들었다. 손도끼를 든 아오야마는 세미나실을 나가기 전에 내 어깨를 두드리며 말했다.

"우메모토, 널 괜한 일에 휘말리게 한 꼴이 됐네. 미안해."

나를 배려한 마음씨에 역시 이 잘생긴 남자가 리더에 어울린다고 생각했다.

아오야마와 오카다가 나가면서 저절로 해산하는 분위기로 흘러갔다. 우리는 각자 무기를 들고 세미나실을 나갔다.

이렇게 우리는 좀비 떼에 둘러싸여 건물에 갇힌 채로 하룻밤을 지냈다.

2층 북쪽에는 평사원용 숙소가 늘어서 있었다.

사원 연수용 시설이지만 나는 왠지 감옥 같다는 생각이 들었다. 딱히 감옥에 들어가 본 적이 없으니 그저 막연한 느낌일 뿐이었지만.

방은 그 정도로 좁았다.

폭이 좁고 긴 방에 이층 침대 두 개가 놓여 있었다. 원래 4인실인 듯한데 방이 많아서 1인 1실로 배정받았다. 4인실을 혼자 쓰는데도 좁게 느껴졌다. 나는 한쪽 침대 아래쪽에 누웠다.

밤늦은 시간이지만 잠이 오지 않았다.

어둠 속에서 뒤척이며 잠을 이루지 못했다.

오늘 하루 일어난 일들이 머릿속을 스쳐 지나갔다. 여러 가지 일이 정신없이 휘몰아친 기나긴 하루였다.

처음 우리는 자동차 세 대에 나눠 타고 도쿄에서 두 시간 반 정도 달려 이곳에 도착했다.

그러고는 먼저 삼림욕이라는 명분으로 다 같이 숲속으로 들어갔다. 가몬이 "이 산에는 야생 곰이 출몰한대"라는 농담을 던져서 장난기가 발동한 이치이와 니노미야가 대나무 숲에서 대나무를 잘라 와 죽창을 만들었다. 그러다가 장난이 점점 과해져서 누가 더 쓸모 있는 죽창을 만드는지 겨루는 시합처럼 번졌고 세 여학생은 "남자는 정말 유치하다니까"라며 차가운 시선을 던졌다.

그리고 숲속에서 뱀이 기어 나오는 바람에 오카다는 주저앉다시피 아오야마에게 매달리면서 "저, 뱀 진짜 싫어해요"라고 한심한 목소리로 비명을 질렀고 그런 오카다에게 미타니는 "오카다 선배, 원래도 별로 믿음직하지 않은데 너무 꼴불견이에요"라며 직격탄을 날렸다.

뒤늦게 도착한 오가와라는 "자, 간식 들고 왔어. 수박이야. 냉장고 비었어?"라며 커다란 공 모양 물체가 든 하얀 비닐봉지를 두 손에 하나씩 들고 바비큐를 준비하는 우리 앞에 등장했다. 그 모습을 본 사람들은 "역시 취업 성공자, 센스가 있네요"라며 그를 추켜세웠다.

바비큐를 마무리하는 메뉴인 야키소바를 만드는데 아오야마가 멋진 칼 솜씨와 능숙한 요리 실력을 뽐내자 쿨한 기노가 "역시, 요즘은 남자도 요리할 줄 알아야 해. 아오야마, 합격"이라고 칭찬해서 그의 이미지가 더욱 좋아졌다.

눈치를 전혀 보지 않는 다네가시마는 바비큐가 한창일 때도 사람들 사이에 끼지 않고 혼자 구석에 덩그러니 남아 계속 모닥불을 피웠다. 혼자 너무 열중하고 있기에 내가 무심코

"재밌어?"라고 묻자 다네가시마는 황홀한 얼굴로 "최고야. 연기 냄새, 불꽃 색깔, 나무 튀는 소리까지 모든 게 최고로 아름다워. 도시에서는 모닥불을 못 피우니까 여기서 마음껏 즐겨야지"라고 대답하며 이상한 성향을 드러냈다. 옆에서 그 말을 듣던 나이토는 몹시 당황했다.

그리고 바비큐가 끝난 뒤 그 참극이 벌어졌다. 생각할수록 잠이 오지 않았다.

신경이 이상하게 곤두섰다.

결국 창밖이 어슴푸레 밝아져도 잠을 이루지 못한 채 새벽에 잠깐 졸기만 했다. 아침 7시. 잠들기를 포기하고 침대에서 일어나 나갈 채비를 했다.

2층 창문으로 아래를 살폈다. 아침 햇살 아래 줄지어 걸어 다니는 좀비 떼가 보였다. 제각각 다른 방향을 바라보며 목적도 없이 삐거덕삐거덕 천천히 배회했다. 밝을 때 봐도 역시 혐오스러웠다. 숲속에도 좀비가 있는 듯 이곳저곳에서 나뭇가지가 부자연스럽게 흔들렸다. 아무 생각 없는 좀비가 몸으로 나뭇가지를 밀치고 있는 듯했다. 오카다가 어젯밤에 말했던 야행성은 아닌 모양이었다. 아침이 되면 좀비가 모조리 사라질 것이라는 속 편한 바람은 이루어지지 않았다. 여전히 좀비가 우글거렸고 어젯밤과 마찬가지로 도망갈 곳은 없어 보였다.

1층으로 내려가 세면장에서 세수하고 대충 상황을 살폈

다. 다행히 좀비는 들어오지 않았다. 1층에 있는 방들과 현관문을 다시 점검했더니 창문과 현관문 모두 잘 잠겨 있었고 모든 방의 커튼은 간밤에 쳐놓은 그대로였다. 커튼 사이로 창밖을 살짝 살피는데 유리창 너머에서 좀비가 지나다녔다. 엎어지면 코 닿을 거리에서 무릎이 뻣뻣하게 굳은 것처럼 어색한 걸음걸이로 창밖을 지나다니다니. 지능이 없다는 말이 사실인지 내가 몰래 살펴보고 있어도 눈치채지 못했다. 눈은 멍하니 허공을 향한 채 건물 안을 쳐다보지도 않았다. 갑자기 덤벼들 걱정은 없었지만 보기만 해도 섬뜩해 나는 재빨리 창가에서 멀어졌다.

주방을 들여다보니 4학년인 오가와라와 의대생인 나이토가 아침 식사를 준비하고 있었다.

"안녕하세요, 잠은 잘 잤어요?"

내가 말을 걸자 오가와라는 사람 좋은 얼굴로 쓴웃음을 지으며 고개를 저었다.

"잘 못 잤어요. 저 밑에 좀비가 돌아다닌다고 생각하니 불안해서."

"저도요."

소심한 나이토도 고개를 숙이고는 짧게 대답했다.

그러는 사이에 다른 사람들도 1층으로 내려왔다.

잘생긴 아오야마, 예쁜 기노, 안경 쓴 오카다. 그리고 도대체 잠버릇이 어떻기에 머리가 저렇게 헝클어졌을까 멱살을 잡고 묻고 싶은 다네가시마. 모두 하룻밤 푹 잠들지 못해 몰골이 말이 아니었다.

다들 식당에 모였는데 가몬만 일어나지 않았다.

"왕이라서 그런지 제멋대로네. 내버려 두고 우리끼리 아침 먹어요."

기노가 쿨하게 말했다.

빵과 삶은 달걀, 샐러드만 있는 간단한 식사였다.

오가와라가 커다란 몸을 움츠리며 미안한 기색으로 말했다.

"식량을 아껴야 해서. 부실해서 미안해."

당연히 불평하는 사람은 한 명도 없었다. 이 비상 상황에 음식 투정할 사람은 없었다.

그런데 아침 식사가 끝나도 가몬은 내려오지 않았다.

"사람을 초대해 놓고 정말 무책임하네. 내가 깨워 올게."

기노가 지긋지긋하다는 듯 말하며 식당을 나갔다. 그 모습을 바라보던 아오야마가 제안했다.

"1층 유리창을 보강하는 게 좋겠어. 만에 하나 좀비가 부딪치기라도 하면 유리가 깨질 수도 있으니까."

"그래, 나도 도울게."

오가와라가 동의했고 오카다도 자원했다.

"저도 할게요."

"역시 판자로 막아야 하지 않을까?"

나도 가담해 의견을 나누는데 기노가 돌아왔다. 그런데

평소와 달리 당황한 기색에 얼굴이 창백했고 호흡도 거칠었다. 뭔가 심상치 않은 일이 일어난 것 같았다.

"크, 큰일 났어. 가몬이……."

더는 말을 이을 수 없는지 입술을 떨었다.

가장 먼저 반응을 보인 사람은 다네가시마였다. 다네가시마는 재빨리 일어나 잰걸음으로 기노에게 다가가 물었다.

"방은?"

"남쪽에 있는 세 번째 방."

간신히 대답하는 기노의 목소리를 듣자마자 다네가시마가 뛰어나갔다.

서로 눈이 마주친 나와 아오야마도 그 뒤를 따랐고 다른 사람들도 마찬가지였다. 계단을 뛰어올라 곧바로 문제의 방으로 향했다.

남쪽에 있는 임원용 숙소였다. 주인의 특권으로 가몬은 넓은 방을 쓰고 있었다.

다네가시마가 가몬의 방으로 뛰어들었고 우리도 그 뒤를 따라 우르르 몰려 들어갔다. 그때 좀비 특유의 썩은 내가 희미하게 났다.

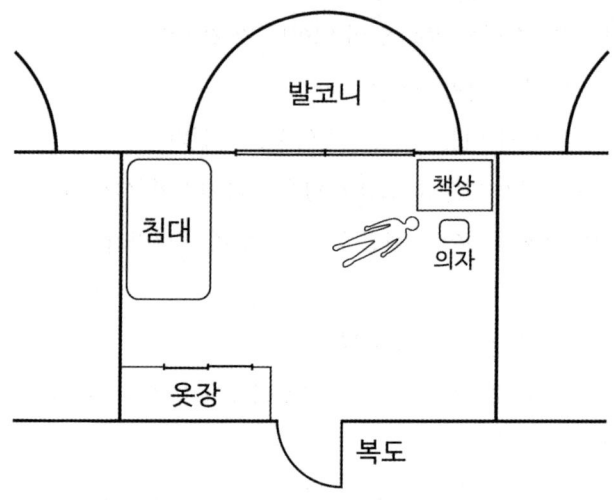

 방 안의 모습은 처참했다. 임원용 숙소는 우리가 사용하는 감옥보다 네 배는 넓어 보였는데 오른쪽 안쪽 벽에 나무 책상이 놓여 있었다.
 가몬은 그 책상 앞에서 위를 보고 누운 자세로 쓰러져 있었다.
 신체가 심각하게 손상된 상태였다. 주로 왼쪽 부위가 차마 눈 뜨고 못 볼 정도로 처참했다. 목이 물어 뜯겼고 왼쪽은 살이 거의 남아 있지 않았다. 어깨도 티셔츠가 찢겨 있었고 몇 군데 물어뜯겼다. 얼굴 왼쪽 절반도 잇자국이 많았고 세 군데 정도는 살이 통째로 뜯겨 있었다. 왼쪽 귀는 아예 없었고 팔과 손가락도 일부 사라졌다. 하나같이 잇자국이 선명했다.

바닥에 깔린 카펫 위에는 피가 웅덩이처럼 고여 넓게 번져 있었다. 벽에도 엄청난 피가 튀어 천장 근처까지 얼룩진 상태였다.

끔찍하기 짝이 없는 현장에서 그나마 유일하게 다행인 점은 가몬이 눈을 감고 있다는 사실이었다. 그것만으로도 잔혹한 느낌은 아주 조금 희석됐다. 그래도 끔찍한 광경이라는 사실은 변하지 않았지만. 우리는 몸이 굳은 채 방 입구 근처에 서 있었다.

다들 믿을 수 없는 장면을 목격하는 눈빛이었다.

"이럴 수가."

오카다가 중얼거렸다.

나는 앞에 서 있는 다네가시마에게 다가가 작은 소리로 물었다.

"죽었지?"

"당연히. 목이 저 지경인데 어떻게 살아 있겠어."

다네가시마가 안타깝다는 듯 대답했다.

가몬의 사망은 거의 확실했다.

위를 보고 누운 자세로 쓰러져 있는 모습이 영락없는 시체였다.

나는 어젯밤 오카다가 화이트보드에 적은 좀비의 특징을 떠올렸다.

③ 살아 있는 사람을 보면 공격한다.

④ 공격 방법은 주로 물어뜯기.

가몬의 몸에는 여기저기 물어뜯긴 잇자국이 남아 있었다.
우리는 간신히 충격에서 벗어나 조심스럽게 가몬에게 다가가서 반원을 그리듯 둘러선 뒤 잠시 침묵했다.
얼마 후 아오야마가 입을 열었다.
"끔찍한 일이 일어났어. 다들 많이 놀랐지, 나도 그래. 그래도 지금은 이성적으로 생각하자. 일단 조사부터 해야지. 가몬의 시체를 살펴보자."
"그런데 그냥 보기만 해도 알겠어요. 좀비에게 물려 죽었을 거예요."
오카다의 주장에 아오야마가 고개를 끄덕이며 말했다.
"그건 나도 알아. 하지만 다른 걸 찾을지도 모르잖아. 저기, 나이토."
소심한 나이토는 자신을 부르는 소리에 몸을 움찔 떨며 고개를 들었다.
"네? 왜요?"
"네가 검시를 맡아줘. 무리한 부탁이겠지만 의대생은 너뿐이잖아. 나와 오카다는 이공학부고 기노는 법대야. 어쨌든 인체를 잘 아는 사람은 너밖에 없어."

오가와라가 미안한 기색으로 커다란 덩치를 움츠리며 말했다.

"미안, 나는 경제학부라서 도움이 안 돼."

그렇게 따지면 나는 국문학 전공이고 다네가시마는 속세와 동떨어진 철학과였다.

"그런데 나이토도 난감하겠어. 소아과 지망생이라며, 법의학 지식도 전혀 없을 테고."

기노가 나이토를 두둔했지만 나이토는 굳게 마음을 먹었는지 당차게 대답했다.

"아뇨, 괜찮아요. 할게요."

"정말? 괜찮겠어?"

"걱정해 주셔서 고마워요, 기노 선배. 하지만 저도 조금은 도움이 되고 싶어요."

나이토는 주춤주춤 시체에 다가갔다. 어쩌면 아오야마가 부탁해서 용기를 냈을지도 모른다는 생각을 하면서 나는 동아리 내 인간관계를 곱씹었다.

"나랑 같이해."

그런데 무슨 생각을 했는지 다네가시마도 앞으로 나섰다. 철학도인데 괜찮을까?

나이토와 다네가시마는 시체 옆에 쭈그리고 앉았다. 두 사람 모두 손을 모아 합장한 뒤 시체를 만지며 여기저기 살폈다.

"사인은 오카다가 말한 대로. 어제 죽은 세 사람과 상태가 같아요. 특히 목부터 어깨까지 남은 물린 자국이 심각하네요. 쇄골에 금이 갈 정도로 세게 물렸어요. 산 사람이 물면 이렇게 되지 않아요."

나이토는 더듬거리며 설명했다. 어젯밤 오카다가 분명히 설명했다. 좀비는 힘 조절을 못 해서 들입다 물기만 한다고. 금이 간 쇄골이 그 사실을 증명했다. 사람과는 차원이 다른 힘으로 깨물었다. 오카다가 손가락으로 안경을 고쳐 쓰며 말했다.

"'사망 추정 시간은?' 미스터리 소설에서 이렇게들 묻던데."

"해부학은 전혀 모르는 분야라 그것까지는 모르겠어, 미안. 하지만 체온이 완전히 식은 걸 보면 사망한 지 두세 시간은 넘었을 거야."

나이토가 성실하게 대답하자 옆에 쭈그려 앉아 있던 다네가시마가 입을 열었다.

"턱이 사후경직으로 굳었어. 그런데 상박은 이제 막 경직이 시작된 것 같아. 나도 전문가가 아니라 확실하게 말할 수는 없지만 사망한 지 대략 세 시간은 지났지만 여섯 시간은 되지 않았을 거야."

도대체 어디서 그런 지식을 얻었나 싶어서 황당했지만 다른 사람들은 오히려 다네가시마의 기묘한 분위기에 이상한 설득력을 느낀 듯했다.

"그러니까 사망한 시간은 2시에서 5시 사이라는 뜻이네."

기노가 이해했다는 듯 말하자 아오야마도 수긍했다.

"늦은 밤부터 새벽 사이지. 그때 무슨 소리 들은 사람 없어?"

그 말에 모두가 고개를 저었다. 이 임원용 숙소는 2층 남쪽에 있었고 우리가 묵은 감옥 같은 숙소는 복도를 사이에 두고 북쪽에 있었다. 조금 떨어져 있어서 아무 소리도 들리지 않을 만했다.

게다가 깊은 밤이니 각자 방에 있었을 때였다. 오카다의 말마따나 미스터리 소설처럼 말하면 모두에게 알리바이가 있는 셈이었다. 뭐, 이런 경우에 그런 것은 상관없기는 하지만.

나이토는 다네가시마를 향해 조심스럽게 입을 뗐다.

"저기, 죄송한데 시신의 뒤쪽을 보고 싶거든요. 뒤집는 것 좀 도와주시겠어요?"

다네가시마가 말없이 고개를 끄덕이며 거들었다.

똑바로 누운 시체를 두 사람이 뒤집는데, 목 부위가 덜렁거려 자칫 머리와 몸이 분리되지는 않을까 조마조마했다.

엎드린 시체를 살펴보던 나이토는 작게 중얼거렸다.

"역시."

다네가시마도 맞장구쳤다.

"이건가?"

"네."

무엇을 의미하는지 모르겠지만 두 사람이 서로 동의했다.

"뭐라도 발견했어?"

아오야마가 물었다.

"뒤통수에 움푹 파인 흔적이 있어요. 심각하게 함몰됐어요. 뇌에도 타격을 줘서 뇌타박상으로 이어진 것 같아요."

나이토가 시선을 들며 말을 이었다.

"이 책상 모서리를 보세요. 많은 혈흔이 이곳에만 말라붙어 있어요. 그래서 이상하다고 생각했죠."

"그게 무슨 뜻이야?"

기노의 질문에 나이토는 머뭇거리며 대답했다.

"제 추측이지만 아마 가몬 선배는 좀비에게 습격당하는 바람에 떠밀려 뒤로 넘어졌을 거예요. 그때 뒤통수를 세게 부딪쳤겠죠. 공교롭게도 여기 있던 책상 모서리에 세게."

그러더니 이번에는 바닥에 쓰러진 시체로 시선을 돌렸다.

"시신의 뒤통수가 심하게 함몰됐어요. 상처 부위는 네모난데 책상 모서리 모양과 일치하죠. 틀림없이 모서리에 부딪혔을 거예요."

"그게 사인 아닐까? 뇌타박상."

이번에는 오카다가 물었다.

"그럴 가능성은 없어."

다네가시마가 단언하면서 나이토를 눈짓으로 재촉했다. 설명하라는 신호였다. 나이토가 고개를 끄덕이며 말했다.

"벽을 보세요."

피가 엄청나게 튄 벽으로 시선을 돌렸다. 마치 전위 예술처럼 요란한 흔적이었다.

"이건 좀비가 동맥을 물어서 피가 솟구친 흔적 같아요. 심장은 혈액 순환을 담당하는 펌프예요. 피가 이렇게까지 세게 뿜어져 나왔다는 건 목을 물린 순간에도 심장이 뛰고 있었다는 뜻이죠. 만약 머리에 난 상처가 직접 사인이었다면 그때 심장이 멈췄을 거예요. 그러면 사망한 뒤에 목을 물어도 이렇게 많은 피가 튀지는 않죠. 벽의 혈흔으로 판단컨대 직접 사인은 분명 목의 동맥을 물리는 바람에 생긴 과다 출혈일 거예요. 뒤통수의 상처는 사망한 후에 생긴 흔적이고요."

"그렇구나, 쉽게 설명해 줘서 고마워. 또 다른 건?"

아오야마가 나이토에게 인사하며 다시 물었다.

"없어요."

나이토가 대답했다. 다네가시마도 말이 없었다. 두 사람은 자리에서 일어나 시체에서 한 발짝 물러났다.

"검시는 이만하면 충분한 것 같아. 순서가 바뀌었지만 묵념하자. 가몬의 죽음을 애도하며."

그 말을 신호 삼아 우리는 눈을 감고 고개를 숙였다. 고인이 편히 잠들기를 빌며.

그런데 그때, 오카다가 갑자기 당황한 목소리로 소리쳤다.

"아니, 잠깐만요. 지금 묵념할 때가 아니에요. 위험하다고요. 어제 제가 한 설명 좀 떠올려 봐요. 좀비의 특성, 음 ⑤번이었나, ⑤ 좀비에게 물려 죽은 인간은 되살아나서 좀비가 된다. 기억나죠? 가몬 선배는 좀비에 물려 죽었잖아요. 언제 좀비가 될지 모른다고요."

누워 있는 시체를 겁에 질린 눈으로 쳐다보며 금방이라도 달아날 것처럼 안절부절못했다.

그런 오카다를 다네가시마가 저지했다.

"아니, 그럴 걱정은 없을 것 같아."

"왜요? 지금 당장이라도 되살아날 수 있는데요."

"네가 말한 좀비의 특성 중 ⑧번 때문에. 좀비의 특성 '⑧ 움직이는 좀비를 멈추게 하려면 뇌를 파괴하는 방법뿐이다'. 네가 그렇게 말했잖아. 가몬의 뇌는 이미 망가진 상태야, 뇌 타박상 때문에. 그러니까 이번에는 우리가 더 손쓰지 않아도 돼. 가몬은 책상 모서리에 부딪혀서 뇌가 망가지면서 좀비가 될 조건을 충족하지 못했어."

"아, 듣고 보니 그렇겠네요."

오카다의 안도감이 순간 다른 사람들에게도 전달되어 조금은 마음이 놓였다. 기노도 가슴을 쓸어내리며 말했다.

"좀비가 된 비참한 모습을 우리에게 보이지 않은 것이 가몬에게 유일한 위로일 거야."

"마지막 순간만은 운이 좋았다고 해도 괜찮을까."

오가와라가 슬픈 얼굴로 말했다.

자존심이 강한 가몬이었기 때문에 확실히 위안이 됐을지도 모른다는 생각이 들었다. 그런 끔찍한 괴물이 된다니, 나라도 싫었다.

아오야마가 오카다의 어깨를 두드리며 입을 열었다.

"괜찮아, 안 위험해. 가몬은 좀비가 되지 않아. 우리를 습격할 일 없어."

"그렇겠죠, 일단 안심이 되네요."

그때 다네가시마가 뜬금없는 말을 꺼냈다.

"그럼 다들 안심한 것 같으니 나는 이만 다녀올게."

"어디 가는데?"

나도 모르게 캐물었더니 다네가시마는 무심한 얼굴로 대답했다.

"봉화. 어젯밤에 말했잖아. 옥상에서 연기를 피우겠다고. 구조 요청해야지."

그러고는 엉망진창인 머리를 헝클어뜨리며 방을 나갔다. 협동심이라고는 없는 친구였다.

아오야마가 '특이한 녀석이군'이라고 말하는 듯한 눈빛으로 그를 배웅한 뒤 나머지 사람들을 둘러보며 말했다.

"그런데 이상하지 않아? 건물 밖에는 좀비가 우글우글한데 여기는 2층이잖아. 어떻게 여기까지 올라왔지? 게다가 범인, 아니 범좀비라고 해야 하나. 아무튼 그 좀비가 아무 데도 없어. 어디로 사라졌을까?"

우리는 화들짝 놀라 서로를 쳐다봤다. 그래, 완전히 잊고 있었다. 가몬이 죽었다는 사실에 충격을 받아서 미처 생각하지 못했다. 어리석게도. 아오야마의 말대로 가몬을 죽인 좀비가 보이지 않았다. 어디로 갔을까? 아직 2층에 숨어 있다면 위험했다.

오카다가 주위를 두리번거리며 말했다.

"방을 나갔을까요?"

"그건 아닌 것 같아. 내가 발견했을 때 문은 꽉 닫혀 있었거든."

기노가 부정했다.

"하긴 좀비가 방을 나가면서 문을 닫을 정도로 예의가 바르지는 않겠지."

오가와라가 기노의 말에 동의했다.

"좀비의 특성 ② 지능이 없고 그저 이리저리 돌아다닌다. 지능이 없으니까 예의 바르게 문을 닫을 리 없을 거야."

"그럼 아직 이 방에 있나?"

아오야마의 말에 난데없는 좀비 찾기가 시작됐다. 하지만 방 안에 숨을 만한 곳은 거의 없었다. 임원용 방이라서 넓기는 하지만 가구가 거의 없기 때문이었다. 그래도 일단 다 같이 방을 샅샅이 뒤졌다.

방 입구에서 볼 때 정면 막다른 곳에 바닥까지 닿는 커다란 창문이 있고 그 오른쪽 벽에는 책상과 의자가 있다. 나무로 만든 책상은 디자인이 단순해서 숨을 곳이 전혀 없었다.

반대편인 왼쪽에는 침대가 놓여 있다. 오카다가 바닥에 납작 엎드려 침대 밑을 들여다보기에 나도 따라서 몸을 숙였다. 텅 비어 있었다. 침대 밑에는 먼지만 쌓여 있을 뿐 좀비는 고사하고 실오라기 하나 떨어져 있지 않았다.

방문 옆에는 옷장이 있었다. 옷장 문은 느슨하게 반쯤 열려서 안이 훤히 보였다. 옷장 안에는 큰 스포츠 가방만 하나 놓여 있을 뿐 다른 것은 아무것도 보이지 않았다. 가방은 가몬의 짐 같았는데, 아오야마가 가방을 열어 확인했지만 옷만 가득했다.

욕실과 화장실은 방 밖에 있어서 그곳으로 숨었을 리도 없었다. 정말 이 방에는 숨을 곳이 전혀 없는 셈이었다.

커다란 전면 미닫이창은 양쪽 전부 활짝 열려 있었다. 동쪽에서 햇살이 사선으로 들이쳤고 산속의 아침 공기는 습기를 머금어 눅진한 기운이 느껴졌다.

창문 밖에는 반원형의 커다란 발코니가 있었다. 커튼도 창문도 활짝 열려 있어서 세련되게 꾸며진 발코니가 방 안에서도 잘 보였다. 물론 그곳에도 아무것도 없었다. 화분 하나 두지 않은 공간에 좀비가 숨을 곳은 없었다.

찾을 만한 곳이 거의 없는 방을 수색하는 데 채 1분이 걸리지 않았다.

결국 좀비는 찾지 못했다.

모두가 고개를 갸웃거리는 가운데 아오야마가 당황스러운 얼굴로 입을 열었다.

"좀비가 어디서 들어왔는지 모르면 불안해. 다른 좀비가 또 들어올 수 있으니까."

오가와라가 발코니 밖을 손가락으로 가리키며 말했다.

"점프해서 들어온 거 아닐까? 창문이 열려 있었잖아. 산이라서 밤에 시원하니까 가몬이 창문을 열어 두고 잤겠지. 그 열어 둔 창문을 통해 방으로 들어왔을 거야."

오카다가 어이없다는 듯 반박했다.

"밑에서 여기까지 점프를 했다고요? 좀비한테 그런 능력이 있겠어요? 우리가 어젯밤에 좀비 떼로부터 도망쳐서 이 건물로 뛰어들 수 있었던 이유는 좀비의 움직임이 둔했기 때문이에요. 만약 좀비가 2층까지 뛰어오를 수 있을 정도로 운동 신경이 뛰어났다면 우리는 어제 이미 다 죽었을 거예요, 분명."

"으음, 그런가. 하긴, 저렇게 느리게 걷는데 점프력이랄 것도 없겠지."

오가와라가 한발 물러서자 이번에는 기노가 입을 열었다.

"단순하게 생각해서 1층 현관문으로 들어온 거 아닐까? 이 건물 입구는 거기밖에 없잖아."

나는 그 가설을 부정했다.

"아니, 아침에 확인했을 때 현관문은 잠겨 있었어. 좀비

한 마리 들어 올 틈 없었지. 그 문으로 들어온 건 아닐 거야."

"몰래 들어온 게 아니라 누가 들여보냈다면요? 좀비 한 마리만."

오카다의 말에 오가와라가 따져 물었다.

"누가 그런 짓을 해? 들여보내다니."

"그건 모르겠어요. 하지만 누군가 좀비 한 마리를 끌어들여 가몬 선배를 덮치게 했을 거예요. 즉 이건 살인이에요."

오카다의 갑작스러운 말에 기노가 차갑게 잘라 말했다.

"오카다, 네가 한 말 잊었어? 좀비의 특성 ② 지능이 없고 그저 이리저리 돌아다닌다. ③ 살아 있는 사람을 보면 공격한다. 그게 누구든 좀비를 끌어들인 사람은 그 자리에서 바로 물렸을 거야. 좀비는 개와 달라서 '기다려'가 안 통하거든. 좀비에게 다가가면 무조건 그 사람이 가장 먼저 공격당하지. 누가 그런 위험한 방식으로 사람을 죽이겠어?"

"그럼 반대로 가몬 선배를 1층으로 데리고 가는 건요? 현관문을 열고 가몬 선배만 밖으로 밀어내는 거죠. 그러면 자신은 공격당하지 않고 가몬 선배만 물리게 할 수 있을 테니까."

오카다가 쉬지 않고 쏟아낸 말에 나이토가 머뭇거리며 대답했다.

"저기, 그건 아닌 것 같아. 사건이 일어난 현장은 분명 여기니까. 벽에 튄 혈흔을 잊지 마. 그것만 봐도 가몬 선배가 이 방, 이 자리에서 물려 죽었다는 건 분명해."

나도 말을 보탰다.

"아까 여기 들어올 때 냄새가 났어. 좀비 특유의 날고기 썩은 것 같은 역겨운 냄새가. 좀비가 이 방에 있었던 건 확실해."

"아, 나도 그 냄새 맡았어."

기노가 맞장구치자 아오야마는 팔짱을 끼며 말했다.

"아무래도 오카다가 주장한 살인 가설은 탈락인 것 같아. 가몬은 좀비에게 공격당해 죽었어. 이것만은 틀림없어 보여."

오가와라도 고개를 크게 끄덕이며 말했다.

"그래, 좀비를 상대하는 것만 해도 골치 아픈데 살인 사건까지 떠안으면 우리 모두 과부하가 걸릴 거야. 오카다, 아무리 농담이라도 살인 같은 무서운 소리는 하지 마."

깃털 같은 상냥한 목소리로 타이르자 오카다가 고개를 숙이며 사과했다.

"죄송해요. 제가 너무 갔네요. 하지만 살인이라는 표현이 과하기는 해도 누군가가 좀비를 안으로 유인했다는 가설은 그럴듯하지 않아요? 물릴 것을 각오하면서 누군가가 데리고 들어 왔겠죠. 출입구는 현관문 하나밖에 없으니 누군가가 끌어들인 다음에 다시 잠갔을 거예요."

"누가?"

기노가 묻자 오카다는 손가락으로 안경을 고쳐 쓰면서 대답했다.

"당연히 가몬 선배 본인이죠. 이건 자살이에요."

"자살? 가몬이 왜 그런 짓을 하는데?"

"어제 동아리 회원이 세 명이나 죽었으니 책임감을 느꼈겠죠. 회장으로서."

"설마. 그렇다고 그런 끔찍한 방법으로 자살을? 좀비에게 물려 죽다니, 그렇게 비참한 죽음을 선택할 사람이 어디 있어? 정말 싫다."

기노가 코웃음 쳤다.

나는 기노의 말이 맞다고 생각했다. 그런 방법으로 자살했을 것 같지는 않았다. 애초에 가몬은 동아리 회원의 죽음에 책임을 느낄 만큼 기특한 성격이 아니었다.

아오야마도 팔짱을 낀 채로 말했다.

"기노의 말이 맞아. 자살하려면 목이라도 매면 되지. 굳이 좀비에게 물려 죽고 싶다면 혼자 밖으로 나가면 되고. 문을 열고 광장으로 나가는 순간, 순식간에 좀비들이 몰려들 텐데. 무엇보다 굳이 2층에 있는 이 방까지 좀비를 끌고 들어올 필요가 없어."

하지만 타당한 주장에도 오카다는 끈질겼다.

"우리를 끌어들이고 싶었던 거 아닐까요?"

"응? 그게 무슨 뜻이야?"

"그러니까 좀비에게 물려서 자살함으로써 이번에는 스스로 좀비가 돼서 다른 사람을 공격하려고 한 것 아니냐고요. 동반 자살할 작정으로. 좀비 떼에 둘러싸여 자포자기한 가몬 선배는 그냥 다 같이 죽자며 우리까지 죽이려 한 거예요. 스스로 좀비가 되는 방식으로."

"아니, 잠깐만. 지금 상황이 그렇게까지 절망적인 건 아니잖아."

아오야마가 팔짱을 풀며 말을 이었다.

"우리는 이렇게 안전한 구역에 있고 구조대가 구하러 올 거라는 희망도 있어. 어젯밤까지만 해도 죽음을 생각할 정도로 절망적인 상황은 아니었다고."

오가와라도 부드러운 말투로 입을 열었다.

"그래, 아버지가 걱정해서 구조를 요청할 거라며 오히려 낙관적이었지, 가몬은."

나도 맞장구쳤다.

"우리 모두를 끌어들여 동반 자살을 하고 싶었다면 굳이 자기가 좀비가 될 필요는 없었어. 그냥 1층 창문이나 문을 전부 열어 놓기만 하면 밖에 있던 좀비들이 우르르 몰려 들어올 테니까. 우리를 전부 죽이고 싶었다면 그걸로 충분했겠지."

"가몬이라면 자기가 가장 먼저 죽는 선택지 따위 생각도 안 했을 거야. 설사 다 같이 죽는 길을 택했어도 끝까지 교활하게 살아남아서 모두가 죽는 모습을 지켜봤겠지. 어쩌면 교활하게 자기 혼자 살아남으려고 했을지도 몰라."

기노가 차가운 어조로 신랄하게 가몬을 평가했다.

그때 나이토가 조심스럽게 입을 열었다.

"저기, 애초에 좀비를 안으로 끌어들이는 게 비현실적인 것 같아요. 사망 현장은 이 방이에요. 이건 바뀌지 않는 사실이죠. 좀비를 끌어들이려고 했다면 1층 현관으로 좀비가 들어온 순간 이미 공격당했겠죠. 앞뒤가 맞지 않아요."

아오야마가 모두의 의견을 정리했다.

"결론은 자살일 리 없다. 가몬은 그냥 좀비에게 습격당했을 뿐이다."

사람들은 리더의 말에 동의하는 듯했고 오카다도 더는 반박하지 않았다. 나도 같은 생각이었다. 기노가 생각을 다시 정리하면서 입을 열었다.

"1층에서 들어온 게 아니라면 현관문으로 들어온 게 아니라는 뜻이지. 그렇다면……."

그러더니 재빨리 발코니로 나가 난간 너머로 몸을 내밀었다.

"저기 좀 봐, 있다."

무언가를 찾은 듯했다.

기노가 만족스러운 얼굴로 손짓하자 우리는 줄줄이 발코니로 나갔다. 그리고 기노처럼 난간 너머로 몸을 내밀며 주변을 살폈다.

그곳에는 뜻밖의 물건이 있었다.

나는 눈을 부릅떴다.

발코니에서 창문을 등지고 서서 왼쪽 대각선 45도 방향.

반원형의 중심과 왼쪽 벽 사이, 바로 그 중간 지점이었다.

그것은 반원형 발코니의 난간 바깥쪽에 세워져 있었다.

사다리였다.

은색 금속제 접이식 사다리. 보통은 A자 형태로 펼쳐서 사용하지만 지금은 일자형으로 펼쳐 놓여 있었다. 그래서 2미터쯤 되는 듯한 원래 높이가 지금은 4미터 정도 됐다. 이 높이라면 2층 발코니 난간까지 충분히 닿았다. 사다리가 외부와 2층을 연결하는 통로가 된 셈이다.

발코니 너머는 어젯밤 우리가 도망친 광장이었다. 조금 떨어진 곳에 바비큐를 했던 흔적이 보였고 수없이 많은 좀비 떼가 배회하고 있었다. 느리고 뻣뻣한 걸음으로 서로 부딪히지 않으면서 제각기 따로 돌아다녔다. 의지도 지능도 느껴지지 않는 그 움직임은 몇 번을 봐도 섬뜩했다. 발코니 아래에서 이상한 냄새가 올라왔다.

오카다가 그 악취에 질렸는지 재빨리 난간에서 떨어졌다.

"이건 분명 도구 보관실에 있던 사다리 같은데요. 제가 확인하고 올게요."

덩치가 작고 가벼운 오카다는 날쌔게 문으로 달려갔다.

"잠깐 기다려. 오카다, 나랑 같이 가."

혼자서는 위험할 수 있으니 나도 함께 가기로 했다.

둘이서 방을 나와 계단을 뛰어 내려갔다. 에어컨이 켜져 있는 아무도 없는 1층은 쥐 죽은 듯 고요했다. 도구 보관실은 가장 안쪽에 있었다. 어젯밤에도 무기를 구하러 들어갔던 방이었다.

우리는 문을 열고 들어갔다.

도구 보관실은 거칠게 마감된 콘크리트 바닥이었고 벽에 고정된 선반에는 다양한 도구가 놓여 있었다. 목공용 공구, 원예 도구, 청소 도구에 공작 도구까지. 마치 작은 공구점 같았다.

또 튼튼해 보이는 나무 작업대가 있었는데 그 위에는 용도를 알 수 없는 바이스가 고정되어 있었다. 작업대 밑에는 내열성이 좋아 보이는 도가니와 네모난 쇳덩이 모루 등도 놓여 있었다. 무슨 용도인지 알 수 없지만.

그리고 파란 천막 비닐과 투명 비닐 시트도 수북이 접혀 있었는데 아마도 비가 새는 것을 방지하려는 용도 같았다.

오카다는 그런 지저분한 도구가 가득한 벽 한구석을 손가락으로 가리켰다.

"분명 저기 있었어요. 그런데 지금은 없네요, 사다리."

"그러게."

확실히 어젯밤 무기가 될 만한 도구를 찾으러 왔을 때 본 기억이 났다. 고지 가위나 빨래 봉 같은 긴 물건들 사이에 금속 사다리가 기대어 있었다.

확인을 마치고 2층으로 돌아가는데 오카다가 미련이 남은 듯 나를 보며 말했다.

"우리를 끌어들이려고 했다는 추측, 괜찮은 발상이었다고 생각했는데요."

나는 쓴웃음을 지으며 대답했다.

"아직도 그 이야기야? 아까도 말했지만 다 죽일 계획이었다면 1층 문이나 창문을 전부 여는 편이 더 빨라."

"네, 그건 우메모토 선배 말이 맞아요. 스스로 좀비가 되는 계획은 너무 비효율적이에요. 애초에 가몬 선배는 자살할 바에야 다른 사람을 죽이는 게 낫다고 생각하는 사람이었고."

가몬은 후배들 사이에도 평판이 좋지 않았던 모양이다. 지금 생각하니 조금 안쓰러운 마음이 들었다.

2층 현장으로 돌아간 뒤 오카다는 모두에게 보고했다.

"역시 없어졌더라고요. 저건 누군가가 도구 보관실에서 가져온 사다리에요."

어느새 발코니에서 방으로 들어와 있던 모두를 대표해 아오야마가 물었다.

"그렇구나. 그러면 문제는 '누가 들고 왔느냐'겠네. 다들 어때? 사다리 옮긴 사람 있어?"

아무도 손을 들지 않았다. 다들 짐작 가는 바가 없는 듯 의아한 얼굴이었다.

그럴 필요도 없었지만 일단 나는 이 자리에 없는 친구를 두둔했다.

"다네가시마도 아닐 거야. 한밤중에 사다리를 들고 찾아와서 네 방 발코니 밖에 이걸 잠깐 세워놓겠다는 걸 허락할 사람이 어디 있겠어? 다네가시마는 자유로운 영혼 같은 친구지만 그렇게 몰상식하지는 않아."

내 말에 아오야마가 고개를 끄덕이며 동의했다.

"그렇지. 게다가 방금 그 이야기는 우리 모두에게 공통으로 해당하는 말이야. 오밤중에 사다리를 세우겠다는 말을 가몬이 들어줬을 리 없지. 어떤 핑계를 갖다 붙여도 그런 말도 안 되는 부탁은 통하지 않았을 거야. 적어도 나는 그럴듯한 핑계가 떠오르지 않는데, 너희는 어때?"

기노가 고개를 저었다.

"아니, 나도 안 떠올라. 뭐라고 둘러댄다고 해도 가몬에게 쫓겨났을 거야."

"그랬겠지. 그래서 나는 사다리를 가몬 본인이 가져왔다고 보는 게 가장 합리적이라고 생각해."

아오야마의 의견에 모두가 동의했다. 남이 한 것이 아니라면 결국 본인이 했다는 결론밖에 나오지 않았다.

그런데 오가와라가 고개를 갸웃했다.

"무슨 말을 하는지는 알겠는데, 왜? 가몬이 왜 그런 짓을 했을까?"

"사다리를 일자형으로 세운 걸 보면 당연히 외부를 오가려고 했겠죠. 그 이유밖에 생각나지 않네요."

"저 밑에는 좀비들이 바글바글하잖아."

"그래도 가고 싶었나 보죠. 뭔가 중요한 일이 있었다면. 예를 들면 바비큐를 했던 광장에 뭔가를 두고 와서 가지러 간다거나."

"그렇게 위험한데? 좀비에게 공격당하면 어쩌려고."

오가와라가 얼굴을 찌푸리며 말하자 기노도 거들었다.

"위험을 감수하면서까지 가져오고 싶었을 정도로 중요한 물건? 목숨보다 소중한 물건이 뭔데? 구체적으로."

"그건 음, 모르겠네."

아오야마는 단번에 항복 선언을 했다. 그때 옆에 있던 오카다가 입을 열었다.

"그런 물건이라면, 예를 들어 미타니와 관련된 물건 아닐까요? 추억의 반지라거나."

"미타니가 좀비가 됐을지도 모르니까 찾으러 갔다는 말이야?"

기노의 질문에 오카다는 고개를 세게 저으며 대답했다.

"그 반대예요, 반대. 좀비가 된 미타니가 아래에 있는 모습을 발견하고는 반지를 가져올 생각을 했겠죠. 그래서 사다리를 가지러 간 거예요."

"너무 위험해. 그러면 무조건 좀비한테 당할 텐데. 그리고 반지라니, 생각이 지나친 거 아니야? 로맨틱한 상상은 좋긴 한데, 미타니와 가몬이 그런 사이였나?"

"그것까지는 모르겠지만 그 정도밖에 떠오르지 않아서요."

작아지는 목소리로 대답한 오카다에게 나이토가 조심스럽게 말했다.

"저기, 미안한데 굳이 말하자면 미타니는 가몬 선배를 싫어했어."

나이토는 솔직한 말로 오카다의 주장을 산산조각 냈다. 오카다도 더 우길 생각은 없는지 침묵했다.

'목숨보다 소중한 물건'이라는 표현이 있다. 그만큼 중요한 물건이라는 뜻이겠지만 이는 어디까지나 비유일 뿐이다. 실제로 좀비에게 물어뜯길 위험을 감수하면서까지 뛰어들 만큼 소중한 물건은 없을 것이다. 누구나 자기 목숨이 가장 귀하기 때문이다. 좀비에게 물려 죽으면 아무 의미도 없다.

내가 그런 생각을 하는데 아오야마가 다시 팔짱을 끼며 말했다.

"왜 그랬는지 생각해도 의미가 없지 않나. 당사자가 죽은 지금에 와서는 우리끼리 아무리 이야기해 봤자 억측일 뿐이야. 가몬이 왜 밖으로 나가려고 했는지 그 이유는 영원한 수수께끼가 되어 버렸어. 하지만 확실한 건 사다리를 세워놓은 사람은 가몬이라는 거야. 좀비는 그 사다리를 타고 올라왔고. 이건 분명한 사실이겠지."

그런데 기노가 그 말을 잘랐다.

"잠깐. 좀비의 특성 ②를 보면 지능이 없고 그저 이리저리 돌아다닌다고 했잖아. 좀비가 스스로 생각해서 사다리를 오를 수 있을까?"

그러자 오가와라가 부드러운 목소리로 말했다.

"그것 말고는 달리 생각할 수 있는 게 없는데."

"가몬이 아래로 내려갔다가 좀비에게 물린 거예요. 그리고 빈사 상태로 도망쳐 여기까지 올라온 뒤에 죽었겠죠."

그때 나이토가 기노의 말을 소심하게 반박했다.

"아까부터 계속 말해서 죄송하지만 사망 현장은 여기예요. 저 책상 앞. 밖에서 물린 게 아니에요."

"아, 그랬지. 벽에 남은 혈흔이 그걸 증명하지. 미안, 깜빡했어. 그러면 좀비는 2층으로 올라가는 가몬의 허리에 매달려 있었다는 가설은 어때? 가몬이 필사적으로 도망쳐 올라왔지만 결국 방으로 좀비를 데려온 셈이 된 거지."

여전히 팔짱을 낀 아오야마가 반박했다.

"으음, 글쎄. 몸에 매달리면 보통 발로 걷어차서 떨어뜨리지 않을까? 게다가 좀비 한 마리는 꽤 무거울 텐데. 죽은 사람이라고는 해도 무게는 사람 체중과 같으니까. 그런 무게를 달고 사다리를 올라갈 수 있었을까?"

"어려울까?"

난감한 표정을 짓는 기노를 도울 생각으로 나는 입을 열었다.

"가몬의 목적은 알 수 없어. 아니면 사다리를 설치했지만 밑에서 우글거리는 좀비들 때문에 겁을 먹고 내려가기를 포기했을 수도 있어. 그러고는 좀비가 올라오지 못할 거라며 방심해서 사다리를 치우지 않고 그대로 둔 거지. 그렇게 방심한 틈을 타 좀비가 2층으로 올라온 거야. 이런 가설은 어떨까?"

"사다리를 오를 생각은 못 한다고 했잖아."

아오야마의 말에 오카다가 화들짝 놀라며 말했다.

"아뇨, 그러고 보니 생각났어요. 로메로 감독의 〈새벽의 저주〉에 좀비가 사다리를 오르는 장면이 나와요. 좀비한테 그 정도 지능은 있을지 몰라요."

오가와라도 차분한 목소리로 말했다.

"나도 우메모토의 말이 정답이라고 생각해. 셜록 홈스의 명언이 있잖아. '모든 가능성을 배제하고 마지막에 남은 것이 아무리 기묘하더라도 그것이 진실이다'. 기억은 잘 안 나지만."

그 말에 아오야마가 동의했다.

"확실히 오가와라 선배의 말이 맞을지도 몰라요. 다른 가능성은 모두 아니라고 결론이 났잖아요. 좀비가 1층 어딘가로 들어와서 계단을 올라 이 방으로 들어왔을 리는 없어요. 그렇다면 유일하게 남은 길은 이 사다리뿐이죠. 물론 좀비는 사다리를 타고 올라갈 생각을 못 했을지도 몰라요. 지능이 없으니까. 하지만 사다리에 손이나 발이 걸려 허우적대는 사이에 자신도 모르게 사다리를 조금씩 타고 올라왔을 수도 있죠. 그렇게 2층까지 온 걸지도 몰라요."

"그야말로 기가 막힌 우연이네."

기노의 말에 아오야마가 고개를 끄덕이며 말을 이었다.

"그런 기적적인 우연히 일어났을 거야, 분명. 좀비가 혼자서 올라올 만한 방법은 그것뿐이니까."

"확실히 그것밖에 떠오르지 않긴 하네."

기노도 완전히 수긍한 기색은 아니었지만 다른 가설이 없는 이상 반박할 수 없는 듯했다. 나 역시 그것 말고는 방법이 없다고 생각했다.

아오야마는 팔짱을 풀면서 말했다.

"좀비가 어떻게 안으로 들어왔는지는 알았어. 저 사다리를 타고 올라와 방 안에 있던 가몬을 덮쳤겠지. 거기까지는 다 이해했어. 그런데 그다음을 모르겠단 말이야. 좀비가 도대체 어디로 갔을까?"

"좀비는 지능이 없으니 스스로 문손잡이를 돌리고 방을 나갈 수 없어. 그렇다면 여기 있을 수밖에 없어."

기노가 혼잣말처럼 중얼거리며 다시 발코니로 나갔다. 우리는 그 뒷모습을 시선으로 쫓았다.

발코니로 나간 기노는 잠시 바닥을 응시하며 돌아다니다가 갑자기 멈추더니 눈을 빛내며 우리를 향해 말했다.

"여기, 찾았어."

그 말에 우리는 모두 발코니로 다시 나갔다. 무엇을 발견했는지 궁금했다.

"이거 봐."

기노가 손가락으로 바닥을 가리켰고 각자 생각에 잠긴 자세로 그곳을 주목했다. 나는 쭈그리고 앉아 눈을 부릅떴다.

이것은 혈흔인가. 콘크리트 바닥에 피가 점점이 묻어 있었다. 한 방울 한 방울, 어느 것은 크고 어느 것은 작은 핏자국들이 선을 그리듯 이어졌다. 혈흔은 열린 창문에서 발코니로, 그리고 난간 쪽으로 향했다.

창문을 등지고 섰다고 가정했을 때 오른쪽 대각선 45도 방향. 사다리와 반대 방향이었다.

아오야마가 바닥을 천천히 살피며 말했다.

"이건 가몬의 피인가?"

오카다도 안경을 밀어 올리며 바닥을 응시했다.

"그렇겠죠? 좀비는 피를 흘리지 않으니까요."

그 말을 듣고 떠올랐다. 어젯밤 니노미야가 죽창으로 좀비의 가슴을 꿰뚫었을 때와 아오야마가 정글도로 좀비의 정수리를 내리쳤을 때가. 두 번 모두 좀비의 몸에서 피가 나지 않았다. 시체니까 몸에 피가 흐르지 않기 때문이겠지. 그러니까 오카다의 말처럼 좀비는 피를 흘리지 않는다.

기노가 설명투로 말했다.

"좀비에게 물리기 전에 흘린 피 같지는 않아. 만약 무슨 이유로 다치기라도 했다면 가몬 성격에 가만히 있지 않았겠지. 호들갑 떨며 우리를 깨웠을 거야. 그러니까 이 피는 가몬이 좀비에게 물려서 죽은 뒤에 묻은 피라고 생각해도 될 거야. 그런데 가몬은 사망한 상태였으니 당연히 움직이면서 피를 흘리지는 않았겠지. 그러니까 이 혈흔은 좀비가 가몬을 물어 죽인 뒤에 이동하면서 생긴 흔적이라고 판단해도 될 거야. 좀비의 몸이나 옷에 잔뜩 묻었던 피가 떨어지면서 생긴 핏자국이지. 봐, 안에서 밖으로 이동하고 있어."

그러고는 창문에서 발코니를 가로질러 난간까지 점점이 떨어진 혈흔을 손가락으로 가리켰다.

"어때? 한눈에 봐도 명확하지? 좀비는 방에서 발코니로 나왔어. 그리고 난간에 부딪히면서 균형을 잃고 아래로 떨어진 거지."

기노의 가설을 들은 나이토가 쭈뼛대며 입을 열었다.

"저기, 그런데 여기서 떨어지면 골절될 수 있어요. 꽤 높아서."

"그건 상관없을 것 같아. 좀비니까. 통증을 못 느낄 테니 다리 하나쯤 부러진다고 해도 문제없겠지."

오가와라가 대답했다.

좀비의 특성 ⑦ 신체 일부가 손상돼도 계속 움직인다.

오가와라의 지적은 옳았다. 나도 그렇게 생각했다. 어젯밤 차에 들이받혀 몸이 두 동강 난 좀비는 상체만으로도 기세 좋게 기어 다녔다.

"그런가. 아래로 떨어져 다른 좀비들 사이에 섞였을까?"

아오야마가 그렇게 말하며 난간 밑을 내려다보려고 해서 마침 옆에 서 있던 나는 떠밀리듯 난간에 짓눌렸다. 그래서 깨달았다.

난간이 너무 높지 않나?

반원형 발코니를 둘러싼 철제 난간. 철제 막대들이 격자 모양으로 짜인 구조였다. 문제는 형태가 아니라 높이였다. 난간은 내 가슴 높이였는데 내 키는 178센티미터고 아오야마도 나와 비슷하다. 키가 작은 오카다나 나이토라면 목만 빼꼼히 내밀 수 있을 정도였다. 이것이 과연 단순히 균형을 잃었다고 떨어질 만한 높이일까? 가몬을 공격한 좀비의 키가 어느 정도였는지는 모르지만, 나나 아오야마보다 훨씬 키가 크지 않은 이상 쉽게 떨어질 높이는 아닐 것 같다. 설마 키가 250센티미터나 되는 좀비가 있을 리도 없고.

나는 문득 떠오른 의문을 솔직하게 말했다. 그랬더니 아오야마는 이마에 주름을 잡으며 깊은 생각에 잠긴 얼굴로 말했다.

"확실히 우메모토의 말도 일리가 있어. 난간이 너무 높아. 그런데 혈흔의 동선을 보면 좀비가 이 난간까지 온 건 분명하거든. 반면 다시 돌아간 것으로 보이는 혈흔은 어디에도 없고. 역시 여기서 아래로 떨어졌다는 생각밖에 들지 않아."

기노도 난간에 손을 얹고 말했다.

"균형을 잃었다고 한 내 말이 좀 부정확했을지도 모르겠네. 내 말은 좀비가 이 난간에 몸을 기대고 버둥대다가 반동으로 난간 너머로 튕겨 나갔다는 뜻이었어."

"과연, 그렇게 떨어졌다는 말인가. 충분히 있을 법한 일이네."

오가와라가 고개를 끄덕였고 오카다도 "뭐, 그것밖에 없겠죠"라며 납득한 얼굴이었다.

"이제 대충은 알겠네. 가몬이 사다리를 세우고 뭘 하려고 했는지, 그것만은 알 수 없지만. 좀비가 어떻게 올라왔고 어디로 떨어졌는지는 확실해졌어. 뭐, 그것만으로도 충분한 성과라고 할 수 있겠지."

아오야마가 여느 때처럼 상황을 정리하자 오가와라도 맞장구쳤다.

"그래, 의문이 풀려서 후련하네. 가몬은 안타깝게 됐지만."

오카다도 손끝으로 안경을 살짝 고쳐 쓰며 말했다.

"그러게요. 저도 속이 다 시원해요. 그리고 2층에 더 이상 좀비가 없는 게 맞다면 이제 안전하겠네요. 다행이에요. 나이토, 이제 안 무섭지?"

"응."

"그래서 이제 어떻게 할 거야?"

기노의 질문에 아오야마가 대답했다.

"우선은 사다리를 회수해야지. 좀비가 다시 올라오기라도 하면 큰일이니까."

그래, 그 가능성을 까맣게 잊고 있었다.

남자 넷이서 서둘러 사다리를 끌어 올렸다. 날은 이제 완전히 더워져서 고작 그것만으로도 땀이 흘렀다.

아오야마는 안으로 걸은 사다리에 기대고는 말했다.

"이거 제자리에 돌려놓고 나면 다음은 1층 보강이야. 유리창만 있는 곳은 좀 불안하거든. 좀비가 들이받아서 깨지기라도 하면 큰일이니까 방어를 단단히 해두자."

"알았어, 도울게."

"저도요."

오가와라와 오카다가 대답했다. 나이토는 조심스럽게 작은 목소리로 말했다.

"그럼 저는 점심 식사를 준비할게요."

"여자라서 요리를 잘할 거라는 생각은 편견이야."

기노가 깔깔거리며 웃자 나이토가 머뭇머뭇 입을 열었다.

"그래도 뭐라도 해야 마음이 편하니까요."

"그렇다면 상관없는데, 미안해. 나는 못 도와줘. 요리도 못 하고 좀 쉬고 싶거든. 잠을 전혀 못 자서."

그 말에 아오야마가 고개를 끄덕였다.

"괜찮아, 상황이 이렇잖아. 체력을 아끼는 게 우선이지.

작업 끝나면 우리도 쉬자. 그 전에 가몬을 침대에 눕혀주지 않을래? 이렇게 계속 바닥에 쓰러진 채로 두는 건 좀 안됐잖아."

⚔

옥상으로 올라가니 한여름 태양이 작열했다.

그래도 도쿄보다는 나았다. 온몸에 달라붙는 습기와 체온을 넘어서는 푹푹 찌는 열기가 이곳에는 없었다. 숲으로 둘러싸인 산 정상의 공기는 도시와 비교하면 상쾌했다.

그렇다고는 해도 옥상은 야외라서 역시 더웠다. 어디서든 강렬한 햇빛이 사정없이 정수리에 내리꽂히는 것은 도시나 산이나 마찬가지였다. 아직 정오가 되지 않았는데도 몹시 뜨거웠다.

나는 따갑게 내리쬐는 햇볕에 눈을 가늘게 뜨고 주위를 둘러봤다. 산 위에 있는 건물의 옥상인 만큼 전망이 좋았다. 보이는 풍경은 주위를 둘러싼 숲의 나무들뿐이었다. 고층 건물이 전혀 없는 덕분에 하늘이 넓게 펼쳐졌다. 이 푸르른 맑은 하늘 아래 역겨운 좀비 떼가 돌아다닌다니 별안간 현실감이 떨어졌다.

옥상을 걸었다. 평평한 콘크리트 위에는 아무런 시설도 없었다. 오히려 시원하다고 느껴질 정도로 탁 트인 공간에서 다네가시마는 모닥불을 피우고 있었다. 어디서 가져왔는지 알록달록한 해변 파라솔을 세워놓고 티셔츠와 반바지 차림으로 그늘에 서 있는 다네가시마는 누가 봐도 휴양지 리조트에 온 사람 같았다. 긴박한 상황에서도 전혀 긴장하지 않는 다네가시마다운 무심한 태도지만 이 뙤약볕에서 그 행동을 탓하는 것은 너무 가혹한 일일 것이다.

모닥불을 피우는 다네가시마에게 다가갔다. 아니, 모닥불이 아니라 봉화인가. 나무를 쌓아놓고 그 위에 불을 지피고 있었는데 바람이 불지 않아서 연기가 곧게 위로 올라갔다. 나는 하늘로 빨려 올라가는 잿빛 꼬리를 올려다봤다. 산 정상에서 피어오르는 연기는 확실히 눈에 잘 띄었다. 산 아래 있는 사람이 발견해 주면 참 좋을 텐데.

봉화를 올리는 불길 주변에는 나무 의자 두 개만 나뒹굴고 있었다. 그리고 톱이 하나. 해체된 의자의 잔해로 보이는 나무 조각들 또한 그곳에 함께 쌓여 있었다. 다네가시마는 어젯밤 말한 대로 가구를 부숴서 불을 피우고 있었다.

그러고 보니 이 친구는 바비큐 파티 때부터 계속 불을 피우고 있구나. 그런 아무 상관 없는 생각을 하면서 다네가시마에게 페트병을 내밀었다.

"자, 덥지?"

시원한 생수병의 겉면에는 벌써 물방울이 송골송골 맺혀 있었다.

"고마워, 잘 마실게."

다네가시마는 물을 단숨에 반 이상 들이켰다.

"괜찮아?"

내가 물었더니 다네가시마가 엉망진창으로 헝클어진 덥수룩한 머리를 갸웃거리며 되물었다.

"뭐가?"

"아니, 이 상황 말이야. 멘탈 괜찮나 해서."

"아아, 그거라면 괜찮아."

"터프하네."

"호들갑 떨어봤자 별수 없잖아. 될 대로 되겠지. 그거보다 이 더위가 더 참기 힘들어."

다네가시마는 태연하게 말했다. 긴장감 없이 느긋한 얼굴이었다.

"불 피우는 거 교대할까?"

"아직 괜찮아. 그런데 오후에는 부탁할 수도 있어."

"그래, 언제든 말만 해."

나는 봉화의 불길 앞에 쭈그리고 앉아서 아까 방에서 나눴던 대화를 들려줬다. 좀비가 어디로 침입해서 어떻게 떨어져 사라졌는지 다 함께 추리한 내용을.

"흐음."

이야기를 다 들은 다네가시마는 관심 없다는 듯 반응했다. 덥수룩한 머리를 긁적이며 무심한 표정을 짓고 있었다.

사람이 죽었는데도 이런 태도라니. 도대체 무슨 생각을 하는지 도통 알 수 없는 친구였다.

봉화는 별난 친구에게 맡기고 나는 감옥처럼 비좁은 방으로 돌아왔다. 그래도 하룻밤을 보냈다고 묘한 애착 같은 감정이 느껴져서 신기했다. 이상하게도 마음이 안정됐다. 뜨거운 옥상에 있다가 방으로 돌아오니 시원한 에어컨 바람이 달가웠다.

아침부터 이런저런 일들 때문에 지쳐서 2층 침대의 1층에 쓰러지듯 누웠다.

숨진 가몬을 발견하고 한참 동안 추리를 펼쳤는데, 우선은 일단락이 나서 다행이지만 피곤했다. 그럴 만도 했다. 어젯밤은 거의 한숨도 못 잤기 때문이다.

팔을 베고 누운 나는 무심코 한숨을 내쉬었다. 사람이 너무 많이 죽었다.

어젯밤 바비큐 이후 일어난 참극. 이치이가, 니노미야가, 미타니가 좀비에게 물어뜯겨 허망하게 죽었다. 그리고 오늘 아침은 가몬이었다.

이런 상황이 언제까지 계속될까?

산꼭대기 건물에 갇힌 지금, 모두가 제정신으로 버틸 수 있을까?

산 아래에서는 지금 상황이 어떻게 돌아가고 있을까?

봉화가 도움이 될까?

이런저런 생각으로 머리가 복잡하다가 어느새 꾸벅꾸벅 졸았던 모양이다.

엄청난 소리에 깜짝 놀라 벌떡 일어났다.

무슨 소리지?

잠기운이 남은 눈으로 침대에서 몸을 일으켰다.

또 괴이한 일이 일어났나?

어디서 난 소리지? 건물 안인가? 아니, 밖이다. 밖에서도 위쪽. 이 소리는 그래, 내가 아는 소리다. 헬리콥터의 프로펠러 소리.

나는 침대에서 뛰어내려 방을 뛰쳐나가 복도를 달렸다.

옥상으로 향하는 계단 아래서 사람들과 마주쳤다. 다들 진지한 얼굴이었다.

"헬리콥터 소리야."

모두가 아는 말을 나도 모르게 내뱉었다. 아오야마가 크게 고개를 끄덕이며 말했다.

"맞아, 위야."

"빨리 가요."

오카다가 초조한 기색으로 재촉했다.

기노를 선두로 우리는 무리를 지어 옥상을 향해 계단을 뛰어 올라갔다.

내리쬐는 눈부신 태양.

찌르는 듯한 공기.

그리고 봉화에서 피어오르는 연기 앞에서 멍하니 서 있는 다네가시마의 뒷모습. 긴장감이라고는 없는 부스스한 뒤통수.

아니, 그런 사소한 것들은 아무래도 좋았다. 헬리콥터는 어디 있지?

하늘을 올려다보니 저 멀리 헬리콥터가 작게 보였다.

그런데 백 미터 넘게 떨어져 있는 그 헬리콥터가 점점 멀어졌다.

구조하러 온 것 아니었나? 왜 그냥 가지? 당황스러웠다. 다른 사람들도 마찬가지인 듯했다.

"아아, 헬리콥터가 그냥 가 버리네."

오카다가 처량하게 말했고 입을 떡 벌린 오가와라도 망연하게 중얼거렸다.

"왜 구해 주지 않지?"

두 여학생도 망연자실한 모습으로 서 있었고 아오야마는 놀란 얼굴로 헬리콥터가 떠나는 방향만 하염없이 바라봤다.

저 헬기는 뭐지? 희망 고문하나? 왜 그냥 가지?

내가 분노를 터뜨리려던 순간 옆에서 다네가시마가 태평한 어조로 말했다.

"다들 진정해. 저건 방송국의 보도용 헬기야. 4인승 소형 기거든. 우리를 구하러 온 게 아니야."

사람들이 '지금 진정하게 생겼어? 그냥 가버렸잖아'라며 따지려는데 다네가시마가 부스스한 머리를 쓸어 올리며 무심한 얼굴로 말했다.

"이것 좀 봐."

우리에게 스케치북을 보여줬다. 어디에서 가져왔는지 의문인 와중에 다네가시마는 스케치북을 한 장씩 넘겼다. 각 장에 한 글자씩 커다랗게 적혀 있었다. 순서대로 읽으니 '구', '해', '줘', '!', '생', '존', '자', '7', '명'. '7'이라는 숫자는 원래 '8'로 적어둔 것을 고쳐 썼다. 가몬이 죽기 전에 써둔 듯했다.

헬리콥터의 엄청난 소음 때문에 대화를 주고받기 어렵다고 생각해서 미리 준비했다 보다. 묘하게 주도면밀한 구석이 있는 친구였다.

"이걸 보여 줬더니 저쪽에서 답을 보내왔어."

다네가시마의 말에 아오야마가 초조한 얼굴로 물었다.

"뭐래?"

"저쪽도 스케치북으로 대답했어. '알겠다, 자위대 헬기를 요청하겠다'."

그 말을 들은 모두의 얼굴이 희망과 기쁨으로 빛났다.

자위대 헬기가 온다. 구조다. 구조대가 온다.

"와아" 하고 일제히 환성이 터졌다. 몇몇은 펄쩍 뛰며 기뻐하기도 했다. 오가와라도 그 큰 덩치로 펄쩍펄쩍 뛰었다. 나는 안심한 나머지 그 자리에 주저앉을 뻔했다. 기노와 나이토는 손을 꼭 마주 잡았다.

그런데 눈치 없는 다네가시마가 묘하게 음울한 얼굴로 찬물을 끼얹었다.

"구조대가 오려면 시간이 더 걸릴 거야. 그전에 정리해 두고 싶은 게 있어. 여기는 더우니까 안으로 들어가자. 그래, 현장이 좋겠네. 아까처럼 가몬의 방으로 모여 주겠어?"

그러고는 혼자만 훌쩍 계단으로 향했다. 부스스한 머리가 걸음을 따라 흔들렸다.

'이런 상황에서 도대체 무슨 소리지?'

우리는 어안이 벙벙해서 서로 얼굴을 마주 봤다.

⚒

우리는 다시 가몬의 방에 모였다.

조금 전에 치열한 추리 토론을 벌인 지 채 두 시간도 지나지 않은 시점이었다.

침대 위에 펼쳐진 하얀 시트가 사람 모양으로 솟아 있었다. 아오야마와 친구들이 최소한의 배려로 가몬의 시신을 덮어 주었다. 그 처참하게 죽은 모습을 계속 사람들 눈에 띄게 두는 것은 너무 가혹한 일이었다. 올바른 배려였다고 생각했다.

세트로 된 책상과 의자가 있었지만 하나뿐이라 아무도 선뜻 앉지 않았다. 그렇다고 침대에 걸터앉을 정도로 무신경

하지는 않기 때문에 다들 자리를 지키고 섰다. 누구랄 것 없이 불편해 보였고 어색한 분위기가 감돌았다.

타인의 시선을 신경 쓰지 않는 다네가시마가 하나 있는 의자에 앉지는 않을까 걱정했지만 그래도 그렇게까지 무심하지는 않은 듯했다. 그도 서 있었다.

다네가시마는 그 자리에 모인 사람들을 천천히 둘러봤다. 좀비의 습격에서 살아남은 사람들이었다. 아오야마, 오카다, 오가와라, 기노, 나이토, 나. 다네가시마는 의아한 표정을 짓는 모두의 얼굴을 잠시 둘러보다가 조용히 입을 뗐다.

"여기 오래 갇혀 있을 걸 각오해서 괜히 자극하지 않으려고 잠자코 있었어. 그런데 이제 그럴 필요가 없어서. 구조대가 출동하기까지 20분에서 30분 정도 걸릴 테니까 그전에 끝내려고 해."

다들 고개를 갸웃했다. 내가 대표로 물었다.

"끝내다니, 뭘?"

"사건 말이야."

다네가시마는 덥수룩한 머리를 손으로 빗으며 당연하다는 어조로 대답했다. 그리고 다시 한번 모두를 둘러봤다.

"다들 열심히 추리했다는 말을 우메모토에게 들었어. 가몬을 공격한 좀비가 어디에서 올라와 어떻게 사라졌는지. 그래, 언뜻 들으면 논리적인 것 같지. 하지만 이해할 수 없는 점이 있어."

"어느 부분이? 논리적이면 된 거 아냐?"

아오야마가 당연하다는 듯 주장하자 다네가시마가 대답했다.

"아니, 도저히 그냥 넘길 수 없는 점이 있어."

"그게 뭔데?"

이번에는 기노가 물었다.

"그건 바로 우연이 너무 많다는 점이야. 다들 기적적인 우연이라는 말을 한 것 같은데 그런 일이 일어날 수도 있다는 건 뭐, 나도 인정해. 좀비가 사다리를 타고 기어올랐다. 원래라면 그럴 만한 지능은 없을 테지만 우연히 손과 발이 걸려 끌려 올라오는 형태가 됐다. 그렇게 우연히 2층까지 올라왔다는 게 모두가 내린 결론이지. 다음은 가몬이 좀비에게 습격당해 쓰러졌을 때 뒤통수를 부딪친 것. 뒤로 넘어질 때 마침 뒤통수가 닿을 부분에 책상 모서리가 있었다. 그래서 우연히 거기 부딪쳤다. 그리고 또, 좀비가 발코니 난간에서 떨어졌다는 가설도 그렇지. 난간은 저렇게 높아. 우메모토가 지적한 대로 보통 쉽게 몸이 넘어가지 않을 거야. 그런데 이것도 좀비가 버둥거리다가 어쩌다 보니 난간 너머로 떨어졌다고 결론지었지. 여기에도 우연이 있어. 아무리 그래도 우연이 너무 많지 않아?"

그렇게 물으며 다네가시마는 모두를 둘러봤다.

"그리고 지금 우리가 처한 상황을 생각해 봐. 좀비 떼에 둘러싸여서 꼼짝없이 갇혀 있어. 공포 영화 같은 상황이지. 있을 수 없는 일이야. 우연히, 어쩌다 보니 이런 일이 생겼지. 봐 봐, 여기에도 우연이 나와. 우연이 네 번이나 겹쳤다고. 너무 억지스럽지 않아? 우연은 한 번이면 충분하다고 생각하거든. 좀비들에게 둘러싸여 영화 같은 상황에 내몰린 우연, 이거 하나만으로도 이미 과한데 여기에 다른 우연까지 겹친다면 부자연스럽다고 보는 게 맞지.

부자연스럽다고 느끼는 순간, 그건 이미 우연이 아닌 거야. 우연의 반대말이 뭐야? 그래, 필연. 즉 인위적인 것이지. 사람의 의지가 개입해 그 일이 일어난 것. 그것이 바로 필연이야. 맞아, 나머지 셋은 우연이나 사고가 아니라 사람이 의도해서 일어난 일이야. 그렇게 생각하는 게 이치에 맞아. 인위적인 행위로 사람이 죽었다. 누군가의 의지가 개입된 후 사망자가 나왔다. 이걸 뭐라고 부르지? 정답은 하나. 바로 살인이야."

다네가시마의 말에 모두가 웅성거렸다.

"아니, 잠깐만."

"그게 무슨 말이야."

"살인이라니."

그러나 다네가시마는 아랑곳하지 않고 설명을 이어갔다.

"나는 처음부터 의심했어. 가몬이 좀비가 아니라 누군가에게 살해당한 것 아닐까 하고. 그리고 살인에는 반드시 범인이 있지."

또다시 술렁거렸다.

"범인?"

"가몬을 죽인 사람이 있다고?"

"설마, 말도 안 돼."

사람들이 저마다 소리쳤지만 다네가시마는 여전히 무심하게 머리를 박박 긁으며 말했다.

"범인은 어디에 있을까? 밖에서 들어와서 다시 밖으로 도망쳤을까? 아니, 그건 아닐 거야. 이 건물은 좀비에게 포위된 고립된 공간이야. 아무도 드나들 수 없지. 그리고 아오야마의 주도로 건물을 샅샅이 살폈고 건물 안에 숨어 있는 사람은 없다는 사실도 확인했어. 그러면 결론은 하나뿐이야. 범인은 이 안에 있어."

찬물을 끼얹은 듯 순식간에 조용해졌다. 이번 발언은 너무 충격적이었나 보다. 다들 숨을 삼키며 아무 말도 하지 못했다.

그때 아오야마가 미심쩍은 얼굴로 확인했다.

"우리 중에 범인이 있다는 말이야?"

"물론."

다네가시마는 당연하다는 듯 고개를 끄덕이며 말을 이었다.

"그럼 이제부터 그 범인이 누군지 밝히려고 해."

아오야마는 더 이상 말을 덧붙이지 않았다.

"우선 피해자는, 아아 여기서 피해자는 당연히 가몬이야. 살해당해서 목숨을 잃었으니 피해자라고 불러야지. 피해자는 넘어질 때 뒤통수를 책상 모서리에 부딪친 것으로 보여. 하지만 이걸 단순한 우연이라고 보기에는 너무 잘 짜인 판 같다고 아까 내가 말했지? 이건 우연이 아니야. 그러면 뭘까? 당연히 사람이 꾸민 일이지. 즉 범인이 고의로 있는 힘껏 내리친 거야. 피해자가 뇌타박상을 일으키도록 뒤통수를 책상 모서리에 힘껏.

왜 그런 짓을 했는지는 깊게 생각할 필요도 없어. 오카다가 말했던 좀비의 특성 ⑤ 좀비에게 물려 죽은 인간은 되살아나서 좀비가 된다. 당연히 범인은 이를 막으려고 했지. 그것 말고는 죽은 사람을 뇌타박상에 이르게 할 이유는 없어. 가몬을 죽이는 데 성공해도 그가 되살아나서 반격하면 큰일이잖아. 좀비의 특성 ⑧ 움직이는 좀비를 멈추게 하려면 뇌를 파괴하는 방법뿐이다. 범인은 피해자가 좀비가 될 조건을 미리 제거하려고 뇌가 망가질 정도로 깊은 상처를 준 셈이야. 가몬이 넘어진 위치에 공교롭게도 책상 모서리가 있었다는 우연보다는 이렇게 추측하는 편이 더 타당하겠지. 우연이 아니라 범인에 의해 계획적으로 뇌가 망가졌어."

그때 기노가 고개를 들며 말했다.

"손으로 내리쳤다는 말이지? 그럼 여자는 안 되겠네. 그럴 정도로 힘이 세지 않으니까. 나와 나이토는 범인 후보에서 제외되는 거지?"

그런데 다네가시마는 이목구비가 뚜렷한 얼굴로 무심하게 대답했다.

"그렇지도 않아. 직접 머리를 잡고 책상 모서리에 힘껏 내리쳤다고 생각할 수도 있지만 다른 방법도 있어. 바로 도구를 사용하면 돼. 예컨대 모루 같은."

나는 그 말을 듣자마자 떠올랐다. 도구 보관실의 작업대 밑에 있던 네모난 모루가.

"그걸 가져와 엎드려 있는 피해자의 뒤통수에 떨어뜨리는 거야. 아니, 힘껏 내리치지. 모루는 한쪽이 네모나고 날카로운 모서리가 있어. 그 무거운 모루의 모서리 부분으로 내리치면 단번에 머리를 깰 수 있을 거야. 그리고는 이 책상 모서리에 피를 바르고 시체의 위치를 조절해 위를 향한 자세로 눕혀 놓는 거야. 이러면 넘어지면서 우연히 책상 모서리에 부딪힌 것처럼 보일 테니까. 물론 모루도 깨끗이 닦아서 도구 보관실에 갖다 놓는 것도 잊지 않고. 이 방법이라면 힘이 약한 사람도 범행을 저지를 수 있어."

기노가 어깨를 으쓱이며 비꼬듯 대꾸했다.

"그리 쉽게 의심에서 벗어날 수 없다는 뜻이네."

그때 오카다가 끼어들었다.

"저기, 잠시만요. 살인이니 범인이니 하는데 사인은 분명하잖아요. 가몬 선배는 좀비에게 물려 죽었어요. 상처나 혈흔이 확실하다고요. 다네가시마 선배도 직접 확인했잖아요."

"아아, 그랬지."

다네가시마는 고개를 끄덕였다.

"생각해 보세요. 좀비의 특성 ② 지능이 없고 그저 이리 저리 돌아다닌다. 좀비는 지능이 없어요. 가몬 선배만 물도록 유도할 수 없다고요."

"아니, 한 가지 방법이 있어. 바로 좀비를 이용하는 거야."

아오야마가 미간을 찌푸리며 말했다.

"이용했다고? 어떻게? 뱀을 부리는 인도 사람도 아니고, 설마 피리를 불어서 좀비를 조종했다는 뜻은 아니지? 그런 방법이 있으면 내가 주변의 좀비들을 다 쫓아낼 텐데."

오카다도 안경을 고쳐 쓰며 말했다.

"그런 방법이 있을 리 없죠. 좀비에게 살인을 의뢰한다니 말도 안 돼요. 물론 협상도, 설득도, 매수도. 애초에 의사소통이 안 되는 존재잖아요."

"아, 물론 그런 방법을 말한 건 아니야. 좀비와 협상할 수 없다는 건 나도 알아. 하지만 범인은 좀비를 이용했어. 내 말이 언뜻 모순처럼 들리겠지만 그 모순을 깨뜨릴 방법이 딱 하나 있지."

태연한 다네가시마를 향해 오카다가 이상한 표정으로 물었다.

"명령을 듣게 할 무슨 특별한 기술이라도 있어요?"

"딱히 명령할 필요는 없어. 좀비의 특성 ③ 살아 있는 사람을 보면 공격한다. 이 본능을 이용해서 눈앞에 있는 인간을 물어 죽이게만 하면 돼. 범인은 이 특성을 이용하려고 악마처럼 악랄한 방법을 쓴 것 아닐까 싶어. 내 생각은 그래."

다네가시마답지 않게 얼굴을 조금 찌푸리며 말을 이었다.

"좀비의 특성 ⑦ 신체 일부가 손상돼도 계속 움직인다. 다들 실제로 봤지? 미타니가 차로 좀비를 죽였을 때 상체와 하체가 분리된 좀비가 미나티에게 달려들었잖아. 기억하지?"

당연히 기억한다. 그 악몽 같은 광경은 여전히 머릿속에 생생했다.

"좀비는 몸이 분리돼도 움직일 수 있어. 물론 팔이나 다리가 하나 없어도 아무렇지 않게 돌아다니지."

다네가시마의 말에 나는 말없이 고개를 끄덕였다. 확실히 어젯밤 좀비 떼에서 한쪽 팔이 없는 좀비를 봤다.

"그리고 좀비의 특성 ⑥ 좀비는 심장을 터뜨리는 정도로는 죽지 않는다. 이것도 기억하지? 니노미야가 공격당했을 때 죽창으로 심장을 꿰뚫었지만 좀비는 아무런 타격도 받지 않고 계속 움직였어. 그건 심장이 없어도 된다는 뜻이야. 심장을 관통당해도 괜찮았으니 좀비가 움직이는 데 심장은 필요 없는 셈이지. 그러면 상체도 심장도 필요 없다는 결론이 나오지."

나는 다네가시마의 설명이 마음에 걸렸다.

"음? 상체가 필요 없다면 다 없어져 버리잖아?"

"그렇게 말한 적 없어. 우메모토, 생각해 봐. 좀비가 사람을 어떻게 공격하지? 좀비의 특성 ④ 공격 방법은 주로 물어뜯기. 좀비는 이만 있으면 사람을 물어뜯어. 즉 몸통 없이 머리만 남아도 계속 움직일 수 있다고 추측할 수 있지. 좀비를 이용할 방법은 그것뿐이야."

머리만!

머리만 남은 좀비도 사람을 물 수 있다는 말인가.

나는 소름이 돋아 할 말을 잃었다.

상상만으로도 소름 끼쳤다.

다른 사람들도 경악한 듯 눈을 부릅떴다.

그러나 다네가시마의 추론이 맞다면 분명 목만 남아도 사람을 물 수 있을 것 같았다. 몸과 심장이 없어도 된다면 당연히 좀비는 목이 잘려도 죽지 않는다는 결론이 나온다.

모두를 충격에 빠뜨린 다네가시마는 정작 아무렇지 않게 추리를 이어나갔다.

"범인은 좀비의 머리를 이용해 가몬을 공격했다. 그렇게 가정하고 생각해 보자. 어떤 상황이었을지 상상해 봐. 범인은 자신의 손을 물리면 안 되니까 좀비 머리의 얼굴 부분을 잡을 수는 없었을 거야. 한 손으로 뒤통수를 움켜잡든지 두 손으로 양쪽 귀 부위를 잡아야 했겠지. 아무튼 좀비 머리의 뒤에 서서 얼굴을 앞으로 들이미는 형태였을 거야. 그리고 자신에게 튈 피를 뒤집어쓰지 않을 방법도 궁리해야 했지. 어젯밤 건물 밖에서 세 명이 죽는 모습을 봤으니 피가 어마어마하게 튄다는 사실은 다들 알 거야. 되도록 그 피를 뒤집어쓰고 싶지 않다는 게 일반적인 심리지. 뒤처리하기도 힘드니까. 그러니 무언가로 자신을 보호해야 했어. 그러려면 도구 보관실에 있던 파란 천막 비닐 같은 게 유용했겠지. 나중에 욕실에서 씻기도 편할 테고."

다네가시마는 우리를 둘러보더니 다시 입을 열었다.

"어떤 모습일지 다들 상상했어? 좀비의 살아 있는 머리를 내밀면서 자신의 몸과 팔은 천막 비닐로 보호한다. 어디서 본 것 같은 모습이지? 그래, 바로 사자춤이야. 축제 같은 데서 볼 수 있는 사자춤은 사자 머리는 앞으로 내밀고 연기자는 넝쿨무늬 천을 뒤집어쓰지. 그 천이 사자의 몸처럼 보이게 꾸미는 거야. 범인은 바로 이 방법을 이용하지 않았을까? 사자 머리가 아닌 좀비 머리를 양손에 들고 몸은 천막 비닐로 둘러싸 숨긴 채. 이게 가장 효율적인 방법이야."

세상에, 사자춤이라니. 그런 황당한 방법이 있을 줄은 몰랐다. 나는 기가 막혀서 말문이 막혔다.

"범인의 행적을 구체적으로 추리해 보자. 범인은 늦은 밤 자기 방이나 어디에 숨겨둔 좀비의 살아 있는 머리를 들고 나와 가몬의 방으로 왔어. 그러고는 좀비 사자춤 차림으로 방으로 쳐들어갔지. 문이 잠겨 있지 않았다면 그랬을 거야.

만약 문이 잠겨 있었다면 가몬을 불러냈겠지. 구실은 뭐든 상관없어. 누가 갑자기 아프다는 둥 1층에 좀비가 들어 왔으니 옥상으로 대피하자는 둥 문을 열게 할 핑계는 얼마든지 꾸며낼 수 있어. 아무튼 그렇게 문을 연 가몬의 앞에 좀비 사자춤이 기다리고 있었어. 가몬이 얼마나 혼비백산했을까. 그런 괴물과 맞설 수 있는 사람이 어디 있겠어. 몹시 당황해서 이쪽으로 도망쳤겠지."

다네가시마는 방 안을 손가락으로 가리켰다.

"범인은 사자춤 차림으로 몰아붙였을 거야. 살아 있는 좀비의 머리를 앞으로 내밀면서 피해자를 궁지로 몰았겠지."

가몬이 쓰러져 있던 책상 근처를 손가락으로 가리켰다.

나는 그 장면을 상상했다.

그야말로 지옥의 사자춤이었다.

보통 사자춤은 흥겨운 장단과 음악에 맞춰 익살스러운 춤을 춘다. 하지만 이 지옥의 사자춤은 깊은 밤에 음악도 없이 살아 있는 좀비의 머리를 달고 음침하게 움직인 것이다. 우스꽝스러우면서도 더없이 섬뜩하고 소름 돋는 장면이었다.

확실히 악마처럼 악랄했다.

보통 사람이라면 떠올릴 수 없는 악마 같은 발상이었다.

나는 처음 이 방에 들어왔을 때 맡은 좀비 특유의 썩은 내를 떠올렸다. 그것은 사자춤을 춘 좀비가 남긴 죽음의 냄새였다.

"범인은 그렇게 좀비의 머리를 들이밀어 가몬을 물게 했어. 피가 벽에 튀었지. 가몬은 목숨이 끊어지고서도 몇 번이나 물렸어. 좀비가 이 방에 침입해 가몬을 덮쳤다고 강조하려는 의도였을 거야. 그러면 아무도 살인을 의심하지 않을 테니까. 그리고 머리만 남은 좀비는 식도도 위장도 없으니까 물어뜯은 살점들은 목구멍에서 뚝뚝 떨어졌을 거야. 범인은 그것을 처리해야 했어. 남겨두었다가는 좀비가 얼굴만 있었다는 사실을 들킬 수 있으니까. 도구 보관실에는 청소 도구도 있잖아. 그걸 가져다가 쓰레받기로 살점들을 모아서 창문을 열고 발코니로 나가 밖으로 던졌지. 그때 발코니 바닥에 피를 흘리는 걸 잊지 않았어. 혈흔을 좀비의 퇴장 경로로 위장했지. 바깥으로 내던진 살점들은 이 날씨에 금방 썩겠지만 좀비들이 내뿜는 악취에 섞여 아무도 알아차리지 못할 테고."

다네가시마는 구역질 나는 이야기를 담담하게 풀어놓았다.

"물론 살점들을 내던질 때 흉기로 사용한 좀비의 얼굴도 발코니에서 내던져 처리했을 거야. 최대한 멀리 던져서 숲속까지 굴러가 준다면 더할 나위 없었겠지. 아무에게도 발견되지 않을 거야. 수많은 좀비 속에 머리 하나쯤 굴러다닌다고 누가 신경이나 쓰겠어."

다네가시마는 어깨를 살짝 으쓱하더니 추리를 이어갔다.

"그러고는 마지막으로 피해자의 머리가 책상 모서리에

부딪힌 것처럼 위장했어. 그렇게 피해자의 뇌를 파괴한 셈이야. 아까도 말했듯 피해자가 좀비로 되살아나서 2층을 어슬렁거리기라도 하면 곤란하니까. 게다가 범인이 해야 할 일은 한 가지 더 있었어. 도구 보관실에서 사다리를 가져와서 발코니 밖에 세워두는 것. 그렇게 길을 하나 만들어 두지 않으면 좀비가 어디서 어떻게 이 방에 들어왔는지 사람들이 추측할 수 없을 테니까. 다소 미심쩍은 경로라도 없는 것보다는 낫지. 아무것도 없으면 좀비가 어디서 나타났는지 알 수 없어서 살인을 의심하는 사람이 나올 수도 있으니까. 일단 대충이라도 좀비가 올라온 길을 추측할 수 있도록 꾸민 거야. 모두가 범인의 속셈에 감쪽같이 속아서 잘못된 추리를 한 것 같지만."

이게 무슨 말이지? 우리는 무엇 때문에 그토록 가몬이 사다리를 세워놓은 이유를 알아내려고 했단 말인가. 그야말로 헛수고였다. 나도 모르게 힘이 쭉 빠졌다.

"이것이 범행의 전말이야. 궁금한 점 있어?"

다네가시마가 모두를 둘러보며 물었다. 아오야마가 씁쓸한 얼굴로 말했다.

"우리가 범인의 손바닥 안에서 놀아났다는 건 알겠어. 그래서 범인은 누구야? 정말 우리 중에 있어?"

"당연하지. 아까도 말했지만 여기는 사람이 드나들 수 없는 곳이야. 침입자가 없었으니 이 중에 있다고 생각할 수밖에."

다네가시마의 말에 다들 서로의 얼굴만 쳐다봤다. 아오야마, 오카다, 오가와라, 기노, 나이토, 그리고 나. 범인 후보들은 조금씩 서로를 의심하기 시작했다. 다네가시마를 후보에서 제외한 이유는 그가 범인이라면 굳이 자신의 수를 드러내면서 범행 수법까지 밝히는 짓은 하지 않았으리라는 지극히 단순한 논리에서 비롯된 판단이었다.

"그래서 범인이 누군데?"

기노가 냉철하게 직설적으로 물었다. 다네가시마도 무심한 태도로 말했다.

"괜히 질질 끌 생각 없어. 바로 말할게. 범인은 좀비의 머리만 구할 수 있는 사람이라고 추측할 수 있지. 좀비 사자춤을 연기하려면 좀비의 살아 있는 머리를 반드시 손에 넣어야 하니까. 자, 어떻게 구했을까?

좀비라면 밖에 잔뜩 있어. 말 그대로 썩어날 정도로 바글바글. 그러니까 머리는 언제라도 구할 수 있을 것 같지. 하지만 그러기에는 문제가 좀 있어. 좀비의 특성 ③이라는 벽이. 좀비의 특성 ③ 살아 있는 사람을 보면 공격한다. 범인은 좀비의 공격을 피해서 머리를 손에 넣어야 해. 이때 '어떻게'라는 문제를 맞닥뜨리게 되지. 어떻게 해야 할까? 나가서 사냥할까? 아니, 목을 단번에 쳐서 잘라내는 건 어려워. 일본도라도 든 검술의 달인이라면 모를까, 우리 같은 일반인이 어떻게 그럴 수 있겠어. 그리고 밖에 나가 꾸물거리는 사이에 여차하면 좀비의 먹잇감이 될 거야. 살인을 준비하다가 오히려 자신이 물려 죽는다니 그렇게 우스운 일도 없지. 그럼 한 마리만 건물 안으로 유인해서 목을 자를까? 아니, 그것도 곤란해. 이치나 니노미야의 마지막 모습이 어땠는지 다들 선명하게 기억하지? 좀비는 혼자라도 힘이 세. 일대일로 싸우는 것도 위험부담이 커. 잠깐만 방심해도 내가 물려 죽을 수 있어."

다네가시마는 잠시 숨을 고른 뒤 다시 말을 이었다.

"그렇게 생각하면 이곳에서는 좀비 머리를 구하기 어렵다는 걸 알 수 있어. 밖에 수많은 좀비가 있지만 좀비의 머리만 가져오기란 불가능하다는 걸 누구나 알지."

그러고는 단언했다.

"어젯밤 갑자기 좀비 떼가 우리를 습격했어. 그런 상황을 예측한 사람은 아무도 없을 거야. 그래서 황급히 세미나 하우스로 피신했지. 그런 우리는 좀비의 머리를 구할 수 없었어. 그런데 오직 한 사람만이 좀비의 머리를 들고 올 수 있었지. 다들 기억하지? 여기 늦게 도착한 사람이 한 명 있다는 걸. 공처럼 둥근 물체를 들고."

나는 헉 하고 숨을 삼켰다.

어제의 한 장면이 떠올랐다. 그때 들었던 그 사람의 목소리도…….

―자, 간식 들고 왔어. 수박이야. 냉장고 비었어?

깃털 같은 부드러운 말투. 양손에 하나씩 들고 온 비닐봉지. 흰 비닐봉지에 든 크고 둥근 공 모양 물체.

모두가 같은 결론에 다다른 듯 한 사람을 향해 휙 시선을 돌렸다. 덩치가 크고 차분하게 서 있는 오가와라를.

다네가시마도 그를 바라보며 말했다.

"오가와라 선배, 어제 수박 두 통을 들고 왔죠? 그중 하나는 어젯밤 바비큐가 끝나갈 때 먹었어요. 자, 나머지 하나는 지금 어디 있는지 대답할 수 있습니까?"

따져 묻는 말투가 아닌 그저 담담한 목소리였다.

아까부터 계속 말이 없던 오가와라는 다네가시마의 추궁에 한층 더 침묵했다. 이마에 땀방울이 맺혔고 표정은 굳어 있었다.

다네가시마는 그 어느 때보다 무심하게 말했다.

"오가와라 선배, 이건 제 상상인데 혹시 산 중턱에 있는 별장지에서 이미 좀비들과 한바탕 싸우고 오지 않았어요? 산 정상으로 올라오는 길에 별장지에서 좀비에게 습격을 당해 별장 사람들과 함께 싸운 거 아니에요? 그리고 혼자만 살아남아 도망쳤고. 그때 좀비 몇 마리를 쓰러뜨리고서 머리 하나를 얻었겠죠. 그 목이 날뛰지 않도록 붕대 같은 천으로 칭칭 감고 비닐봉지에 넣어서 여기까지 가지고 온 겁니다. 위장하기 위해서 별장지에서 진짜 수박도 간신히 구했을 테고. 어때요, 제 상상이 맞습니까?"

남의 일 말하듯 태연한 어조로 말했다.

"계속해 볼까요. 산 중턱에 있는 별장지가 좀비의 습격을 받아 산기슭으로 내려가는 길도 좀비 떼가 점령하는 바람에 선배는 여기로 올라올 수밖에 없었을 겁니다. 산에 난 외길의 아래쪽이 좀비에게 점령당해 도망갈 길이 없었을 테니. 게다가 산 정상에 있는 이 세미나 하우스도 곧 좀비에게 둘러싸일 줄 알았던 당신은 이 특수한 상황을 이용하려고 계획했어요. 그 계획을 위해 별장지의 사투에서 얻은 좀비의 머리를 가져온 거죠. 그 계획은 물론 가몬을 살해할 계획이었고요. 좀비에게 둘러싸여 탈출할 수 없게 된 이 최악의 상황을 선배는 철저하게 유리하게 이용했습니다. 고립된 건물 안에서 좀비에게 물려 죽은 시체가 발견된다면 누구나 좀비에게 당했다고 생각하겠죠. 불행한 사고라고. 살인을 의심할 사람은 없을 겁니다. 상황이 워낙 특수하다 보니."

다네가시마의 말이 맞았다. 아무도 의심하지 않았다. 단 한 번 오카다가 그럴 가능성을 언급했지만 일고의 가치도 없다는 듯 바로 퇴짜 맞았다.

"오가와라 선배, 좀비 떼에 포위된 이 상황이 당신에게 더할 나위 없이 유리했습니다. 살인을 의심받지 않으면서 사람을 죽일 수 있는 절호의 기회였죠. 의심받지 않으면 범인 찾기도 시작되지 않고, 그러면 체포될 위험도 없죠. 선배는 그 기회를 놓치지 않았고 계획은 거의 성공할 뻔했어요.

저 같은 방해꾼이 나타나지 않았더라면 말이죠. 미안하네요, 범죄를 파헤치는 쓸데없는 짓을 해서. 하지만 범죄를 모른 척하는 건 윤리적으로 좀 그렇지 않나 싶어서 나답지 않게 그만 나서게 됐네요. 그래서 동기가 뭐예요?"

다네가시마는 내친김에 물었다.

그 한마디에 오가와라는 무너져 내리듯 털썩 무릎을 꿇었다. 체념했는지 커다란 등을 웅크린 채 목소리를 짜내듯 힘겹게 말했다.

"그 자식이, 가몬이 나를 협박했어. 나를 불법 카지노에 억지로 데려가 놓고 자신한테 큰 빚을 지게 했어. 처음부터 전부 작정하고 계획한 거야. 그걸 빌미로 내가 취직한 지방은행에 폭로하거나 내가 불법 카지노에 출입한 사실을 대학에 알리겠다면서 내 인생을 망치겠다고 협박했어. 심심풀이로."

고백을 들은 아오야마가 기가 막히다는 듯 말했다.

"고작 그런 일로 사람을 죽였다고요?"

"그게 다가 아니야, 가나에도……."

울음소리에 섞여 말이 끝까지 들리지 않았다. 그런데 기노가 어두워진 표정으로 중얼거렸다.

"아, 가나에 선배……."

그러고는 아오야마와 시선을 교환했다. 3학년인 두 사람은 뭔가 짚이는 바가 있는 듯했다. 동아리 안에서 복잡한 치정 문제가 있었던 듯하다.

오가와라는 몸을 웅크리고 어깨를 들썩이며 흐느꼈다. 다부진 등이 작아 보였다.

동아리 회원들은 말없이 서서 안타까워하는 눈빛으로 그 등을 외면했다.

나는 무심코 한숨을 쉬었다. 어떤 사정이 있든 살인자는 더는 일상으로 돌아갈 수 없다.

다네가시마는 흥미를 잃은 듯 멍하니 창밖을 바라봤다. 푸릇푸릇한 숲과 파란 하늘이 펼쳐진 풍경을.

그 순간 무언가가 점점 다가오는 소리가 들렸다.

귀에 익은 소리.

끊임없는 작은 회전음.

헬리콥터 소리였다.

동아리 회원들이 고개를 번쩍 들고 발코니로 뛰쳐나갔다.

나도 다네가시마를 재촉하며 그 뒤를 따랐다.

몸을 웅크린 오가와라를 제외한 모두가 철제 난간을 붙잡고 눈을 크게 떴다.

"저쪽이에요!"

오카다가 소리치며 수평 방향을 손가락으로 가리켰다.

"정말이다, 보여."

나이토가 드물게 밝은 목소리로 말했다.

"구조대가 왔구나. 아마 자위대 헬기겠지."

안심한 듯한 아오야마의 목소리 뒤로 안도의 한숨이 섞인 기노의 목소리가 따라왔다.

"에휴, 드디어 돌아갈 수 있겠어. 이런 파란만장한 여름방학은 앞으로도 평생 겪을 일 없겠지."

"이런 경험은 평생 사절이에요."

익살스러운 오카다의 말투가 이상했는지 아오야마와 나이토가 웃었다. 나는 다네가시마의 어깨를 툭 쳤다. 수고했다고, 위로의 뜻을 담아서.

다네가시마는 '뭐, 이 정도면 됐겠지'라고 말하는 듯 한쪽 눈썹을 찡긋 올렸다. 언제나처럼 무심하고 시큰둥한 모습이었다.

나는 그에 화답하듯 고개를 끄덕이고서 오카다가 가리키는 방향을 바라봤다.

헬리콥터 세 대가 편대를 이루어 엄청난 소리를 내며 일직선으로 날아왔다. 대형 기종답게 프로펠러 돌아가는 소리가 우렁찼다.

이 소동도 마침내 끝인가.

그런 생각이 들자 긴장이 풀리며 어깨에 힘이 빠졌다.

문득 아래를 내려다보니 광장에 모인 좀비들이 여전히 삐거덕거리는 섬뜩한 걸음으로 제각각 배회하고 있었다.

그중 한 마리가 목을 비틀어 헬리콥터가 나는 방향을 올려다보더니 위협하듯 이를 드러냈다.

당황한 세 명의 범인 후보

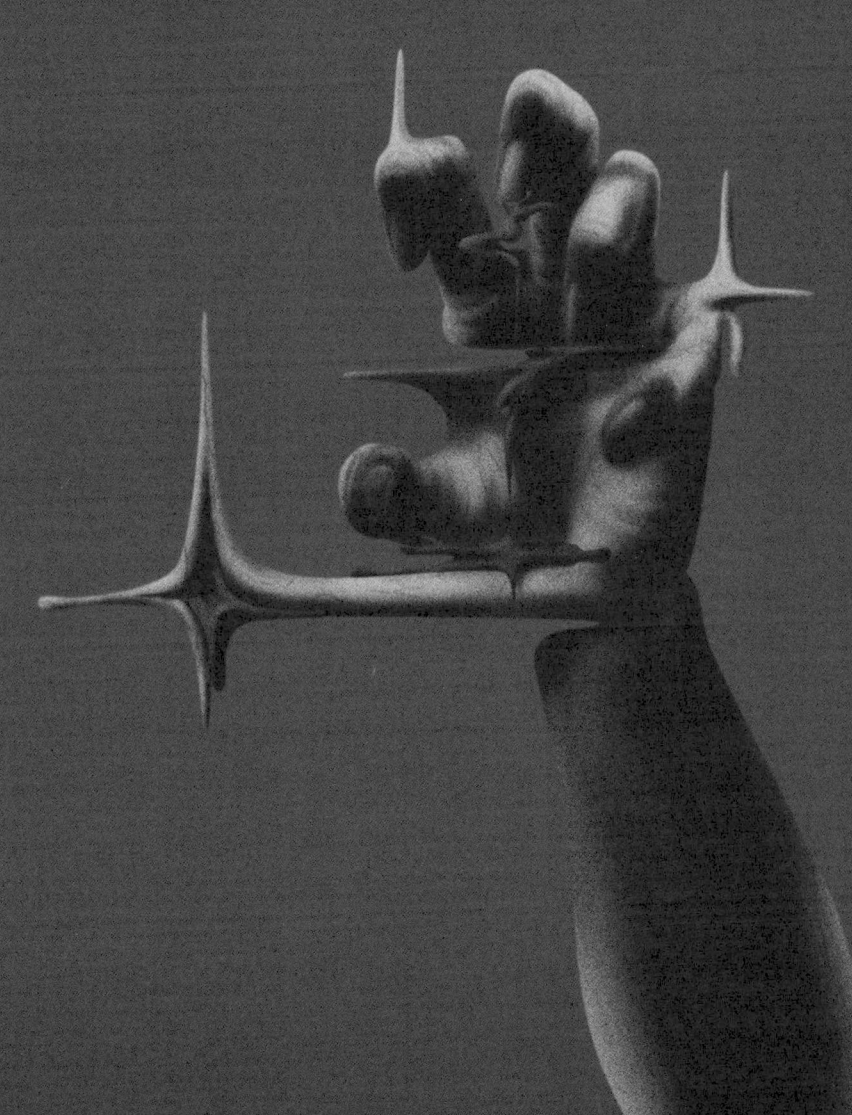

시체는 위를 보고 누운 자세로 쓰러져 있었다.

남자 시체였다.

이마에서 엄청난 피가 흘렀고, 그 한가운데에는 총에 맞은 듯 검은 구멍이 뚫려 있었다.

그리고 내 손에 권총이 쥐어져 있었다. 차갑고 검은, 투박한 무기였다.

내가 이 남자를 쏴 죽였나?

망연자실했다.

⚒

시체는 옆으로 쓰러져 있었다.

여자 시체였다.

복부에서 피가 많이 흐르고 있었다. 분홍색 블라우스의 배 부분이 자상 때문에 찢어져 있었다.

그리고 내 손에는 잭나이프가 쥐어져 있었다.

서늘하고 날카롭게 벼려진 무기였다.
내가 이 여자를 찔러 죽였나?
망연자실했다.

⚒

시체는 엎드린 자세로 쓰러져 있었다.
남자 시체였다.
후두부에서 피가 심하게 흐르고 있었다. 그 부위는 처참하게 뭉개져서 몹시 참혹했다.
그리고 내 손에는 망치가 쥐어져 있었다.
크고 묵직해서 무기로 쓸 수 있을 법한 도구였다.
내가 이 남자를 때려죽였나?
망연자실했다.

⚒

노크 소리가 들렸다.
미야타는 처음에 잘못 들은 줄 알았다.
누군가가 이곳의 철문을 두드린 것은 지난 일주일 동안 단 한 번뿐이었기 때문에 환청을 들었다고 생각했다.
그런데 노크 소리가 다시 울렸다.

이번에는 착각이 아니구나 하고 깨달았다. 하지만 '앞으로 한 시간이면 점심시간이고 오늘은 일요일이라서 식당을 운영하지 않는데 어쩌지, 어디서 무엇을 먹지'라고 반쯤 졸면서 멍하니 생각에 잠겨 있던 탓에 조금 늦게 반응했다.

누군가 이 조립식 건물을 찾아온 것이다. 설마 '상담자'인가 싶었지만 반쯤 의심스러운 마음으로 대답했다.

"들어오세요. 열려 있습니다."

오전 내내 한마디도 하지 않아서 목이 잠겨 있었다. 그래도 문밖에 있는 방문자는 목소리를 들었는지 머뭇거리며 문을 열었다.

은빛 철문 사이로 고개를 내민 사람은 젊은 남자였다. 겁먹은 듯하면서도 호기심 어린 눈빛으로 내부를 살폈다.

볼 만한 것도 별로 없을 텐데.

작은 조립식 가건물이었다. 나무 바닥, 금속판 벽, 함석 지붕. 실내는 단조로웠다. 가구도 거의 없고 긴 탁자 하나만 한가운데 놓여 있을 뿐이었다.

책상 안쪽에는 미야타와 그의 '파트너'가 앉는 접이식 의자가 두 개. 그리고 책상을 사이에 두고 입구 쪽에는 방문객이 앉는 1인용 소파. 오로지 그게 전부였다. 기본에 충실하고 실용성을 중시했다고 할까, 예산을 아끼려는 목적이라고 할까. 어쨌든 단순한 구조였다. 궁상맞아 보인다고 할 수도 있었다. 그러나 난방장치는 최대로 가동해서 따뜻했다. 가뜩이나 지루하기 짝이 없는데 춥기까지 한 건 더 싫어서 미야타가 리모콘을 꽉 잡고 '파트너'에게 넘기지 않은 채 고온 설정을 유지하고 있었다.

문을 반쯤 열고 안을 살피는 청년에게 미야타가 친절하게 말했다.

"어서 들어오세요. 보시다시피 누추하지만 따뜻한 것 하나만은 보장합니다. 밖이 많이 춥죠? 자, 어서 들어오세요."

최대한 붙임성 있게 맞이했다. 속으로는 '추우니까 빨리 문 닫고 들어와'라고 생각했지만.

방문자 청년은 미야타의 마음을 헤아린 듯 철문을 닫고 어찌해야 할지 모르겠다는 듯 문 앞에 어색하게 서 있었다. 미야타는 그런 그를 슬쩍 훑어봤다.

정장에 넥타이, 키도 크고 늘씬했다. 취직한 지 3, 4년쯤 됐을까. 이제는 제법 능동적으로 업무를 처리할 수 있는 연차로 보였다. 정장 차림도 어느 정도 익숙해 보였다.

그건 그렇고 요즘 젊은 남자들은 하나같이 세련됐다. 미야타는 자조 섞인 마음으로 생각했다. 그보다 스무 살 넘게 나이를 먹어서 뱃살이 출렁이는 미야타로서는 그런 모습이 조금 부러웠다. 생각해 보면 자신은 젊었을 적에는 훨씬 촌스러웠다. 요즘 젊은이들은 너나 할 것 없이 얼굴이 작고 키도 크며 팔다리가 길었다.

미야타가 아무렇지 않은 척 그를 관찰하자 방문객이 쭈뼛거리며 물었다.

"저기, 여기는 이런저런 상담을 해주는 곳이라고 들었는데요……."

겁먹은 듯 말끝을 흐리자 미야타가 일부러 밝은 목소리로 말했다.

"네, 맞습니다. 어떤 이야기든 진지하게 귀 기울여 듣는 상담소입니다."

방문객도 철문 바깥쪽에 붙어 있는 아크릴 패널을 봤을 것이다. '위법 행위 등 각종 문제 상담소'라고 적혀 있는.

왼쪽 의자에 앉은 채 아무런 의욕도 없어 보이는 파트너를 본 미야타는 나서서 손님을 안내했다.

"자, 서서 이야기하는 것도 뭐하니 편하게 앉으세요. 코트는 저쪽 벽에 있는 옷걸이에, 네 바로 그거요, 거기 거시면 됩니다. 죄송하지만 도쿄도 규정상 차 같은 음료는 내어 드릴 수 없으니 양해 바랍니다."

친절하게 말하며 청년을 소파에 앉혔다.

이렇게 긴 테이블을 사이에 두고 상담자인 청년과 '상담원'인 미야타와 파트너가 마주 앉았다. 이 상담소의 본래 모습이었다. 마치 면접 같기도 하지만 어디까지나 상담일 뿐이었다.

청년이 움직이는 동안에도 미야타는 그를 한 번 더 자세히 관찰했다.

매우 성실해 보이는 사람이었다. 정장을 입은 모습에 한 점 흐트러짐도 없었다. 고생을 모르고 자란 듯한 온화한 얼굴과 태도. 아마 어느 정도 유복한 가정에서 자랐을 테고 학력도 높을 것이다. 엘리트 같았다. 일요일이지만 정장을 입은 이유는 아마 이곳을 방문하려는 목적 때문이겠지. 어딘가를 방문할 때 넥타이를 매야 한다는 교육을 받은 사람이다. 관공서나 은행, 혹은 종합상사나 대형 증권회사. 그런 딱딱한 일을 하는 사람이겠거니 짐작했다. 어쨌든 장래가 촉망받는 젊은이 같았다. 미야타는 그렇게 판단했다.

 그러나 지금은 엘리트답지 않은 모습으로 몸을 움츠리고 쭈뼛거리며, 흔들리는 눈빛으로 두리번거리며 주변을 살폈다. 둘 곳을 정하지 못한 시선은 불안한 마음을 표현하는 방증이었다.

 미야타는 사람 좋은 미소를 지으며 소파에 침착하게 앉는 청년에게 물었다.

 "저희 상담소는 어떻게 아셨습니까?"

 겁먹은 청년은 눈을 내리깔며 대답했다.

 "저기, 지인에게 소문을 들었습니다. 도쿄도청 제2본청사 뒤에 이런 곳이 있다고."

 "그러셨군요, 소문이라. 실제로 와보니 정말로 있어서 깜짝 놀라셨겠어요."

 "네, 설마 이런 허름한 조립식 가건물에, 아, 실례했습니다."

"아뇨, 괜찮습니다. 사실이니까요."

미야타는 상냥하게 웃으며 대답했다.

사실 이 작은 조립식 건물은 도쿄도청 제2본청사 뒤라는 공간과 전혀 어울리지 않는 모습으로 자리 잡고 있었다. 모르는 사람이 보면 거대하고 호화스러운 도청 뒤에 이런 허름한 가건물이 있는 것을 의아하게 생각할 법했다. 멋도 위엄도 전혀 찾아볼 수 없었다.

미야타를 비롯한 세 사람은 그 작고 이질적인 건물 안에서 마주 보고 앉아 있었다.

"자, 오늘은 무엇을 상담하러 오셨나요?"

미야타는 본론으로 들어가도록 유도했다. 옆자리의 파트너는 역시 아무 말도 하지 않았고 대화에 적극적으로 끼지도 않았다. 그러나 반드시 귀를 기울이고 있으리라는 것을 미야타는 안다. 진지하고 성실한 성격이라는 사실은 최근 일주일간 함께 근무하며 아주 잘 알게 됐다.

상담자 청년은 여전히 우물쭈물하며 말했다.

"저기, 범죄에 관한 일이라면 무엇이든 해결해 준다고 들었는데 사실인가요?"

그 질문에 미야타가 대답했다.

"반은 사실입니다."

"반이요?"

"네, 입구에 있는 패널에 적혀 있죠? 위법 행위라는 건 솔직히 말하면 범죄를 뜻합니다. 하지만 해결해 드리지는 않습니다. 저희는 이야기만 들어 드릴 뿐이죠. 상담자분들이 마음속 고민을 털어놓고 조금이라도 마음이 편해진다면 그것으로 충분합니다."

"하아, 그렇군요."

청년은 기대와는 조금 다르다는 듯 대답하며 말을 이었다.

"제가 하는 이야기, 경찰에 몰래 신고하지는 않으시겠죠?"

"그건 확실히 약속드립니다. 경찰에는 절대 알리지 않습니다. 상담자의 개인정보를 캐묻지도 않습니다."

미야타가 분명히 말하자 청년은 다소 안심한 듯 물었다.

"그럼 이름을 말하지 않아도 되나요?"

"물론이죠. 익명 상담도 괜찮습니다. 가면으로 얼굴을 가려도 상관없을 정도입니다."

미야타의 농담에 겨우 상담자가 안심한 표정을 지었다가 곧 불안한 눈빛으로 말했다.

"살인에 관한 이야기도 상관없습니까?"

난데없이 튀어나온 불온한 단어에 자신도 모르게 흠칫했지만 놀란 마음을 겉으로 드러내지 않고 대답했다.

"당연히 문제없습니다. 어떤 이야기든 말씀하세요."

"그렇군요······."

상담자는 고개를 들어 미야타와 파트너를 번갈아 응시했다. 믿을 만한 '상담원'인지 판단하려는 듯했다.

그러고는 마침내 결심한 모습으로 입을 열었다.

"실은 제가 사람을 죽였을지도 몰라요."

다소 자극적인 고백에 조금 놀랐지만 미야타는 침착한 모습을 유지하며 확인했다.

"'죽였다'가 아니라 '죽였을지도 모른다'는 말씀이죠?"

"네. 저도 확실치 않아서 어떻게 해야 할지 모르겠어요."

상담자는 머리를 감쌌다.

"일단 자세히 말씀해 주시겠어요? 어떤 상황이었나요?"

"그저께, 금요일 밤에 일어난 일입니다······."

상담자는 머뭇거리며 이야기를 시작했다.

✗

너무 추워서 저절로 눈이 떠졌다.

누워 있는 내 몸에 무언가 덮여 있었는데 알고 보니 내 코트였다.

나는 흐릿한 눈으로 천장을 올려다봤다.

조명이 어둡게 조절되어 있어서 실내가 어두컴컴했다.

바닥이 차갑고 딱딱한 점도 불쾌했다. 얇은 카펫을 깔아 놨지만 콘크리트 바닥 위에 깔았는지 등이 배겨 아팠다. 게다가 뼈까지 시린 냉기가 온몸의 체온을 앗아갔다.

실내 온도도 낮았다. 몸이 얼어붙을 정도로 냉기가 가득했다.

내가 왜 이렇게 어두컴컴하고 추운 곳에서 자고 있을까? 도무지 알 수 없었다.

친구들과 바에서 술을 마신 것까지는 기억한다. 그런데 그다음에 어떻게 됐더라?

상체를 일으키려고 몸에 힘을 주니 가벼운 두통이 일었다. 마치 머리에 안개라도 낀 것처럼 멍했다.

그래도 억지로 상체를 일으켰다. 바닥의 냉기를 견딜 수 없었기 때문이다.

그때 손에 무언가를 쥐고 있다는 사실을 깨달았다. 머리가 멍한 탓에 손발이 내 것이 아닌 것 같았다. 그래서 늦게 발견했다.

'이게 뭐지?'

당황스러웠다. 그것은 분명 권총이었다.

거무스름한 금속 무기.

자동권총인가? 연근 모양 탄창이 없는 날렵한 디자인이었다. 차갑지는 않았다. 오랜 시간 붙잡고 있던 탓일까.

그런데 내가 왜 이런 것을 쥐고 있지?

불안감이 치솟았다.

지끈거리는 머리로 아무리 생각해도 기억이 흐릿했다. 언제 잠들었는지 기억나지 않았다. 왜 이런 곳에 있는지도 알 수 없었다.

권총을 자세히 살펴볼 시간은 없었다. 바로 앞에 쓰러져 있는 사람을 발견했기 때문이다.

어둑한 공간에 누군가가 바닥에 누워 있었다. 계속 눈을 감고 있었기 때문에 어둠에는 익숙해서 쓰러져 있는 사람이 잘 보였다. 남자였다. 위를 본 자세로 누워 있었다.

그 얼굴을 들여다보고는 흠칫 놀랐다. 이마 한가운데. 그곳에 탄흔 같은 것이 있었다.

눈썹이 없는 험상궂게 생긴 중년 남자. 정수리에 머리카락이 듬성듬성해서 50대 정도로 추정됐다. 무서운 인상이었다.

그 남자의 이마 한가운데에 동그란 검은 구멍이 뚫려 있었고 그곳에서 피가 흘러 이마에서 귀 옆으로 선을 그렸다. 피는 이미 응고된 듯 보였다.

더 자세히 살펴보니 남자의 머리가 바닥에 닿아 있는 위치, 그 부분의 카펫이 색이 변한 상태였다. 피가 고였기 때문이다. 이마에서 흐른 피 때문에 카펫에 지름 1미터 정도 되는 둥근 혈흔이 생겼다.

이마의 탄흔. 내 손에 들린 권총. 바닥의 피 웅덩이. 무심코 몇 번이나 번갈아 봤다.

그리고 안개가 낀 듯 멍한 머리로 생각했다.

아무리 봐도 내가 이 남자를 총으로 쏴서 죽인 상황 같지 않나.

쏴 죽였다고? 이 남자를?

사살했어? 내가 직접?

아니, 아니, 아니, 그럴 리 없다. 나는 죽이지 않았다.

않았을 것이다.

하지만 부인하면서도 한편으로는 자신이 없었다. 어쨌든 의식이 없었으니까.

기억도 흐릿하다 못해 전부 날아가 버렸다.

그렇게 많이 마신 것 같지 않지만 술자리 분위기가 껄끄러웠기 때문에 심하게 취했어도 이상하지 않았다. 머리가 아픈 것도 분명 그 때문이리라.

내가 기억하지 못할 뿐, 실제로는 이 남자를 총으로 쐈을까?

그랬어도 이상하지 않나?

모르겠다.

아무리 생각해도 확실하지 않았다.

아니, 애초에 이 남자가 죽은 것은 맞나. 이마에 탄흔을 달고도 살아 있는 사람은 없겠지만 그래도 알고 보니 그저 잠을 자는 상태일지도 모른다.

조심조심 손을 뻗어 쓰러져 있는 남자의 손목에 댔다.

그러고는 소리 없는 비명을 지르며 손을 홱 물렸다.

얼음장 같았다. 놀라울 정도로 차가웠다. 남자의 손목은 마치 대리석상처럼 차갑게 식어 있었다.

혹시나 해서 목덜미에도 손을 뻗었다.

두려움에 떨며 조심스럽게 목에 손을 댔다가 역시 당황해 손을 거둬들였다.

남자의 목은 싸늘하게 식어서 냉기가 감도는 실내 온도와 거의 다르지 않았다. 산 사람으로서 느껴져야 할 온기도, 생물로서 뛰어야 할 맥도 전혀 느껴지지 않았다. 애초에 숨을 쉬지도 않았다.

다른 가능성은 없었다.

이 남자는 분명히 죽었다.

반듯이 누워 있는 시체였다.

다리에 힘이 풀려 주저앉을 뻔한 자세로 시체를 온전히 바라봤다.

남자는 하얀 와이셔츠와 짙은 회색 바지 차림에 회색 양말을 신고 있었다. 넥타이는 매지 않았다. 어딘가 어중간한 차림새였다.

얼굴도 살폈다. 벗겨진 정수리, 눈썹 없는 험상궂은 얼굴, 이마의 탄흔, 생기를 잃은 창백한 안색. 눈을 감고 있어서 그나마 다행이었다. 눈까지 뜨고 있었다면 무서워서 똑바로 쳐다보지도 못했으리라.

그런데 낯선 얼굴이었다. 모르는 사람이었다. 인상도 험악하고 권총까지 있으니 어쩌면 폭력조직 관계자일지도 모른다.

그런 사람이 죽었다. 말이 없는 시체가 되어 차가운 바닥에 쓰러져 있었다.

그리고 시체와 함께 있는 사람은 나 혼자뿐.

이게 무슨 상황이지?

주위를 둘러봤다.

좁은 방이었다.

바닥에 깔린 크림색 카펫. 특징 없는 하얀 벽. 가구는 하나도 없었다. 크기는 두 평 반 정도일까. 내 뒤에는 나무 문이 있었고 시체 너머에는 금속 문이 있었다. 창문이 없는 폐쇄적인 공간이었다.

아무것도 없는 이 방이 도대체 어디인지 짐작도 가지 않았다.

나는 언제 어떻게 이곳에 왔을까.

두통 때문에 멍한 머리로 기억을 쥐어 짜냈지만 아무것도 생각나지 않았다.

그렇게 한동안 멍하니 있으니 둔했던 머리가 점점 제 기능을 했다.

그리고 보니 나, 지금 상당히 위험한 상황 아닌가.

그 사실을 깨달았다.

곤란한 상황에 빠진 것 아닌가.

좁은 방에 총에 맞아 죽은 시체와 단둘이 있다. 내 손에는 권총이 들려 있어서 누가 봐도 내가 이 남자를 죽인 현장처럼 보였다.

아니, 어쩌면 실제로 죽였을지도 모른다. 내 기억을 나도 못 믿겠다.

어쨌든 이대로 있으면 위험하다. 언제 뒤에서 문을 열고 사람들이 들어올지 몰랐다.

나는 안절부절못하다가 일어났다. 그와 동시에 권총을 떨어뜨렸다. 권총이 둔탁한 소리를 내며 굴렀다.

도망가자.

그렇게 결심하자 행동은 빨랐다.

시체의 발밑을 돌아 건너편에 있는 철문의 손잡이를 잡았다. 다행히 잠겨 있지 않았다. 문을 빼꼼히 열자 12월의 찬 공기가 갑자기 밀려들었다. 얼굴을 밖으로 내밀자 짐작한 대로 비상계단이 있었다. 철문은 생김새만 봐도 외부로 연결될 것 같은 느낌이 들었는데 역시 투박한 철제 계단이 위아래로 이어져 있었다.

코트를 입고 층계참으로 나갔다. 아무래도 빌딩 뒤쪽 같았다. 밖은 실내보다 더 추웠다. 별 하나 보이지 않는 캄캄한 하늘이었다.

계단을 정신없이 뛰어 내려갔다. 발소리가 나지 않도록 살금살금 걸으며 최대한 서둘렀다. 신발을 신고 있었기 때문에 발은 시리지 않았다.

몇 층이나 내려갔는지, 지끈거리는 머리로는 기억도 나지 않았다.

계단을 다 내려가니 빌딩가의 뒷골목에 다다랐다. 어두컴컴하고 춥고 눅눅한 골목이었다. 인기척은 없었다.

나는 구르다시피 달려서 현장을 벗어났다.

번화가로 나가자, 사람이 최대한 많은 곳으로. 인파에 섞이면 왠지 안심이 될 것 같았다.

뒷골목을 달렸다. 사실은 어기적어기적 걸었을 수도 있지만 정확하지 않다.

그래도 골목을 금방 빠져나왔다.

거리는 크리스마스 분위기가 흘러넘쳤다.

그래, 생각났다. 신주쿠 K초다. 나는 국내에서 가장 큰 환락가에 있던 것이다.

불야성이라고도 불리는 잠들지 않는 거리에.

네온사인의 빛이 홍수처럼 넘쳐흘렀고 술에 취한 사람들이 거리를 활보했다. 수많은 가게의 스피커에서 호객하는 소리가 흘러나와 거리를 더욱 떠들썩하게 했다. 눈부신 전자 광고판에서 산타로 분장한 젊은 여성이 달콤한 목소리로 남자들을 유혹했다.

학생으로 보이는 젊은 사람들이 들뜬 목소리로 떠들었고 술에 취한 아저씨들은 큰 소리로 웃어댔으며 검은 정장을 입은 호스트들과 화려하게 차려입은 유흥업소 여성들이 거리를 바삐 지나갔다.

시끌벅적하고 퇴폐적이며 어딘가 위험한 기운도 풍기는

거대 환락가.

나는 그 혼잡한 분위기 속으로 섞여들어 멍한 머리로 조심히 걸었다.

그러다가 밤새 영업하는 카페를 발견하고는 그곳으로 뛰어들었다. 그리고 뜨거운 커피를 손에 쥔 채 가게 구석 자리에 몸을 잔뜩 움츠리고 앉았다.

문득 잃어버린 물건이 있을지도 모른다는 생각에 정장 주머니를 확인했지만 기우였다. 지갑, 휴대폰, 교통카드, 명함 케이스, 열쇠고리. 소지품은 모두 온전히 있었다. 현장에 떨어뜨리고 오지 않아서 다행이었다.

안도의 한숨을 쉬고는 테이블에 엎드렸다. 카페의 따뜻한 온기에 긴장이 풀렸다.

그대로 잠시 정신을 잃었다. 머리가 아직도 멍했다.

그리고 얼마나 지났을까. 눈을 떴을 때 창밖은 여전히 어두웠다. 고작 몇 분, 깜빡 졸았나 보다. 시계를 보니 새벽 5시가 넘었다. 날은 아직 밝지 않았지만 그 유명한 신주쿠 K초도 이제 잠시 숨을 돌릴 시간이었다. 아마 전철도 첫차 운행을 시작했을 터였다.

카페를 나와 역으로 향했다.

막 운행을 시작한 전철은 텅 비어 있었다. 나처럼 K초에서 밤을 새운 취객 몇 명만 졸린 눈으로 좌석에 앉아 있었다. 나도 그 사이에 섞여 몸을 실었다.

집에 도착했을 때는 코트도 벗지 않고 침대에 기절하듯 쓰러져서 다시 까무룩 정신을 잃었다.

잠에서 깼을 때는 오후였다.

토요일이라서 안심하고 늦잠을 잤다.

그런데 샤워를 마치고 쾌적한 상태가 되자 불현듯 불안감이 엄습했다. 기억이 생생해진 탓이었다.

총에 맞아 살해된 남자.

험상궂은 얼굴로 어두컴컴한 방에 쓰러져 있던 시체.

두려움에 휩싸였다.

그날은 종일 인터넷 뉴스만 검색했다.

'신주쿠 K초에서 폭력조직과 관계된 남성이 숨진 채 발견. 경찰은 현장에서 도주한 젊은 남성을 쫓고 있다'라는 뉴스가 나올까 봐 제정신이 아니었다.

그러나 다행인지 불행인지 그런 뉴스는 나오지 않았다.

함께 술을 마신 친구들에게 연락하기도 망설여졌다.

"어떤 위험해 보이는 아저씨와 옥신각신하더니, 그 뒤로 괜찮았어?"라고 묻기라도 하면 어떻게 대답해야 할지 난감했다.

결국 그날 하루는 고민만 하다가 끝났다. 누구에게도 상담할 수 없어서 괴로웠다.

그러던 그날 밤, 도쿄도청 제2본청사 뒤에 범죄에 관한 상담을 해주는 상담소가 있다는 소문이 떠올랐다.

내일 일요일에 찾아가 보자고 다짐했다.

⚒

그렇군, 그래서 고민을 거듭한 끝에 이곳의 문을 두드렸구나. 이 '위법 행위 등 각종 문제 상담소'의 문을.

지푸라기라도 잡는 심정이었겠지. 미야타는 상담자가 어떤 심정일지 상상했다.

이야기를 마친 후에도 풀이 죽어 있는 청년에게서 시선을 돌려 살짝 옆을 봤다.

옆에 앉아 있는 '파트너' 역시 아무 말도 하지 않은 채 그저 불상처럼 앉아 있었다.

미야타는 어쩔 수 없이 대화를 주도하며 청년에게 물었다.

"대략적인 이야기는 알겠습니다. 그런데 그 사람이 죽은 것은 확실한가요?"

"네, 틀림없어요. 몸이 그렇게 얼음장 같은데 살아 있을 수 있는 사람은 없을 겁니다."

청년은 초연히 대답했다.

아무래도 진짜 살인 사건 같았다. 지극히 중대한 상담 건이었다. 사흘 전에 상담한 무전취식범과는 스케일이 달랐다.

조금 긴장한 미야타가 물었다.

"그럼 조금 더 자세히 확인하겠습니다. 권총은 맨손으로 쥐고 있었나요?"

"네."

"그걸 그 자리에 두고 왔습니까?"

"네."

청년은 기운 없이 고개를 끄덕였다. 흉기에 지문이 남았다. 상담자에게 불리한 상황이었다.

"혹시 체포 이력 같은 건 없으시죠?"

"설마요, 없습니다."

그렇다면 경찰 데이터베이스에 지문이 등록되어 있지 않을 터다. 일단 당장 쫓기는 일은 없으리라.

"사망한 남자, 험상궂게 생겼다는 그 사람은 전혀 모르는 사람이고요?"

"네, 전혀요."

"지인 중에 비슷하게 생긴 사람도 없습니까?"

"네, 생판 모르는 사람이에요."

"어떤 문제로 엮인 적도 없다는 말씀이죠?"

"네, 전혀요."

으음, 범행 동기 면에서는 의심할 여지가 없는 셈인가.

"총과 관련해서 짚이는 건 있으세요? 설마 상담자분의 물건은 아니죠?"

"천만에요. 전 살면서 총 같은 건 본 적도 만진 적도 없어요. 아, 제복 경찰이 허리에 차고 있는 걸 본 적 있는 정도인가? 저는 평범한 시민이라고요. 권총과 엮일 일 따위 없었어요."

청년은 조급한 말투로 애원하듯 쉴새 없이 쏟아냈다. 의심받는 것이 상당히 불안한 눈치였다.

"단도직입으로 여쭤보겠습니다만, 상담자분이 죽인 것이 아니란 말씀이죠?"

"아니, 그게……."

순간 말문이 막힌 듯했다. 그러더니 고뇌에 찬 얼굴로 머리를 감쌌다.

"솔직히 모르겠어요. 제가 죽인 기억은 없지만 결단코 그런 적 없다고 단언하기에는 자신이 없네요. 아무튼 그래요. 제가 총을 쏜 것처럼 보이는 상황이에요. 그런데 저는 기억이 없죠. 그래서 어떻게 해야 할지 막막해서 찾아왔어요. 정말 어떻게 된 일인지 모르겠습니다."

청년이 아무리 괴로워하며 고민해도 상담을 해주는 미야타 역시 곤란했다.

이 청년은 과연 살인범일까 아닐까. 지금 상황에서는 판단할 수 없었다. 만약 진짜 범인이라면 지침대로 신고하지 않고 못 본 척 방치해도 괜찮을까. 흠, 어떻게 해야 하나.

망설이는 미야타 옆에서 갑자기 목소리가 들렸다.

"동아리 활동을 열심히 한 적 있습니까? 중학교, 고등학교에서. 아니면 대학에서라도 좋습니다."

파트너였다. 아침에 인사를 나눈 후 처음 듣는 목소리였다. 갑자기 말을 해서 깜짝 놀라기도 했지만 질문 내용이 엉뚱해서 더 놀랐다. 지금 내가 제대로 들은 것이 맞나 생각하며 옆으로 눈을 돌렸다.

먹색 승복, 파랗게 깎은 머리, 접이식 의자에서 불편해 보이게 가부좌를 튼 인물. 바로 미야타의 파트너이자 젊은 수행승인 만넨이었다.

만넨의 갑작스러운 질문에 청년은 휘둥그레진 눈으로 당황하면서도 대답했다.

"으음, 중학교 때는 천문부였어요. 고등학교 때는 아무 활동도 하지 않았고요. 입시 학원에 다니느라 바빴거든요. 대학에서도 딱히 동아리 활동은 하지 않았습니다."

그 말을 들은 젊은 수행승 만넨은 갑자기 가부좌를 풀고 일어나 긴 테이블을 돌아 청년에게 다가갔다. 정장과 승복은 이질적이었지만 두 사람의 나이는 비슷했다. 만넨은 청년에게 오른손을 불쑥 내밀었다.

"여기서 이렇게 뵌 것도 다 전생의 인연이겠죠. 부처님이 맺어주신 인연입니다. 마음 깊이 감사할 따름입니다."

"네에? 그러네요."

악수를 청하는 그를 보고 청년은 이상하다고 생각한 것 같았지만 쭈뼛거리며 손을 내밀었다. 만넨은 필요 이상으로 힘을 주어 청년과 악수하며 맞잡은 손을 위아래로 흔들면서 말했다.

"선생님도 부디 부처님의 인도에 감사하시기 바랍니다. 그 마음이 사람과 사람 사이에 좋은 인연을 맺는 씨앗이 되지요. 참으로 감사한 일입니다. 나무아미타불, 나무아미타불."

만넨은 차분한 목소리로 염불을 외었다. 청년은 어안이 벙벙한 얼굴로 악수했다.

놀랄 만했다. 젊은 승려가 갑자기 염불까지 외면서 악수를 청하면 누구라도 당황할 것이다. 애초에 불교식 예법에 악수가 있던가? 미야타는 고개를 갸웃했지만 자세히 몰랐다.

어쨌든 '위법 행위 등 각종 문제 상담소'에 기묘한 분위기가 흘렀다.

애초에 이 '위법 행위 등 각종 문제 상담소'라는 부서가 어떻게 만들어졌는지부터가 기묘했다.

원인을 따져보면 도의회가 발단이었다.

다양한 문제를 안고 있는 도쿄도지만 현재는 다음 세 가지 정책을 핵심 목표로 삼고 있다.

첫째, 경기 부양과 고용 촉진

둘째, 저출산·고령화 대책

셋째, 범죄 발생률 억제

특히 범죄, 그것도 높은 재범률이 골칫거리였다. 도의회는 도청의 적당한 부서에 지시를 내렸다. 요지는 '재범 방지를 위한 획기적이고 참신한 방안을 마련하라'라는 것. 의회

특유의 전형적인 책임 떠넘기기였다. 지시를 받은 해당 부서는 관공서답게 느리고 비효율적인 설문 조사를 실시했다. 현재 수감 중인 재소자들을 대상으로 면담 조사를 한 것이다. 그렇게 복잡한 절차와 까다로운 준비 과정과 번거로운 수고 끝에 결과가 나왔다.

- 범죄를 저지른 것에 양심의 가책을 느끼거나 반성한다.
: 14.7퍼센트
- 가장 큰 실수는 범죄가 발각되어 체포된 것이라고 생각한다.
: 82.6퍼센트
- 다음에는 체포되지 않도록 더 치밀하게 행동하겠다.
: 79.2퍼센트

한탄스러운 수치였다. 도쿄도민의 마음이 이렇게나 황폐하다니. 다만 나쁘지 않은 결과도 있었다.

- 범죄를 저지르고 체포되기 전까지 마음이 매우 불안하고 불안정했다.
: 76.8퍼센트
- 불안한 마음을 타인에게 털어놓고 편해지고 싶었다.
: 72.5퍼센트
- 당시 불안했던 감정을 다시는 느끼고 싶지 않다.
: 81.2퍼센트

설문 결과를 분석하는 부서원들은 이 수치를 보고 한 줄기 빛을 발견했다. 즉 '범죄를 저지른 사람에게 죄를 고백하고 참회할 자리를 마련해 준다면 마음의 안정을 찾아서 재범률을 낮출 수 있지 않을까'라고 판단한 것이다. 범죄를 저질렀던 수감자들은 모두 체포되기 전까지 불안에 떨었다. 그 불안감을 누군가에게 털어놓으면 분명 마음이 편해지리라. 그 불안감을 다시 느낄 바에야 더는 범죄를 저지르지 말자고 생각하겠지. 다소 억지스럽지만 그렇게 예상했다.

그래서 이렇게 결론 지었다.

참회하는 자리인 상담소를 만들자고.

죄를 고백하게 해서 마음의 짐을 덜게 하고 불안에 떨던 날로 돌아가고 싶지 않다는 심리를 반대로 이용해 재범을 막는 효과를 노리는 것이었다. 참회까지는 하지 않아도 괜찮다. 그저 죄를 고백해서 체포에 대한 공포와 불안에서 벗어나게 해주면 된다. 그것이 재범 방지로 이어질 것이다.

물론 경찰에 넘기지는 않는다. 체포로 이어진다면 자수와 다르지 않으니까. 조금 더 부담 없이 편하게 죄를 고백하도록 유도하고, 조언도 하지 않는다. 그저 이야기를 들어주기만 할 뿐이다. 상담이 끝나면 죄를 털어놓고 가벼운 마음으로 돌아가면 된다. 물론 익명으로 상담받을 수 있다. 일단 범죄는 눈감아줄 테니 다시는 범죄를 저지르지 말라는 것이 도쿄도에서 운영하는 상담소의 콘셉트였다.

왠지 본말이 전도된 느낌도 들었지만 이 제안은 의회까지 올라가 승인을 받고 예산까지 교부받았다.

그렇게 '위법 행위 등 각종 문제 상담소'가 설립됐다. 길고 복잡한 이름이었지만 관공서에서 하는 일이니만큼 다소 융통성 없고 딱딱한 것은 감수해야 했다. 괜히 대중의 눈치를 보느라 '싱글벙글 고백실'이나 '산뜻한 반성소' 같은 이름으로 짓지 않은 것만으로도 다행이었다.

처음에는 도청 건물에 있는 공간을 활용하자는 의견이 나왔지만 도청은 출입 절차가 까다로워서 불법을 저지른 사람들이 방문을 꺼릴 수 있다는 지적이 제기됐고 결국 별도의 건물을 마련하게 됐다.

하지만 번듯한 별관을 지을 만큼 예산이 넉넉하지 않았다. 그때 제2본청사 뒤가 눈에 띄었다. 그곳은 아무것도 없는 돌바닥 길이었는데 평소에도 인적이 거의 없었다. 거대한 도청 뒤에 숨은 사각지대였다. 그래서 그 자리에 조립식 건물을 설치했다. 예산을 고려하면 그것이 최선이었다. 언뜻 창고로 보이는 외관이지만 이래 봬도 어엿한 도영 시설이었다.

그리고 홍보 활동에도 힘썼다.

'법을 위반한 분들, 죄를 참회하고 마음의 짐을 벗고 싶지 않으십니까. 무료, 익명, 비밀 엄수. 경찰에 절대 신고하지 않습니다. 그저 당신이 지고 있는 마음의 짐을 덜어주고 싶

을 뿐입니다.'

인터넷을 중심으로 이런 홍보 문구를 퍼뜨렸다.

단언할 수는 없지만 어느 정도 효과가 있었다. 얼마 지나지 않아 범죄자들이 드문드문 찾아오기 시작했기 때문이다.

명품 가방을 훔친 주부는 훔친 가방을 두고 갔다. 갖고 있자니 무거운 짐처럼 느껴졌다고 한다. 가방을 포기하고 마음의 짐을 내려놓은 그녀는 다시는 절도를 저지르지 않을 것이다(라는 것이 도청 담당자의 희망 섞인 바람이다).

밤거리에서 술에 취해 싸우다가 상대를 다치게 하고 도망친 남자는 "나는 잘못 없다"라는 말을 쉰여섯 번 정도 뇌까리면서 죄를 고백했다. 모든 것을 털어놓고 홀가분한 얼굴로 돌아간 그는 앞으로 폭력적인 행동을 자제할 것이다(라는 것이 도청 담당자의 희망 섞인 바람이다).

불법 약물을 대량 사들인 젊은 남자는 그 약물을 가지고 찾아왔다. 약을 구하기는 했지만 판매 루트를 마련하기 어려워서 괜히 함부로 팔았다가 발각될까 봐 두려워 자백한 셈이었다. 구매한 금액만큼 손해 봤다고 한탄한 그는 이번 일을 계기로 다시는 불법 약물에 손대지 않을 것이다(라는 것이 도청 담당자의 희망 섞인 바람이다).

이렇게 '위법 행위 등 각종 문제 상담소'는 순조롭게 성과를 올리고 있었다. 직원들의 헌신과 노력 끝에 이룬 성과로 성공이라 할 만했다. 의회에 제출하는 보고서에는 그런 자화

자찬 문구가 이어졌다. 그러나 구체적인 수치가 나오는 일은 아니었기에 사실 여부는 분명치 않았다. 관공서라는 곳은 한번 시작한 프로젝트에 있어서는 절대 실패를 인정하지 않았다. 책임을 지고 싶은 사람은 아무도 없기 때문이었다.

이렇게 '위법 행위 등 각종 문제 상담소'는 유지되고 있었다.

상담소는 운영 초기 단계부터 정한 지침상 고백과 반성을 듣는 '상담원'을 2인 1조로 운영했다.

범죄자와 얼굴을 맞대고 이야기를 들어야 하니 혼자서는 불안했기 때문이다. 그렇다고 세 명이나 나란히 앉아 있으면 상대에게 불필요한 압박감을 주기 때문에 두 명이 적당했다.

처음에는 설문 조사부터 상담소 설립까지 추진해온 담당 부서 직원이 '상담원'을 맡는 방안도 나왔지만 정작 현장에서 제동을 걸었다. '가뜩이나 바쁜 직원에게 이 이상 부담을 주는 것은 초과 근무를 강요하는 셈이다. 공무원법 위반 아닌가', '본래 맡은 직무의 범위를 벗어난 일이기 때문에 적절하게 대응하기 어려우며 상담원 역할에 소홀해질 우려가 있다', '전문 분야가 아닌 업무에 신경을 쓰다 보면 집중력이 떨어져서 기존 업무에 지장을 줄 수 있다'라는 것이 표면적인 이유였지만 '쓸데없는 일까지 떠맡고 싶지 않다'라는 것이 본심이었다.

그래서 '상담원'은 민간에 위탁했다. 유능한 인재를 적재적소에 활용하면 현장 업무를 반드시 공무원이 맡을 필요는 없다는 논리였다. 그래서 법원의 '배심원' 제도처럼 도영 상담소에서도 '상담원' 제도를 운용하게 됐다.

상담원은 '변호사와 임상심리사' 조합이 가장 많았다. 법률 전문가와 인간 심리 전문가의 조합은 역시 가장 적절해 보였다. 그 밖에도 '교사와 정신건강의학과 의사', '자위대원과 목사', '세무사와 상담사' 같은 조합도 있다고 한다. 하나같이 강약의 조화를 고려한 조합이었다.

미야타는 그런 경위를 '상담원'에 임명될 당시 도청 담당자에게 들었다. 너무 길고도 복잡한 이야기를 들으며 속으로 짜증을 냈던 기억이 났다. 정말 길었다. 정말로.

어쨌든 그런 이유로 도쿄에 소속된 어느 시에서 시청 공무원으로 일하는 미야타도 우연히 상담원 역할을 맡게 됐다. 2주 동안 임시 파견 근무를 하게 된 것이다. 솔직히 귀찮았지만 일개 시청 직원에게 도청의 지시를 거부할 권리는 없었다.

처음에는 긴장했지만 실제로 근무해 보니 그럴 필요가 없었다. 지난주 월요일부터 이 조립식 건물에서 근무하는데 놀랄 만큼 한가했다. 목요일 방문했던 무전취식범 한 건 말고는 아무 일도 없었다. '위법 행위 등 각종 문제 상담소'는 파리만 날렸다. 참으로 난감할 정도였다. 이성적으로 생각해 보면 겉으로 드러나는 것을 꺼리는 범죄자들이 상담소가 생겼다고 느닷없이 몰려올 리 없었다. 그러나 이곳은 민간이 아니라 도청에서 운영하는 시설이라서 수익성은 따지지 않았다. 피해를 보는 사람은 언제나 미야타 같은 말단 현장 직원들이었다. 한가하고 지루해서 도저히 견딜 수가 없었다.

게다가 파트너가 된 또 다른 '상담원'이 심상치 않은 인물로, 이번에는 '공무원과 승려'라는 조합이었다. 번화가의 한 유명 사찰의 주지 스님이 파트너가 될 예정이었는데 주지 스님이 유행성 감기에 걸려 몸져눕는 바람에 그 대신 젊은 수행승이 파견됐다.

그 사람이 바로 만넨이었다.

"소승은 수행 중인 몸으로 아직 미진합니다. 여러모로 부족한 점이 많을 테니 부디 가르침을 부탁드립니다."

처음 만났을 때 만넨은 이렇게 말하고는 합장하며 머리를 숙였다. 머리를 깎은 흔적이 선명한 젊고 풋풋한 승려의 모습에 호감이 갔다. 키가 매우 커서 승복이 너무 짧아 보였다. 이목구비가 유난히 뚜렷하고 진해서 마치 '일본을 방문한 할리우드 스타가 온천 료칸의 유카타를 입고 흡족해하는' 모습처럼 보였지만 만넨은 매우 진지했다. 아니, 너무 진지해서 귀찮았다. 그 탓에 좋았던 첫인상은 오래 가지 않았다.

무엇보다 이 수행승은 잡담을 전혀 하지 않았다. 아침 9시부터 오후 5시까지 종일 좁은 접이식 의자에 가부좌를 틀고 앉아 양손을 배 앞에 놓고 인을 맺으며 좌선했다.

처음에는 조는 것 아닐까 생각했지만 등을 꼿꼿하게 세우고 등받이에 기대지 않았다. 눈을 반쯤 뜬 채로 집중한 모습으로 말은 한마디도 하지 않았다.

미야타는 시간이 흘러넘쳐서 손바닥 주름 수까지 셀 수 있을 정도였다. 공무 중이기 때문에 휴대폰 게임을 하거나 책을 읽을 수도 없었다. 하다못해 파트너와 잡담이라도 나누며 무료함을 달래고 싶었지만 유일하게 말동무가 되어 줄 수행승이 이 모양이니 도리가 없었다.

월요일부터 일주일 내내 그런 식으로 지루함을 견디며 버텼다. 파견 근무는 다음 주 일요일까지. 앞이 깜깜했다.

그렇게 무전취식범이 방문한 날로부터 사흘 뒤, 드디어 '상담자'가 찾아왔나 싶었는데 만넨이 느닷없이 상담자에게 악수를 청하는 상황이 벌어진 것이다. 무언 수행으로 좌선에 몰두하던 그가 갑자기 적극적으로 나서다니 너무 극단적인 변화가 아닌가.

그 극단적인 젊은 수행승은 악수를 마치고는 아무 일도 없었다는 얼굴로 자신의 자리로 돌아갔다. 그러고는 의자에 엉덩이만 살짝 걸치고 앉아 말을 시작했다.

"도겐 선사가 하신 말씀 중에 이런 가르침이 있습니다.

'수행에 집착하지 말라, 참된 깨달음은 이미 손안에 있나니'. 선생님은 사건이 일어난 밤에 자신이 사람을 죽였는지 스스로도 확신하지 못한 채 혼란한 상태에 계십니다. 수행과 깨달음은 하나라고 말씀하신 도겐 선사의 말씀에 비추어 보면 선생님의 혼란은 어느 쪽도 확신할 수 없는 불안정한 마음에서 비롯된 것이라고 하겠습니다. 갈피를 잡지 못하고 헤맬수록 오히려 더 궁지에 몰리게 됩니다. 결국 그 혼란을 내려놓는 것이 번뇌에서 벗어나는 해법이 되지 않겠습니까?"

만넨은 담담한 말투로 의미를 알 수 없는 말을 늘어놓았다. 마치 염불이라도 외는 것 같았다. 소파에 앉아 있는 청년도 덩달아 멍해졌다. 미야타도 마찬가지였다.

상대의 그런 반응에도 아랑곳하지 않는 만넨은 담담하게 말을 이었다.

"선생님은 그 남자를 죽였을지도 모른다고 말씀하셨습니다. 그러나 한편으로는 그런 기억이 없다고도 주장하셨습니다. 그래서 무섭기도 하고 답답하기도 하실 테죠. 지에 대사께서는 '갈피를 잡지 못하면 돌과 나무가 다르지만 깨달으면 얼음물 한 그릇과 같다'라고 말씀하셨습니다. 즉 선생님이 혼란한 상태이기 때문에 진실에 이르지 못하는 겁니다. 흔들림 없는 마음으로 그날 밤을 되돌아본다면 반드시 진상을 꿰뚫어 볼 수 있을 겁니다. 깨달음의 길은 '나무 아미타불'을 외는 것에서 시작됩니다. 마음이 바른 이에게는 반드시 부처님의 가호가 있으리라 믿습니다. 선생님은 이 자리에서 모든 이야기를 털어놓으셨습니다. 지금 할 수 있는 일은 다 해낸 셈입니다."

그러고는 만넨은 손을 뻗어 문을 가리켰다.

"자, 돌아가시는 길은 저쪽입니다. 이제는 부처님께 의지할 수밖에 없습니다. 댁에 돌아가시면 촛불이라도 하나 올리며 부처님의 가르침에 마음을 집중해 보시기 바랍니다. 그러면 선생님의 마음에도 안녕이 찾아오겠죠."

놀랍게도 돌아가라고 재촉했다. 아직 아무것도 해소하지 못했는데.

확실히 상담원의 일은 상대의 이야기를 들어주는 것뿐이다. 조언을 건네는 것은 권한 밖이라고 해도 좋았다. 그러나 이런 어중간한 상태로 되돌려 보내다니 이상했다. 이렇게나 고민하며 괴로워하는 상담자에게 추상적인 설법만 들려주며 돌아가라니 너무 냉담하지 않은가.

게다가 이번 상담은 무전취식과는 차원이 달랐다. 살인사건이었다. 살인 용의자일지도 모르는 사람을 이렇게 쉽게 돌려보내도 괜찮을까?

미야타는 강한 거부감을 느꼈다.

그러나 만넨은 부처상 같은 미소를 지은 채 손바닥으로 문을 가리킬 뿐이었다. 청년은 몹시 당황스러운 눈빛으로 미야타를 바라봤다. 하지만 미야타에게 만류할 권한은 없었다.

이야기는 대강 다 들었다. 상담은 이것으로 끝이었다. 조언해주고 싶었지만 마땅한 말이 떠오르지 않는 것도 사실이었다. 상담을 어중간하게 끝내서 마음이 불편했지만 상담소에서는 더 이상 해줄 수 있는 것이 없었다. 공적으로 그렇게 정해져 있었다.

결국 미야타는 아무 일도 하지 못했다.

만넨이 상담을 어물쩍 넘겨버린 탓에 상담자는 끝내 납득하지 못한 얼굴로 떠났다. 왜인지 찝찝하고 개운치 않은 마무리였다.

미야타는 옆에 앉아 있는 수행승에게 무심결에 말했다.

"스님, 정말 이대로 돌려보내도 괜찮을까요? 혹시라도 저 청년이 진짜 살인범일지도 모르잖아요."

그러자 만넨은 합장하며 온화한 표정으로 대답했다.

"'많이 가지려 하면 도리어 마음이 괴로워진다'라고 합니다. 미야타 씨, 우리가 할 수 있는 일은 듣는 것뿐입니다. 많은 것을 바라지 마십시오. 이대로 충분합니다. 나무아미타불."

완전히 농락당한 기분이었다. 나이도 젊은데 능구렁이처럼 노회한 수행승이었다.

정말 돌려보내도 괜찮았을까. 요주의 케이스로 상부에 보고했어야 하는 것 아닌가.

미야타가 끙끙 앓으며 고민하는 사이에 어느새 점심시간이 됐다.

'위법 행위 등 각종 문제 상담소'도 12시부터 45분 동안 점심시간이었다.

미야타는 기분을 전환할 겸 점심을 먹으러 나갔다. 일할 때는 이런 여유도 중요했다.

만넨에게는 말을 걸지 않고 혼자서 조립식 건물을 나왔다. 밖은 추웠다.

심술궂은 마음에서 점심을 권하지 않은 것은 아니다.

도청 제1본청사 32층과 제2본청사 4층에 직원 식당이 있는데, 절차만 거치면 외부인도 자유롭게 이용할 수 있었다. 특히 32층은 전망이 좋아 도심을 한눈에 내려다 볼 수 있었고 맑은 날에는 후지산의 웅장한 모습도 볼 수 있었다.

이곳에 온 일주일 전 월요일, 미야타는 만넨에게 식당에 가자고 권했다. 앞으로 2주 동안 파트너로 지내야 하니 친목을 다져서 손해 볼 것은 없었다.

그런데 만넨은 랩에 싼 거대한 주먹밥을 무표정한 얼굴로 품에서 꺼내며 단칼에 거절했다.

"소승은 이것이 있으니 신경 안 쓰셔도 됩니다."

주먹밥 하나뿐인 점심 식사라니 수행승답게 금욕적이었지만 다소 억지스러운 느낌도 들었다. 왠지 연기하는 것 같았다. 머쓱해진 미야타는 그 이후로 혼자 점심을 먹었다.

오늘은 일요일이라서 도청 내 직원 식당은 운영하지 않았다. 미야타는 옆 고층 빌딩으로 걸음을 옮겼다.

식사를 마치고 돌아오자 만넨은 역시 접이식 의자 위에서 좌선하고 있었다. 가부좌를 틀고 배 앞에 양손으로 인을 맺은 뒤 등을 꼿꼿하게 세우고 눈을 감고 있었다. 방해하지 않도록 미야타는 조용히 자신의 자리에 앉았다.

지금부터 5시까지 또 지루한 시간이 시작된다. 지겹다고 생각하면서 오전에 방문했던 상담자를 생각했다.

과연 그는 정말 살인범일까? 실제로 방아쇠를 당겨 남자를 사살했을까? 아니면 그 기묘한 경험담은 모두 그가 본 환상이었을까?

생각에 잠겼는데 노크 소리가 났다.

하마터면 이번에도 소리를 놓칠 뻔했다.

설마 하루에 상담자가 두 명이나 찾아올 줄은 몰랐는데. 뜻밖의 상황에 반응이 늦었다.

"아, 들어오세요."

미야타가 황급히 말하자 철문이 열리며 젊은 남자가 쭈뼛쭈뼛 얼굴을 들이밀었다.

처음에는 오전의 상담자가 다시 온 줄 알았다.

정장 차림에 날렵하게 생긴 젊은 남자. 전체적인 분위기도 비슷했다.

분명 오전에 방문한 상담자와 동일 인물이라고 생각했는데 자세히 살펴보니 다른 사람이었다. 나이도 비슷하고 고상한 도련님 같은 얼굴까지 닮았지만 생김새가 조금 달랐다. 그래서 또 다른 상담자가 방문했다는 사실을 비로소 인지했다.

이번에도 상담자를 안내해 소파에 앉혔다. 쭈뼛거리며 불편해하는 모습까지 오전의 청년과 비슷했다.

"저, 여기가 범죄에 관해 상담해주는 곳이라던데요."

두 번째 상담자는 머뭇거리며 조심스럽게 물었다. 미야타는 상냥하게 대답했다.

"네, 어떤 이야기든지 들어 드립니다. 그런데 이곳은 어떻게 아셨습니까?"

"아, 네, 저기, 인터넷 광고를 보고요."

"아, 그렇군요."

도청의 홍보도 영 헛되지만은 않았던 모양이다.

상담자는 오전의 청년과 같은 질문을 했다.

이름을 밝히지 않아도 되는지, 비밀 엄수는 확실한지, 경찰에 신고하지 않는 것이 맞는지. 미야타도 정중하게 대답하며 상담자가 괜히 긴장하지 않도록 배려했다.

"그럼 제 이야기 좀 들어주세요. 제가 사람을 죽였을지도 몰라요."

상담자는 오전의 청년과 비슷한 고백을 풀어놓았다. 미야타는 익숙한 기시감에 잠시 혼란스러웠지만 일단 계속 말씀하시라며 상담자의 말을 이끌었다.

"그러니까 그저께, 금요일 밤이었어요."

상담자가 이야기를 시작했다.

⚔

너무 추워서 저절로 눈이 떠졌다.
정신을 차리고 보니 얇은 크림색 카펫 위에 쓰러져 있었다.
바닥이 딱딱한 탓에 등이 배겨 아팠다.
방은 어두컴컴했다.
난방이 꺼져 있는지 실내 온도가 믿기 힘들 정도로 낮았다.
여기가 어디지?
나는 혼란스러웠다.
왜 이런 곳에서 잠들었지? 조금 전까지 친구들과 술을 마시고 있었는데.
상체를 일으키자 가벼운 현기증이 일었다. 정신이 몽롱하고 어지러웠다. 자신의 코트를 입고 있지만 좁은 방은 싸늘한 냉기가 흘렀다.
하지만 그런 것을 신경 쓸 상황이 아니라는 사실을 깨달았다.
눈앞에 도저히 믿을 수 없는 존재가 쓰러져 있었기 때문이다.
흠칫 놀란 나는 순간 심장이 멎는 것 아닐까 싶을 정도로 두근거렸다.

사람의 몸.

그 몸은 옆으로 쓰러져 있었다. 몸 왼쪽이 바닥에 닿은 자세로 나를 향해 바라보며 옆으로 누워 있었다.

방은 어두컴컴했지만, 그 존재가 중년 여성이라는 사실은 알 수 있었다.

진하게 화장한 얼굴. 어깨 밑까지 오는 밤색 머리. 크게 웨이브를 넣은 헤어스타일이었다. 얼굴만 보면 40대 중반쯤일까. 여자는 외모만 봐서는 나이를 짐작하기 어렵기 때문에 자신할 수 없었다. 인상만 봤을 때는 그 정도 나이대 같았다.

옷차림은 나이에 비해 화려했다. 분홍색 블라우스에는 프릴이 풍성하게 달려 있었고 목에 두른 스카프는 붉은색, 치마도 새빨간 꽃무늬였다. 무릎까지 오는 치마 아래로는 스타킹을 신은 다리가 보였다. 문제는 분홍색 블라우스의 배 부분에서 엄청난 피가 흐르고 있다는 사실이었다.

내 몸이 계속 떨리는 이유는 추위 때문만은 아니었다.

피로 범벅이 된 블라우스의 배 부분은 칼로 찌른 듯 갈라진 틈이 있었는데 그 흔적이 너무나 생생했다. 그리고 그 사이로 들여다보이는 맨살에도 깊게 도려낸 상처가 있었다.

피는 바닥까지 번져서 카펫에 지름 1미터 정도 되는 피 웅덩이가 생겼다. 여자는 그 피 웅덩이 한가운데에 누워 있었다.

잘게 떨리는 손을 뻗으려고 했다. 그런데 오른손에 믿을 수 없는 물건을 쥐고 있다는 사실을 이제야 깨달았다. 현기증 때문에 머리가 잘 돌아가지 않아서 지금까지 알아차리지 못한 것이다.

손에 쥐고 있는 물건을 한참 바라봤다.

잭나이프였다.

칼날은 폭이 넓고 길이는 20센티미터 정도였다. 무기라고 부르기에 충분할 만큼 무시무시한 생김새였다. 칼날이 빛을 받아 은색으로 번쩍였다. 칼날을 닦은 흔적이 있지만 군데군데 피로 얼룩져 있었다. 위험하게 번뜩이는 칼날에 묻은 선혈. 나도 모르게 바닥에 쓰러진 여성의 블라우스 사이로 보이는 찔린 상처와 대조하고 말았다.

칼자루는 금과 은이 서로 얽힌 듯한 문양으로 장식되어 있었다. 질 나쁜 놈들이 신나서 자랑하고 다닐 법한 디자인이었다.

그런데 그 칼이 내 손에 들려 있었다.

마치 내가 이 칼로 중년 여성을 찌른 것처럼.

퍼뜩 든 생각에 본능적으로 칼을 내팽개쳤다. 칼은 벽에 부딪히고는 둔탁한 소리를 내며 바닥에 떨어졌다.

이게 말이 돼? 내가 그랬을 리 없잖아.

조금 전까지만 해도 바에서 술을 마시고 있었다. 술자리에서 계속 투덜댔던 기억도 났다. 도대체 언제 이 방에 들어왔고 왜 정신을 잃었는지 알 수 없었다. 도무지 기억이 나지 않았다. 상심한 나를 위로하겠다는 친구들과 부어라 마셔라 했으니 필름이 끊길 만했지만.

하지만 사람을 찌른 기억은 없었다.

적어도 그런 행동을 했다는 자각은 없었다.

그래, 내가 한 짓이 아닐 거야.

내가 사람을 죽이다니 말이 안 되잖아.

그러다가 문득 누군가의 장난에 속고 있는 것은 아닐까 하는 생각이 들었다. 그래, 분명 장난일 것이다. 모두 거짓이고 이 여자도 죽지 않았을 것이다. 친구들이 나를 위로하겠다며 꾸민 일종의 이벤트겠지. 그래, 분명 그럴 것이다. 그 증거로 여자의 몸에 온기가, 라며 손목에 손을 댔다가 그야말로 온몸에서 핏기가 가시는 기분을 느꼈다.

차가웠다. 여자의 손목이. 마치 냉동실에 넣어둔 쇳덩어리처럼.

혹시나 하는 마음에 빨간 스카프를 두른 목 위의 턱 부근에 조심스레 손을 뻗었다.

이 부위도 차가웠다. 도저히 살아 있는 사람의 체온이 아니었다. 방 안 온도와 완전히 같았고 겉으로 보기에 숨을 전혀 쉬지 않았다.

죽었다. 거짓이나 장난이 아니었다. 누군가가 연출한 깜짝 이벤트도 아니었다. 이 죽음은 현실이었다.

나는 공포에 떨면서도 쓰러져 있는 여자의 얼굴을 천천히 살폈다.

모르는 얼굴이었다. 누구인지 모를 생면부지의 사람이었다.

나이에 비해 화장이 짙은 여자였다. 눈을 감고 있었는데 인조 속눈썹을 붙였는지 속눈썹이 길었다. 아이섀도를 진하게 바른 눈이 감겨 있어서 정말 다행이라고 생각했다. 눈을 뜨고 있었다면 나는 그 자리에 주저앉고 말았을 테니까.

여자의 얼굴에서 시선을 돌려 아까 내팽개친 칼을 바라봤다. 바닥에 떨어진 잭나이프는 어둠 속에서도 은빛으로 번뜩였다. 그것을 손에 쥐고 있었던 감각이 아직도 생생했다.

큰일 났다. 아무리 봐도 내가 죽인 것처럼 보이는 상황 아닌가. 지난주에 인생 최악의 날을 맞았다고 생각했는데 아직도 바닥이 남아 있었다니 도무지 믿기지 않았다.

방을 죽 둘러봤다.

아무것도 없는 작은 방에 창문이 없어서 답답했다. 내 뒤에는 나무문이 있었고 시체 너머에는 철문이 있었다.

도망가자.

순간적으로 든 생각이었다.

아니, 도망가야 한다.

시체와 흉기가 있는 작은 방에 혼자 있다니. 누가 봐도 수상했다. 도망치지 않으면 당연히 범인으로 의심받을 상황이었다.

내가 이 여자를 정말로 찔렀는지 아닌지는 모르겠다. 기억이 분명하지 않았다. 하지만 이대로 가만히 있다가는 잡힌다는 사실만큼은 확실했다.

나무 문은 실내 복도로 나가는 길 같아서 철문을 선택했다.

나는 벌떡 일어나 코트를 여미고 발소리를 죽이며 시체를 돌아가 철문 손잡이를 잡았다.

짐작한 대로였다. 밖에 비상계단이 있었다.

몹시 당황한 나는 계단을 뛰어 내려갔다.

몇 층이나 내려갔는지 모르겠다.

뒷골목에 다다른 나는 좁은 길을 몇 번이나 돌아서 신주쿠 K초를 메운 인파 사이로 몸을 숨겼다.

✲

웅얼거리듯 말을 마친 상담자에게 미야타가 물었다.

"그 뒤에는 어떻게 하셨어요?"

침울한 얼굴로 어깨를 축 늘어뜨린 상담자는 시선을 내리깔고 대답했다.

"인파에 섞여 있어도 무서워서 신주쿠역 동쪽 출구로 갔어요. 아직 전철을 운행하지 않는 시간이었기 때문에 역 지하의 셔터 앞에 웅크리고 있었죠. 거기는 바람이 불지 않아서 생각보다 따뜻했거든요. 그래서 조금 졸았어요. 머리가 여전히 어지럽고 멍했거든요. 그런 곳에서 잔다는 사실이 비참해서 눈물이 날 뻔했습니다."

그때의 기억이 떠올랐는지 서러운 표정을 지었다.

"한동안 그렇게 있는데 셔터가 열렸어요. 첫차 운행 시간이었죠. 그래서 전철을 타고 집으로 갔습니다. 집에 도착해서 소지품을 확인했지만 없어진 물건은 없는 것 같아 안심했어요. 면허증이나 사원증을 어디 떨어뜨리기라도 했다면 큰일이니까요. 그리고 어제, 토요일은 인터넷 뉴스만 봤어요. '신주쿠 K초에서 칼에 찔린 여성이 숨진 채 발견'이라는 뉴스가 보도될까 봐 제정신이 아니었거든요. 그런데 아무 일도 없어서 조금 안심했습니다. 그리고 오늘에야 이 상담소가 생각났죠."

"그렇군요. 알겠습니다."

미야타는 낮게 신음하며 대답했다.

지금까지 들은 이야기는 오전에 방문한 첫 번째 상담자의 상담 내용과 똑같지 않은가. 물론 피해자의 성별 같은 세세한 부분에는 차이가 있었다. 하지만 큰 흐름은 놀라울 정도로 비슷했다. 이게 무슨 일일까.

미야타는 조금 혼란스러운 기분으로 확인했다.

"사망하신 분이 중년 여성 맞습니까? 상담자분이 모르시는 분 맞고요?"

"네, 정말요. 일면식도 없는 사람이었어요."

"여성 종업원이 손님을 상대하는 가게에서 술을 마신 건 아니고요? 사망한 여성이 그 가게의 마담이라거나."

"아뇨, 지극히 평범한 바에서 마셨습니다. 분위기가 좋지는 않았지만 그냥 평범했어요. 바에는 남자 바텐더와 젊은 남자 웨이터만 있었고요. 그날은 여자랑 이야기하고 싶지 않았거든요."

"그럼 그 여성은 가게 직원은 아니라는 말이군요."

"네, 그렇습니다."

짙은 화장에 나이에 맞지 않는 화려한 차림새라고 해서 분위기를 띄우려고 일부러 화려하게 차려입은 술집 마담일 줄 알았는데 예상은 빗나갔다.

미야타는 질문의 방향을 바꿨다.

"칼을 쥐고 있었다고요."

"네."

"잭나이프라고 하셨죠?"

"네, 투박하게 생긴 칼이었어요."

"아는 물건입니까?"

"아뇨, 전혀."

"전에 어디서 본 적 없습니까?"

"없습니다."

"당연히 상담자분의 칼은 아니죠?"

"네 그런 걸 가지고 다니는 취미는 없어요."

오전에 상담한 청년과도 같은 대화를 나눴다는 생각이 떠올랐다.

"단도직입으로 묻겠습니다. 칼로 찔러 죽인 기억이 전혀 없으신가요?"

"네, 없어요. 아니, 없을 겁니다. 그날 정신을 잃었고 기억이 모호해서 자신이 좀 없네요."

상담자는 얼굴을 일그러뜨리며 머리를 감쌌다.

"그럼 상담자분이 죽였을 가능성이 아예 없는 건 아니군요."

"아니, 설마요. 하지만 잘 모르겠습니다. 혼란스러워요."

상담자는 몹시 당황했다. 미야타도 무심코 고개를 갸웃거렸다. 오전의 상담도 그렇고 몹시 기이했다. 두 사람의 이야기가 유사한 점도 마음에 걸렸다.

난감한 미야타는 도움을 구하는 마음으로 옆에 앉은 파트너에게 시선을 돌렸다.

"스님, 어떻게 생각하십니까?"

그러자 젊은 수행승은 푸르스름하게 깎은 머리를 끄덕이며 상담자를 바라보며 말했다.

"저희의 역할은 선생님의 이야기를 듣는 것입니다. 무거운 마음의 짐을 안고 얼마나 괴로우셨을지 짐작됩니다. 하지만 이제 그 짐을 우리 셋이 함께 나누게 됐습니다. 어떠십니까? 마음이 조금 가벼워지지 않았습니까? 마음을 묵직하게 누르던 짐에서 해방된 것입니다. 그것은 부처님의 길에 한 발짝 더 다가선 것이나 다름없습니다. 부디 선생님도 소승처럼 부처님께 기대 보세요. 부처님은 언제나 선생님 곁에 계십니다. 기도하고, 믿고, 바르게 살아가는 것이 곧 깨달음으로 가는 길입니다. 자비로운 염불을 함께 외어 봅시다. 나무아미타불을 외면 극락정토로 향하는 구원의 길 또한 열릴 것입니다. 선생님이 이곳에 오신 것도 부처님의 이끄심입니다. 걱정하지 마세요. 선생님의 마음을 불안하게 하는 나쁜 일은 일어나지 않을 겁니다. 그 모든 것이 부처님의 인도죠. 자, 이제 그 인도를 따라 나아가시면 됩니다. 나가는 문은 저쪽입니다."

만넨은 차분하게 말하고는 상담자의 뒤에 있는 철문을 손바닥으로 가리켰다. 돌아가라는 명백한 표시였다.

또다. 대충 처리하려는 속셈인가? 좌선을 방해받고 싶지 않아서 상담자를 빨리 돌려보내려는 의도인가.

미야타는 조금 어이가 없었지만 가만히 생각해 보니 이야기를 듣는 것만으로 자신들이 할 일은 분명히 끝난 셈이었다. 상담원은 상담자의 케어까지 맡지는 않는다. 서툰 참견은 오히려 월권행위였다.

그래도 헛소리 같은 설법만 늘어놓은 뒤 돌려보내는 것은 너무하다고 생각했다. 무책임했다.

하지만 미야타도 더 해줄 수 있는 일이 없었다.

결국 상담자는 석연치 않은 기분에 마음이 편치 않은 얼굴로 돌아갔다.

그 뒷모습을 배웅한 뒤 미야타는 생각했다.

오전의 상담자와 방금 온 상담자의 이야기는 도대체 뭘까?

매우 비슷했다. 디테일은 차치하고 얼개는 똑같다고 해도 좋을 정도였다. 우연일까? 아니, 우연치고는 너무 비슷하다. 그렇다면 입을 맞췄을 가능성도 있었다. 상담원들을 놀리기 위해 지어낸 이야기일까?

인터넷에 동영상을 올리는 사람 중에 질 나쁜 장난을 찍어서 올리는 사람들이 있다. 이 남자들도 그들처럼 거짓으로 꾸며낸 이야기를 풀어놓고 미야타와 만넨의 반응을 몰래 촬영하며 즐기는 것은 아닐까.

그러나 장난이라면 조금 더 눈에 띄는 대상을 선택했을 터다. '위법 행위 등 각종 문제 상담소'처럼 인지도도 낮은 부서를 상대로 장난쳐 봤자 아무 재미도 없었다. 더 유명한, 예를 들면 TV 방송국이나 신문사 등의 접수대에서 일하는 예쁜 여직원을 노리는 편이 조회수를 올리는 데는 더 효과적일 것이다. 아저씨와 수행승을 찍은 영상을 누가 본단 말인가.

계획된 장난은 아니다.

그렇다면 두 사람의 이야기가 비슷한 이유가 뭘까?

모르겠다.

미야타는 한동안 머리를 싸매고 고민했다.

그러다가 오후 2시 30분이 지났다. 평소라면 졸음이 몰려오고 심심해서 한계에 다다랐을 조용한 시간이었다. 하지만 오늘은 달랐다.

또 노크 소리가 났다.

오늘만 세 번째다. 손님이 끊이지 않는다니. 별일이 다 있다 싶어서 조금 놀랐다. 일요일이라서 그런가?

그런데 문을 열고 들어온 사람을 본 순간 미야타는 혼란에 빠졌다.

세 번째 상담자도 앞서 방문한 두 사람과 비슷하게 생겼기 때문이었다. 나이도 마찬가지. 정장 차림으로 늘씬한 청년이었다. 앞선 두 사람과 분위기도 비슷했고, 머뭇거리며 소파에 앉는 모습마저 똑같았다.

미야타는 다시 강렬한 기시감을 느끼며 청년을 소파에 앉혔고 그는 조심스럽게 입을 열었다.

"실은 제가 사람을 죽였을지도 몰라요."

미야타의 머릿속에 고주파 소음처럼 불쾌한 경고음이 울렸다. 불쾌한 기시감이 계속되자 뇌에서 거부 반응을 일으킨 것이다. 미야타는 그 끔찍한 느낌과 싸우며 물었다.

"오호, 그거 참 무서운 이야기로군요. 무슨 일이 있었는지 자세히 말씀해 주시겠습니까?"

상담자 청년은 흠칫 놀라며 불안한 듯 몸을 움츠리고는

입을 열었다.

"그저께, 금요일 밤에 일어난 일입니다."

⚔

"좋아, 한잔 더 하러 가자! 오늘은 끝까지 달리는 거야!"

친구 한 명이 흥에 겨워 떠들었다.

깊은 밤 신주쿠 K초.

눈이 부실 정도로 밝은 LED 조명 아래 수많은 사람이 즐겁게 거리를 걷고 있었다.

그리고 여기저기서 흘러나오는 크리스마스 캐럴.

시끌벅적하고 화려하며 들뜬 분위기였다.

밤 11시가 다 되어간다는 것이 거짓말 같았다. 아시아 최대 환락가로 불리는 이곳은 마치 축제처럼 떠들썩했다. 크리스마스를 기념하는 일루미네이션으로 물든 거리를 수많은 취객이 오갔다.

나는 친구 둘과 함께 1차로 선술집, 2차로 양주 바에서 마신 뒤 3차로 갈 술집을 찾고 있었다.

"오, 여기 가자. 바가 있네, 여기 들어가자."

한 친구 녀석이 제법 취한 상태였다. 오늘은 실연 당한 그 친구를 위로하려고 모인 자리였고 끝까지 마시자는 분위기였다.

친구는 일주일 전 여자친구에게 차였다. 이유도 제대로 말하지 않은 채 느닷없이 이별을 통보했다고 한다. 크리스마스를 코앞에 두고 차이다니, 타이밍이 기가 막힌다고 해야 하나, 아무튼 딱했다. 친구는 평소보다 엉망이었다. 그래서 그런 친구를 위로하고자 셋이 모여 술을 마시러 나섰다.

"그런데 여기 좀 수상해 보이지 않아?"

입구는 좁은데 유독 높게 솟은 건물을 올려다보며 다른 친구가 말했다.

건물에는 화려한 간판들이 걸려 있었는데 룸살롱, 헌팅포차, 물담배 바, 조건 만남 술집, 코스플레이 클럽, 여장 클럽, 미니스커트 바 등 층마다 다양한 술집이 입점해 있는 것 같았다. 그런데 하나같이 어딘가 분위기가 수상했다. 맨 꼭대기 층에 있는 바가 그나마 평범해 보였다.

"상관없어, 이상한 거 대환영이야! 여자 마음보다 더 이상한 건 없다고!"

실연당한 친구는 홧김에 무작정 건물 안으로 들어가 엘리베이터 버튼을 눌렀다. 다른 친구와 나는 서로를 바라보며 쓴웃음을 지은 뒤 그 뒤를 따랐다.

"여기 바가지 씌우는 데면 어떡하려고 그래?"

내가 묻자 실연당한 친구는 술에 취해 꼬부라진 혀로 대답했다.

"그럼 복수해야지. 무서운 형님이 나오기 전에 웨이터를 때려눕히고 도망갈 거야."

"끝이 구린데."

"웨이터를 때리면 상해죄야."

다른 친구가 말하자 실연당한 친구는 엘리베이터에 올라타면서 대꾸했다.

"만약 그렇게 되면 그럴 때 상담받을 수 있는 곳이 있다나 봐. 저번에 인터넷 광고에서 봤어. 아니다, 도청에서 운영하는 기관이니까 홍보라고 해야 하나?"

"그게 뭐야, 한 시간에 천 엔인가 하는 변호사 상담 서비스 같은 거야?"

엘리베이터의 '닫힘' 버튼을 누르면서 내가 물었다. 실연당한 친구는 술 취한 사람 특유의 불쾌한 얼굴로 고개를 저으며 말했다.

"아니, 그런 게 아니라 어떤 범죄든 전문으로 상담해주는 곳이래. 도에서 운영하는 거라서 무료라던데. 도청 제2본청사 뒤에 있대."

"도청 뒤에는 공원이 있지 않아?"

"글쎄, 나도 잘 모르겠다. 어쨌든 인터넷에 그렇게 나와 있었어."

대화를 나누는 사이에 엘리베이터가 맨 위층 바에 도착했다. K초에 있는 바답게 범상치 않은 분위기가 가득했다.

조명을 몹시 어둡게 내린 내부 공간은 테이블마다 칸막이로 분리되어 조용했지만 손님들 분위기가 하나같이 수상했다. 호피 무늬 점퍼를 입고 선글라스를 쓴, 딱 봐도 제대로 된 직업이 없어 보이는 남자 두 명이 태블릿과 서류철을 보며 소곤소곤 대화를 나누고 있었다. 분명 법에 저촉되는 내용이리라. 이 겨울에 화려한 하와이안 셔츠를 입은 젊은 남자가 넷, 테이블에 동전을 산더미처럼 쌓아놓고 하나하나 골라내고 있었다. 소곤거리는 작태가 아무리 봐도 합법적인 수단으로 손에 넣은 동전은 아닌 것 같았다. 카운터 바에 앉아 있는 수수한 옷차림을 한 젊은 여성을 끈질기게 설득하며 열변을 토하는 젊은 남자는 누가 봐도 사기꾼 같았다.

불온한 분위기로 가득 찬 바였다.

우리와 정말 어울리지 않는 곳이었다.

그래도 종업원의 태도는 친절했다. 흰 셔츠에 검은 조끼를 차려입은 웨이터들이 활기찬 모습으로 부지런히 돌아다녔다. 같은 옷을 입은 카운터 바의 바텐더도 가게 내부를 살폈다.

우리는 칸막이로 분리된 자리로 안내받은 뒤 코트를 벗어 각자 자기 옆에 개어 놓았다. 그래도 여유가 있을 만큼 자리는 넓었다.

술을 주문하고 잔을 기울였다.

방금까지만 해도 홧김에 괜히 먹고 죽자며 날뛰던 실연당한 친구가 갑자기 울먹이기 시작했다.

"도대체 왜 그런 말까지 들어야 하는지 모르겠어. 내가 얼마나 잘해줬는데. 그런데 뭐라고? 너랑 있어도 이제는 설레지 않는다고? 야, 3년이나 사귀었는데 아직도 설레면 심장에 병 있는 거 아니냐? 그게 더 이상하다고. 이 추운 날 차이는 기분이 어떤지 네가 알아? 젠장. 어차피 나 같은 건 시시한 남자겠지. 아 그래, 재미도 없고 설레지도 않는 남자라 미안하네요, 아주."

끊임없이 푸념을 늘어놓다가 술을 벌컥벌컥 들이켰다. 참으로 불쾌한 분위기 전환이었다.

나와 다른 친구는 위로를 건넸다.

"너무 상심하지 마. 세상에 별처럼 널린 게 여자야."

그러자 실연당한 친구가 판에 박힌 말로 대꾸했다.

"그래도 북극성은 하나밖에 없잖아."

은근히 논리적으로 따지는 취객만큼 피곤한 사람도 없었다. 도무지 말릴 수가 없었다.

이런 상태가 계속됐다. 몹시 음울한 술자리였다. 걸핏하면 훌쩍대서 마치 초상집 같았다.

끝없이 우울한 넋두리에 질릴 대로 질린 나는 화장실에 다녀오겠다며 일어났다.

그런데 가게 내부가 너무 어둑하고 취기까지 돌아서 방향 감각이 사라지는 바람에 화장실이 어느 쪽인지 찾을 수 없었다.

화장실인 줄 알고 문을 열었더니 화장실이 아니라 비상계단이었다. 투박한 철제 계단이 아래로 이어졌다.

12월의 차가운 공기가 취기로 달아오른 얼굴에서 열기를 앗아갔다. 그러던 중 계단 아래에서 어떤 목소리가 들렸다. 아래층 층계참에서 검은 조끼를 입은 종업원 두 명이 담배를 피우고 있었다. 어둠 속에서 담배 불빛만 희미하게 빛났다. 그들은 손님과 함께 산으로 드라이브를 가려는데 어디가 좋을지 이야기하고 있었다.

"좋은 산이 있으면 좋겠어요."

"잘 찾아봐. 못 정하겠으면 손님한테 직접 물어보면 되잖아."

그런 대화 소리를 들으며 추워서 문을 닫았다.

그러고는 화장실에 들렀다가 자리로 돌아갔다.

"어차피 나는 시시한 놈이야. 함께 있어도 즐겁지 않다고. 아, 재미도 없고 웃기지도 않고."

아직도 그 타령이었다. 이보다 더 처량하고 우울할 수 없었다.

"재미없고 시시한 놈이라서 미안하네. 아, 됐어. 재미없는 인간으로 평생 구석에 처박혀 살 거야."

그런 그의 기분에 맞춰주며 달래느라 나와 다른 친구도 덩달아 술을 많이 마셨다.

"이런 재미없는 놈한테도 꿈과 희망이 있었는데, 그걸 다

깨부숴 놓고 나는 이제 어떡하라고."

"알았어, 알았어. 알았으니까 마시자. 자자, 마시고 그만 잊어."

"어어, 마셔. 그래, 마셔야지. 그런데 마셔도 잊을 수가 없네."

음울한 술자리가 이어지면서 나는 점점 더 취했다.

그러다가 너무 추워서 눈이 번쩍 뜨였다.

순간 무슨 일이 일어났는지 몰랐다.

어쩐 일인지 기억이 없었다. 정신을 잃었던 것이다.

여기가 어디지?

나도 모르는 사이에 낯선 곳에 있었다.

정신을 차렸을 때 나는 크림색 카페 위에 있었다. 분명 칸막이가 있는 소파 좌석에 앉아 술을 마시고 있었는데 어느새 어디인지 모를 바닥에 누워 있었다. 몹시 추워서 코트를 입고 있어도 아무런 도움이 되지 않았다.

좁은 방이었다.

속이 조금 울렁거렸다. 머릿속에 안개가 낀 듯 몽롱했다. 좀처럼 정신을 차릴 수 없었다.

그러다가 흠칫 놀라 숨을 삼키며 상체를 일으켰다.

눈앞에 누군가 쓰러져 있었다.

깜짝 놀랐다. 심장이 남아나지를 않겠다.

방은 술을 마시던 바와 다르지 않게 어두웠지만 엎드려

있는 사람은 선명하게 보였다.

순간 마네킹이 쓰러져 있는 줄 알았다. 트렁크와 러닝셔츠만 입은 속옷 차림이었고 전체적으로 밋밋해 보였기 때문이었다. 엎드린 몸은 마르고 초라한 느낌이었는데 체격으로 보아 중년 남성 같았다.

마네킹이 아니라고 확신할 수 있었던 이유는 뒤통수를 봤기 때문이었다. 남자는 엎드린 자세로 얼굴은 반대편을 향해 있어서 자연스럽게 내가 있는 곳에서 뒤통수가 잘 보였다.

그 부위가 처참하게 뭉개져 있었다.

남자의 뒤통수는 터진 것 같은 흔적이 가득해 기괴했다. 뾰족한 것으로 몇 번이나 내려친 것처럼 엉망으로 뭉개진 상처. 그 흔적이 넓게 퍼져 있었고 그곳에서 흐른 엄청난 피 때문에 카펫에 지름 1미터 정도 되는 피 웅덩이가 생겼다.

순간 소름이 돋고 온몸이 떨렸다. 공포감과 본능적인 혐오감으로 욕지기가 심해졌다.

그리고 알아차렸다. 내 오른손에 망치가 들려 있다는 사실을.

이게 뭐지?

처음 보는 망치였다. 자루 부분은 경질 고무로 코팅된 금속 재질이었고 머리 부분도 은색 금속 재질이었다. 한쪽은 못을 박기 위해 평평했지만 반대쪽은 뾰족했다. 그 끝에 끈적끈적한 피가 묻어 있었다.

소름이 돋았다.

엎드려 있는 남자의 뭉개진 뒤통수와 망치의 뾰족한 부분에 묻은 피. 아무래도 이 망치로 여러 번 내리친 것 같았다.

그리고 그 흉기를 들고 있는 나.

마치 내가 이 망치로 남자의 머리를 깨부순 것 같지 않은가. 겁에 질려 나도 모르게 망치를 떨어뜨렸다.

추위와 공포에 떨면서 유난히 밋밋하고 초라한 남자의 몸을 내려다봤다.

어쩌면 정말로 마네킹일지 모른다.

그렇게 생각하며 머뭇머뭇 남자의 팔에 손을 뻗었다. 그런데 살짝 만진 촉감이 마네킹이 아니었다. 틀림없이 사람이었다. 다만 지독하게 차가웠다. 방의 온도만큼이나 냉기가 느껴졌다. 도저히 살아 있는 사람 같지 않았다. 숨도 쉬지 않았다. 뒤통수가 뭉개진 모습만 봐도 분명히 알 수 있었다. 이 남자는 죽었다. 엎드린 채 쓰러져 있는 이 사람은 시체였다.

온몸을 엄습하는 공포에 등골이 오싹해졌다.

뭐지?

이게 무슨 상황이야.

이 사람은 누구지?

겁이 났지만 몸을 숙여 남자의 얼굴을 확인했다.

역시 밋밋한 인상이었다. 마흔 살쯤 됐을까. 별다른 특징 없는 얼굴에 굳이 따지자면 빈티 나 보였다.

모르는 남자였다. 평범한, 어디에나 있을 법한 남자는 일면식도 없는 사람이었다.

그런데 왜 단둘이 이렇게 작은 방에 남겨졌지?

욕지기가 강하게 치밀었다. 머리가 복잡했다. 가뜩이나 안개 낀 것처럼 멍한 머리로는 지금 상황을 똑바로 이해할 수 없었다.

뒤통수가 완전히 뭉개져 사망한 남자와 흉기인 망치를 들고 있는 나.

진심으로 무서워졌다.

시체를 돌아 그 너머에 있는 철문에 다다랐다.

도망쳐야만 했다. 지금 상황을 누군가에게 들킨다면 범인으로 몰릴 것이다.

다행히 코트를 입고 있었다. 주머니를 확인하니 지갑과 휴대폰도 그대로 있었다.

문을 열었다. 비상계단이 있었다. 다행히 밖이었다. 코트를 입고 차가운 공기를 가르며 계단을 뛰어 내려갔더니 인적이 없는 뒷골목에 다다랐다. 어디로 어떻게 걸었는지 모르겠지만 K초의 큰길이 나왔다.

정처 없이 걸었다.

아직도 머리가 멍했다.

그저 인파 속을 헤맸다.

그러다가 첫차가 운행할 시간이라는 사실을 깨달았다.

나는 전철을 타고 서둘러 집으로 돌아갔다.

눈앞에 쓰러져 있던 남자의 참혹하게 뭉개진 뒤통수가 눈에 아른거렸고 머릿속에 남아 지워지지 않았다.

⚔

미야타는 강렬한 기시감에 정신이 아찔했다.

도대체 오늘만 몇 번째 느끼는 기시감일까.

또다. 또 비슷한 이야기다.

첫 번째 상담자와 두 번째 상담자, 그리고 이번 세 번째 상담자. 거의 똑같은 경험담이었다.

도대체 뭘까. 도무지 무슨 상황인지 이해할 수 없었다.

미야타는 혼란스러운 와중에도 질문했다. 그 뒤로는 앞선 상담자들과 같은 흐름이었다. 미야타가 묻고 상담자가 대답했다.

사망한 남자가 정말 모르는 사람인지 확인했다.

흉기인 망치는 상담자의 것이 아니라는 사실을 확인했다.

그리고 피해자인 볼품없어 보이는 남자를 망치로 때린 기억이 없다는 것을 확인했다.

상담자의 답변은 앞선 두 사람과 큰 차이가 없었다. 겹겹이 밀려드는 기시감에 정신이 아득했다.

그리고 만넨이 설법 같은 이야기로 상담자를 타일러 돌려보낸 것 또한 같았다.

　문을 열고 나가는 상담자를 배웅한 미야타는 잠시 망연해졌다.

　뭐가 뭔지 도무지 알 수 없었다.

　세 청년이 미야타와 만넨을 놀리려고 꾸민 짓인가. 서로 입을 맞추고 속이는 것일까. 아까도 들었던 의심이 다시 고개를 들었다. 아니, 그건 아닐 것이다. 그럴 가능성이 없다는 것은 진작 깨닫지 않았나. 이런 곳에 처박혀 있는 두 사람을 속인들 재미도 없고 관심도 없으리라고.

　역시 세 사람은 진실을 말했다고 생각할 수밖에 없었다.

　다만 그렇다면 상황을 이해할 수 없었다.

　기시감이 드는 세 사람의 이야기.

　내용은 같은데 세부 사항만 묘하게 다른 점도 이상했다.

　세 명의 상담자. 세 구의 시체.

　그들은 왜 같은 일을 당했을까.

　금요일 밤에 무슨 일이 일어난 걸까.

　그들을 덮친 재앙의 정체는 무엇일까.

　도무지 알 길이 없었다.

　미야타는 몹시 혼란스러웠다.

　물론 일부 이해한 부분도 있긴 했지만 그들에게 일어난 일을 전부 설명할 수는 없었다. 근본적인 부분을 전혀 이해할 수 없었기 때문이다.

별다른 말 없이 상담자들을 돌려보낸 점도 찝찝했다.

순진한 얼굴을 하고 있어서 간과하기 쉽지만 그들은 살인범일지 모른다. 그 가능성을 배제할 수 없었다.

살인자를 가만히 내버려 두어도 괜찮을까.

그 점도 개운치 않았다.

확실히 이 상담소 규정에는 경찰에 신고하지 않도록 되어 있다. 하지만 정말 그래도 될까.

총으로 험상궂게 생긴 남자를 쐈다.

칼로 중년 여성을 찔렀다.

망치로 볼품없어 보이는 남자를 내리쳤다.

그들은 흉악한 살인범일지도 모른다.

이름조차 묻지 않아서 어디 사는 누구인지도 모른다. 추적하고 싶어도 할 수 없다.

만넨은 그들을 순순히 돌려보냈다.

과연 잘한 일일까.

미야타는 걱정되어 견딜 수 없었다.

"스님, 잠깐 괜찮으세요?"

조용히 좌선하던 수행승은 미야타의 말에 눈을 떴다.

"오늘 방문한 상담자들은 도대체 어떻게 된 걸까요? 셋 다 똑같은 말을 하는데, 저는 도무지 이해할 수가 없네요."

미야타가 곤혹스러워하며 묻자 만넨이 고개를 갸웃하며 꼬고 있던 다리를 풀었다. 그리고 미야타를 향해 몸을 돌리고는 온화한 목소리로 물었다.

"미야타 씨는 상담자분들이 한 고백의 진정한 의미를 이해하지 못하셨군요."

"네, 그래서 머리가 너무 복잡합니다. 도무지 영문을 모르겠어요."

미야타가 한탄하자 만넨은 눈을 가늘게 뜨고 미야타의 속마음을 꿰뚫어 보듯 말했다.

"하지만 미야타 씨도 이해한 부분이 있을 겁니다. 예를 들면 그 세 상담자의 관계라거나."

미야타는 그 말에 고개를 끄덕였다.

"네, 그건 역시 감이 오더군요. 그 세 사람은 서로 아는 사이겠죠. 금요일 밤에 함께 술을 마셨을 겁니다. 그들은 친구 사이에요."

"잘 이해하고 계시는군요."

"그 정도야 뭐. 세 사람의 경험담은 이상합니다. 그리고 세부 내용은 다르지만 큰 줄기는 똑같죠. 같은 날 밤에 같은 신주쿠 K초에서 거의 같은 일을 겪어요. 그런데도 세 사람이 아무 관계도 아니고 술을 함께 마시지도 않았다고 생각하는 편이 더 이상하죠."

"말씀하신 대로입니다."

만넨은 반들반들하게 삭발한 머리를 끄덕였다. 미야타가 말을 이었다.

"세 사람이 함께 이 상담소에 온 것도 서로 정보를 공유했기 때문입니다. 바에 가는 엘리베이터에서 이야기했다고 했죠. 세 사람 모두 그 대화를 기억해서 찾아왔겠죠."

만넨은 고개를 갸우뚱했다.

"거기까지 알고 계신다면 미야타 씨도 모든 진상을 파악하신 것 아닌가요? 그 세 사람에게 무슨 일이 있었는지."

'미야타 씨도'라는 표현이 마음에 걸렸지만 일단 제쳐두고 나 역시 고개를 갸웃했다.

"아뇨, 저는 전혀 모르겠습니다. 설마 세 사람이 짜고 우리를 놀린 것 같지는 않고."

미야타는 아까 떠올렸던 생각을 말했다. 이렇게 유명하지도 않은 상담소의 상담원들을 속여 봤자 재미도 없고 의미도 없을 것이라고. 그래서 장난이 아니라고 생각한다고.

"네, 미야타 씨의 말씀이 맞습니다. 시청 직원과 수행승 둘뿐인 보잘것없는 상담소를 상대로 장난쳐 봤자 아무런 소득도 없겠죠. 세 사람의 초조한 모습도 연기치고는 무척 자연스러웠습니다. 그 침통한 표정은 진짜였다고 생각합니다. 그들이 겪은 일도 진짜라고 생각하고요."

미야타도 동의했다.

"저도 그렇게 생각해요. 그리고 수상한 바에서 누가 몰래 탄 약을 먹었겠죠."

"오호, 아시는군요."

만넨은 그다지 놀라지 않은 얼굴로 말했다. 미야타도 그 정도는 안다는 식으로 고개를 끄덕였다.

"세 사람이 동시에 정신을 잃을 정도로 취하는 것은 이상하니까요. 우연은 아닐 겁니다. 누가 약을 먹였겠죠. 눈을 떴을 때 세 사람 다 머리가 멍하고 두통과 현기증, 구토 증세를 느낀 것도 약 때문일 겁니다. 바에 수상한 사람이 여럿 있었지만 세 사람이 술을 마시는 동안 접근한 사람은 없었던 것 같고요. 그러면 의심할 만한 인물은 가게 사람이죠. 가게 관계자면 술이나 잔에 손을 쓰기도 쉬우니까. 약을 탄 사람은 아마 가게 사람이겠죠?"

미야타의 말을 듣던 만넨이 만족스러운 얼굴로 대답했다.

"맞습니다. K초의 질 나쁜 술집에서는 손님을 인사불성으로 만들고 돈을 갈취하는 범죄가 횡행한다고 언뜻 들은 적이 있습니다. 손님의 술에 수면제를 타서 정신을 잃게 하는 수법이라더군요. 안타깝게도 피해자가 정신을 차렸을 때는 알몸이나 다름없는 상태로 신주쿠역 앞 같은 데 버려져 있는 아주 악질 범죄라고 합니다. 문제의 바도 그런 가게 아니었을까요? 그래서 정신을 잃게 하는 약도 갖고 있었을 겁니다."

만넨의 말을 미야타가 이어받았다.

"네, 세 상담자는 그렇게 의식을 잃었고 정신을 차렸을 때 저마다 시신과 마주했어요. 첫 번째 상담자는 험상궂은 폭력조직원 같은 남자 시체. 두 번째 상담자는 칼에 찔린 중년 여성 시체. 세 번째 상담자는 머리가 깨진 볼품없는 남자 시체. 시신 세 구와 각각 손에 들고 있던 범행 도구. 상담자들이 범인이라는 결론에 이를 수밖에 없는 상황이었어요. 그런데 여기서부터 모르겠습니다. 세 사람이 정말로 살인을 저질렀는지. 정신이 몽롱한 와중에 저도 모르게 흉기를 휘두른 것은 아닌지."

미야타가 계속 고민하던 문제를 마침내 입 밖으로 꺼내자 만넨이 큰 눈으로 미야타를 가만히 응시했다.

"이런, 모르시는군요. 분명 이해하셨다고 생각했는데요."

"아뇨, 저는 아무것도 이해하지 못했습니다."

"그렇습니까? 그러면 분명히 말씀드리겠습니다. 세 사람은 범인이 아닙니다."

만넨은 단호하게 말했다.

"어떻게 확언하실 수 있죠?"

미야타가 묻자 만넨은 삭발한 머리를 손바닥으로 한 번 쓰다듬었다.

"우선 첫 번째 상담자의 말을 떠올려 보세요. 저는 그 이야기를 듣고 그 사람이 범인이 아니라고 느꼈습니다."

험상궂은 남자가 총에 맞아 죽은 사건이었다.

"왜 그렇게 느끼셨어요?"

"먼저 흉기가 권총이었다는 점을 주목하세요. 권총은 아무나 구할 수 있는 무기가 아닙니다. 미국 같은 나라와 달리 일본에서는 민간인이 호신용으로 총을 소지할 수 없죠. 드물게 불법 소지하는 사람도 있는 듯하지만 그런 경우는 대부분 폭력조직과 관련된 사람입니다. 첫 번째 상담자가 그런 폭력조직원으로 보였습니까?"

"아뇨, 전혀."

미야타는 고개를 저었다. 오히려 곱게 자란 도련님 같았다.

"맞습니다. 저도 그렇게 생각합니다. 그렇게 온순해 보이는 사람이 총과 인연이 있을 것 같지는 않아요. 그분도 말하지 않았습니까, 만져본 적도 없다고. 그런데 지금부터가 핵심입니다. 험상궂은 남자는 미간에 총을 맞고 사망했습니다. 상담자도 그렇게 증언했고요. 다른 부위에 총상이 있었다는 언급은 전혀 없었고 미간에 한 발이었다고도 했습니다."

"분명히 그랬습니다. 저도 기억해요."

"사람을 죽이는 데 최고의 일격이라고 생각합니다. 하지만 동시에 매우 어렵기도 하죠. 소승도 일개 수행승의 몸으로 총과는 거리가 먼 삶을 살고 있지만 주워들은 지식은 있습니다. 권총으로는 사람을 저격하기는 매우 어렵다더군요. 총신이 긴 라이플과 달리 권총으로 정확히 조준하려면 꽤 숙련된 기술이 필요하다고 합니다. 또 정식으로 사격을 배우지 않으면 발사할 때 반동으로 손목을 다칠 수 있다고 들은 기억도 있습니다. 상황에 따라서는 손목이 부러지기도 한다고."

만넨은 자신의 손목을 가볍게 쓰다듬으며 말을 이었다.

"그런데 첫 번째 상담자는 권총을 익숙하게 다룰 것 같지 않았습니다. 그런 사람이 상대의 미간 정중앙을 명중시키기란 불가능할 겁니다. 물론 아주 가까운 거리에서 쏘면 가능할 수도 있겠죠. 총구를 상대의 이마에 바짝 들이대고 쏘면 굳이 조준할 필요는 없습니다. 하지만 그렇게 가까이서 발사하면 총을 쏜 사람도 반드시 피를 뒤집어씁니다. 총은 물론 팔과 옷까지 피로 물들 겁니다. 그런데 상담자는 그런 이야기를 하지 않았습니다. 그러므로 지근거리에서 쏜 것이 아니라고 단언할 수 있습니다. 어느 정도 떨어진 거리에서 사격했다고 추정할 수 있죠. 적어도 피를 뒤집어쓰지 않을 거리. 자, 여기서 모순이 생깁니다. 상담자는 총에 관해 전혀 모르는 사람으로 추정됩니다. 그러니 그가 멀리 떨어진 곳에서 상대의 미간 한가운데를 명중시켰다는 건 말이 안 됩니다."

"그렇다면 여러 발 쐈을 가능성은 없을까요? 일곱 발이나 여덟 발 연달아 쐈고 그중 한 발이 우연히 미간에 명중했다면?"

그러자 만넨은 조용히 고개를 저었다.

"그건 있을 수 없는 일입니다. 카펫에 고여 있던 피를 생각하면 살해 현장은 상담자가 시신을 발견한 작은 방일 겁니다. 그 작은 방의 방음이 철저해서 총을 여러 발 쏴도 소리가 새어 나가지 않았다고 쳤을 때 남자의 이마에 명중한 탄환 외에 나머지는 어디로 갔을까요? 일고여덟 발을 쏴서 한 발을 명중시켰다면 나머지 빗나간 탄환은 벽이나 바닥에 박히며 탄흔을 남겨야 합니다. 그런데 상담자가 한 말 중에 그런 이야기는 없었습니다."

"어두워서 보지 못했으면요? 방이 어두웠다고 했으니 벽에 난 작은 구멍 같은 건 못 봤어도 이상하지 않아요."

"그렇다고 해도 미간 한가운데 한 발만 명중했다는 건 우연치고는 너무 절묘합니다. 만약 여러 발을 쐈다면 미간 말고도 어깨나 목 같은 다른 부위에 한 발쯤은 더 맞았어야 하지 않겠습니까? 그렇지 않았다는 건 너무 부자연스럽지요. 난사했는데 우연히 단 한 발만 미간 정중앙에 맞아 치명상을 입히다니, 그런 기적 같은 우연이 일어날 확률은 지극히 낮다고 봅니다."

그러더니 만넨은 설명을 덧붙였다.

"그리고 일고여덟 발 연달아 쐈다면 총에 문외한인 상담자의 손목이 멀쩡할 리 없습니다. 총을 난사하면 손목이나 팔꿈치, 어깨에 과도한 부담이 가거든요. 어떻습니까, 상담자가 손목을 다친 것 같던가요?"

"아뇨, 그래 보이지는 않았죠."

그렇게 대답하던 미야타는 '아! 그래서 악수를 했구나' 하고 깨달았다. 만넨이 상담자에게 악수를 청했고, 필요 이상으로 힘주어 흔들던 모습이 떠올랐다. 그것은 상대가 통증을 느끼는지 반응을 확인하려던 행동이었다. 첫 번째 상담자가 총을 쐈는지 확인하려고. 엉뚱한 행동이라고 생각했는데 사실은 그런 의도였다니. 미야타는 이제야 이해했다.

만넨은 미야타가 무슨 생각을 하든 개의치 않고 다시 입을 열었다.

"그러한 사실들을 종합해 볼 때, 험상궂은 남자의 미간에 총을 쏜 사람은 상담자가 아니라고 추론할 수 있었습니다. 그러면 이제 그 총이 어떻게 상담자의 손에 있었느냐가 문제입니다."

"'어떻게'요? 그게 무슨 문제라는 말씀이죠?"

"언제, 어떤 시점에 남자가 손에 총을 쥐게 되었는가. 그점이 계속 마음에 걸렸습니다. 게다가 그 권총은 상담자의 것이 아니었으니까요. 방금도 말씀드렸다시피 평범한 일반인이 총을 구하는 건 거의 불가능하고 그 반듯해 보이는 청년은 총기를 소지할 인물 같아 보이지 않습니다. 게다가 문제의 밤에는 친구와 함께 술을 마셨습니다. 그런 자리에 몰래 권총을 들고 나가다니 말이 안 됩니다. 그렇다면 총은 어디서 나왔을까요? 누구의 것이라고 생각하십니까?"

"당연히 피해자의 것이겠죠. 험상궂은 남자요. 폭력조직원처럼 생겼다고 상담자도 그랬잖아요. 충분히 그럴 만하죠."

"네, 그러면 권총은 처음에는 피해자가 갖고 있었을 겁니다. 벨트에 끼워 뒀는지 손에 들고 있었는지는 모르겠지만 어쨌든 그가 가지고 있었습니다. 자, 그러면 문제가 생깁니다. 피해자가 가지고 있던 총을 왜 상담자가 들고 있었을까요? 상담자가 눈을 떴을 때 그의 손에 권총이 들려 있었습니다. 언제, 어떻게 가졌을까요?"

"피해자 남자에게서 빼앗았다는 것이 가장 그럴듯하지 않을까요? 피해자가 권총으로 위협할 때 빼앗았겠죠."

"오호, 어떻게요?"

"당연히 힘으로?"

"미야타 씨, 그게 가능하겠습니까? 그 남자가 그렇게 쉽게 총을 빼앗겼을까요? 아마 저항했을 겁니다. 아니면 빼앗기기 전에 총을 쐈거나."

"으음, 하긴 그렇군요. 어렵네요."

"그래요, 어렵습니다. 상담자는 격투기의 달인이 아닙니다. 특별히 동아리 활동을 열심히 한 적도 없다고 하고요. 도장에 다니며 격투기를 배웠다는 말도 없었죠. 총을 빼앗을 만한 기술은 없을 겁니다."

"아, 그래서 동아리에 대해 물으셨군요."

미야타는 비로소 깨달았다. 엉뚱한 질문을 한다고 생각했는데 사실은 상황을 거기까지 파악했던 것인가. 놀라웠다. 감탄하며 만넨의 얼굴을 다시 봤다.

하지만 만넨은 담담한 얼굴로 말했다.

"상담자가 피해자의 총을 빼앗는 것은 거의 불가능합니

다. 그렇다고 건네받은 것도 아니겠죠. 제정신이라면 술을 마신 데다 약까지 먹어서 몽롱한 사람에게 총알이 장전된 총을 건네지 않을 테니까요. 자, 빼앗은 것도, 건네받은 것도 아니면 상담자가 총을 쥘 기회가 없었다고 생각하지 않으십니까? 어떻게 총을 쥐고 있었는지 설명이 안 됩니다."

"주변에 놓여 있던 것을 우연히 주운 건 아닐까요? 약 때문에 머리가 멍해서 그게 뭔지도 모르고."

"그건 더더욱 말이 안 됩니다. 권총은 단순 소지만으로도 체포될 수 있는 위험한 물건입니다. 폭력조직원들도 상당히 조심스럽게 관리할 겁니다. 그런 물건을 술과 약에 취한 사람 곁에 방치하지 않겠죠."

"으음, 역시 그런 일은 없겠죠?"

"네. 상담자가 총을 손에 쥘 기회는 전혀 없었다고 해도 좋습니다. 단 하나, 제삼자가 피해자를 살해한 후 약에 취해 정신을 잃은 상담자의 손에 들려 놓았을 가능성이 있죠. 이것밖에 없습니다."

"과연, 확실히 그것밖에 없겠군요."

"그런 추론을 바탕으로 정리해 보면 어쨌든 상담자는 범인이 아니라는 결론에 도달합니다."

"그렇군요. 그래서 그 사람을 순순히 돌려보냈군요."

상황을 겨우 이해한 미야타가 맞장구치자 만넨은 고개를 살짝 끄덕이며 말했다.

"네, 맞습니다. 그가 범인이 아니라고 짐작했기 때문에 안심하시라는 조언을 보태고 돌려보냈습니다."

그 설법은 조언 목적이었구나. 미야타는 '그런 말을 듣는다고 안심할 수 있을까?'라는 염려보다 더 신경 쓰이는 부분이 있었다.

"스님, 방금 제삼자가 죽였다고 하셨죠? 진범은 도대체 누구입니까?"

"첫 번째 상담자의 이야기를 들었을 때는 아직 진상에 도달하지 못해서 그것까지는 알 수 없었습니다. 다만 상담자가 범인이 아니라는 것만은 확신했기에 그냥 돌려보낸 겁니다."

마치 지금은 진상을 파악했다는 말투였다.

"그럼 방금 하신 말씀을 논리적으로 설명해 줘도 되지 않으셨습니까? 그랬다면 청년도 마음의 짐을 덜고 돌아갔을 텐데."

"아니요. 그분은 몹시 괴로워했습니다. 저 같은 수행승의 얄팍한 말들이 불안에 휩싸여 고민하는 그분의 마음에 닿았으리라 생각하지 않습니다. 미숙한 제 말이 설득력 있게 들리지 않았을 테죠. 그리고 애초에 이 상담소의 목적은 문제를 해결하는 것이 아니니까요. 어디까지나 상담자의 고민을 들어주기 위한 시설. 과한 참견은 월권입니다. 그래서 그저 조금이나마 마음이 편해질 수 있도록 선현들의 말씀을 전하고 부처님께 의지하라고 권했을 뿐입니다."

아니, 제대로 설명해 주는 게 청년의 마음을 훨씬 편하게 했을 것이라고 미야타는 생각했다. 역시 이 젊은 수행승은 특이했다.

"그래요, 첫 번째 상담자가 살인범이 아니라는 논리는 이해했습니다. 그런데 두 번째 상담자도 돌려보내셨죠. 그 사람도 살인범이 아니라고 판단하셨습니까?"

"네, 맞습니다."

만넨이 고개를 크게 끄덕였다.

"그렇게 생각하신 근거를 말해주실 수 있습니까?"

"네."

만넨은 합장하며 말을 이었다.

"그럼 두 번째 상담자에 대해 말씀드리겠습니다."

중년 여성이 잭나이프로 복부를 찔린 사건이었다.

"두 번째 상담자의 이야기도 흉기의 특이성에 문제가 있다고 느꼈습니다. 흉기인 칼이 잭나이프라고 했죠. 요즘은 잘 들을 수 없는 명칭입니다. 칼날이 넓고 손잡이도 금과 은으로 화려하게 장식되어 있었다고 하니, 그런 투박한 외형이라면 '잭나이프'라는 표현이 잘 들어맞을 수도 있습니다. 아마 사냥용 잭나이프 같은데 일상에서 자주 볼 수 있는 칼은 아닐 겁니다. 만약 디자인이 단순하다면 아웃도어나 등산 시에 사용하는 서바이벌 나이프일 테고, 손잡이는 크지만 칼날은 짧고 작으면 다이버들이 사용하는 수중 나이프인 경우가 많습니다. 그런데 두 번째 상담자가 본 잭나이프는 둘 다 아닙니다. 특히 신주쿠 K초에서 유통되는 투박한 나이프라고 하면 용도가 어느 정도 한정될 수밖에 없습니다. 아무래도 위협용이죠. 불량 청소년이나 폭력조직원이 자신의 힘을 과시하려고 일부러 들고 다니는 칼 말입니다. 미야타 씨는 이것이 상담자의 것이라고 느끼셨습니까?"

"아뇨, 전혀 생각지도 못했습니다. 이미지와 너무 달라서."

"네, 두 번째 상담자도 첫 번째와 마찬가지로 말쑥한 옷차림에 교육을 잘 받고 자란 듯 보이는 청년이었죠. 양아치나 불량배와는 무관해 보였습니다. 위협용 칼을 소지할 사람으로 보이지 않았습니다. 그렇죠?"

미야타는 고개를 끄덕였다. 확실히 그런 인상이었다.

"그러면 피해자는 어떻습니까? 중년 여성이었습니다. 당연히 화려하고 투박한 잭나이프를 가지고 있을 만한 사람은 아니었죠. 흉기는 두 사람 중 누구의 것도 아닐 겁니다. 여기에도 제삼자의 그림자가 어른거리네요. 정체불명의 누군가가.

그런데 피해자는 복부를 칼로 단 한 번 찔려 사망했습니다. 깊게 찌른 치명상이었죠. 살의가 분명하게 느껴지는 살해 방법입니다. 하지만 상담자는 피해 여성과 전혀 모르는 사이라고 주장했습니다. 자, 어떠십니까? 처음 보는 타인에게 갑자기 살의를 품을 수 있을까요?"

"거짓말을 했을 수도 있죠. 상담자와 피해자는 원래 알고 지내는 사이였고 증오나 원한의 감정이 깊었을 수도요."

"그 부분만 거짓을 말했다는 말씀입니까? 아뇨, 그건 아닙니다. 상담자는 궁지에 몰린 심리 상태에서 지푸라기라도 잡는 심정으로 이곳을 찾아왔습니다. 다 털어내고 편해지고 싶다. 비밀의 무게를 견딜 수 없다. 그래서 털어놓고 싶다는 모습이었죠. 사람을 죽였을지도 모른다는 사실까지 고백했는데 피해자와 전혀 모르는 사이라고 그 한 가지만 거짓을 말할 필요가 있었을까요? 거짓말을 하려면 애초에 이런 상담소에 오지 않았겠죠. 그래서 상담자의 고백은 모두 진실이라는 가정에서 이야기를 이어가도 된다고 생각합니다."

과연, 그런가. 거짓은 없다.

"그런데 생면부지의 타인에게 살의를 느끼려면 반드시 이전 단계가 있죠. 먼저 대화를 나누다가 말다툼으로 번지고 갈등이 깊어지며 격분한 끝에 비로소 살의가 생깁니다. 죽이고 싶을 정도로 격노하면 사람은 가장 먼저 어떻게 행동할까요? 상대에게 위해를 가하겠죠. 즉 밀치거나 멱살을 잡거나 머리채를 잡아당기거나 주먹질, 발길질을 할 겁니다. 흉기를 휘둘러 깊게 찌르는 건 마지막 수단일 테죠."

부처를 섬기는 사람치고는 불온한 말을 늘어놓았다.

"어떻습니까? 피해자에게 그런 흔적이 있었습니까? 얼굴을 때렸으면 화장이 지워지거나 번졌을 겁니다. 멱살을 잡았으면 옷깃이 구겨지고 차림새가 흐트러졌겠죠. 머리채를 잡았으면 머리가 헝클어졌을 겁니다. 이런 흔적이 있었습니까?"

"없었습니다, 상담자가 그런 말을 한 적은 없네요."

"만약 있었다면 말했겠죠."

"그렇군요, 거짓말을 하지 않았을 테니까."

"네, 거짓은 없습니다. 그래서 그러한 폭력 행위는 없었던 것으로 추측됩니다. 그러나 강한 살의를 품은 누군가가 피해자를 갑자기 칼로 찔렀죠. 초면인 상담자와 피해자 사이에서 일어났다고 생각하기에는 몹시 부자연스러운 상황입니다. 그러면 칼로 찌른 사람은 상담자가 아니라고 추측할 수 있죠."

만넨의 추론은 논리적이었다. 칼로 공격하기 전에 몸싸움한 흔적이 없으니 확실히 그럴 만했다. 만넨의 설명은 계속됐다.

"상황이 이러니 칼도 제삼자의 물건으로 추정됩니다. 이런 요소들을 감안했을 때 저는 상담자가 살인범이 아니라고 판단했습니다."

"그래서 두 번째 상담자도 그냥 돌려보내셨군요."

"네, 맞습니다. 살인범이 아니라면 더 붙잡을 이유가 없으니까요."

"그렇군요, 일리가 있습니다. 그러면 세 번째 상담자도 마찬가지입니까?"

망치에 맞아 후두부가 뭉개진 남자의 사건이었다.

"네. 이 사건도 흉기가 마음에 걸렸습니다."

"망치에 무슨 문제라도 있습니까? 비교적 익숙한 도구 아닙니까?"

"네. 그런데 이번에는 흉기의 주인이 아니라 사용 방식이 마음에 걸렸습니다."

"사용 방식이요?"

"시신은 뒤통수가 뭉개져서 사망했습니다."

"네, 망치 끝으로 몇 번이나 내리친 모양이더군요. 상담자가 그렇게 말했죠."

"그 부분 때문에 역시 상담자가 피해자를 낯선 남성이라고 진술한 점이 중요해집니다. 두 번째 사건 때처럼 말다툼이 살인으로 이어졌다면 시신의 앞쪽에도 상처가 있어야 합니다. 말다툼 끝에 상대를 구타했다면 서로 마주 보고 있었을 테니까요. 일면식도 없는 타인의 뒤통수를 느닷없이 후려친다는 상황은 지극히 부자연스럽습니다. 그리고 그런 이유 때문이기도 하지만 세 번째 상담자의 이야기를 듣는 동안 이 사건들의 전체 그림을 파악했기 때문에 세 번째 상담자도 범인이 아니라는 결론을 얻었습니다."

"전체 그림이 뭔데요? 아까도 진상을 아시는 것처럼 말씀하셨는데, 뭔가를 알고 계시는군요?"

미야타가 몸을 내밀며 묻자 만넨은 차분하게 대답했다.

"모든 것이 명백합니다. 깨달음으로 가는 길은 언제나 진실로 통합니다. 구카이 스님은 '의왕의 눈에는 길가의 모든 것이 약으로 보이고, 보물의 가치를 아는 이는 광석도 보물로 본다'라고 말씀하셨습니다. 세 상담자의 이야기를 한데 놓고 전체적으로 바라보면 진실이 저절로 보입니다."

"저기, 설법은 나중에 하시고 파악하신 진상을 먼저 가르쳐 주시면 안 되겠습니까? 저는 아까부터 머리가 복잡해서 죽겠습니다. 세 상담자가 모두 살인범이 아니라면 어떻게 된 겁니까?"

"시신을 발견한 당시 현장만 보면 세 사람이 범인처럼 느껴지죠. 그러나 실상은 다르다는 것이 지금까지 제가 말한 추론으로 판명됐습니다."

"네, 그런데 그 진상이 뭔지 모르겠습니다. 세 사람은 왜 그런 상황에 처했습니까?"

"이런, 아직도 모르시는군요. 범인의 의도는 의심의 여지가 없지 않습니까. 범인, 아니 이렇게나 치밀하게 공을 들인 걸 보면 단독범의 소행이 아닐 겁니다. 이제 범인들이라고 지칭하겠습니다. 세 상담자에게 약을 먹이고, 정신을 잃은 그들을 문제의 방으로 옮겨 범행 현장을 꾸미는 것은 혼자서 할 수 없는 일이니까요. 즉 범인이 여러 명인 그룹 범행입니다. 그리고 아무래도 범인들이 목적을 이룬 것 같습니다."

"네!? 목적을 달성했다니. 그 목적이 뭐죠?"

"지금 상황을 보면 분명하지 않습니까. 세 상담자가 보인 반응을 떠올려 보세요. 한결같이 곤혹스러워했죠. 살해당한 시신을 발견했지만 아무것도 하지 못하고 고민만 했습니다. 심지어 자신이 살인을 저질렀을지도 모른다는 생각에 빠져 스스로조차 믿지 못한 채 괴로워했죠. 이런 상황이야말로 범인들이 노린 결과일 겁니다. 그들의 계획은 성공한 셈입니다."

"무슨 계획이요?"

"세 사람의 현재 모습을 보면 한눈에 알 수 있습니다. 그들은 고민하면서도 아무런 행동도 못 하고 있죠. 경찰에 출두하지도, 누군가와 의논하지도 못합니다. 바로 자신이 살인범일지 모른다는 불안감 때문이죠. 기껏해야 이런 상담소에 익명으로 찾아와 털어놓기만 했습니다. 아, 그러고 보니 세 사람이 같은 날 이곳에 온 것은 우연이 아니겠군요. 세 사람 모두 사건 후 토요일은 종일 머리를 싸매고 고민하다가 오늘에야 움직인 까닭은 내일이 월요일이라 출근해야 하기 때문입니다. 방문 상담하려면 휴일인 오늘밖에 시간이 없으니까요. 그런 필연 때문이었을 겁니다. 친구에게는 살인에 대한 고민을 털어놓지 못하더라도 완벽한 타인인 상담사에게는 비밀을 털어놓을 수 있다. 그것도 익명으로. 그렇게 생각했습니다."

"그건 저도 압니다. 아무 관계도 아닌 남이기 때문에 털어놓을 수 있는 고민도 있으니까요. 그렇다면 그 비밀을 끌어안고 있게 만드는 것이 범인들의 계획이었습니까?"

미야타의 질문에 만넨은 기다렸다는 듯 대답했다.

"맞습니다. 미야타 씨, 한 가지 가능성을 생각해 보세요. 만약 상담자가 입을 다물지 않고 지금과 정반대로 행동했다면 어떻게 됐을까요? 예컨대 첫 번째 상담자가 시신을 발견한 직후 권총을 들고 경찰에 자진 출두했다면? 아무것도 없는 좁은 방에서 살해된 시신, 그리고 상담자, 그 손에는 권총이 있었습니다. 경찰에 솔직하게 알렸다면 과연 경찰이 '신고해 주셔서 감사합니다'라면서 순순히 보내줬을까요?"

"그건 아니죠. 경찰도 신고자가 수상하다고 판단했겠죠. 최초 발견자이자 중요 참고인이 될 겁니다."

"그렇습니다. 상담자는 틀림없이 용의자로 구속되겠죠. 본인조차 기억이 모호하거든요. 스스로 무고하다는 증거도 없고요. 짧지 않은 기간을 구속당할 수도 있습니다. 상황에 따라서는 살인죄로 체포영장이 발부될 수도 있죠. 상담자가 정신없이 도망친 것도 이해합니다. 범죄를 저지른 기억도 없이 체포되는 건 누구에게나 끔찍한 일일 테니까 말입니다."

"뭐, 그렇죠. 저 같아도 도망갈 겁니다."

"그런데 우리가 세 상담자의 신상은 모르지만 그들의 성향은 어느 정도 짐작할 수 있습니다. 그들의 차림새나 말투에서 미야타 씨는 어떤 인상을 받으셨습니까?"

"으음, 좋은 집안에서 자란 도련님 같았습니다."

미야타는 그들의 첫인상을 말했다.

유복한 가정에서 자란 고학력 엘리트. 고생을 모르고 견실한 직업에 종사하는 전도유망한 젊은이. 그렇게 보였다고 대답하자 만넨은 눈을 가늘게 뜨며 말했다.

"바로 그것이 핵심입니다. 저도 방금 미야타 씨가 말씀하신 대로 느꼈습니다. 사회적 지위가 높은, 앞날이 창창한 청년이라고. 그래서 오히려 약점이 있습니다. 무엇인지 짐작이 가시죠? 바로 추문입니다."

"아아, 그러네요. 평판이 나빠지는 것."

"네, 살인 혐의로 구속되면 당장 다음 주에 출근할 수 없습니다. 당연히 탐문 조사를 하러 형사가 직장에 찾아가겠죠. 그들처럼 장래가 촉망되는 엘리트 청년들에게 이보다 두려운 일도 없을 겁니다. 설령 혐의를 벗고 풀려난다고 해도 살인 혐의로 구속됐다는 사실은 지울 수 없죠. 추문은 꼬리표처럼 평생 따라다닙니다. 살인 혐의로 구속된 이력이 있는 인물이라는 꼬리표는 떼어낼 수 없을 겁니다. 그보다 무서운 일이 없죠. 출세에 빨간불이 들어오는 것은 물론 상사에게 외면받을지도 모릅니다. 상황에 따라서는 당장 한직으로 좌천될 수도 있고요. 무엇보다 당장 다음 주에 출근하지 못하는 것이 두려웠을 겁니다. 그러니 세 사람에게 선택지가 없었던 셈입니다. 범인들은 세 사람이 경찰에 신고하지 못하리라는 것을 예상하고 계획했습니다. 세 사람이 침묵을 지키는 것이야말로 범인들의 노림수였죠."

만넨이 단언했다.

그렇구나, 세 사람이 경찰에 신고하지 않도록 시체와 한 공간에 가둬 놓았구나. 미야타는 깨달았다.

첫 번째 상담자의 손에는 권총을 쥐여 놓고 험상궂은 남자의 시체와 함께.

두 번째 상담자의 손에는 잭나이프를 쥐여 놓고 중년 여성의 시체와 함께.

세 번째 상담자의 손에는 피범벅이 된 망치를 쥐여 놓고 볼품없어 보이는 남자의 시체와 함께.

저마다 잘 꾸며진 무대로 끌려갔다.

그런데 잠깐. 상담자들이 범인이 아니라는 사실은 만넨의 추리로 이해했다. 세 피해자를 실제로 살해한 사람은 '범인들' 중 한 명이다. 그런데 왜 상담자들에게 범죄를 뒤집어씌우려고 했을까?

경찰이 과학수사를 내세워 조사하면 상담자들이 범인이 아니라는 사실이 언젠가는 밝혀질 테니 시체와 상담자를 함께 가두는 수고를 들일 필요가 없어 보였다. 아무 일도 하지 않으면 상담자들도 경찰에 신고하지 않을 테니까. 굳이 공들여 계획을 꾸며야만 했던 이유는 무엇일까?

미야타가 그 의문을 만넨에게 던졌다.

"어디까지나 제 추측입니다만 세 번째 상담자의 이야기에 힌트가 있습니다. 아, 첫 번째니 세 번째니, 번호로 부르는 것도 답답하네요. 가칭을 붙입시다. 본명도 신원도 모르니 제 마음대로 이름을 붙이죠. 첫 번째 상담자를 권총 씨, 두 번째 상담자를 칼 씨, 세 번째 상담자를 망치 씨라고 부르겠습니다."

흉기에 빗댄 이름이군. 단순하다고 해야 할지, 짓궂다고 해야 할지. 무심한 수행승은 말을 이었다.

"가게 사람이 세 상담자에게 약을 먹이고 덫을 놓은 데는 분명 어떤 원인이 있었을 겁니다. 그런데 그들이 종업원과 문제가 있었다는 이야기는 전혀 없었죠. 세 사람은 얌전하게 술만 마셨습니다. 그러니 세 사람이 자각하지 못한 데에 원인이 있을 겁니다. 그래서 망치 씨의 에피소드에 생각이 미쳤습니다. 그가 스스로 의식하지 못한 사이에 원인을 만들었다면 비상계단에서 일어난 일 정도뿐이라고 판단했죠."

"비상계단에서 생긴 일이요?"

"네, 망치 씨가 비상계단에서 직원들의 대화를 들었죠. '손님과 함께 산으로 드라이브를 가려는데 어디가 좋을지'를 상의한 대화였습니다. 하지만 이건 정확하지 않은 표현이리라 생각했습니다."

"정확하지 않으면요?"

"술에 취해서 종업원들의 대화를 겉핥기식으로 들은 망치 씨가 멋대로 드라이브에 관한 대화라고 착각한 것 아닐까요? 사실은 살벌한 내용이었을 겁니다. '손님'을 '차로 산에 데리고 갈' 계획인데 '어느 산이 좋을지'를 '검토하라'. 이 말들이 선량한 망치 씨 귀에는 드라이브 장소를 의논하는 대화로 들렸겠죠. 하지만 이는 '살해한 손님'을 '처리하기 위해 차를 타고 산으로 운반할' 계획인데 '들키지 않도록 묻기에 적당한 산은 어디'인지 '알아보라'라는 밀담 아니었을까요? '본인에게 물어봐라'라는 말은 일종의 농담이었다고 생각합니다. 못자리 정도는 스스로 고르게 해주겠다는 악랄한 농담 말이죠. 이 대화가 망치 씨 귀에는 여유로운 드라이브에 대한 이야기로 들렸겠죠.

하지만 몰래 숨어 대화하던 종업원들은 당황했을 겁니다. 시신을 처리할 계획을 들킨 셈이니까요. 상대가 한가로운 드라이브 이야기라고 착각했을 줄은 꿈에도 모르고. 그래서 초조했습니다. 자신들의 대화를 엿들은 사람을 그대로 내버려 둘 수 없었죠. 그래서 입막음을 위해 한바탕 연극을 꾸민 겁니다. 이것이 바로 상담자들이 시신과 함께 좁은 방에 방치되었다가 눈을 뜬 상황으로 이어졌을 겁니다."

"음, 확실히 이해가 가기는 합니다. 하지만 그렇다면 망치 씨만 입막음 대상으로 삼으면 되지 않나요? 권총 씨와 칼 씨까지 끌어들일 필요는 없을 텐데요."

그 말에 만넨이 고개를 저으며 말했다.

"아뇨, 그들은 대화를 엿들은 사람이 세 명 중 누구인지 판단할 수 없었습니다. 바의 비상계단 문은 그 건물 가장 꼭대기 층에 있는 문이었으니 엿들은 이가 바의 손님이라는 사실을 알았습니다. 그리고 세 사람은 금요일 퇴근 후에 모였을 테니 정장 차림이었겠죠. 범인들은 엿들은 사람이 정장을 입은 키가 큰 젊은 남자라는 사실도 알았습니다. 그래서 바에서 질 나빠 보이는 손님들을 제외하고 남은 젊은 남자 세 명 중 한 명이라고 추측할 수 있었습니다. 그런데 바 내부가 너무 어두워서 엿들은 사람의 얼굴이 보이지 않았습니다. 게다가 세 사람은 술자리 분위기가 우울했다고 했죠. 젊은 남자 셋이 말없이 술만 마셨다면 더욱 구별이 안 됐을 겁니다. 세 사람은 아마 이력이 비슷한 대학 동기나 직장 동료일 테고 비슷한 분위기를 풍겼을 테니 말입니다."

그래, 그러고 보니 미야타도 권총 씨와 칼 씨를 구분하지 못해 순간 헛갈리기도 했다. 그리고 그 두 사람과 망치 씨가 닮았다고 생각했다. 어둠 속에서 봤다면 세 사람을 구분하기 어려웠을 것이다.

"그래서 범인들은 세 사람 모두에게 덫을 놓을 수밖에 없었습니다. 세 사람 모두 시신과 마주하게 해서 저마다 자신이 범인일지 모른다고 생각하게 했습니다. 세 사람이 똑같은 일을 겪은 이유는 함정 계획의 대본이 똑같았기 때문이죠."

"그렇다면 세 사람을 한꺼번에 협박하면 되지 않았을까요? 셋 다 으슥한 곳으로 불러서 인상이 가장 험악한 사람이 대표로 '비상계단에서 들은 대화를 경찰에 신고하면 가만두지 않겠다'라고 으름장을 놓았으면 됐을 텐데요. 번거로운 연극을 할 필요 없이."

미야타의 주장에 만넨은 고개를 설레설레 저었다.

"그랬다가는 도리어 일이 커질 수 있습니다. 세 사람이 정의감 넘치고 반골 성향까지 있는 인물들이라면 어떻게 됐겠습니까. '폭력 따위에 굴복하지 않겠다'라며 경찰에 신고할 리스크가 여전히 존재합니다. 셋이 함께라면 결속력이 생길 테니 반격을 당할 수도 있죠. 그래서 범인들은 그들이 스스로의 판단으로 경찰에 출두하지 않도록 꾸며야 했습니다. 그래서 손이 많이 가지만 조금 더 확실한 입막음 방법을 택한 겁니다."

"으음. 하지만 어차피 입막음을 할 거라면 셋 다 죽여도 되지 않았을까요? 죽은 자는 말이 없으니까요."

"미야타 씨, 무서운 말씀을 하시는군요. 설마 살인마도 아니고, 아무리 취객을 갈취하는 것이 생업인 나쁜 사람들이라도 그렇게 아무렇지 않게 사람을 죽일 수는 없습니다. 심리적인 저항이 크죠. 게다가 발각됐을 때 치러야 할 죗값도 무겁고요. 위험부담이 너무 큽니다."

"그런데 실제로 범인들은 세 명이나 쉽게 죽이지 않았습니까? 험상궂은 남자, 중년 여성, 볼품없는 남자. 상담자들은 각자 다른 시체를 봤습니다. 시체를 만져서 사망 사실을 확인한 뒤 패닉에 빠졌죠. 가짜 시체가 아닙니다. 범인들은 분명 거리낌 없이 사람을 죽일 수 있는 흉악범입니다."

미야타의 말에 만넨은 그답지 않게 어리둥절한 표정을 지었다.

"이런, 아직 모르시는군요. 시신은 한 구입니다."

"네? 상담자들이 발견한 시체는 모두 다르지 않습니까. 성별도 특징도. 무엇보다 사인도 모두 달라요."

"아뇨, 시신은 산에 유기하려던 한 구뿐입니다. K초가 아무리 뒤숭숭한 동네라도 하룻밤에 같은 건물 안에서 세 명이나 살해당하는 일은 드물 겁니다. 삼류 액션 영화도 아니고. 영화와 현실은 다릅니다."

"하지만 칼 씨와 권총 씨와 망치 씨가 다른 시체를 목격한 것은 분명하잖아요."

"미야타 씨는 아직 진실을 보지 못하고 계십니다. 제가 부처님의 자비로 그 망념에서 벗어나게 해드리겠습니다."

만넨은 합장하고 예를 갖추듯 가볍게 고개를 숙였다.

"자, 미야타 씨. 세 명을 차례차례 죽이는 건 비현실적입니다. 그렇게 생각하면 자연스럽게 진실에 도달하시겠죠. 시신은 한 구. 사망한 사람은 한 명입니다. 세 상담자가 목격한 시체는 동일 인물입니다. 그 한 구를 여러 번 사용했습니다."

"재사용했다고요?"

예상치 못한 말에 미야타는 아연했다. 시체를 여러 번 사용하다니 그럴 수가 있나?

"맞습니다. 시간차를 두고 재사용했습니다. 세 상담자는 저마다 다른 시간에 동일한 시체를 발견한 셈입니다."

"아니, 잠시만요. 하지만 성별이 다르지 않습니까. 권총 씨와 망치 씨는 몰라도 칼 씨가 본 시체는 여성이었습니다. 잘못 봤을 리가 없어요."

"아뇨, 그럴 수 있습니다. 잘 생각해 보세요. 상담자들이 그날 밤 들어간 고층 건물에는 다양한 가게가 입점해 있었습니다. 망치 씨가 한 이야기, 기억하시죠? 무슨 가게가 있었죠?"

미야타는 기억을 더듬었다. 망치 씨는 이렇게 말했다. '룸살롱, 헌팅 포차, 물담배 바, 조건 만남 술집, 코스플레이 클럽, 여장 클럽, 미니스커트 바 등 층마다 다양한 술집이 있었다'라고. 여장 클럽!

깜짝 놀란 미야타의 표정이 변하는 순간을 놓치지 않은 만넨이 고개를 끄덕였다.

"그렇습니다, 여장 클럽이요. 사망한 피해자는 여장 클럽의 손님 아니었을까요? 성별은 사실 남자인. 칼 씨가 목격한 여성 시신은 아마 피해자가 여장한 모습이었을 겁니다.

여장을 즐기는 사람이라고 생각하면 짙은 화장에 화려한 의상도 자연스럽죠. 이왕 하는 여장이니 프릴이 화려하게 달린 요란한 옷을 입으면 더욱 즐거울 테니까요. 그런 취미는 보통 평소와 다른 자신이 되어 사진을 찍는 데서 즐거움을 느끼죠. 화려하면 눈에 띄고 보기도 좋겠죠. 스카프는 당연히 목젖을 가리는 용도였습니다."

만넨의 해설에 미야타는 말문이 막힐 정도로 경악했다. 설마 그런 어이없는 진상이었을 줄이야.

"그럼 순서를 생각해 볼까요? 세 상담자 중 누구부터 어떤 순서로 재사용한 시신과 마주했는지."

만넨은 어안이 벙벙한 미야타의 반응에도 아랑곳하지 않고 말을 이었다.

"우선 첫 번째는 칼 씨였을 겁니다. 시신이 여장을 하고 있었으니까요. 여장을 했을 때 피해자는 아직 살아 있었을 겁니다. 사망한 사람을 여장시키기란 매우 힘드니까요. 여장 클럽에 전속 메이크업 아티스트가 있다고 해도 남자가 여자로 보일 정도로 감쪽같이 화장하려면 반드시 본인의 협조가 필요합니다. 속눈썹을 붙일 때는 눈을 감고, 아이섀도를 바를 때는 눈꺼풀을 적당한 힘으로 감으며, 아이라인을 그릴 때는 눈을 반쯤 뜬 상태를 유지해야 하고, 립스틱을 바를 때는 입술을 알맞게 벌리거나 오므려야 하죠. 본인의 협조 없이는 자연스러운 화장을 할 수 없습니다. 칼 씨가 본 시신의 여장 메이크업은 특별히 이상하지 않았던 것 같습니다. 어색했다면 칼 씨가 이상하다고 의심했을 테니까요. 따라서 피해자는 분명 살아 있을 때 메이크업을 받았을 겁니다. 스타킹도, 움직이지 않는 시체에 신기기란 매우 어려우니 피해자가 생전에 직접 신었을 겁니다."

마치 실제로 해본 적 있는 말투로 말했다.

"그러니까 가장 먼저 시신과 마주한 사람은 칼 씨입니다. 피해자는 여장 차림으로 살해됐습니다. 따라서 진짜 사인은 칼에 찔린 자상이리라 추측합니다."

만넨은 분명한 어조로 단언하며 말을 이었다.

"저와 미야타 씨는 권총 씨, 칼 씨, 망치 씨 순서로 이야기를 듣는 바람에 다소 혼란스러웠지만 실제로는 칼 씨가 처음이었습니다. 사건 현장인 작은 방은 아마 여장 클럽의 의상실이나 탈의실 아니었을까요? 좁았다고 하니 적어도 촬영용 방은 아니었을 테고 촬영을 준비하는 공간이었을 겁니다. 그곳이 살인 현장입니다. 종업원이 시신을 처리할 준비를 하던 것으로 보아 분명 동료 종업원 중 한 명이 실제로 살인을 저질렀을 겁니다. 아마 건물 전체가 같은 경영체에 속해 있고 각 가게의 종업원들도 평소 교류가 있었을 테니 동료를 감싸려고 모든 가게의 종업원들이 협조했겠죠. 이것이 바로 범인들의 정체입니다. 어쩌면 살인 은폐는 위에서 지시한 것일지도 모르겠네요. 애초에 술에 취한 손님을 갈취하는 가게가 입점한 건물입니다. 그것 말고도 더러운 일에 발을 담그고 있어서 살인 때문에 경찰이 건물을 휘젓고 다니는 상황은 피하고 싶다고 경영진이 판단했을 수도 있죠."

미야타는 만넨의 말에 내심 동의했다. 술집에 있던 손님들도 하나같이 불량해 보이는 사람들이었으니 어쩌면 가게 운영진도 어둠의 세계 사람이고 종업원들 역시 평범한 사람이 아니었을 수 있다. 충분히 있을 법한 이야기다. 과거에 불량배나 양아치였던 양심이나 도덕성이 없는 사람들이 종업원이니 다 함께 은폐하려고 했겠지.

"이건 제 상상인데, 피해자는 평소에 늘 거만한 태도로 종업원들이 곤란해할 만한 요구를 해왔다고 가정하면 어떨까요? 이른바 진상 손님이었던 겁니다. 그리고 그날도 제멋대로 굴며 종업원들을 괴롭히며 욕했습니다. 그러다가 원래 행실이 좋지 않은 종업원 중 한 명이 마침내 화를 참지 못했습니다. 요즘 말로 빡쳤다고 할까요. 그래서 홧김에 칼로 찌른 겁니다. 이런 스토리는 어떠신가요? 장식이 화려한 칼도 불량한 사람들이 들고 다닐 만한 물건이라고 생각하면 앞뒤가 맞습니다. 그리고 시신을 은밀하게 처리하라는 윗선의 지시에 따라 종업원 중 리더 격인 인물이 비상계단에서 구체적인 방법을 논의하고 있었습니다. 12월의 매서운 바람이 부는 비상계단에 설마 누가 오리라고는 전혀 예상하지 못했겠죠. 그런데 하필 그 타이밍에 망치 씨가 문을 열고 말았습니다. 정작 망치 씨는 그런 불온한 대화였을 거라고는 꿈에도 생각지 못한 것 같지만 대화를 나누던 사람들 입장에서는 그 사실을 몰랐죠. 그래서 큰일 났다 싶었던 종업원들은 엿들은 사람을 입막음하려고 했습니다. 하지만 정장을 입은 젊은 남자가 세 명이나 있어서 누군지 특정할 수 없었습니다. 그래서 세 명 다 속이기로 했습니다."

"그래서 그런 연극을 벌였군요. 신고를 막으려고."

"네, 맞습니다. 어차피 유기할 시신이 있으니 처리하기 전에 증인들의 입막음에 이용한 셈입니다. 천벌을 받을 일이죠."

만넨은 합장했다.

"그래서 우선 그들의 주특기인 약을 타서 세 사람을 인사불성으로 만들었습니다. 이때 약의 용량을 세심하게 조절해야 했습니다. 세 사람이 깨어날 시점을 맞춰야 하니 각각 소량, 보통 양, 다량을 먹였죠. 약효는 체질에 따라 개인마다 다르지만 깨어나는 순서는 어느 정도 조절할 수 있습니다. 정신을 잃은 세 사람을 일단 직원 휴게실로 옮깁니다. 다른 손님들은 또 인사불성이 된 손님들을 감춰하려는구나 하고 못 본 척했겠죠. 애초에 불법 행위를 하려고 이용해온 곳이었으니 그런 상황이 익숙했을 겁니다. 그리고 대기실로 옮긴 세 사람을 소파에 눕힌 뒤 담요로 덮고 온풍기를 세게 틀어 깊게 재웠습니다."

"술에 취한 상태에서 약까지 먹었으니 어지간하면 깨어나지 않았겠군요."

미야타가 덧붙이자 만넨이 맞다는 듯 고개를 끄덕였다.

"그리고 가장 먼저 약을 적게 먹인 사람을 살해 현장으로 옮깁니다. 바로 칼 씨입니다. 세 사람의 코트는 그들이 바 좌석에 앉아 있을 때 각각 제 옆에 놓았기 때문에 어떤 코트가 누구의 것인지 알았을 겁니다. 살해 현장은 시신이 부패하는 것을 막기 위해 에어컨까지 켜 놓아서 몹시 추웠습니다. 그런 추운 방의 차가운 바닥에 칼 씨를 눕혀 놓고 흉기인 잭나이프를 손에 쥐여 놓았습니다. 물론 칼 씨가 오른손잡이라는 사실은 바에 있을 때 관찰해서 알았겠죠. 주로 사용하는 손이 아닌 다른 손에 흉기를 들려 놓으며 당사자가 이상하게 여길 테니까요. 이는 나머지 두 사람도 마찬가지였습니다. 자, 이렇게 여장한 피해자와 방에 단둘이 남겨 놓기만 하면 준비는 끝입니다. 갑자기 온몸을 엄습한 냉기에 칼 씨는 정신을 차렸습니다. 따뜻한 방에 있다가 갑자기 몹시 추운 곳으로 옮겨졌으니 약효도 사라졌을 테죠. 이후는 칼 씨가 말한 대로입니다. 칼 씨는 어둑한 공간에서 중년 여성의 시신을 발견했고 여장 남자라는 사실을 알아차리지 못했습니다. 그리고 약 때문에 멍한 머리로 자신이 처한 상황을 파악한 뒤 사람을 죽였을지도 모른다는 생각에 그 자리에서 도망쳤습니다. 이것이 칼 씨가 풀어놓은 이야기의 전말입니다."

과연, 모든 것이 딱 들어맞았다. 논리적으로 따져보면 만넨의 추론이 사실이라고 인정할 수밖에 없었다.

"다음 차례는 아마 권총 씨였을 겁니다. 뒤통수에 상처가 없는 시신과 대면했으니까요. 순서상 머리를 뭉개기 전에 권총 씨가 시신을 목격하게 만들어야 했습니다. 범인들은 칼 씨가 자신들의 계획대로 도망치는 것을 확인하고서 시신의 화장을 지우고 화려한 의상도 벗겼습니다. 화장은 하는 것보다 지우는 게 훨씬 쉽죠. 클렌징 오일도 요즘은 성능 좋은 제품이 많이 나오니까요. 닦기만 하면 쉽게 지워졌을 겁니다. 얼굴을 아무리 박박 문질러도 이미 사망한 사람이니 불평하지도 않을 테고요."

만넨은 스님이면서 불온한 농담을 던지며 말을 이었다.

"그리고 남자 옷을 입힙니다. 화려한 여자 옷과 달리 간단하게 바지와 셔츠뿐이니 시신에 옷을 입히는 게 그리 힘들지 않았을 겁니다. 복부에 난 자상은 이미 출혈도 멈췄을 테니 흡수 패드 같은 것을 붙이고 천으로 단단히 감아 두면 어렵지 않게 감출 수 있었을 겁니다. 설마 권총 씨가 총에 맞아 죽은 사람의 셔츠를 벗겨 복부를 확인할 리 없었을 테니까요."

만넨은 자신의 홀쭉한 배를 한 번 쓰다듬었다.

"이렇게 권총 씨의 차례가 되었습니다. 보통 용량으로 잠들게 한 권총 씨를 조금 전 칼 씨가 도망친 현장으로 옮깁니다. 세 상담자의 이야기에 나오는 방은 구조가 같고 좁았습니다. 무엇보다 카펫에 묻은 혈흔을 숨길 수는 없죠. 살해 현장인 방도 재사용했다는 걸 알 수 있습니다. 이렇게 권총 씨는 냉기가 흐르는 방에서 추위에 떨며 깨어나 시신과 마주했습니다."

"잠깐만요. 시체는 이마에 구멍이 나지 않았습니까. 미간에 탄흔이 있는 걸 권총 씨가 봤습니다. 범인들이 쏜 걸까요?"

미야타가 의심스럽게 묻자 만넨은 천천히 고개를 저었다.

"아뇨. 불량한 집단이라고 해도 본업이 조직폭력단은 아닐 겁니다. 진짜 권총을 구할 수는 없죠."

"그러면 권총 씨가 손에 들고 있던 권총은 뭡니까?"

"물론 가짜 총입니다. 아마 코스플레이 클럽의 비품 아닐까요? 그리고 이마의 탄흔은 메이크업으로 분장한 것 같습니다. 특수 분장까지는 아니더라도 어두컴컴한 실내에서 문외한의 눈을 속이는 정도의 분장은 어렵지 않을 테니까요. 구멍이 뚫린 것처럼 검게 칠하고 그 주변을 퍼티로 불룩하게 만든 뒤 피부색과 비슷하게 연출합니다. 그리고 그 위에 가짜 피를 흘려놓으면 마치 피가 흐르는 것처럼 보이게 속일 수 있습니다. 그것만으로도 충분히 그럴듯해 보일 겁니다. 권총 씨도 진짜 탄흔을 본 적은 없을 테니까요. 이마의 구멍을 손가락으로 찔러 보지도 않을 테니 실력 있는 메이크업 아티스트라면 충분히 그럴듯하게 연출할 수 있습니다. 무엇보다 권총 씨의 손에 총이 있었습니다. 탄흔이 가짜라고 의심할 일은 없었을 겁니다."

"방을 어두컴컴하게 만든 이유도 그 때문이겠죠. 탄흔이 가짜라는 사실을 들키지 않도록. 칼 씨 때 여장 남자라는 사실을 들키지 않으려는 의도도 있었을 테고."

급조된 계획치고는 주도면밀했다. 미야타는 나쁜 쪽으로 머리가 팽팽 잘 돌아가는 녀석들이 다 있구나, 하고 혀를 내둘렀다.

"이후의 일은 미야타 씨도 아시는 대로입니다. 권총 씨도 칼 씨처럼 도망쳤죠. 이때 총을 가져가면 가짜 총이라는 사실을 들킬 테지만 권총 씨가 총을 두고 가리라는 것을 범인들이 예상했을 겁니다. 밖은 사람들의 시선이 있으니 총처럼 눈에 띄는 물건을 가지고 있으면 위험하기 때문이죠. 게다가 크리스마스 분위기로 평소보다 더 붐비는 신주쿠 K초의 한복판을 총을 든 채 활보할 사람은 없으리라는 계산이 섰을 겁니다."

"잘도 그런 생각을 다 했군요."

미야타가 감탄하며 물었다.

"그래서 마지막 순서는 망치 씨인가요?"

"네, 시신의 이마에 분장해 놓았던 탄흔을 지우고 옷을 벗겨 속옷 차림으로 만들었습니다. 그리고 뒤통수를 망치로 마구 내리쳐 뭉갰습니다. 참으로 안타까운 일입니다."

만넨은 얼굴을 조금 찌푸리고는 말을 이었다.

"그리고 칼로 찔러 죽였을 때 흐른 피가 카펫에 고여 생긴 혈흔에 시신의 머리가 오도록 조절했습니다. 그러면 마치 머리에서 피가 흐른 것처럼 보일 테니까요. 제 상상을 덧붙이자면 시신의 뒤통수를 여러 번 내리친 이유는 망치 씨를 속이려는 목적도 있었지만 가발을 벗었을 때 흔적이 뒤통수에 남았기 때문 아닐까 생각합니다."

"가발이요? 여장했을 때 쓴 가발?"

"그렇습니다. 피해자는 정수리가 벗겨졌다고 권총 씨가 진술했죠. 그런 사람이 가발을 썼다면 옆머리와 뒷머리를 머리핀으로 고정했겠죠. 정수리는 핀을 꽂을 데가 없으니까요. 그리고 범인들이 여장을 해제하려고 서두르면서 가발을 급하게 벗기는 바람에 머리핀에 머리카락이 걸려 뒤통수 쪽 머리카락이 왕창 뽑혔을 수 있습니다. 그 모습을 보면 피해자가 여장을 했었다는 사실을 들킬 우려가 있죠. 그래서 머리카락이 빠진 흔적을 감추려고 맨살이 보이지 않을 정도로 뒤통수를 뭉갰습니다. 뭐, 이건 어디까지나 근거 없는 제 상상입니다."

"아니, 상상이 아닐지도 몰라요. 그럴 가능성이 충분히 있어 보입니다. 그런데 망치 씨는 시체가 빈티 나 보이는 남자였다고 진술했잖아요. 그런데 권총 씨는 험상궂게 생긴 남자라고 했어요. 인상이 완전히 달라요. 동일 인물인데 왜 이런 차이가 나는 거죠?"

미야타가 묻자 만넨은 조금도 망설이지 않고 대답했다.

"권총 씨는 눈썹이 없는 피해자의 얼굴을 험상궂게 생겼다고 표현했습니다. 하지만 체격까지 그렇다고는 하지 않았죠. 눈썹이 없는 이유는 밀었기 때문입니다. 여장을 하려고요. 화장할 때 가느다란 눈썹을 그리려면 원래 눈썹은 방해가 될 수밖에 없죠. 권총 씨가 본 얼굴은 화장을 지운 피해자의 민낯이었습니다. 남자의 얼굴은 눈썹을 밀면 누구나 험상궂어 보입니다. 게다가 손에 권총까지 들고 있었으니 폭력조직이 떠올랐을 테고 따라서 권총 씨의 눈에 피해자는 험상궂게 생긴 남자는 인상이 강해졌죠. 하지만 옷을 벗기면 망치 씨가 목격한 초라한 몸이 드러났을 겁니다."

"망치 씨가 볼품없어 보였다고 한 이유는 실제로도 그랬기 때문이군요."

"피해자는 여장을 하려고 다리와 팔도 면도했을 겁니다. 게다가 속옷 차림이었기 때문에 더욱더 왜소해 보였겠죠. 망치 씨는 처음 시신을 목격했을 때 마네킹으로 착각할 뻔했습니다. 전체적으로 밋밋한 느낌이었다고 했죠. 그건 체모가 없었기 때문이라고 생각합니다. 스타킹을 신어야 하는데 다리에 털이 있으면 안 되니까요. 팔이나 손가락도 매끄럽게 만들려고 온몸의 털을 밀었을 겁니다."

만넨은 그렇게 말하며 자신의 팔을 슥 쓰다듬었다.

"사실 제가 피해자가 여장 남자일 가능성을 떠올린 계기는 망치 씨의 마네킹 발언 때문이었습니다. 전체적으로 밋밋했다는 말을 듣고 몸에 잔털조차 없는 남자의 모습이 떠올랐고 여장이라는 결론에 도달했습니다."

만넨은 다시 한번 팔과 가슴 주변을 쓸어내렸다.

"여담이야 어찌 됐든 피해자가 볼품없는 체격이어서 여장했을 때 칼 씨의 눈을 속일 수 있을 정도로 여자 같아 보였겠죠. 원래 여장이 어울리는 호리호리한 체형이었던 것 같습니다. 이것이 세 상담자가 시간차를 두고 시신과 대면한 순서입니다."

미야타는 비로소 사건의 전말을 이해했다. 세 청년을 입막음하기 위해 저마다 자신이 살인범일지도 모른다는 착각을 심어준 것이다. 이제야 의문이 풀렸다. 속이 후련했다.

"수고한 만큼 효과는 좋았던 모양입니다. 실제로 세 사람 모두 경찰에 신고하지 못한 채 끙끙 앓았으니까요."

그렇게 말하는 만넨에게 미야타는 남은 의문을 던졌다.

"하지만 세 사람은 친구 사이잖아요. 서로에게 털어놓으면 어떡합니까. 세 사람 모두 이상한 경험을 했다는 것을 알게 되면 아무래도 의심할 것 같은데."

그러자 만넨은 삭발한 머리를 손바닥으로 쓰다듬으며 대

답했다.

"그래서 일부러 다른 모습을 한 시신을 목격하게 하고 사인을 조작한 겁니다. 아마 피해자를 살해했을 당시 여장을 하고 있었기 때문에 그런 속임수를 생각해냈을 테고 세 사람 모두 다른 시신을 본 것처럼 착각하게 만들려고 여러 가지로 치밀하게 연출했습니다. 시신의 자세는 물론 이미지까지 말입니다. 세 사람의 진술에서 시신의 연령대가 달랐던 이유도 외형과 이미지를 바꾼 탓입니다. 그러니까 세 사람이 서로의 목격담을 공유해도 사망한 사람이 동일 인물이라는 생각은 못 했겠죠. 상담자들은 자신이 목격한 것이 전부라고 생각한 채 살았을 겁니다. 망치 씨는 뭉개진 상처가 너무 강렬해서 피해자의 정수리가 벗겨졌다는 사실을 알아차리지도 못했죠. 권총 씨 때는 망치 씨와 목격담이 겹치지 않도록 아이브로우로 눈썹을 진하게 그렸을 테고요."

만넨은 자신의 짙은 눈썹을 손가락으로 쓰다듬으며 말을 이었다.

"이렇게까지 공을 들였으니 세 상담자가 자신이 살인범일 수도 있다는 저주에서 벗어날 수 없을 겁니다. 설사 각자 경험담을 털어놓는다고 해도 진상에 도달하지 못한 채 벼랑 끝에 몰린 듯한 압박감에서 벗어나기 쉽지 않겠죠. 그런 심리 상태가 계속되는 한 그들은 경찰에 신고할 수 없습니다. 자신이 사람을 죽였을 가능성을 부정할 수 없기 때문입니다. 이렇게 범인들은 목적을 달성한 셈입니다."

"그렇군요. 참으로 복잡한 일을 꾸몄네요."

미야타는 탄식했다. 아무리 그래도 이렇게까지 치밀하게 꾸밀 필요가 있었을까 하는 의문이 들었다.

"범인들도 그만큼 살인을 숨기려고 안간힘을 썼겠죠."

"하긴, 그렇겠군요."

미야타도 그 트릭에 훌륭하게 걸려들었다. 상담자들의 이야기를 들어도 진상을 알아차리지 못했기 때문이다. 하지만 만넨의 추리로 모든 의문이 말끔히 풀렸다. 수수께끼는 사라지고 모든 진실이 밝혀졌다.

"스님, 그래서 이제 어떻게 해야 할까요? 아무리 비밀 엄수가 이 상담소 방침이라지만 살인 사건을 모른 척하자니 마음이 불편한데요."

미야타의 질문에 만넨은 좌선을 할 때와 같은 무심한 얼굴로 말했다.

"근무 일지 작성은 규정된 사항이죠? 오늘 일어난 일도 빠짐없이 보고하시면 되겠습니다. 그러면 도청 담당자가 경시청에 연락하겠죠. 시신을 목격한 이상 수사1과가 손을 놓고 있을 리 없습니다. K초에 있는 그 건물을 찾아내 곧바로 수사할 겁니다. 여장 클럽의 회원 명단을 조사하면 금요일 밤부터 실종된 중년 남성 고객을 찾을 수 있습니다. 그렇게 피해자의 신원이 밝혀지면 그와 갈등을 겪은 종업원들도 자연히 드러나겠죠. 그러면 살인을 저지른 진범도 특정할 수 있습니다.

이렇게 대규모로 치밀한 작업을 했을 정도니 공범도 많을 겁니다. 차례차례 추궁하다 보면 심약한 자가 먼저 입을 열 겁니다. 범인 은닉, 사체 훼손이나 유기 혐의로 체포되더라도 경찰 수사에 협조하면 재판에서 유리한 판결을 받을 수 있죠. 형량을 조금이라도 덜기 위해 자진해서 입을 여는 자도 나올 겁니다. 그렇게 사건이 세상에 드러나고 보도되면 세 상담자도 자신들이 살인을 저지른 것이 아니라는 사실을 깨닫고 마음 놓을 수 있겠죠. 마음의 안식을 찾고 모든 일이 원만하게 정리될 겁니다. 부처님의 자비로 반드시 그렇게 되리라 저는 믿습니다. 참으로 감사한 일이지요. 나무아미타불, 나무아미타불."

만넨은 눈을 감고 합장했다.

미야타는 그 모습을 바라보면서 뼈저리게 깨달았다.

승려에도 여러 부류가 있다는 사실을.

이 수행승은 나이도 젊은데 이렇게 복잡한 수수께끼를 단번에 풀어냈다. 세상 모든 수행승이 전부 이런 괴상한 일을 쉽게 해결할 수 있지는 않을 테니 만넨이 특별한 부류이리라.

기묘하고 별난 수행승도 존재하는구나, 미야타는 염불을 외는 만넨을 바라보며 다시금 생각했다.

그것을 동반 자살이라고 불러야 하는가

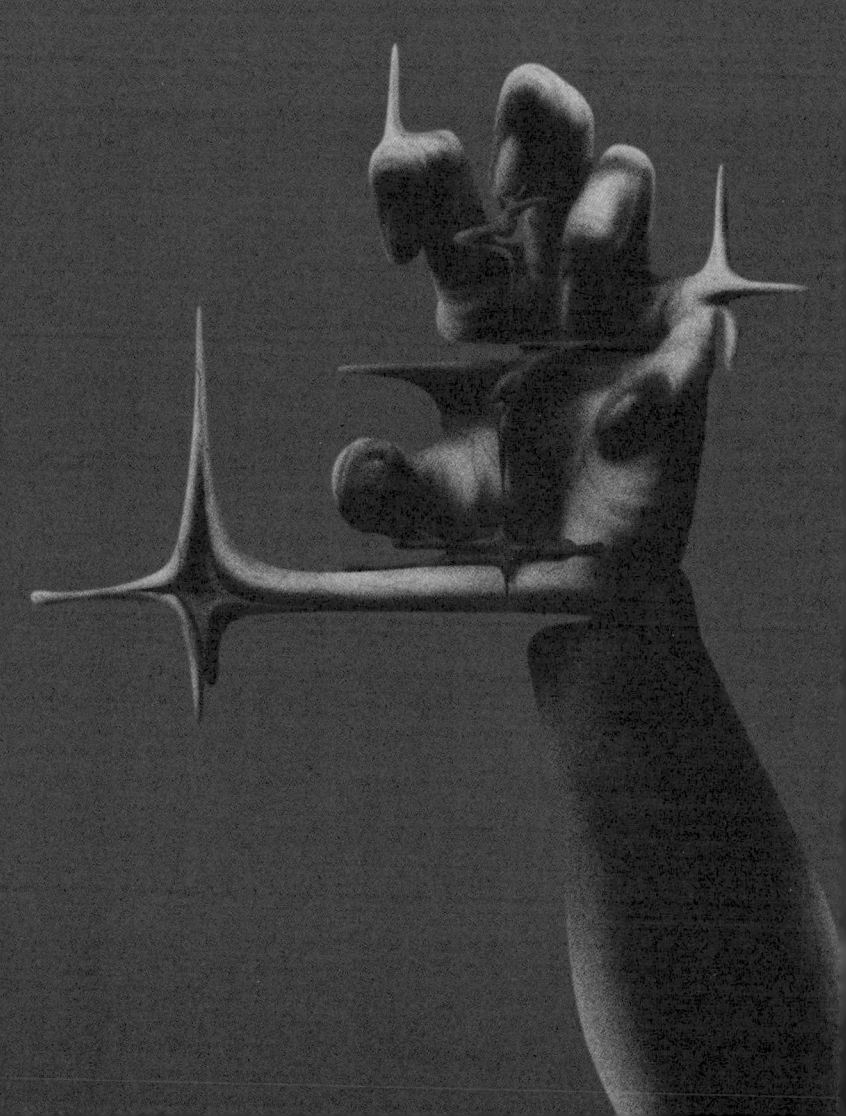

시체는 포개지듯 쓰러져 있었다고 한다.

여자 시체는 바닥에 누워 있었다.

반듯하게 누운 자세였다.

남자 시체는 여자 위에 겹친 채로 쓰러져 있었다.

남자는 엎드린 자세였다.

언뜻 보기에는 동반 자살한 시체처럼 보였다.

당초 경찰도 그렇게 판단한 듯했다.

그런데 누구도 예상하지 못한 전개가 펼쳐졌다.

죽은 자가 산 자를 살해했다고밖에 설명할 수 없는 정황이 드러났다.

과연 죽은 자가 살인을 저지를 수 있을까?

✼

이곳은 몇 번을 봐도 맨션이었다.

가타세 게이스케는 저도 모르게 고개를 갸웃했다.

스튜디오라고 들었는데, 잘못 들었나? 지극히 평범한 맨션이었다.

아니, 미나토구 한가운데에 있는 고층 맨션이 평범하냐고 하면 아니라고 대답하는 사람이 있을 수 있다. 아무리 생각해도 고급스럽고 비쌀 것 같으니.

가타세는 그런 고급 맨션을 올려다보면서 휴대폰을 코트 주머니에 넣었다. 지도 애플리케이션으로 이곳까지 찾아왔다. 정년퇴직한 나이에 경로 검색 기능을 능숙하게 사용할 수 있는 것이 가타세의 은밀한 자랑이었다. 남에게 이야기해 봤자 쓴웃음만 되돌아올 테니 입에 담은 적은 없지만.

정교하게 꾸며진 입구에 들어서며 인터폰으로 집 호수를 눌렀다.

―네.

남자의 목소리가 스피커에서 흘러나왔다.

"안녕하세요, 가타세라고 합니다. 메일로 약속드린 사람입니다."

오후 2시 정각. 약속 시간이었다.

―아, 네네, 가타세 씨군요. 기다렸습니다. 어서 들어오세요.

밝고 경쾌한 남자의 목소리가 울려 퍼지며 자동 잠금 유리문이 열렸다.

넓은 로비를 지나 엘리베이터를 타고 위층으로 올라갔다. 22층. 제법 높은 층이었다.

집 앞에 도착해 인터폰을 누르자 남자가 바로 문을 열고 나왔다.

"안녕하세요. 어서 오세요. 이데구치라고 합니다. 추운 날씨에 여기까지 와 주셔서 감사합니다. 어서 들어오세요."

30대 중반쯤 됐을까, 약간 길쭉한 얼굴에 키가 큰 남자였다. 이데구치와는 메일로 여러 번 연락을 주고받았다.

"코트 주세요. 누추하지만 이쪽으로 모시겠습니다."

이데구치는 한없이 밝고 사람 좋아 보이는 미소로 안내했다. 미나토구 고층 맨션의 거실은 호화롭고 세련되어 보였으나 생활감이 거의 느껴지지 않았다. 안쪽에 있는 방으로 안내받았는데 그곳도 생활감이 없었다. 방의 풍경은 특이하고 이상했다.

그곳에서는 얼굴이 둥근 젊은 남자가 대형 조명을 조절하고 있었다. 조명에는 검은색 큰 우산 같은 장치가 달려 있었는데 우산 중앙에 조명이 설치된 구조였다. 그런 조명이 세 개나 있어서 꽤 많은 공간을 차지했다. 세 조명은 전부 벽 한 면을 비추고 있었는데 벽 앞에는 작은 탁자와 의자가 놓여 있었다. 테이블과 의자는 총 네 세트였다.

조명 외에는 커다란 철제 삼각대 하나가 마치 주인공처럼 가운데에 서 있었다. 모자걸이처럼 생겼는데 쇠 파이프 가지가 여러 갈래로 뻗어 있었고 그곳에 휴대폰 몇 대가 달려 있었다. 휴대폰 카메라는 모두 테이블을 향하고 있었다. 아무래도 휴대폰 카메라로 촬영하는 듯했다. 맨션의 방 하나를 스튜디오로 활용하고 있는 것이다. 자못 요즘 시대다운 광경에 감탄이 나왔다.

이데구치가 쾌활하게 말했다.

"이쪽은 조수인 마루이입니다."

조명을 조절하고 있는, 얼굴이 둥근 청년을 소개했다. 마루이는 상냥하게 웃는 얼굴로 싹싹하게 인사했다.

"안녕하세요. 오늘 잘 부탁드립니다."

"자, 이쪽으로 앉으세요."

이데구치도 친근한 태도로 오른쪽 자리를 가타세에게 권하며 물었다.

"에어컨 온도가 너무 높지 않나요? 괜찮으세요? 이런 곳은 처음이신가요?"

"네, 처음입니다. 지금까지 이런 일과는 무관한 삶을 살았거든요."

"편히 계세요. 긴장하실 필요 없으세요."

이데구치는 상냥하게 말했지만 삼각대에 달린 휴대폰 카메라 한 대가 가타세를 향하고 있어서 아무래도 어색했다.

살짝 긴장감이 감도는 이런 상황에 놓이게 된 계기는 딸의 소개 때문이었다.

한숨을 쉬며 끙끙 앓는 가타세를 보다 못한 딸이 그에게 말했다.

"아빠, 그렇게 매일 머리를 싸매느니 내가 좋은 거 추천해 줄게요."

약 일주일 전, 가타세의 집 거실에서 나눈 대화였다. 딸은 하체를 고타쓰†에 넣고 누워 한 손으로 휴대폰을 만지작거리며 전병을 먹고 있었다.

"전병을 먹을지 휴대폰을 할지 둘 중 하나만 해. 지저분하게 이게 뭐야."

가타세의 잔소리에도 딸은 시큰둥한 얼굴로 대꾸했다.

"에이, 친정에 올 때만큼은 편하게 있게 해 달라고요."

역 하나 거리에 살면서 오랜만에 집에 온 것처럼 말한다. 평일에도 대부분 친정에 틀어박혀 있으면서. 결혼도 했으면서 이래도 되는 걸까 싶지만 손자를 데리고 오기 때문에 가타세도 심하게 면박을 줄 수 없었다. 지금도 아내가 정원에서 햇볕을 쬐며 손자와 놀아주고 있었다.

"옳지, 잘 걷네. 자, 할머니한테 올 수 있겠어? 그래, 잘한다, 대단한데."

† 밑에 화로가 달린 탁자에 담요를 씌운 일본식 난방기구.

아내의 목소리는 평소보다 두 옥타브는 높았다. 물론 손자를 대할 때 가타세의 목소리도 똑같이 된다는 것을 알았다.

"그런데 좋은 거라니, 그게 뭔데?"

가타세의 물음에 전병을 먹던 딸이 대답했다.

"아빠, 남편 후배의 친구가 사건 같은 걸 다루는 동영상 채널을 운영하는데 사건들을 구독자들과 함께 생각하고 댓글로 의견을 받아서 목격 정보를 수집하는 일을 한다나 봐요. 여럿이 모이면 지혜가 나온다고 하잖아."

"백지장도 맞들면 낫다? 그렇지."

"응응, 맞아. 방송에서 사건 개요를 이야기하고 인터넷으로 구독자와 의견을 주고받으면서 진상을 찾는다고 그랬나? 실제로 연쇄 방화범을 프로파일링으로 밝혀내기도 했대요. 경찰 표창을 받은 적도 있다고 하더라고."

"오호."

흥미가 생겼다.

"남편 통해서 부탁해 볼까요?"

"할 수 있겠어?"

"그럼."

인터넷에 다양한 동영상이 올라온다는 것은 가타세도 안다. 인터넷 방송이나 동영상 업로드를 업으로 삼는 사람들이 있다는 사실도. 그러나 자세히는 모른다. 열심히 본 적도 없었다. 하지만 딸이 나서서 주선하자 일사천리로 일이 진행됐다. 그 결과 지금 이렇게 스튜디오에 앉아 있는 것이다.

그러는 사이 가타세가 들어온 문이 아닌 다른 문이 열리며 두 사람이 들어왔다.

한 명은 검은 점퍼를 입은 젊은 남자였고 나머지 한 명은 저절로 시선이 갈 수밖에 없는 화려한 분홍 머리를 한 젊은 여자였다. 해골이 당근을 갉아먹는 그림이 새겨진 맨투맨 티셔츠 차림에 반바지 아래로 뻗은 가느다란 다리. 분홍색 긴 머리는 어깨에서 양 갈래로 묶어서 시선을 사로잡았다.

이데구치가 붙임성 있게 말했다.

"아, 준비 다 했어? 아야뿅, 오늘도 메이크업 완벽하네."

그리고 가타세를 바라보며 소개했다.

"가타세 씨, 소개할게요. 오늘 출연하는 게스트들이에요."

젊은 남녀가 빠른 걸음으로 다가와 가타세 앞에 서서 명함을 내밀었다.

"처음 뵙겠습니다. 다쿠토라고 합니다."

"안녕하세요. 아야뿅이라는 예명으로 아이돌을 하고 있습니다. 오늘 잘 부탁드립니다."

두 젊은이는 정중하게 인사했다. 아야뿅이라고 자신을 소개한 젊은 여성은 강렬한 머리 색과는 달리 공손하게 머리를 숙이며 인사했다. 매우 예의 바른 아이였다. 메이크업은 화려했지만 앳된 얼굴을 보니 스무 살은 되었을까 싶은 인상이었다. 다쿠토라는 청년은 아야뿅과 비교하면 차분한 외모였다. 그럼에도 머리는 유행에 맞춰 길게 길렀다. 조금 이국적인 이목구비에 키가 크고 상당히 잘생겼다. 나이는 20대 초반일까.

가타세도 두 사람에게 인사했다.

"가타세입니다. 죄송한데 저는 명함이 없네요."

예전에는 조금 자랑스러운 기분으로 명함을 내밀었지만 은퇴한 뒤로는 들고 다니지 않았다. 계속 현역인 척하면 볼썽사나우니까.

"그럼 두 분, 이쪽으로 오세요. 잠깐 회의 좀 할까요?"

이데구치가 부르자 두 게스트는 가타세에게 공손하게 인사한 뒤 자리를 옮겼다. 그러고는 왼쪽 자리에 나란히 앉아 이데구치와 무언가 논의하기 시작했다.

요즘 젊은이들은 대체로 예의가 바르다고 가타세는 생각했다. 온화하고 차분했다. 가타세가 젊었을 적에는 지금보다 훨씬 예민하고 늘 불만이 많았다. 사회나 어른에 대한 반감으로 날이 서 있었으며 태도도 나빴다. 젊은 치기에서 비롯된 행동이었지만 지금 생각해 보면 건방졌던 것 같다. 하지만 요즘 젊은이들은 대체로 부드럽고 느긋하며 조용하고 마음씨도 고왔다. 이런 세대 간 차이가 왜 생겼는지 알 수 없었다. 마음에 여유가 있어서 그런 건지, 아니면 이미 모든 것을 내려놓고 체념해서 그런 건지. 어느 쪽인지 모르겠다. 어느 쪽이 미래 사회에 더 도움이 될까.

가타세는 그런 생각을 하면서 명함에 적힌 이름을 휴대폰으로 검색했다. 물론 들키면 겸연쩍으니 책상 밑에서 몰래.

명함에는 '보컬리스트 다쿠토'라고만 인쇄되어 있었다. 그리고 메일 주소뿐이었다. 간단했다.

'가수/다쿠토'라고 검색하자 다른 사람의 사진이 많이 떴다. 발음은 같지만 한자 표기가 다른 유명 뮤지션이 있는 듯했다. 지금 이 자리에 있는 청년과는 얼굴이 달라서 다른 사람이라는 사실을 금방 알아차렸다.

유명 뮤지션인 다쿠토 사이에서 오늘 함께 방송하는 다쿠토를 마침내 찾았다. 어느 역 앞 광장에서 노래하는 동영상이 업로드되어 있었는데 소리를 켤 수 없어서 어떤 노래인지는 알 수 없었다. 다만 대여섯 명밖에 안 되는 관객은 선명하게 보였다. 정식으로 데뷔한 가수는 아닌 듯했다.

반면 아야뽕의 명함은 알록달록했다. 주소에 전화번호, 어느 사이트로 연결되는지 모를 URL 여러 개와 최근 공연 홍보 내용까지 적혀 있었다. '중금속 휘핑 Lv.'은 그룹명일까. 검색해 보니 실제로 그런 아이돌 그룹이 있었고 사진도 있었다. 멤버 여섯 명 사이에 분홍색 머리가 눈길을 끄는 아야뽕을 발견했다. 그러나 이 그룹도 메이저 음반사에서 곡을 발매한 적은 없는 듯했다. '지하 아이돌'이라는 단어가 자주 눈에 띄었지만 가타세에게는 낯선 단어였다. 아이돌도 지상과 지하를 구별하나?

고개를 갸우뚱하는데 이데구치가 회의를 끝냈는지 가장 가운데에 있는 의자에 앉았다. 이로써 네 자리가 모두 채워졌다.

이데구치는 두 젊은이를 향해 쾌활하게 말했다.

"이쪽에 계신 가타세 씨는 신문기자셔."

"와, 대단하세요."

아야뽕이 감탄한 목소리로 말했다. 가타세는 오른손을 저으며 말했다.

"아니에요, 전직 기자입니다. 작년 말에 정년퇴직했거든요. 지금은 은퇴 생활 중입니다."

"그래도 두 달 전까지는 현역 기자셨잖아요. 훌륭한 일을 하셨네요."

다쿠토가 치켜세웠다.

"아뇨, 그렇게 대단한 일 아닙니다."

젊은 사람이 치켜세우자 낯이 뜨거웠다.

이데구치가 말했다.

"게다가 오늘 가타세 씨가 들려주실 이야기는 살인 사건이라고 해. 나도 아직 자세한 내용은 모르지만."

"스케일이 크네요. 이 채널도 슬슬 본격적으로 자리를 잡아가네요."

아야뽕의 말에 가타세는 다시 손을 저었다.

"아, 아닙니다. 살인 사건인지 아닌지도 정확하지도 않고요. 두 사람이 사망하긴 했지만."

그 말을 들은 다쿠토의 얼굴이 심각해졌다.

"피해자가 두 명이나 된다면 충분히 큰 사건이라고 생각하는데요."

"아뇨, 사건인지 아닌지도 정확하지 않아요."

가타세가 조금 당황해 대답하자 이데구치가 말했다.

"아, 잠깐 실례. 사건 이야기를 시작하는 거라면 이대로 촬영을 시작할까요? 마루쨩, 괜찮지?"

"언제든 오케이입니다."

"좋아, 그럼 바로 시작하자."

"저기, 리허설 같은 건 안 합니까?"

가타세가 조금 놀라 물었다.

"그런 건 안 해요. 인터넷 동영상은 날것의 분위기가 생명이라 준비 없이 찍어서 빠르게 업로드하거든요."

이데구치의 대답에 가타세는 불안해졌다.

"연습도 안 했는데 말을 잘 할 수 있을지……."

"이게 있으니까 걱정하지 마세요."

이데구치는 양손으로 가위 모양을 만들어 보였다. 편집하겠다는 뜻일까? 가타세가 불안해하는 와중에도 쾌활한 이데구치는 휴대폰 카메라를 바라보며 신호했다.

"마루쨩, 시작하자. 셋, 둘, 네! 오늘도 시작된 '이데구치 수사 채널'. 오늘도 여러분의 지혜를 빌려 사건을 시원하게 해결해 봅시다. 게스트는 늘 함께해 주시는 두 분입니다. 잘 부탁드립니다."

그때 아야뽕이 끼어들었다.

"잠깐, 잠깐. 소개가 성의 없이 그게 뭐예요. 다시 제대로 좀 해 봐요."

촬영 전에 보여 준 얌전한 태도와 달리 혀 짧은 소리로 애교를 부렸다.

돌변한 모습에 가타세는 순간 당황했다.

"뭐, 상관없잖아요. 그런데 이번 상담은 아주 큰 사건이에요. 글쎄, 살인 사건이라니까요."

"아, 그게 뭐예요, 무섭게."

이데구치의 말에 아야뽕은 호들갑스럽게 분위기를 띄웠다. 가타세는 간신히 분위기를 파악했다. 이게 바로 요즘 말하는 '캐릭터 콘셉트'라는 것이구나. 아야뽕은 아이돌 활동을 할 때는 본모습과 달리 이런 캐릭터인가 보다.

"살인 사건이라니 심상치 않네요."

한편 다쿠토는 특별한 콘셉트가 없는지 열대 지역 사람처럼 이목구비가 짙은 얼굴을 찌푸리며 아까처럼 무심한 태도로 말했다. 이데구치는 여전히 쾌활한 분위기로 진행을 이어갔다.

"굉장하죠? '이데구치 수사 채널'도 드디어 형사 드라마 부럽지 않은 채널이 됐습니다. 그래서 오늘 모신 분, 바로 가타세 씨입니다."

소개받은 가타세가 인사했다.

"안녕하세요."

아무리 휴대폰 카메라라지만 영상을 찍고 있다고 생각하니 자신도 모르게 긴장해 어색해지고 말았다.

"가타세 씨는 전직 신문기자인 대단하신 분이에요. 오늘은 현역 시절에 취재했던 미제사건에 대해 들려주신다고 합니다."

"대박이다."

아야뽕이 요란하게 손뼉을 쳤다. 가타세는 등에 흐르는 땀을 느끼며 말했다.

"아니, 너무 기대하시면 곤란합니다. 40년 전 사건이거든요."

"에이, 그게 뭐예요. 옛날 옛적에 아야뽕이 태어나지도 않았을 때 이야기잖아요. 이데구치 씨는 그때도 아저씨였어요?"

"무슨 소리예요, 나도 안 태어났을 때라고."

"40년이나 지난 옛날이라니, 왕이나 닌자가 있던 시절인가?"

"아야뽕의 역사 지식은 도대체 어떻게 된 거야."

"그런 호랑이 담배 피우던 시절은 모르는걸. 공룡 같은 게 있었나?"

"에휴 아무리 그래도 그런 드립은 너무 갔다. 가타세 씨, 40년 전이면 지금과 크게 다르지 않죠?"

아야뽕과 옥신각신하던 이데구치가 가타세에게 마이크를 넘겼다. 가타세는 긴장했지만 침착하게 대답했다.

"그렇습니다. 지금과 거의 비슷해요. 다들 넥타이를 매고 만원 전철을 타고 회사에 다녔죠."

"오, 의외다. 그래도 전부 똑같지는 않았죠?"

프로인 아야뽕은 역시 능숙하게 대화를 이끌었다. 가타세는 고개를 끄덕이며 대답했다.

"물론 다른 점도 많았습니다. 일단 휴대폰이 그렇죠. 그 시절에는 스마트폰 같은 건 아예 없었어요."

"어머, 휴대폰이 없으면 어떻게 연락했어요? 전서구를 보내서?"

아야뽕이 어떤 콘셉트인지 조금 파악했기 때문에 가타세는 쓴웃음을 지으며 말했다.

"전화기는 있었습니다. 집마다 한 대씩."

그러자 다쿠토가 대화에 합류했다.

"그렇군요, 가전제품은 있었습니까?"

"네, 그래서 비둘기는 키우지 않아도 돼서 다행이었죠. 거리 곳곳에 공중전화도 있었으니까요."

가타세는 점점 감을 잡기 시작했다.

"그리고 디지털 화폐도 없었습니다. 전부 현금을 사용했죠."

"하하, 요즘 시대를 생각하면 좀 불편했겠네요."

이데구치가 거들자 가타세가 고개를 끄덕였다.

"하지만 당시에는 그게 당연했어요. 딱히 불편하지도 않았고요. 교통카드도 없었죠. 전철을 탈 때는 표를 사는 게 당연했어요."

"표라니, 신칸센 탈 때 내는 그 표요? 전철을 탈 때도 그런 게 필요했어요?"

아야뽕은 어리둥절한 표정이었다. 진심으로 놀란 얼굴이었다.

"네, 자동 개찰기도 없었죠. 카드를 터치해서 개찰구는 지나는 건 상상도 못 했습니다."

가타세의 설명에 다쿠토가 한 손을 살짝 들고 말했다.

"아, 그런 풍경을 영상에서 본 적 있어요. 영화였나? 개찰구가 좁은 부스처럼 되어 있고 역무원이 거기 서 있었죠."

"맞아요. 역무원이 표를 잘라줬어요."

"어라, 자르면 두 장이 되는 거 아니에요?"

눈을 동그랗게 뜨고 묻는 아야뽕에게 가타세는 한 손을 가볍게 저었다.

"아뇨, 그냥 그런 흔적만 남기는 거였어요."

개찰구 박스에서 역무원이 가위를 움직이는 소리. 지금은 볼 수 없는 풍경이었다. 웅성거리는 사람들 속에서 역무원은 달인이라고 해도 될 정도로 빠른 손놀림으로 표에 일일이 구멍을 뚫었다. 그 어수선한 분위기를 요즘 시대의 젊은 사람들에게 전할 방법을 몰라 가타세는 약간 답답했다.

"그럼 다시 본론으로 돌아가서, 아무튼 사건은 그런 40년 전에 일어났다는 말씀이군요. 그럼 가타세 씨, 곧바로 자세한 내용을 말씀해 주세요."

샛길로 빠진 대화를 이데구치가 바로잡았다.

"알겠습니다. 다만 한 가지 우려가 있는데 지금 이 영상은 인터넷을 통해 전국에서 볼 수 있죠?"

"네, 맞습니다. 전국이 아니라 전 세계에서 볼 수 있습니다. '이데구치 수사 채널'은 해외 팬도 많거든요."

"우와, 은근슬쩍 자기 자랑하네."

"아야뽕, 그런 태클은 사양이에요. 그런데 가타세 씨, 뭔가 마음에 걸리는 점이 있으세요?"

"음, 40년 전이라고는 해도 사건 관계자분들은 아직 살아 계실 테니까요. 특히 사망하신 분의 유족들이요. 그분들을 배려하고 싶어서."

"아아, 그렇군요. 그럼 익명이나 가명으로 말씀하셔도 돼요. 사건 관계자와 피해자 모두."

"괜찮습니까?"

"물론이죠."

"그럼 가명을 사용하겠습니다. 사망한 여성을 A카와 A코 씨, 남성을 B야마 B오 씨라고 부르죠. 알파벳 A와 B를 따서."

가타세가 제안했다.

"네, 알겠습니다. 그 A코 씨와 B야마 씨가 사망한 것이 사건의 시작이군요?"

"네, 처음에는 다들 동반 자살 사건이라고 생각했습니다. 그런데 경찰 수사가 진행될수록 사건은 미궁에 빠졌고, 결국 죽은 사람이 산 사람을 죽였다고밖에 생각할 수 없는 상황에 이르게 됐습니다."

"죽은 사람이 산 사람을요?"

고개를 갸웃하는 이데구치에게 가타세가 말했다.

"그렇게 말하니까 오히려 헷갈리는군요. 처음부터 차근차근 말씀드릴게요. 그래야 이해하기 쉬울 겁니다. 그 일은 지금과 같은 2월에 일어났습니다. 두 사람의 시체가 함께 발견됐죠."

⚒

2월 4일 오후 5시가 조금 넘었을 무렵, 도쿄 이케부쿠로 경찰서의 출입기자단으로 근무하는 동료에게 연락을 받았다.

젊은 남녀 시체가 발견된 것 같다고.

위치는 네리마구에 있는 주택가라고 했다.

나는 도요오카 씨와 둘이 쓰키지에 있는 본사 빌딩으로 뛰어갔다.

신입 기자로 입사해 사회부에 배속된 지 3년 남짓. 이제 작은 사건 정도는 혼자서 취재를 나갈 수 있었지만, 살인 같은 큰 사건이 터지면 도요오카 씨와 둘이 움직였다. 아니, 내가 수습기자처럼 베테랑 기자를 돕는다고 표현하는 편이 더 정확했다.

회사 차를 타고 서둘러 현장으로 향했다.

운전자는 나였고 도요오카 씨는 조수석에 앉았다. 날카로운 인상에 마흔 살쯤 된 도요오카 씨는 사회부에서만 거의 20년을 일해 온 능력자였다. 키는 크지 않지만 탄탄한 몸매에 풍채가 좋았다. 큰 사건을 눈앞에 두고 눈빛이 평소보다 더 예리하게 빛났다.

현장 근처에 도착해 차를 댔다.

도쿄 어디에나 있을 법한 주택가였다. 평범한 2층짜리 주택이 빼곡히 들어서 있었다. 최근 들어 도쿄 23구에 주택용 토지 부족 현상이 점점 심각해지고 있었다.

그런 동네 한구석에 엄청나게 많은 차가 주차되어 있었다. 경찰 관계자의 차량도 있지만 절반은 언론사의 차량이었다. 그 모습을 발견한 도요오카 씨는 얼굴을 찌푸리며 말했다.

"저거 봐, 가타세. 우리가 한발 늦은 것 같아."

"네, 서둘러야겠어요."

우리는 적당한 길가에 차를 세우고 함께 내렸다.

벌써 어둑어둑한 2월의 저녁은 차가운 공기로 뼛속까지

시렸다.

차들이 모여 있는 곳은 골목 입구로 보였다. 아무래도 사건 현장은 이 골목 안쪽인 듯했다.

밀집한 주택가라 골목은 차가 들어갈 수 없을 정도로 비좁았다. 그래서 경찰도 골목 입구에 차를 세워둔 것 같았다.

우리는 걸음을 재촉해 골목 안으로 들어갔다. 골목의 막다른 곳이 사건 현장이었고 통제선이 처져 있었다. 제복을 입은 경찰 여러 명이 통제선 바깥쪽에서 경계를 서며 이웃 주민으로 보이는 구경꾼들을 통제하고 있었다. 통제선 너머를 들여다보는 이웃들의 눈은 호기심으로 반짝였다. 취재진 같은 사람들도 많았다. 아는 얼굴들도 언뜻 보였고 TV 카메라도 두 대 있었다.

카메라 렌즈가 통제선 안쪽에 있는 건물을 찍고 있었다.

함석지붕에 나무판자로 지은 작고 허름한 오두막 같은 건물이었다. 솔직히 말하면 초라한 판잣집 같았다. 입구로 보이는 정면 문은 파란 천막 비닐로 가려져 있었다.

나와 도요오카 씨는 통제선 바깥쪽에서 오두막을 관찰했다. 신문기자지만 안에 들어갈 수는 없었다. 그런데 도요오카 씨는 무언가를 예리하게 발견한 듯 민첩한 동작으로 통제선을 따라 움직였다. 나도 뒤처지지 않도록 서둘러 뒤따랐다.

도요오카 씨가 도착한 곳에는 통제선 안쪽 오두막 앞에

정장 차림에 낡은 넥타이를 맨 한 남자가 서 있었다. 도요오카 씨와 비슷한 연배로 보이는 남자였다.

"가니카와 씨."

도요오카 씨가 낮은 목소리로 말을 걸었다. 그 소리를 듣고 우리를 발견한 가니카와가 얼굴을 노골적으로 찌푸리며 다가오더니 통제선을 사이에 두고 멈춰 섰다.

"사망자가 둘이나 나왔다면서요. 살인입니까?"

도요오카 씨가 직설적으로 묻자 상대는 눈도 마주치지 않고 한숨을 쉬었다.

"신문기자가 달려들 거리는 아닌 것 같아. 가십 잡지 정도면 모를까. 동반 자살이야."

시큰둥한 말투로 단정했다. 경시청 수사1과 형사, 이름은 가니카와. 마치 기와에 새겨진 도깨비처럼 생겨서 위압감이 느껴지는 남자였다. 솔직히 너무 무섭게 생겨서 도무지 익숙해지지 않았다. 소심한 좀도둑이라면 한 번 흘겨보기만 해도 바로 자백할 것 같았다.

형사와 신문기자의 관계란 기묘했다.

기자 입장에서는 당연히 정보를 얻고자 한다. 하지만 형사 입장에서는 그런 기자가 시체 주변을 맴도는 성가신 하이에나쯤으로 보이는지 최대한 상대하고 싶지 않아 한다. 하지만 기자들이 제공한 정보가 수사에 도움이 되어 수사 성과로 이어지는 경우도 드물지 않았고 신문기자의 독자적인 취재력도 무시할 수 없는 수준이었다. 정보를 주고받는 관계. 형사도 공을 세우고 싶기 마련이니 기자가 은밀히 흘리는 정보를 놓칠 수 없다. 그래서 얼굴을 아는 기자들이 성가시기는 해도 함부로 대할 수 없었다. 그렇게 형사와 기자의 복잡한 공생 관계가 유지되는 셈이었다.

"동반 자살이요?"

"그래, 허름한 오두막인데 문은 안쪽에서 잠겨 있었어. 사건성은 없을 거야."

형사는 도요오카 씨를 외면한 채 혼잣말처럼 대답했다. 거만하기 짝이 없는 태도였다.

"사인은 뭡니까?"

끈질기게 묻는 도요오카 씨에게 가니카와는 짜증스러운 얼굴로 대답했다.

"서로 목을 조르고 있었어. 검시관이 확인했으니 틀림없어. 이렇게 말이지."

가니카와가 갑자기 내게 손을 뻗어 목을 조르는 시늉을 했다. 도깨비 같은 얼굴이 덮치자 왈칵 겁이 났다. 무서워하는 내 반응이 이상했는지 가니카와는 얼굴 한쪽에 쓴웃음을 지으며 말했다.

"겁낼 것 없어. 시체는 깨끗해. 전에 서로의 경동맥을 베어서 죽인 동반 자살 현장에 출동한 적 있는데 그땐 정말 끔찍했거든. 온 사방이 피로 얼룩진 지옥 같았지. 그에 비하면 오늘 현장은 훨씬 얌전해."

형사는 얼굴을 찌푸리더니 말을 이었다.

"동반 자살은 해서는 안 되는 짓이야. 서로 손 꼭 잡고 저승으로 떠났으니 본인들은 만족하겠지. 서로 사랑하는 사람의 손에 죽다니 행복할 거야. 어떤 의미에서는 최고의 죽음이라고 해도 좋을지 몰라. 하지만 남겨진 유족은 무슨 죄야. 소중한 자식이 갑자기 세상을 떠난다니. 차라리 살해당한 거라면 범인을 증오하기라도 하지. 진심으로 미워하고 분노를 퍼부을 상대가 분명하니까. 감정을 퍼부을 대상이 분명한 건 차라리 나을지 몰라. 그런데 자식을 죽인 상대를 미워할 수도 없다면 가뜩이나 괴로운데 오갈 데 없는 분노 때문에 더욱 고통스러울 거야."

가니카와는 씁쓸하게 말했다. 도요오카 씨는 그런 감상에 젖을 생각이 없다는 듯 무심하게 물었다.

"신원은 밝혀졌습니까?"

가니카와는 여전히 고개를 돌린 채 끄덕였다.

"응, 남자는 이 오두막의 세입자야. 세 들어 사는 집에서 동반 자살이라니 정말 민폐도 이런 민폐가 없어."

"여자는요?"

"아직 몰라."

"소지품으로는 특정할 수 없나 보군요."

"아직까지는. 자, 서비스 타임은 여기까지. 나머지는 알아서들 해."

형사는 등을 돌리고 멀어졌다.

그 뒷모습을 바라보며 도요오카 씨가 물었다.

"남자 이름은요?"

"그런 건 직접 조사해, 신문기자잖아. 주민들에게 너무 피해 주지는 말고."

가니카와는 뒤도 안 돌아보며 대답하더니 파란 천막 비닐을 들추며 오두막 안으로 모습을 감췄다. 도요오카 씨는 가니카와의 뒷모습을 응시하며 말했다.

"동반 자살이라고? 정말인가."

"검시관이 그랬다면 맞을 겁니다."

"음, 검시관에게 직접 이야기를 듣고 싶은데 안 되겠지."

도요오카 씨가 중얼거리며 구경꾼들을 훑어봤다.

"가타세, 나눠서 취재하자. 특히 사망한 남녀에 대해 자세히."

"알겠습니다."

한 시간 후에 골목 입구에서 만나기로 한 뒤 우리는 각자 흩어졌다.

나는 곧바로 구경꾼들에게 다가가 취재했다.

모여 있는 이웃들에게 닥치는 대로 말을 걸었다. 신문기자라고 소개하자 사람들은 호기심을 드러내며 취재에 응했다. 구경꾼들을 왜 항상 입이 가벼울까. 사망자에 대한 이야기를 술술 늘어놓았다. 나로서는 도움이 되니 상관없지만.

구경꾼들에게 몇 가지 정보를 얻었다.

오두막을 빌린 사람은 B야마 B오 씨.

주거 목적이 아니라 작업실로 빌렸다.

무슨 작업실인지는 몰랐다.

B야마의 직업은 모른다.

우연히 본 적 있는데 20대 후반쯤 되어 보였다.

대략 이런 내용이었다.

이웃집도 탐문하러 돌아다녔다.

저녁 7시 전. 남의 집을 방문하기에는 조금 무례한 시간이었다. 형사도 주민에게 피해를 주지 말라고 경고했지만, 찬밥 더운밥 가릴 처지가 아니었다. 나는 철저하게 무심한 척 이웃집을 찾아갔다.

그리고 세 번째 방문한 집에서 수다스러운 아주머니를 만났다. 그 아주머니가 현관 앞에서 이런저런 이야기를 들려줬는데 복잡하니 내 질문은 생략하겠다.

"그 오두막에 세 들어 살던 사람? 본 적 있어요. 젊은 남자였지. 키는 꽤 컸는데 등이 구부정해서 그런지 좀 어둡고 음침한 인상이었어요. 비쩍 말라서 인사도 하는 둥 마는 둥, 말수도 없고 기분 나쁜 사람이었어. 그래, 스물일곱이나 스물여덟쯤 되어 보였는데. 그런데 기운이 없고 늘 고개를 숙인 채 멍하니 넋이 빠진 사람 같았어요. 팔다리만 길고 왜소

해서 마치 걸어 다니는 버드나무 같았지. 무슨 일을 했는지는 모르겠어요. 하지만 낮부터 저 오두막에 자주 드나들었으니 제대로 된 직업은 없는 것 같다고 이웃끼리 이야기한 적 있어요.

아, 맞다. 정상적인 사람이 아니었냐니까 하는 말인데, 우리 아들이 우연히 그 오두막 문이 열려 있는 걸 발견하고는 흘끗 들여다본 적이 있거든요. 그랬더니 무서운 괴물들이 잔뜩 있었다더라고. 그런 괴물 모형을 잔뜩 모아두다니 기분 나쁘잖아요. 아이들도 그 오두막을 귀신의 집이라며 무서워했어요. 그렇게 괴물 모형을 잔뜩 늘어놓고 도대체 무슨 일을 하는 건지 모르겠어요. 이웃들 사이에서도 소름 끼친다는 소문이 돌았다니까요. 네, 맞아요. 누구한테나 그런 태도였어요. 제대로 인사도 안 하고, 참 기분 나쁜 사람이었어요."

수다스러운 아주머니가 들려준 남자에 대한 평가는 참담했다.

몇몇 집에서는 쌀쌀맞게 거절당했지만 쏠쏠한 정보를 얻은 곳도 있었다.

"최초 발견자라나? 그 사람이 경찰차를 타고 가는 걸 봤어요. 젊은 남자였는데 머리에 남색 반다나를 두르고 청바지를 입고 있었어요. 얼굴은 기억나지 않고. 딱히 눈에 띄는 인상은 아니었는데 이 동네 사람이 아닌 건 확실해요. 네,

전혀 모르는 얼굴이었거든. 특징? 그래 맞아, 살집이 좀 있었어요. 옷 때문이 아니라 몸매 자체가 통통했어요. 경찰이 차에 태워서 데리고 갔어요. 드라마 같은 데서 나오는 경찰 조사라는 걸 받으러 갔겠죠."

그렇게 탐문을 다니다 보니 한 시간이 지났다. 미련이 남아 현장 근처에 남아 있는 기자도 있었지만 나는 도요오카 씨와 만나기로 했기에 일단 정보 수집을 마무리하고 골목 입구로 향했다. 이 골목은 정말 좁았다. 집들이 다닥다닥 붙어 있고 현관문은 서로 마주 보는 구조였다. 차가 진입할 수 없어서 대형 가전제품 같은 것을 살 때는 고생 좀 하겠다는 생각까지 들었다. 그런 골목이 20미터쯤 이어졌는데 그곳을 빠져나가니 대로가 나왔다. 주차되어 있던 차들도 많이 줄었다.

골목 입구의 담배 가게 앞에서 도요오카 씨와 합류한 뒤 차를 타고 네리마 경찰서로 향했다. 이 부근에서 일어나는 사건은 네리마 경찰서 관할일 것이라고 도요오카 씨는 판단했다.

차 안에서 서로 수집한 정보를 공유했다.

나는 수다쟁이 아주머니와 구경꾼들에게 들은 정보를 도요오카 씨에게 보고하고 최초 발견자에 대해서도 말했다.

도요오카 씨도 B야마 B오의 이름을 조사해 그의 거처까지 알아냈다고 했다. 사건 현장인 오두막에서 도보로 10분거리에 있는 아파트. 몹시 낡아서 바깥에서 보기에도 저렴해 보인다고 했다. 그곳의 집주인에게도 이야기를 들은 듯했다.

B야마는 나가노 출신으로 혼자 살았다. 직업은 모른다. 형편이 넉넉한 것 같지는 않았고 집세도 자주 밀렸다. "이런 허름한 집에 살 정도니 당연히 가난하겠죠. 그런데 동반자살이라니. 정말 끝까지 민폐네요"라고 집주인은 씁쓸하게 말했다고 한다. 아파트에는 잠만 자러 올 뿐 평소에 무엇을 하는지는 몰랐다. 더 이상의 정보는 얻을 수 없었다. 세입자에게 관심이 없는 사람 같았다.

"그 정도로 허름하면 수상한 사람이 숨어 살아도 모를 정도야."

도요오카 씨는 쓴웃음을 지으며 말했다.

정보교환이 끝나갈 무렵 네리마 경찰서에 도착해 차를 댔다.

경찰서에 들어가려는데 한 남자가 스쳐 지나갔다.

도요오카 씨가 깜짝 놀라 걸음을 멈췄다.

"가타세, 방금 지나간 남자 봤어?"

그 말을 듣고 뒤돌아봤다. 살집이 있는 젊은 남자가 청바지를 입고 머리에는 반다나를 두르고 있었다.

눈이 번쩍 뜨였다.

우리는 눈짓을 주고받은 뒤 젊은 남자를 뒤따라갔다. 도요오카 씨가 남자에게 말을 걸었다.

"실례합니다. 방금 경찰서에서 나오셨죠? B야마 B오 씨와 아시는 사이입니까?"

남자는 돌아서서 수상쩍은 눈초리로 대꾸했다.

"그런데, 왜요?"

"저는 신문기자입니다. 잠시 이야기 좀 나눌 수 있을까요?"

"저 좀 그냥 내버려 두세요. 이미 경찰에 충분히 이야기했거든요. 이제 겨우 끝났으니 좀 쉬고 싶습니다."

남자는 넌더리 난 표정으로 말했다. 역시 예상대로였다. 사건 현장 최초 발견자의 특징과 정확히 일치했다. 운이 좋았다.

"에이, 잠깐이면 됩니다. 경찰한테 꽤 시달리셨나 보네요. 아직 식사도 못 하셨죠? 경찰에선 그런 것까지 챙겨주지 않으니, 시장하시겠어요."

도요오카 씨가 대로변에 있는 중국 음식점으로 남자를 거의 끌다시피 데리고 들어갔다. 다소 지저분하고 허름한 가게였지만 이런 기회를 놓칠 수 없으니 개의치 않았다.

나와 도요오카 씨는 몸을 녹이기 위해 뜨거운 라멘을 고른 뒤 최초 발견자에게 메뉴를 넘기며 말했다.

"자, 뭐든 편하게 시키세요. 제가 사겠습니다."

친절하게 권하는 도요오카 씨에게 밀린 듯 남자는 못 이기는 척 메뉴를 펼쳤다. 도요오카 씨는 맥주를 주문해 남자의 잔에 따라줬다.

"자, 한잔 드세요. 액땜이라고 생각하시고."

최초 발견자는 목이 타는 듯 단숨에 잔을 비웠다. 도요오카 씨는 생글생글 웃으며 권했다.

"자, 쭉쭉 들이켜요. 여기요, 맥주 한 병 더 주세요."

첫 번째 병이 3분의 1로 줄었을 때 상대의 기분도 상당히 풀어졌고 서로 통성명도 했다. 최초 발견자는 H 씨라고 하겠다.

H 씨는 두 병째 등장한 맥주와 테이블에 주르륵 놓인 음식을 보고 만족한 듯 신나게 젓가락을 움직였다. 두 병째 맥주도 절반은 줄어들었을 무렵 H 씨의 입에 걸린 빗장이 완전히 열렸다.

"저는 친구라기보다는 그냥 아는 사이였어요. 기자님 앞이니 말은 정확히 해야죠. 네, 대학 동기였습니다. 아, 부끄럽지만 별로 좋은 대학은 아니에요. 딱히 친한 친구는 없었을 거예요. 굳이 따지자면 제가 그나마 가장 가까운 사이였을걸요. B야마는 좀 음침했거든요. 사람들과 어울리는 걸 싫어하는 성격이었어요.

아, 발견했을 때요? 경찰한테 질리도록 설명했는데. 제가 그 친구한테 돈을 빌려줬거든요. 3만 엔. 작년 말이었어요. 1월까지 갚겠다고 약속했는데 2월이 되어도 아무 소식이 없더라고요. 전화도 전혀 받지 않고. 그래서 오늘 참다못해 아틀리에로 찾아갔던 거예요. 그 낡은 오두막을 저희는 '아틀리에'라고 불렀거든요. 오브제를 만들던 사람이었어요. 본인은 엄청 진지하게 '오브제 작가'라고 말했지만 우리끼리는 약간 놀리는 느낌으로 '전위 예술가'라고 했어요. 작품은 팔리지도 않으면서 그럴싸하게 작업실까지 얻기에 마치 위대한 예술가 같다고 비꼬는 의미에서 그렇게 불렀죠.

아아, 죄송, 발견했을 때를 물으셨죠? 제가 오두막에 간 게 오후 5시쯤이었나? 그 3만 엔 때문에 찾아갔어요. 해가 질 무렵이었는데 그 친구는 아파트보다 아틀리에에 있는 시간이 더 많았거든요. 그런데 출입문이 잠겨 있었어요. 반투명 유리창으로 살피니 내부 조명도 꺼져 있었어요. 안에 없지 싶었지만 일부러 거기까지 갔으니 빈손으로 돌아가기는 싫어서 빙 돌아 아틀리에 뒤로 갔어요. 집들이 빽빽한 주택가라 옆집과 옆집 사이가 좁았지만 배에 힘을 주고 몸을 옆으로 틀면 사람 한 명 정도는 간신히 비집고 들어갈 정도는 됐거든요.

네, 아틀리에 뒤쪽 벽에 옹이구멍이 하나 있어요. 벽을 나무판자로 지어서. 예전에 B야마를 만나러 갔을 때 아틀리에 안에 한 번 들어간 적 있는데 그때 그 친구가 말한 적 있거든요. 벽에 옹이구멍이 있어서 불을 끄면 밖에서 빛이 한 줄기 들어오는데 그게 참 재밌다고. 으음, 딱 이 정도 높이예요. 맞아요, 들여다보기 딱 좋은 위치에 있는 구멍이죠. 마침 그 구멍이 생각나서 건물 뒤로 가서 내부를 들여다보려고 한 거예요. 아, 아틀리에와 옆집 사이가 정말 좁았어요. 내 배가 이렇게 더러워진 것도 벽에 쓸려서지 제 배가 나와서는 아니에요. 누구라도 그런 비좁은 틈을 억지로 지나가면 이렇게 될 거라니까요.

아, 옹이구멍 이야기를 하고 있었죠? 그렇게 갖은 애를 써가며 겨우 아틀리에 뒤에 도착해서 구멍을 들여다봤어요. 건물 안은 어두웠는데 눈이 어둠에 적응하자 줄지어 늘어선 조형물들이 보여서 섬뜩했어요. 아, 그게 중요한 게 아니라, 아무튼 아틀리에 한가운데쯤에 사람이 쓰러져 있더라고요. 의자 두 개가 놓여 있고 그 사이 바닥에 이렇게. 네, 자세히 보니 두 사람이었어요. 서로 몸을 겹친 자세였어요. 처음에는 순간 연인끼리 좋은 시간을 보내는 줄 알았죠. 아래에 깔린 사람이 체구가 작아서 여자라는 걸 금방 알았어요. 위에 엎드려 있는 사람은 아마 B야겠거니 싶었고요. 네, 그 친구는 키만 크고 비쩍 말라서 각다귀 같았거든요.

그런데 상황이 이상하다는 걸 금방 눈치챘어요. 둘 다 꼼짝도 하지 않더라고요. 네, 전혀 움직이지 않았어요. 얼굴은 어두워서 잘 안 보였지만 손끝 하나 움직이지 않는 건 이상하잖아요. 콘크리트 바닥이라서 당연히 얼음장처럼 차가울 텐데. 그런 곳에 누울 리 없으니 잔다고 생각하지 않았어요. 잠깐 지켜봤지만 계속 움직이지 않아서 마침내 이상하다는 걸 깨달았죠. 자세히 살펴보니 B야마의 한쪽 손이 여자의 목을 조르는 것처럼 이렇게 얹혀 있지 않겠어요? 이거 참, 큰일 났구나 싶었죠. 뭔가 이상하다고. 그래서 서둘러 건물 틈새로 빠져나와 골목을 달려 담배 가게까지 갔습니다. 그 골목 입구에 담배 가게가 있거든요. 마침 할머니가 가게 문을 닫으려던 참이라서 '잠깐만요!' 외치고는 파란 공중전화로 달려가 경찰에 신고했죠.

네, 순경 두 분이 바로 출동해 주셨어요. 그분들도 아틀리에 뒤로 가 옹이구멍을 들여다보더니 시체라고 하더라고요. 그다음엔 다른 경찰들도 우르르 출동하면서 순식간에 난리 났어요. 쇠 지렛대로 잠긴 문을 부수고 형사님이 안으로 들어갔죠.

네, 확실히 죽은 것 맞더라고요. 정말 깜짝 놀랐지 뭡니까. 존재감 없던 친구긴 했는데 설마 죽을 줄은 몰랐어요. 믿기지 않았죠. 시체를 확인했는데 분명 B야마가 맞았어요. 여자는 전혀 모르는 사람이었고요. 애인이냐고요? 설마요, 말도 안 돼요. B야마한테 여자친구가 있었을 리 없죠. 정말로 인기 없는 스타일이었거든요. 아까도 말했지만 음침하고 말수도 없어서 아무도 다가가지 않았어요. 본인도 사람들과 어울리는 걸 어려워했고. 늘 고개를 숙이고 어두운 얼굴로 조용히 있어서 친한 사람은 저밖에 없었어요.

네? 아뇨, 오브제 작가라는 호칭은 본인이 붙인 거예요.

이상한 조형물을 만들기는 하는데 한 번도 팔린 적은 없거든요. 한 푼도 못 버는 예술가는 사실상 프리터족이죠. 아르바이트로 생계를 유지했거든요. 도로 공사 현장에서 경광봉을 들고 교통 정리하는 일을 하면서요. 네, 워낙 근육도 없고 비리비리해서 막노동처럼 힘쓰는 일은 못 했어요. 야간 공사 현장이면 밤을 새워야 하니까 시급도 좋았죠. 아르바이트로 생활비를 마련해서 낡은 오두막에서 오브제를 만드는 데 몰두했으니 참 이상하죠. 아무튼 괴짜였어요.

아뇨, 그건 경찰도 여러 번 물었는데 여자는 없었어요. 워낙 음침하고 답답한 성격이라 여자랑 말 한 번 제대로 못 했다니까요. 하아, 동반 자살이요? 글쎄요, 그럴 만한 상대가 누군지 짐작조차 안 가네요. B야마가 성격이 그렇다 보니 그럴 상대가 아마 없었을 거예요."

맥주 세 병을 다 비운 H 씨와 중국집 앞에서 헤어졌다.

역으로 향하는 그를 배웅하고 우리는 네리마 경찰서로 서둘러 돌아갔다. 곧 수사 회의가 끝날 시간이었다.

네리마 경찰서에 도착하자 복도 여기저기에 기자들이 보였다. 낯익은 경쟁자들이 몇 명씩 대기하고 있었다. 이런 작은 경찰서에는 기자실이 없어서 복도를 서성일 수밖에 없었다.

이윽고 수사 회의가 끝났는지 형사들이 줄지어 회의실에서 나왔고 기자들도 움직였다. 목표는 수사 책임자였다.

경시청 수사1과 1계의 주임을 발견하자마자 기자들이 몰려들었다. 우리도 서둘러 그 무리에 가담했다. 주임인 경위를 둘러싸고 갑자기 취재가 시작됐다. 경위는 40대 중반으로 산전수전 다 겪은 거칠고 투박한 인상의 형사였다.

정보를 적절하게 흘리지 않으면 기자들이 들이닥치리라는 것을 아는 경위는 마지못해 취재에 응했다.

"사망자는 두 명입니다. 사망한 지 이틀에서 사흘 지난 것으로 추정됩니다. 사망자 신원은 B야마 B오 씨, 27세, 남성. 현장인 오두막에 세 들어 작업실로 사용하고 있었습니다. 직업은 일정하지 않고 창작 활동을 했던 것으로 보입니다. 또 다른 사망자 여성은 신원이 확인되지 않았으며, 현재 실종자 명단 등을 조회해 확인하고 있습니다.

여성은 키 147센티미터에 일반적인 체형입니다. 발견 당시 복장은 빨간 스웨터와 회색 롱스커트에 구두. 소지품은 작은 핸드백 하나뿐이었습니다. 다만 가방 안에는 신원을 특정할 만한 물건은 발견되지 않았습니다. 그리고 현장 오두막에서 여성용 남색 코트와 검붉은색 머플러가 발견됐는데 신원 미상 여성의 것으로 추정됩니다.

다음으로 사인에 대해 말씀드리겠습니다. B야마 씨의 사인은 교살[+]입니다. 밧줄로 목을 감아 정면에서 졸랐습니다.

[+] 끈으로 목을 졸라 사망에 이르게 하는 방법.

밧줄은 목에 감긴 채 발견됐고 현장 오두막 안에 있던 밧줄 묶음에서 잘라 사용한 것으로 추정됩니다. 그리고 신원 미상의 여성이 그 밧줄 양 끝을 양손으로 각각 잡고 있었습니다. 여성의 손바닥에서 밧줄에 의한 찰과상을 발견했습니다. 이에 신원 미상 여성이 B야마 씨를 교살한 것으로 추정됩니다.

한편 여성의 사인은 액살[†]입니다. 양손으로 정면에서 목을 졸랐습니다. 발견 당시 B야마 씨의 오른손이 여성의 목을 세게 움켜쥐고 있었으며 여성의 목에 조른 자국이 뚜렷하게 남아 있었습니다. 목에 남은 엄지 자국은 B야마 씨의 것과 일치하며, B야마 씨가 직접 두 손으로 조른 것으로 추정됩니다.

또한 두 사람은 몸이 겹친 자세로 쓰러져 있었으며 마주 보며 서로 목을 조른 것으로 보입니다."

이때 기자 한 명이 질문했다.

"서로 상대의 목을 졸랐다는 말씀이죠?"

경위는 지긋지긋하다는 표정으로 대답했다.

"현재로서는 그 추정을 부정할 근거가 없습니다."

"그렇다면 동반 자살이란 말이군요."

"그것 역시 부정할 근거가 발견되지 않았습니다."

경위는 말꼬리를 잡히지 않으려는 듯 모호하게 답변했다.

[†] 손으로 목을 졸라 사망에 이르게 하는 방법.

다른 기자가 질문을 던졌다.

"유서는 없었습니까?"

"현재는 발견되지 않았습니다."

"사인은 교살과 액살이 틀림없습니까?"

"지금 단계에서는 그렇게 추정합니다. 자세한 내용은 내일 오후 부검을 통해 밝혀질 것으로 예상합니다. 이상 개별 질문은 받지 않겠습니다."

경위가 기자회견 종료를 선언하고 주위를 겹겹이 둘러싼 기자들에게서 벗어나려고 했다. 기자들은 포기하지 않고 저마다 질문을 쏟아내며 경위를 압박했다. 때마침 제복 경찰들이 틈을 비집고 들어와 기자들을 저지했다.

"해산! 해산해 주세요. 더 이상 취재는 삼가 주세요!"

경찰이 고함치자 취재는 허무하게 끝났다.

나와 도요오카 씨는 일찌감치 포기하고 네리마 경찰서를 나왔다. 여기서 더 버텨봤자 정보를 얻을 수 없을 것 같았기 때문이다.

회사로 돌아가는 차 안, 도요오카 씨는 조수석에서 팔짱을 끼고 말없이 앉아 있었다. 다소 흥미가 떨어진 얼굴이었다. 나는 그 옆모습을 흘긋 보고는 말했다.

"동반 자살로 결론 난 걸까요?"

"아마도. 서로 목을 졸랐다면 그것밖에 없겠지."

도요오카 씨가 사건에 흥미를 잃은 표정으로 대답했다.

"이번 사건은 더 커지지 않을 사건 같아. 가타세, 네가 기사 써."

"알겠습니다."

나는 쓰키지 본사로 돌아가 사회부에 놓인 책상 앞에 앉아 곧바로 기사를 작성했다.

저녁 9시가 넘은 시간. 조간 마감까지 시간은 충분했다. 조간 마감 시간은 먼 지역으로 배달하는 12판이 밤 10시. 나머지 13판이 밤 12시, 가장 늦는 14판이 새벽 1시였다.

내가 데스크에 기사를 제출하고 승인받았을 때는 10시가 다 된 시간이었다.

오늘은 더는 할 수 있는 일이 없었다. 혼자 사는 아파트로 돌아가 잠을 자기만 하면 됐다.

그리고 다음 날 아침.

도요오카 씨의 전화가 잠을 깨웠다.

—여보세요, 가타세. 동반 자살한 신원 미상 여성의 신원이 밝혀졌어.

도요오카 씨가 흥분한 목소리로 말했다.

"밝혀졌다고요?"

나는 잠에서 덜 깬 목소리로 대답했다.

—놀라지 말고 들어. A카와 A코, 그 유명한 A카와 상사 사장의 딸이야.

"뭐라고요? A카와 상사요?"

―그래, 그 집안 막내딸이라나 봐. 집은 세타가야에 있어. 나는 지금 출발하니까 너도 서둘러서 와.

"네."

주소를 확인한 뒤 전화를 끊었다. 정신이 번쩍 들었다. 그대로 밖으로 뛰쳐나가려다가 마음을 바꿔 검은색 전화의 수화기를 들어 다이얼을 돌렸다.

―뭐야, 가타세구나. 무슨 일이야, 이렇게 이른 아침부터.

통화 상대는 입사 동기인 경제부 남자 기자였다.

"A카와 상사에 대해 아는 것 좀 가르쳐 줘."

―뭐야, 아닌 밤중에 홍두깨도 아니고.

"미안, 급해서. 나도 정보 줄 테니까."

서두르는 기색이 느껴졌는지 상대가 입을 열었다.

―별수 없지. A카와 상사는 신흥 재벌이야. 철강회사로 시작해서 전쟁 당시 육군에 군수물자를 납품하면서 급성장했어. 철, 주석, 알루미늄, 납, 황동. 그렇게 군수 산업에 발을 들이며 지금의 기반을 다졌지. 전쟁이 끝난 뒤 기존 재벌들이 무너지는 틈을 타 사업을 확장해 더욱 성장했어. 주력인 철강을 중심으로 무역, 부동산, 식품 가공, 건설 등 손을 안 댄 분야가 없어. 창업자 일가가 경영을 주도하면서 거대한 왕국을 세웠지. 몇 년 전에 2대 사장이 회장으로 취임하면서 50대인 장남이 사장 자리에 올랐어. 젊은 신임 사장은 상당한 수완가라는 평이 자자해. 정재계 인맥도 두텁고. 사

장한테는 여동생 둘이 있거든. 회장의 딸이기도 한데 둘 다 여당 핵심 의원의 후계자와 결혼했어. 머지않아 부친의 지역구를 물려받아 정계의 중심에 설 인물들이지. A카와 가문은 그런 식으로 정재계의 여러 가문과 혼맥을 맺어서 점점 번창하고 있어. 앞날 걱정 없이.

"그렇구나. 그런데 그 재벌가에 암운이 드리운 것 같아."

동기는 내 말에 흥미를 보였다.

―무슨 일 있어?

"그 집안 딸이 죽었어. 이름이 A카와 A코라던데. 아직 젊어. 아마 사장의 막내딸인 것 같아. 심지어 남자와 동반 자살했다더군."

수화기 너머에서 잠시 침묵이 흘렀다.

―으음, 사회부 기자에게는 굵직한 건일지 몰라도 내 입장에서는 별로 임팩트가 없을 것 같아. 딱히 주가에 영향을 주는 사건도 아니니.

경제부 기자에게는 구미가 당기는 정보가 아니었던 모양이다. 이른 아침부터 괜히 미안한 짓을 했다. 하지만 덕분에 A카와 가문이 얼마나 대단한지는 이해했다. 뉴스 가치도 충분했다. 도요오카 씨도 다시 흥미가 생기기 시작한 듯했다.

경제부 동기에게 감사 인사를 한 뒤 전화를 끊고 서둘러 집을 나섰다.

붐비기 시작한 전철을 타고 이동했다. 난방이 너무 세서 불쾌했다. 집 우편함에서 뽑아 온 신문을 펼쳤다. 물론 우리 신문사의 신문이었다. 나 외에도 신문을 읽는 직장인들이 눈에 띄었다. 붐비는 전철에서는 헤이안 시대 귀족이 들고 다니던 홀⁺처럼 신문을 가늘고 길게 접어들고 보는 것이 예의였다. 어젯밤 내가 쓴 기사도 실려 있었다. 다만 한 단짜리 단신 기사였다.

〈동반 자살인가, 도쿄 네리마구에서 남녀 시신 발견〉

제목은 이렇게 났지만 여성의 신원이 밝혀지기 전이었기 때문에 당연히 분량은 적었다. 앞으로 얼마나 일이 커질까.

A카와 가문의 저택은 세타가야구의 최고 부촌에 있었다. 이 지역은 고급 주택가로 집마다 부지가 매우 넓었다. 그런 부지에 고급스럽고 정교하게 디자인한 저택들이 위용을 자랑하며 늘어서 있었다. 국민적인 인기를 누리는 프로야구 선수들의 집도 이 근처였던 것으로 기억한다.

그런 호화 저택 중 한 곳의 높은 담장 앞이 잇따라 모여드는 취재진으로 소란스러워졌다. 낯익은 타사 기자들, 주간지 기자들, 방송국 직원들까지 각 언론사에서 몰려들었다.

나는 도요오카 씨와 합류했다.

"가타세, 너는 뒷문을 맡아. 나는 이쪽을 지킬게. 꼭 가족

+ 고대 시대에 관료들이 임금을 알현하거나 중요한 의례에서 손에 쥐던 가늘고 길쭉한 물건.

들의 멘트를 따."

"알겠습니다."

나는 콘크리트 담을 따라 빙 돌아 뒷문으로 달려갔다. 그쪽에도 다른 언론사의 기자들이 진을 치고 있었다. 철제 문은 화려하지는 않지만 견고해 보였다.

TV 드라마에는 가정부가 쓰레기를 내놓으러 뒷문으로 나왔다가 기자들에게 둘러싸이는 장면이 종종 등장하고는 한다.

그러나 현실은 호락호락하지 않았다. 뒷문 주변은 조용하기만 했고 저택에서 나오는 사람은 아무도 없었다. 아니, 뒷문뿐 아니라 A가와 저택 자체가 인기척조차 느껴지지 않을 정도로 고요했다. 뒷마당의 나무 틈 사이로 2층 창문 한쪽 구석이 겨우 엿보였지만 방을 가린 커튼은 조금도 움직일 기미가 없었다.

혹시 아무도 없는 것 아닐까 의심할 무렵 제복 경찰 두 명이 다가왔다. 둘 중 나이가 많아 보이는 경찰이 우리를 향해 목소리를 죽이고 통보했다.

"저기, 기자님들. 주민들이 불편을 겪고 있으니 이만 돌아가 주시기 바랍니다. 그 대신 오후 5시에 네리마 경찰서에서 공식 기자회견이 있을 예정입니다. 그러니 부디 돌아가 주세요."

고급 주택가에는 다른 유명 인사나 고위층의 집도 많았

다. 그런 동네에 기자들이 떼지어 몰려 있으니 그들이 불쾌하게 여긴 듯했다. 두 경찰은 정중한 태도로 부탁했지만 여차하면 강제로라도 해산시키겠다는 의지가 엿보였다.

어쩔 수 없이 이곳은 포기하기로 했다. 이런 곳에서 경찰과 실랑이를 벌여봤자 득 될 것이 없다. 나는 저택 앞으로 돌아가 도요오카 씨를 찾았다. 이쪽에도 제복 경찰 몇 명이 나와 해산 요청을 하고 있었다.

"5시부터 공식 회견이 열릴 예정입니다. 그때까지는 취재를 자제해 주세요."

도요오카 씨는 씁쓸한 표정으로 말했다.

"어쩔 수 없겠어. 퇴거불응죄로 체포되기라도 하면 곤란하니까. 일단은 돌아가자."

다른 기자들도 실망한 모습으로 철수했다.

A카와 저택에서 쫓겨난 나와 도요오카 씨는 다른 방식으로 취재하기 시작했다.

A코와 B야마, 두 사람을 조사하기 시작한 것이다.

도요오카 씨가 어떻게 작업했는지 신주쿠의 찻집에서 A코의 친구를 만나 이야기를 듣기로 했다.

A코의 고등학교 동창이자 친구인 그녀를 U코라고 하겠다. 다음은 U코의 증언이다. 나와 도요오카 씨의 질문 부분은 생략한다.

"A코는 얌전하고 고상한 아가씨였어요. 역시 A카와 집안 사람이라는 느낌이었죠. 작고 단아하고 사랑스러웠어요. 온화하고 여유로운 성격이었지만 자기주장은 분명하게 했죠. 리더십이 강한 편은 아니었지만 사람을 자연스럽게 끌어당기는 매력이 있었어요. 어느새 A코 주위에 사람들이 모여 있고는 했죠. 하지만 그럴 때도 대화를 주도하지는 않았어요. 사람들을 조용히 배려해서 누구나 편하게 의견을 말할 수 있는 분위기를 만드는 사람이었어요. 유명한 집안의 아가씨였지만 그걸 내세우지 않았어요. 한편으로는 내면이 단단한 사람이라고도 느꼈죠. 자신만의 확고한 신념이 있었고 고등학생 때는 간호사가 되고 싶다는 꿈을 이루기 위해 공부도 열심히 했어요. 자신의 길을 스스로 개척할 수 있는 능력이 있었으니까요.

아니에요, 그건 불가능합니다. 명망 높은 A카와 가문의 딸이 간호학교에 진학할 수는 없었죠. 부모님의 뜻에 따라 여자대학교에 진학했어요. 네, 요즘은 집에서 가사를 도왔죠. 다도와 꽃꽂이를 하고 바느질이나 요리를 배우러 다니면서. 그래요, 신부 수업이요.

B야마 씨요? 그래요, 그 일 때문에 취재에 응한 거예요. 신문에서 동반 자살이라고 했는데 분명히 항의해야죠. 결코 그럴 리 없습니다. 네, 당연하죠. 어떻게 단언할 수 있냐면 증거가 있거든요. A코에게는 약혼자가 있었어요. 저는 만난 적 없지만 전해 들었습니다. K가의 후계자라고 했나? 그래

요, K은행을 소유한 K가문이요. 할아버지가 은행장이고 아버지가 지요다지점의 지점장인데 나중에는 K은행을 물려받을 사람이라고 들었어요. A코와 약혼할 만하죠? 집안에서 정한 혼사지만 A코도 결혼할 생각이었어요. 그러니까 약속했죠. 아시겠어요?

그러니까 B야마 씨 같은 사람과 사귈 이유가 전혀 없다고요. 동반 자살은 더더욱 있을 수 없는 일이죠. 그분은, 죄송하지만 직장도 없다고 들었는데요. A코가 그런 사람을 좋아했을 리 없잖아요. 네, 맞아요. 그러니까 그런 근거도 없는 헛소문을 재미로라도 퍼뜨리지 마세요. 그 말씀을 드리고 싶어서 기자님을 만나기로 한 거예요. A코의 명예를 위해서라도 터무니없는 이야기는 절대 쓰지 말아 주세요. 꼭 부탁드릴게요. 아시겠죠? 절대 그러지 마세요."

열변을 토한 U코와 헤어진 뒤 우리는 다시 차를 타고 이동했다. 운전대를 잡은 나는 입을 열었다.

"약혼자가 있었다니 의외네요."

"그러게, 그 아가씨는 동반 자살이 아니라는 주장이군."

"그런데 어젯밤 경시청 주임 말로는 서로 목을 졸랐다고 하지 않았습니까? 이건 동반 자살로 의심할 만한 정황인데요."

"음, 조금 신중하게 가는 편이 좋겠어."

도요오카 씨는 심각한 얼굴로 고개를 끄덕였다.

그 후 둘이서 탐문하러 다니며 몇몇 관계자의 이야기를

들었지만 새로운 정보는 얻지 못했다. 그러나 주목할 만한 점이 있었다. 바로 A코와 B야마의 접점을 찾을 수 없다는 사실이었다.

U코뿐이 아니었다. 누구를 취재해도 두 사람의 관계는 전혀 드러나지 않았다.

두 사람의 교제 사실을 아는 사람이 전혀 없었다.

A코와 B야마의 인생은 어디에서도 겹치는 부분이 없었다. 그들이 연인 관계였다는 증거가 전무하니 동반 자살이라고 보기 어려운 것 아닐까.

U코는 명문가의 아가씨와 가난한 자칭 오브제 작가의 신분은 하늘과 땅 차이라며 비난 섞인 어조로 말했다. 일리 있는 의견이었다. 발견자 H 씨의 증언에 따르면 B야마는 아르바이트로 겨우 생계를 잇는 가난한 무명 예술가였다. 명문가의 A코와는 전혀 어울리지 않는 사람이었다.

그 점이 마음에 걸렸다.

두 사람의 접점을 찾아야 한다.

그렇지 않으면 동반 자살이라는 전제가 뿌리부터 흔들린다.

조금 조바심이 났다.

그렇게 탐문을 이어가던 중에 한번 회사로 돌아가 석간 기사를 썼지만 내용이 빈약해서 속이 쓰렸다.

그러는 사이에 오후 5시가 됐다.

네리마 경찰서에서 기자회견이 열릴 시간이었다.

나와 도요오카 씨는 서둘러 네리마로 향했다.

경찰은 약속을 지켰다.

경찰서에는 신문, 주간지, 방송국 등 취재진 약 백 명이 모였다. 제법 큰 규모였는데 그만큼 사람들이 A카와 가문에 관심이 크다는 뜻이리라. 넓은 회의실이 발 디딜 틈 없이 꽉 찼다.

경시청에서는 남자 세 명이 나왔다. 긴 테이블 너머에 수사1과 관리관, 1과 강력계 계장, 그리고 부검을 맡은 대학병원의 법의관이 나란히 섰다.

경정인 관리관이 이러한 자리에 참석하는 것은 이례적인 일이었다. 그리고 수사 책임자가 어제 인터뷰한 경위인 주임에서 경감인 계장으로 격상됐다. 새 담당자인 경감은 쉰 살 정도 된 엘리트 분위기를 풍기는 인물이었다. 그만큼 경시청도 이 사건을, 아니 A카와 가문을 중요하게 여기는 듯했다. 굳이 법의관까지 대동한 것도 그 사실을 보여 주는 방증이리라.

기자회견의 시작은 관리관인 경정이 맡았다.

"여러분도 아시다시피, 이번 사건의 사망자는 A카와 상사로 유명한 A카와 가문의 영애로 밝혀졌습니다. 그리고 이 자리에서 덧붙이자면 A카와 가문의 유족들은 이미 다른 곳으로 옮겨 현재 세타가야 집에 머물고 있지 않습니다. 이는 당연히 언론사의 취재 공세를 피하기 위한 조치입니다. 위치는 공개할 수 없지만 도쿄라고만 말씀드리겠습니다. 상황이 진정될 때까지는 그곳에 머물 예정이라고 합니다. 그러므로 취재진 여러분도 취재는 자제해 주시기 바랍니다. A카와 가문 관련자에게 직접 접촉을 시도하는 것도 자제해 주시기를 당부드립니다. 물론 이는 강요가 아니라 요청일 뿐입니다. 저희에게는 여러분의 취재 권리를 침해할 권한이 없기 때문이죠. 그러나 앞으로 경시청과 출입기자단 사이의 원활한 정보 공유와 원만한 관계를 위해 이 요청을 받아들이시리라 믿습니다."

경정은 협박이라고 해도 이상하지 않을 공지를 늘어놓더니 한술 더 떴다.

"또한 A카와 가문 및 A카와 상사에서는 본 사건에 대한 어떠한 입장도 발표하지 않을 방침이라는 것을 전달해 드립니다. 취재진 여러분도 부디 추측성 보도로 유족들의 마음을 다치게 하는 행위는 삼가시기를 경찰청에서 강력히 부탁드립니다. A카와 상사를 허가 없이 취재하는 행위는 엄격히 자제해 주시길 부탁드립니다. A카와 상사 법무팀은 도를 넘은 보도에 대해 법적 조치도 불사할 계획입니다. 여러분도 부디 경솔한 행동은 삼가도록 간곡히 부탁드립니다."

아무래도 이 말을 전하려고 관리관이 직접 나선 모양이다. 많은 취재진 사이에서 한숨 섞인 탄식이 흘러나왔다. 요컨대 경찰 상부는 정계와도 끈이 닿아 있는 유력 재벌가에

줄을 서기로 한 셈이었다. 경찰도 공무원 조직인 이상 상부의 눈치를 보는 것도 어느 정도 이해가 갔지만 이렇게 노골적으로 행동하니 헛웃음만 나왔다.

"다음은 수사 책임자인 강력계장이 발표하겠습니다."

관리관은 채찍만 실컷 휘두른 뒤 수습은 부하에게 떠넘겼다. 정말 오로지 취재 자제 요청만을 위해 참석한 셈이었다. 참 부지런도 하셨다.

폭탄을 넘겨받은 경감은 씁쓸한 표정으로 입을 열었다.

"그럼 지금부터 구체적인 수사 진척 상황 등을 말씀드리겠습니다. 우선 A코 씨의 신원을 판명한 경위부터 설명하겠습니다. A코 씨는 이번 달인 2월 1일, 오후 1시 무렵 집을 나선 뒤로 행방불명됐습니다. 저녁이 되어도 돌아오지 않자 A코 씨의 가족은 곧바로 인근 경찰서에 실종 신고를 했습니다. 세타가야미나미 경찰서에서도 사건이나 사고일 가능성을 고려해 당일 밤부터 수색에 나섰지만 A코 씨를 찾지 못했습니다. 그리고 어제 4일, 네리마에서 발견된 동반 자살 시신의 특징이 A코 씨와 대부분 일치하는 것을 확인하고 얼굴 사진을 대조한 결과 실종된 A코 씨가 맞다는 사실이 밝혀졌습니다."

계장은 태연히 보고했지만 사실 신원은 이미 어제 파악했을 것이다. 어젯밤 기자들을 상대하던 경위는 끝까지 여성의 신원을 파악하지 못했다는 입장을 고수했지만 사실은 A

카와 가문을 배려해 대응책을 마련할 시간은 벌어준 셈이었다. 참으로 보통내기가 아니었다.

"또한 사망한 A코 씨 및 B야마 씨의 사인은 각각 액살과 교살로 판명됐습니다."

경감은 어젯밤 경위가 발표한 내용과 같은 내용을 재차 발표했다.

B야마는 밧줄로 목이 졸렸다. 밧줄의 매듭 상태로 보아 정면에서 조른 것으로 추정되며 밧줄 양 끝은 A코가 단단히 잡고 있었다.

한편 A코는 손으로 목이 졸렸다. 목에 남은 자국이 B야마의 손과 일치했으니 A코가 B야마의 손에 목이 졸렸다는 사실은 틀림없었다. 게다가 발견 당시 오른손이 목에 감겨 있었다.

즉 두 사람은 서로 마주 보고 목을 졸랐다.

정황을 보면 그렇게 판단할 수밖에 없었다. 기자 한 명이 경감에게 질문했다.

"이번 사건은 역시 동반 자살이라고 봐도 될까요?"

"앞으로 계속 수사해서 신중하게 판단하겠습니다."

경감은 답변을 회피했다.

"현장은 문이 잠긴 밀폐된 공간이었다고 들었습니다."

다른 기자의 질문에 경감이 고개를 끄덕이며 대답했다.

"창문과 출입문 모두 안쪽에서 잠겨 있었습니다. 출입문 열쇠는 B야마 씨의 짐에서 발견됐습니다. 열쇠고리 주머니에 들어 있었으며 작은 가방에서 발견됐습니다. 가방 지퍼도 확실히 닫혀 있었으며 감식 결과 조작한 흔적은 발견되지 않았습니다."

"제삼자가 현장에 있었을 가능성은 없습니까?"

"신중하게 수사하고 있습니다."

"사망한 두 사람 사이에 접점은 찾았습니까?"

내 옆에 앉은 도요오카 씨가 물었다. 경감은 조심스러운 어조로 대답했다.

"현재로서는 찾지 못했습니다. 앞으로 수사를 통해 밝힐 것입니다."

"A코 씨가 갇혀 있었다는 흔적은 발견됐습니까?"

"현재는 발견되지 않았습니다."

"재벌가 영애가 실종됐는데 금전적 이득을 노린 납치일 가능성이 있습니까?"

"그럴 가능성도 포함해 철저하게 수사하고 있습니다."

경감은 능숙하게 질문을 회피했다. 그리고 기자가 질문을 잠시 망설인 순간을 놓치지 않았다.

"그럼 시신 부검 결과를 법의관이 발표하겠습니다."

질문 폭탄을 옆자리 법의관에게 넘겼다. 자기 차례가 돌아오자 나이 지긋한 법의관은 자신이 왜 이런 자리에 불려 나와야 하는지 모르겠다는 얼굴로 손에 든 자료를 살폈다.

"계장님이 설명한 대로 두 사망자 모두 경부 압박에 의한 기도 폐색으로 질식사했습니다. 두 사람이 마주 본 자세로 목을 조른 것으로 추정됩니다. 남성은 정면에서 교살됐지만 여성은 몸이 반쯤 들어 올려진 상태에서 목이 졸린 것으로 보입니다."

법의관은 무언가를 움켜쥐고 들어 올리는 듯한 동작을 하며 말을 이었다.

"두 손으로 이렇게 꽉 움켜쥔 상태로 위로 들어 올린 것 같습니다. 여성의 목에 남은 액살흔으로 추정할 수 있는데 이는 두 사람의 키 차이를 고려하면 자연스러운 현상입니다. 남성은 키가 182센티미터, 여성은 147센티미터였습니다. 키 차이가 이만큼 나면 남성은 몸을 크게 숙이거나 여성을 들어올려야 제대로 목을 조를 수 있습니다. 이 경우에는 여성의 몸을 들어 올리는 듯한 자세로 목을 조른 것으로 판단됩니다. 여성의 목에 남은 흔적은 남성의 손바닥과 일치하며 특히 엄지손가락이 여성의 목을 깊게 파고들어 선명한 흔적을 남겼습니다. 즉 남성이 두 손으로 여성의 목을 조른 것은 확실한 것으로 보입니다.

아, 사인과 직접 관계는 없지만 두 사망자 모두 머리에서 타박상 흔적이 발견됐습니다. 모두 왼쪽 측두부에 가격당한 흔적이 있으며 치명상은 아니지만 구타의 흔적으로 판단됩니다."

기자석이 술렁였다. 그중 한 기자가 모두를 대표하듯 질문했다.

"그러면 누군가에게 맞았다는 말입니까?"

"그렇게 단정할 수는 없습니다. 우연히 어딘가에 부딪혔을 가능성도 배제할 수 없습니다."

법의관은 모호하게 대답했다. 기자들이 여전히 웅성거렸다. 나 또한 뜻밖의 사실에 놀랐다. 분명 사망자들이 서로 목을 졸라 죽은 것으로 알려졌는데 타박상이라니, 이건 도대체 무슨 의미일까?

그런데 그것은 사소한 의문이었다. 다음 순간, 법의관이 이 모든 것을 날려 버릴 폭탄 발언을 했다.

"오늘 오후 부검한 결과, 사망 추정 시간이 판명됐습니다. 그 결과도 말씀드리겠습니다. 발견 당일인 2월 4일 오후 5시를 기준으로 남성은 사망한 지 75시간 경과한 상태였습니다. 여기에 네 시간 오차 범위를 생각해 주십시오. 반면 여성은 사망한 지 60시간이 지났습니다. 오차 범위 두 시간입니다. 또 하나 주목할 점은 여성의 위가 완전히 비어 있었다는 사실입니다."

기자석이 고요해졌다. 다들 방금 들은 정보를 정리하고 있었다. 나도 물론 취재용 수첩 한구석에 메모하면서 계산했다. 'B야마가 사망한 지 75시간 지났다는 말은……' 하며 시간표를 작성하며 생각했다.

75시간이면 꼬박 사흘이었다. 거기서 네 시간 오차라고 하면……. 펜을 움직이며 신중하게 계산했다.

그 결과 B야마의 사망 추정 시간은 2월 1일 오전 10시에서 저녁 6시 사이였다.

같은 방식으로 계산하자 A코의 사망 추정 시간은 그다음 날인 2일 새벽 3시에서 아침 7시 사이라는 결론이 나왔다.

어라? 이상하잖아.

나도 모르게 고개를 갸우뚱했다.

그리고 다시 계산했다.

하지만 몇 번을 계산해도 결과는 마찬가지였다.

주변 기자들도 다 계산했는지 웅성거리는 소리가 아까보다 더 컸다.

두 사람의 사망 시간이 너무 차이 난다는 그 사실을 모두가 깨달은 것이다.

B야마는 2월 1일 오전부터 저녁.

A코는 2월 2일 새벽부터 아침.

시간대가 완전히 어긋난다.

아무리 짧게 잡아도 9시간 공백이 생긴다. 길게 잡으면 21시간이었다. 상황에 따라서는 거의 하루나 비는 셈이다.

두 사람이 서로의 목을 졸라 죽지 않았나. 분명 법의관도 그렇게 말했다.

그러나 사망 추정 시간을 보면 그럴 수가 없는 상황이었다. 이러면 서로 목을 조를 수 없다. A코가 사망한 시간에 B야마는 이미 사망한 상태니까.

 기자석이 소란스러워졌다.

 "아까 법의관님이 두 손으로 목을 졸랐다고 하셨는데 사망 추정 시간과 대조하면 맞지 않는데요."

 "이러면 서로 목을 조를 수 없어요."

 "B야마 씨는 A코 씨의 목을 조를 수 없습니다. 법의관님의 견해를 말씀해 주세요."

 "사망 시간이 이렇게 차이 나면 동반 자살로 해석할 수 없지 않을까요?"

 "제삼자가 개입했을 가능성이 큰 것 같은데요."

 "살인이라고 봐도 무방할까요?"

 "제삼의 인물이 있었다고 가정해도 되죠?"

 "A코 씨의 위가 비어 있었다는 말은 감금 상태였다는 뜻입니까?"

 난무하는 질문이 뒤섞인 목소리는 거의 고함에 가까웠다. 법의관은 마지막 질문에만 대답했다.

 "감금 가능성에 대해서 답변을 드리면 적어도 시신에는 구속된 흔적이 발견되지 않았습니다. 손이나 발이 묶였던 흔적은 없었습니다. 사망 추정 시간에 관해서는 저는 법의학적 관점에서 사실만을 말했을 뿐입니다. 사망 시간이 크게 차이 나는 점에 대해서는 소견을 내놓지 않겠습니다. 그 부분은 경찰의 업무이니 의문이 있다면 수사 책임자인 계장님에게 질문하시기 바랍니다."

법의관은 강력계장에게 다시 폭탄을 넘겼다. 기자들이 일제히 경감을 주시했다. 경감은 압박감을 느꼈는지 이 겨울에도 얼굴에 식은땀을 흘리고 있었다.

"저……, 사망 추정 시간에 차이가 나는 건에 관해서는 일단 답변드리지 않겠습니다. 수사 기밀 사항에 해당하므로 구체적으로 말씀드릴 수 없습니다. 다만 매우 의문스러운 점이라는 말씀만 드리겠습니다. 분명 여러 모순점이 발견되었기 때문에 이번 사건을 단순 동반 자살 사건으로 보지 않고, 네리마 경찰서에 수사본부를 설치해 앞으로도 적극적으로 수사에 전념할 계획입니다. 이상 개별 질문에는 답변하지 않겠습니다."

그렇게 말하고는 도망치듯 자리를 떴다.

"왜 대답을 못 하십니까?"

"모순된 부분은 어떻게 설명하실 생각입니까?"

"이 사건을 살인 사건으로 봐도 되는지만이라도 말씀해 주세요."

기자들이 거의 폭도들처럼 몰아붙이자 경찰 측 세 명은 허둥지둥 퇴장했다. 이러한 사태를 예상이라도 했는지 제복 경찰 열 명 정도가 방패가 되어 기자들을 막았다. 가장 먼저 도망친 사람은 경시청 본청 1과 관리관이었음을 나는 놓치지 않았다.

이렇게 혼란스러운 분위기 속에서 기자회견은 흐지부지 끝났다.

회사로 복귀하는 차에서 도요오카 씨와 대화를 나눴다. 베테랑 선배는 갑자기 의욕을 되찾은 듯했다. 마치 눈을 부릅뜨고 사냥감을 노리는 맹금류 같았다. 운전대를 잡은 나는 의문점을 말했다.

"B야마는 2월 1일에 사망했고, A코는 2월 2일 새벽에 사망했습니다. 시간 차이가 너무 나요."

"그러게, 너무 부자연스러워."

도요오카 씨는 생기 넘치는 목소리로 말을 이었다.

"죽은 남자가 살아 있는 여자의 목을 졸랐다? 어이가 없네. 그런 황당한 이야기를 누가 믿겠어. 이 사건, 분명 뭔가 있어."

"역시 사건성이 있을까요?"

"그럴지도 모르지. 동반 자살로 위장한."

"하지만 법의관이 말했잖아요. A코는 분명 B야마의 손에 목이 졸려 사망했다고."

"흥, 아마 거기에 뭔가 트릭이 숨겨져 있겠지. A코가 사망하기 최소 9시간 전에 B야마는 이미 죽었어. 시체가 산 사람을 죽였다고? 그게 무슨 웃기는 소리야. 한겨울에 괴담이라니 사양이야."

"제삼의 인물이 있다고 보는 게 좋을까요?"

내 질문에 선배는 차창 밖으로 흐르는 거리의 불빛을 바라보며 대답했다.

"그래, 아마 제삼의 인물, 즉 범인이 사망한 B야마의 손목을 잡고 그 손을 이용해 A코의 목을 졸랐을 거야."

"왜 굳이 그런 귀찮은 짓을 했을까요?"

"그건 모르겠지만 그렇게 생각해야 앞뒤가 맞아."

"으음, 확실히 그건 그렇지만 동반 자살로 보이게끔 위장하려고 한 것치고는 너무 허술한 것 아닌가요? 검시 단계에서 금방 들통날 것 같은데요."

"그 부분에 대해서는 뭔가 다른 계획이 있었겠지, 분명. 뭐, 검시관의 눈은 어떻게든 속였다고 치고, 그렇다면 이번에는 열쇠가 문제네."

도요오카 씨의 날카로운 눈매가 더욱 매서워졌다. 나는 운전대를 잡은 채 물었다.

"열쇠요?"

"그래, 오두막 열쇠 말이야. 발견 당시 오두막 문은 잠겨 있었잖아. 우리가 인터뷰한 최초 발견자 H도 그렇게 증언했고. 그 열쇠는 오두막 안에 있었다고 했지?"

"네, B야마의 가방 속에."

"이상하네. 살인이었다면 범인은 어떻게 출입문을 잠갔지? 열쇠는 오두막 안에 있는 가방 속에 있었는데."

"밀실 살인이겠네요."

"밀실 살인? 추리소설에서나 나오는 단어지. 현실에 그런 일이 일어날 리 없어."

도요오카 씨는 창밖을 노려보며 말했다.

"흠, 점점 재미있어지네. 가타세, 오늘 기사는 내가 쓸게. 다른 큰 사건 없으면 데스크에서도 크게 다뤄 줄 거야."

그 말을 듣고 나 역시 흥분을 억누를 수 없었다.

다음 날 아침.

조간 사회면은 세 단을 제외하고 전부 도요오카 씨의 기사가 차지했다. 사망 추정 시간의 모순을 지적한 내용이 분명 독자의 관심을 끌었을 것이다. 역시 베테랑 기자다운 글솜씨였다. 나는 아직 그 경지에 미치지 못했다.

그날도 도요오카 씨와 둘이서 취재에 나섰다.

그날 찾은 곳은 사건 현장. B야마가 아틀리에로 사용하던 오두막이었다.

"최대한 서둘러 주세요. 들키면 제가 형사님한테 혼나요."

오두막 주인은 안절부절못했다.

"괜찮습니다. 그냥 잠깐 들르기만 할게요. 그리고 사진도 좀……."

도요오카 씨가 오두막 주인을 안심시켰고 나는 사진부에서 빌려온 소형 카메라를 꺼내 들었다.

오두막 주인은 근처 사는 예순 넘은 남자로, 이 근처 몇 군데에 땅을 갖고 있다고 했다.

"멋대로 기자를 들이면 사실 좀 곤란하긴 한데."

소심해 보이는 노인은 중얼거렸지만 적당한 사례금을 쥐여줬기 때문에 혼잣말로 투덜대기만 했다.

이곳에 오기 전에 들은 바에 따르면 이 오두막은 과거 주변이 전부 밭이었을 때 농기구를 보관하던 창고 겸 휴식 공간이었다고 한다. 지난 수십 년간 주택지 개발이 진행되는 과정에서 철거 시기를 놓쳐서 이 오두막만 덩그러니 남았는데 철거하려고 해도 비용이 만만치 않아 처치 곤란이었다. 그런데 목욕탕에서 우연히 만난 자칭 예술가가 작업실이 필요하다고 해서 저렴한 가격에 빌려주기로 한 것이다. 당연히 그 예술가는 B야마였다.

오두막 안은 외관과 마찬가지로 낡고 허름했다. 도저히 사람이 살 수 없을 것처럼 허름했지만 가난한 오브제 작가의 작업실로는 충분했으리라. 나무판자 벽에 함석지붕. 비바람만 간신히 막는 수준이었다.

"아무짝에도 쓸모없는 오두막이라 공짜나 다름없이 빌려줬는데 설마 이런 짓을 벌일 줄이야. 재수도 없지."

노인의 불평은 끊이지 않았다. 그에게 물었더니 이 작업실에 드나드는 사람은 한 명도 없다고 해도 좋을 정도였다고 한다.

"B야마 혼자뿐이었어요. 손님이 오는 걸 본 적은 없어요."

"여자가 드나드는 건 못 보셨습니까? 체격이 작은 여자요."

도요오카 씨의 질문에 노인은 고개를 저었다.

"아뇨, 정말 한 번도 본 적 없어요."

나는 대화를 들으며 이곳저곳을 살피고 메모하며 카메라에 담았다.

골목 끝에 서 있는 오두막. 발견 당시 부순 출입문 대신 끼워 넣은 나무판을 밀고 안으로 들어가니 왼쪽과 오른쪽에 창문이 있고 정면은 벽이었다. 전체 넓이는 약 네 평. 오른쪽에 수도 시설이 있고 안쪽은 화장실이다. 바닥은 모두 콘크리트라서 냉기가 올라왔다.

출입문을 자세히 확인했다.

지금은 부서졌지만 원래는 미닫이문이었는데 문틀만 간신히 남아 있었다. 나무 문을 옆으로 미는 단순한 출입문이었다. 잠금장치는 이른바 갈고리 자물쇠라고 불리는 자물쇠였다. 미닫이문 쪽, 벽과 맞닿은 부분에 열쇠 구멍이 있는 금속 실린더가 설치되어 있었다. 세로로 긴 직사각형 금속 부분이 나무 문 속에 박혀 있는 형태였다. 밖에서 열쇠를 꽂아 돌리면 내부 섬턴이 돌아가면서 낫처럼 생긴 데드볼트라는 금속 갈고리가 90도 회전하며 튀어나온다. 그 금속 갈고리가 벽 쪽에 있는 받이쇠에 걸려 들어가면서 잠기는 구조였다. 오두막 안에서 열고 닫을 때는 실린더에 달린 금속 손잡이를 손으로 반 바퀴 돌리면 낫 모양의 데드볼트가 나왔다 들어갔다 했다.

나는 문 안쪽에서 손잡이를 돌려 보며 여러 번 잠금을 걸었다 해제해 봤다. 낡은 탓인지 삐걱거렸고, 돌릴 때 힘을 줘야 했다. 추리소설에 나오는 장치처럼 투명한 낚싯줄을 걸어 움직이게 하려면 기름칠이라도 해야 할 것 같았다.

도요오카 씨는 그런 나를 흘긋 보더니 노인에게 물었다.

"입구 열쇠, 여분 있습니까?"

노인은 고개를 저으며 말했다.

"없어요. B야마 씨에게 빌려준 열쇠, 그거 하나예요. 이렇게 볼품없는 건물이잖아요. 한동안 사용하지 않아서 어느새 비상 키는 잃어버렸어요."

"아버님도 안 갖고 계신다는 말이네요?"

"없어요. B야마 씨가 가지고 있던 게 유일한 열쇠예요."

"불편하지 않으셨어요?"

"딱히 곤란하지는 않았어요. 내가 오두막을 쓸 일도 없으니 B야마 씨가 가지고 있는 것만으로도 충분했으니까."

이번에는 창문을 확인했다.

나무틀에 불투명 유리가 끼워진 미닫이창이었다. 커튼 같은 고급스러운 물건은 달려 있지 않았다. 불투명 유리였기 때문에 외부의 시선을 차단하는 데 이 정도면 충분했으리라. 창문에는 나사식 잠금장치가 달려 있었다. 나무틀이 겹친 부분의 가운데에 구멍이 뚫려 있었고 그 구멍에 금속 막대를 꽂아 걸어 잠그는 방식이었다.

금속 막대 모양 손잡이를 돌려봤지만 여기도 매우 뻑뻑했다. 내부에서 녹이 슨 모양이었다. B야마는 평소 창문을 열지 않았는지 창문은 거의 고정된 것처럼 열리지 않았다. 이래서는 창문으로 사람이 드나들 수 없을 것 같다.

창문 아래 있는 싱크대는 타일로 마감되어 있으며 페인트 자국이 얼룩덜룩하게 남아 있었다. 예술가가 작업한 흔적이었다.

화장실에는 창문도 없어서 이곳으로도 드나들 수 없었다.

오두막 왼쪽 구석에는 직접 만든 것으로 보이는 간소한 침대가 있었다. 나무로 만든 받침 위에 이불이 깔려 있었다. 작업 중에 잠깐 눈을 붙일 때 이용한 것 같았다.

입구에서 볼 때 정면에 해당하는 안쪽 벽에서 발견자 H가 말한 옹이구멍을 발견했다. 과연, 오두막 내부를 들여다보기 딱 좋은 높이에 뚫려 있었다.

무엇보다 압도적으로 눈길을 끄는 존재는 섬뜩한 조형물들이었다. 이상하게 생긴 물체들이 오두막 안쪽 좌우 벽에 빼곡히 놓여 있었다.

자칭 오브제 작가의 작품들이었다. 아니, 작품이라고 할 수 있을까. 예술을 잘 모르는 나로서는 그저 기괴한 쓰레기 더미로만 보였다.

맨홀 뚜껑만 한 검은 원반에 곤충처럼 다리가 여덟 개 달린 조형물. 소재가 뭔지는 알 수 없지만 혐오스러운 바퀴벌

레를 풍자한 것으로밖에 보이지 않았다. 그 밖에도 토템 폴을 잘못 만든 것처럼 흉한 얼굴들이 잔뜩 새겨진 나무 기둥. 두 팔로 안을 수 있을 크기인 타원형 구체에 사람의 다리 하나만 달려 서 있는 괴이한 조형물. 벌목한 나무에 거대한 입이 새겨져 이빨을 드러내며 웃는 섬뜩한 조형물. 마치 비틀린 묘비 같은 콘크리트 덩어리에 나뭇가지 수십 개를 박아 놓은 괴상한 조형물. 괘종시계를 무수히 조합해 그 자체로 거대한 시계 모양으로 만든 의미를 알 수 없는 조형물.

그런 괴상한 조형물들이 즐비하게 늘어선 광경은 마치 약물에 취한 자의 악몽을 들여다보는 듯해 어지러울 지경이었다. 섬뜩하고 불쾌했다. 취재에 응해 준 수다쟁이 아주머니의 아들이 무심코 목격했다가 귀신의 집 같다고 평한 것도 이해가 갔다. 제작자에게 꽤나 독특한 감성이 있다는 사실을 알 수 있었다.

그런 괴짜의 최신작은 원뿔형 석고 덩어리 전체에 눈알이 무수히 박혀 있는 조형물이었다. 눈알의 재료는 소프트볼에서 사용하는 공인 듯하며 사용하고 남은 공 네다섯 개가 작은 나무 상자 안에 담겨 있었다. 원뿔에 박힌 눈알에는 사방을 응시하는 동공이 진짜처럼 그려져 있었다. 허공을 멍하니 응시하는 눈알들이 매우 소름 끼쳤다. 취향이 독특한 것을 넘어서 괴이했다. 이런 것을 만드는 사람이 예술가로 성공할 리 만무했다.

상자 여러 개에 가득 담긴 붕대는 다음 작품의 재료로 보였다. 상자에는 '미라의 저주'라는 제목이 휘갈겨 있었다. B야마가 살아 있었다면 꽤 오싹한 미라 조형물이 만들어졌으리라.

그 밖에도 조형물의 재료로 짐작되는 각목과 합판, 염화비닐관 등이 무더기로 쌓여 있었으며 시멘트와 석고 봉투도 가득했다. 도구함 옆에 밧줄이 한 묶음 놓여 있었는데 교살할 때 사용한 흉기를 여기서 잘라냈을지도 모르겠다.

나는 그것들을 사진에 담았지만 도요오카 씨는 그런 잡동사니에는 관심이 없는 듯했다.

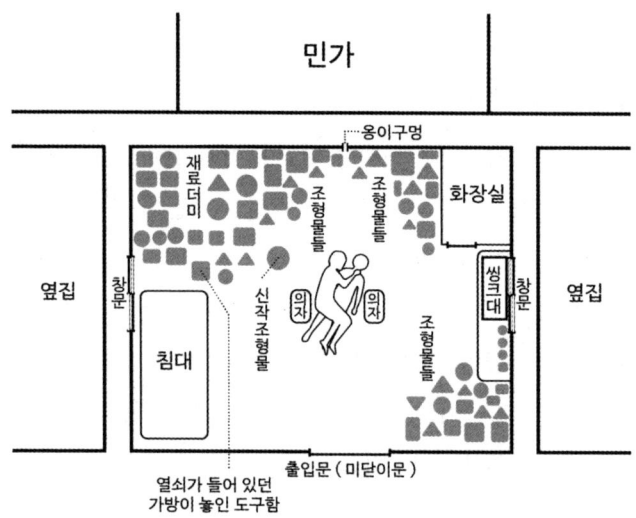

"두 사람이 쓰러져 있던 곳이 이 근처였다면서요?"

"네, 그렇게 들었어요. 내가 직접 본 건 아니지만 형사님이 그랬지."

노인이 가리킨 곳은 오두막 바닥의 중앙 부근이었다. 그곳은 작업할 때 사용하는 공간이라 물건이 놓여 있지 않고 나무 의자 두 개만 있었다. 두 의자 모두 작업대 겸용으로 사용한 듯 여기저기 페인트 얼룩이 묻어 있었고 못을 박은 듯한 구멍도 수없이 많았다. 노인은 그 두 의자 사이에서 B야마와 A코가 쓰러져 있었다고 설명했다.

"형사님 말로는 여기 한가운데 쓰러져 있었대요. 둘이 몸을 겹친 자세로."

두 의자는 서로 마주 보는 형태로 약 40센티미터 정도 떨어져 있었다. 두 사람이 눕기에는 다소 비좁다고 생각했다.

"아버님, 이 의자 안 건드리셨죠?"

도요오카 씨도 같은 생각을 한 듯 물었다.

"그럴 리가. 형사님이 아무것도 만지지 말라고 했어요. 나는 손도 안 댔어. 아마 발견됐을 때 그대로일 거예요. 이 조형물도 마찬가지고."

나는 무심코 의자 위쪽 천장을 올려다봤다. 함석판이 붙어 있는 단순한 천장이었다. 굵은 대들보가 있는 것도 아니었다. 일정한 간격으로 놓인 허술하게 생긴 가느다란 각목들에 함석판이 박혀 있을 뿐이었다. 특별히 눈길을 끄는 것은 보이지 않았다.

　노인은 밖을 힐끔힐끔 신경 쓰며 재촉했다.

　"자, 이제 됐죠? 경찰한테 들키면 정말로 곤란하다고. 기자님들도 경찰한테 밉보이면 곤란하잖아요."

　"네, 그건 곤란하죠."

　도요오카 씨는 아쉬운 듯 오두막을 둘러본 뒤 입을 열었다.

　"마지막으로 한 가지만 더 여쭙겠습니다. B야마 씨의 열쇠가 들어 있던 가방이 어디에 있었는지 아십니까?"

　"알죠. 저기였대요."

　노인은 침대와 가까운 곳에 놓인 도구함을 손가락으로 가리켰다.

　"저 위에 놓여 있었다나?"

　도구함은 조형물에 반쯤 가려 잘 보이지 않는 곳에 있었다. 발견자 H가 밖에서 안을 들여다봤을 때도 보이지 않았으리라.

　"자, 이제 슬슬 나가요. 형사님께 들키면 큰일이니까."

　노인의 재촉에 오두막을 나왔다. 나는 마지막으로 두 의자를 향해 카메라 셔터를 눌렀다.

　현장을 뒤로하고 이동하면서 도요오카 씨와 이야기를 나눴다.

　"출입문 열쇠는 상당히 녹슬었고 창문은 몇 년은 열지 않은 듯한 상태였어요. 트릭으로 밀실을 만든다는 건 좀 어려워 보이네요."

내 말을 듣던 도요오카 씨가 조수석 등받이에 몸을 기댄 채 말했다.

"음, 자물쇠 자체를 조작하는 건 어려울지도 모르지. 그런데 그 허름한 오두막 말이야, 판자벽 틈새에 뭔가 장치를 할 여지는 충분해 보이지 않아?"

"장치라니, 추리소설에 나오는 실을 이용하는 방법 같은 거요?"

"그뿐만이 아니라 가느다란 물건이나 납작한 물건 같은 것이라면 밖에서 안으로 넣을 수 있을 것 같아."

"납작한 물건을 집어넣어서 뭘 어떻게 해요?"

"그걸 궁리하는 중이야. 좋은 아이디어가 없는지, 가타세도 생각해 봐. 분명 제삼자가 밖에서 문을 잠글 방법이 있을 거야."

"제삼자면, 범인 말이죠?"

"그래, 만약 살인 사건이라면 놈은 어떻게든 그 오두막을 밀실로 만든 거야. 트릭만 밝혀내면 1면을 장식하는 것도 문제없다고."

"알겠습니다. 잘 생각해 볼게요."

나는 그렇게 대답했지만 솔직히 좋은 아이디어를 생각해 낼 자신은 없었다.

우리가 다음에 만난 사람은 A코의 약혼자였다. K은행의 후계자이므로 K 씨라고 하겠다.

점심시간이 시작할 때 K은행 마루노우치지점 앞에서 잠복했다가 붙잡았다. 이곳에서 근무한다는 사실은 이미 조사해 뒀고 얼굴 사진도 구해놔서 바로 찾을 수 있었다.

"실례합니다, K 씨 맞으시죠?"

도요오카 씨가 말을 걸었다. 걸음을 멈춘 사람은 서른 즈음 된 남자였다. 훤칠하고 좋은 집안에서 자란 듯 보이는 잘생긴 청년이었다.

"저희는 이런 사람입니다. 잠깐 시간 괜찮으신가요?"

도요오카 씨가 기자증을 보여 주자 상대는 얼굴을 찌푸리며 다시 걷기 시작했다.

"아, 잠시만요. 잠깐이라도 좋으니 이야기를."

도요오카 씨도 따라가며 K와 나란히 걸었다. 나도 뒤따랐다.

"할 말 없습니다."

K는 퉁명스럽게 대꾸했다. 도요오카 씨는 굴하지 않고 계속 말을 걸었다.

"얼마 전에 사망한 A카와 상사의 A코 씨와 약혼 관계셨다고 들었습니다."

"그게 문젭니까?"

K는 불쾌한 표정으로 도요오카 씨를 뿌리쳤다. 점심시간이었기 때문에 마루노우치의 오피스 타운은 사람들로 붐볐

다. K는 인파를 헤치며 우리를 뿌리치려고 발걸음을 재촉했다. 그럼에도 도요오카 씨는 끈질기게 달라붙었다.

"한마디라도 해주셨으면 좋겠습니다."

"특별히 할 말 없습니다."

"약혼자가 사망하셨는데요."

"굳이 신문사에 할 말이 없다는 뜻입니다."

도요오카 씨의 작전은 상대의 감정을 흔들어서 말실수하기만을 기다리는 것이었다.

"경찰 조사를 받으셨죠?"

"네, 일단은."

"어떤 내용이었습니까?"

"그냥 형식적인 절차였습니다."

"알리바이도 확인하셨겠네요?"

"그래서요?"

"A코 씨와는 결혼하실 생각이셨죠?"

"그게 무슨 상관이죠?"

"집안에서 정한 혼인이더라도요?"

"당신이 무슨 상관입니까?"

"K 씨에게는 따로 사귀는 분이 있는데도요?"

도요오카 씨의 질문에 상대는 걸음을 멈췄다. 지나가는 사람들 속에 혼자 멈춰선 K는 도요오카 씨를 불쾌한 눈빛으로 응시했다.

"뭘 쥐고 있는지 모르겠지만 협박은 그만둬요. 그게 품격 있는 신문사가 할 짓인가요? 함부로 기사를 쓰면 법적 대응도 불사할 겁니다."

도요오카 씨는 K가 동요한 틈을 타서 덫을 놓았다. 젊은 도련님은 도요오카 씨의 수법에 완전 당하고 말았다.

"어쨌든 A카와 가문과의 혼담이니 무시할 리 없죠. 나는 K가 사람입니다. 가문 간의 연은 중요해요. 그만하세요. 더 집요하게 굴면 경찰을 부르겠습니다."

K는 기분이 몹시 상한 듯 분노에 찬 발걸음으로 인파 속으로 사라졌다. 도요오카 씨는 씨익 웃으며 나를 돌아봤다.

며칠이 지났다.

사건을 계속 조사했지만 진전은 없었다.

애초에 기자는 바쁜 사람들이다. 나도 도요오카 씨도 이 사건에만 매달릴 수 없었다. 사건 사고가 끊이지 않아서 취재에 정신이 없는 나날이었다.

그런 가운데 시간을 내어 우리는 네리마 경찰서로 향했다. 수사본부를 방문해 수사 진척 상황을 살피려는 목적이었다.

찬바람에 몸을 움츠리며 경찰서로 들어가려는데 아는 얼굴을 마주쳤다. 도깨비처럼 생긴 사내. 가니카와 형사였다. 우리는 자연스럽게 대화를 나누게 됐다.

"수사 진척은 어떻습니까?"

도요오카 씨가 묻자 가니카와는 얼굴을 찌푸렸다.

"어떻긴. 아무 진전도 없어. A코와 B야마의 접점을 전혀 찾을 수 없어서."

"말은 그렇게 하지만 뭔가 찾긴 한 거죠?"

"그런 소리 마, 진짜 막다른 골목이라니까. 내 기분이 왜 안 좋은지 모르겠어?"

가니카와는 그렇게 말했지만 그 무서운 얼굴에서 표정을 읽기란 어려웠다.

"그럼 형사님 기분이 나아질 만한 이야기가 하나 있어요. A코의 약혼자를 조사했죠?"

"아, K은행 도련님? 물론 대충 만나서 조사는 했지."

"그 도련님이 범인이라면 놀랍겠죠?"

"그야 놀랄 만한 말이긴 한데, 그게 무슨 소리야?"

가니카와가 의아한 듯 묻자 도요오카 씨가 목소리를 죽이고 말했다.

"K는 A코와 결혼할 생각이 없었어요. 그래서 A코가 방해되어 죽였죠. B야마는 어쩌다가 말려든 거예요. 동반 자살로 보이도록 우연히 선택된 불운한 희생자일 뿐이죠. 그러니 아무리 찾아도 둘의 접점이 안 나오는 거예요."

"근거는?"

"K에게 이게 있었어요."

도요오카 씨는 새끼손가락을 하나 세워 보였다.

"정말인가?"

가니카와는 눈을 가늘게 떴다.

"확실한 소식통에게 들은 정보입니다."

계속 가까이 있던 내가 아니었다면 도요오카 씨의 말이 블러핑이라는 사실을 눈치채지 못했을 것이다.

"K는 애인과 함께하고 싶어 했어요. 그래서 방해가 되는 A코를 죽였죠."

"기자님, 근거가 빈약해. 게다가 보통은 반대겠지. 집안에서 정한 사람과 결혼하려고 평범한 여자를 냉정하게 죽여버리는 것처럼. 영화 같은 데서 곧잘 나오는 스토리잖아. 부잣집 딸을 죽이는 이야기는 들어본 적 없다고."

"그 반전이 의외로 중요한 부분이죠."

"말이 안 돼."

"그럴 가능성은 없을까요?"

"없을 거야."

"K가 수상하다고 생각했는데."

"그건 당신 생각이고. 수상한 걸로 따지면 B야마도 못지않아."

"그냥 가난한 자칭 예술가일 뿐인데 뭐가 수상하죠?"

"돈의 흐름이 의심스러워."

"돈이요? B야마에게서 돈 냄새가 났어요?"

"그 가난한 예술가가 은행에 거금을 넣어뒀어."

"그게 무슨 말이죠? 자세히 설명해 줘요."

도요오카 씨의 간절한 부탁에 가니카와는 다시 얼굴을 찡그렸다.

"자세히 말할 것도 없어, 그게 다야. 지난달 20일에 B야마의 계좌로 입금됐어. 3백만 엔."

"3백만 엔이요? 꽤 큰 돈인데. 도대체 누가 B야마에게 그런 거금을 보냈지?"

"B야마 본인. 은행의 입금 전표를 확인했어. 틀림없이 B야마 본인의 필체로 작성한 입금 전표였어."

B야마가 직접 자신의 계좌에 큰돈을 입금했다는 뜻이다.

"무슨 돈이에요?"

"모르겠어. 당장은 알 수 없다는 말밖에 할 수 없어. 아무튼 당장 급한 문제는 B야마와 A코의 접점을 찾을 수 없다는 거야. 두 사람이 어떤 관계였는지 아무리 뒤져도 안 나오니 진척이 없어."

"둘이 연인 관계였다는 증거가 없군요."

"전혀. 실제로 당신의 말대로 한쪽은 그냥 위장 동반 자살에 말려든 거 아닌가 의심하는 형사도 있어. 어쩌면 A코와 B야마는 전혀 모르는 사이일 수도 있다고."

가니카와는 한숨 섞인 목소리로 말했다.

A코와 B야마가 아무 관계 없는 타인이라면 동반 자살설 자체가 성립되지 않는다. 동반 자살이 아니라면 두 사람 모

두 살해된 셈이다. 두 사람을 죽인 제삼자의 존재가 갑자기 부각됐다. 지금은 그림자 같은 그 존재가 사건의 이면에서 웃고 있었다. 그는 과연 누구일까? 어둠 속에 숨은 의문의 인물은 어떤 얼굴을 하고 있을까.

어둠에 몸을 숨긴 이목구비가 없는 괴물 같은 모습을 상상한 나는 조금 무서워졌다.

✣

"이야기는 여기까지입니다. 방송이 처음이라 말이 서툴러 듣기 불편하셨겠지만 양해 부탁드립니다. 내용은 잘 전달됐을까요?"

가타세가 물었다.

스튜디오로 사용되는 고급 맨션.

진행자 이데구치, 그리고 게스트인 다쿠토와 아야뽕도 추임새를 넣거나 끼어들지 않고 끝까지 집중해서 들어줬다.

이데구치는 가타세의 질문에 밝고 가벼운 어조로 말했다.

"아뇨, 얼마 전까지 현역 기자셨던 만큼 논리정연했습니다. 정말 이해하기 쉬웠어요. 그런데 가타세 씨, 이야기는 여기서 끝인가요?"

"네 여기까지입니다."

"이거 참, 미완성 같은 이야기인데요. 끝이 흐지부지하다고나 할까요? 그 후 경찰 수사는 어떻게 진행됐나요?"

"그게, 사실은 저도 잘 모르겠습니다. 그 후 바로 회사에서 인사이동이 있었고 저는 다른 부서로 발령받았거든요."

동반 자살 같던 사건이 어떻게 해결되는지 보지 못한 채 사회부에서 정치부로 이동했다. 사실 가타세는 입사 때부터 정치부를 희망했다. 신문사 내에도 겉으로 드러나지 않는 뚜렷한 서열 구조가 존재했다. 정치부, 사회부, 스포츠부, 경제부, 문화부, 국제부. 수많은 부서 중 가장 인기 있는 부서는 단연 정치부였다. 나라의 정책을 직접 다루는 부서기 때문이다. 정치부는 국민 생활에 직접 관련된 사건을 보도했다. 세금 문제나 사회 보장 문제에 무관심한 국민은 없으리라. 신문의 1면 헤드라인은 대부분 정치 관련 뉴스가 차지한다. 법률 시행, 총리의 행보, 국가 예산안, 세금, 외교, 선거. 이 뉴스들을 전부 다루는 정치부는 기자라면 누구나 꿈꾸는 자리였다.

가타세도 예외는 아니었다. 갑작스러운 인사 발령에 당황했지만 정치부 업무에 빠르게 몰입했다. 정치 상황을 보도하는 짜릿한 감각에 푹 빠졌다. 일은 사회부보다 훨씬 고됐지만 그런 것은 전혀 중요하지 않았다. 40대에는 총리 관저 담당 기자로도 활동했다. 일에 몰입하며 시대의 흐름을 좇았다. 그는 미쳐 있었다.

그리고 정신을 차리고 보니 정년이었다. 60세에 최일선에서 물러나 65세까지 내근 업무로 후방에서 정치부를 지원했다. 정치부 외길 인생이었던 것이다.

"그래서 사회부 때 일을 떠올릴 여유가 전혀 없었습니다. 동반 자살처럼 보였던 그 사건도 이제는 완전히 기억 속에 묻혀 버렸어요."

가타세가 회상하자 이데구치가 고개를 끄덕이며 말했다.

"그런 사정이 있었군요. 그래서 40년이나 잊고 살았다. 정치부 일은 그 정도로 힘들었군요."

"네, 뭐, 그랬습니다."

"그런데 40년이나 잊고 사셨다기에는 방금 말씀하신 이야기가 상당히 자세한데요."

"당시 취재 노트를 다시 꺼내 보면서 옛 기억을 되살렸습니다. 개인적으로 기록해 두었던 메모와 대조하면서요. 지난 한 달 동안 줄곧 그 작업에 집중했죠. 그만큼 인상 깊었던 사건이라 어떻게든 기억을 되살릴 수 있었습니다."

"그러시군요. 그러면 사건의 기억이 중간에 끊겨서 마음이 편치 않으셨겠네요."

"네. 신경 쓰여 견딜 수가 없었습니다. 딸까지 그런 저를 걱정할 정도로."

"사실 저도 마음이 불편하네요. 마치 결말이 빠진 추리소설을 읽은 기분이에요. 결말을 모르면 답답하잖아요."

이데구치가 웃자 아야뽕도 입술을 삐죽 내밀며 말했다.

"그러니까요. 범인이 누군지 모르면 찝찝해요. 정말."

이데구치가 맞장구쳤다.

"저도 같은 생각이에요. 의문이 전혀 풀리지 않았어요. 음, 확실히 A코 씨가 2일에 사망했고, B야마 씨는 1일에 사망했죠? 왜 이런 시간차가 생겼을까요? 동반 자살이라면 이렇게 차이 날 리 없잖아요. 하지만 법의관은 서로 목을 조른 게 맞다는 소견이었죠."

"맞습니다."

가타세가 대답하자 이데구치가 고개를 과장되게 기울이며 말했다.

"정말 불가사의하네요. 과거의 가타세 씨도 이상하게 생각하셨던 것 같은데 사망 추정 시간이 짧게는 9시간, 길게는 하루가 차이났어요. A코 씨와 B야마 씨가 사망한 시간이 그만큼 차이 나는데 어떻게 두 사람은 동반 자살한 것처럼 보였을까요? 마치 괴담 같네요. 죽은 B야마 씨가 살아 있는 A코 씨의 목을 조른 셈이니까요."

"와, 이거 혹시 귀신 이야기예요? 나 무서운 이야기에 약한데."

아야뽕이 두 손으로 입을 가리며 호들갑스럽게 말했다. 어떤 상황에서도 캐릭터 콘셉트를 잊지 않았다.

"괴담이라기보다 법의관의 소견에 오류가 있었던 것 아닐까요?"

이데구치가 가타세를 향해 말을 이었다.

"어쨌든 40년 전이니까 부검 기술이 지금보다 발전하지 않았을 테고 그로 인해 법의관이 잘못 판단했을 수도 있겠죠. 사망 추정 시간을 잘못 판단했다는 단순한 이야기일지도 몰라요."

"그건 아닌 것 같습니다."

가타세는 고개를 저으며 말했다.

"확실히 의학 등 연구 분야는 지금보다 못하지만 그런 실수는 일어날 수 없습니다. 당시 부검 결과도 충분히 과학적인 지식에 근거한 것이었거든요. 그때도 추리소설이나 형사드라마에 부검을 통한 사망 추정 시간 소재가 자주 등장했습니다. 그렇게 대중적으로 소비될 정도였으니 당시 대중에게 널리 알려질 정도로 체계적으로 확립된 기술이었다는 뜻이죠. 지금과 비교하면 정확도는 다소 떨어질 수 있어도 그 당시에는 최첨단 기술이었습니다. 충분히 신뢰할 만합니다. 여러분처럼 젊은 분들에게 40년 전은 매우 먼 옛날처럼 느껴지겠지만 당시에도 신칸센을 운행했고 전자레인지도 있었습니다. 대규모 연구시설에는 대형 컴퓨터가 도입됐고, 인류는 달에 착륙하기도 했으며 결핵과 천연두를 정복했고 핵분열 연구도 활발하게 이루어졌죠. 과학의 힘이 강력했던 시대였습니다. 그 당시 부검 기술이 그리 뒤떨어졌을 리 없습니다."

그만 장황하게 말해 버려서 가타세는 다소 겸연쩍었지만 그의 열정이 이데구치에게 잘 전달된 듯했다.

"알겠습니다. 그러면 부검 실수는 없었던 것으로 정리하겠습니다. 그렇다면 정말 이상하군요. 죽은 사람이 산 사람의 목을 졸라 죽인 것처럼 보이다니."

"어머 무서워! 무슨 공포 영화 같잖아."

애교 섞인 목소리로 말하는 아야뽕의 옆에서 다쿠토는 차분한 목소리로 말했다.

"사망 추정 시간은 B야마 씨가 2월 1일 오전 10시에서 저녁 6시 사이, A코 씨는 2월 2일 새벽 3시에서 아침 7시 사이, 맞죠?"

뛰어난 기억력을 뽐내는 그에게 이데구치는 고개를 재차 끄덕이며 말했다.

"역시 제삼자의 범행을 염두에 둘 필요가 있겠어요."

"어머나, 살인 사건이에요? 그것도 무서운데. 그런데 드라마 같아서 설레요."

"범인은 지금까지 가타세 씨의 이야기 속에 나온 인물일까요, 아니면 전혀 모르는 인물일까요?"

흥을 돋우는 이데구치를 저지하며 가타세가 말했다.

"잠시만요. 그전에 제 이야기를 조금 더 들어주세요. 아직 조금 더 남았습니다."

"물론이죠. 말씀하세요."

"이건 올해 생긴 일입니다."

⚒

정년퇴직 후 맞이한 첫 번째 설날.

느긋하게 TV로 장거리 릴레이 육상 경기를 보거나 손자와 시간을 보내다 보니 어느덧 설이 지나가 버렸다. 이렇게 한가한 설 연휴는 학생 시절 이후로 처음이었다. 현역 시절에는 명절도 없이 일만 했으니까.

설 연휴 분위기가 사라지자 갑자기 한가해졌다. 이렇게 시간을 주체하지 못하는 생활도 몇십 년 만에 처음이었다. 할 일이 없어지니 자연스럽게 현역 시절 기억들이 떠올랐다. 정치인의 비리 사건이나 여당의 선거 참패 등 정치부에 몸담았을 시절의 일을 되돌아보다가 문득 젊었을 적 사회부에서 일하던 때가 떠올랐다. 그래, 그 사건은 어떻게 결론 났더라? 그 불가사의한 동반 자살 사건. 결말이 도저히 기억나지 않았다. 한번 신경 쓰이니 가만히 있을 수 없었다. 한가하다 보니 한 가지 생각에 빠지면 계속 그 생각만 났다.

나는 과거를 되짚어 보기로 했다. 그 당시 취재 노트와 메모를 꺼내서 살펴봤다. 짧았던 사회부 시절, 젊은 시절의 향수가 떠올랐다.

그런 식으로 기억을 더듬으면서 조사를 시작했다.

일단 인터넷으로 검색했다. B야마의 이름과 A코의 이름, 당시 사건의 기록. 그러나 잘 나오지 않았다. 40년이라는 시간의 벽 때문에 인터넷 정보망이 아무리 방대해도 그만큼 오래된 사건을 찾기란 어려웠다.

디지털 세계에서 찾을 수 없다면 아날로그 방식으로 가야지. 도서관에 가서 전자 자료를 검색하니 신문과 주간지의 기사가 나왔다.

동반 자살인가, 도쿄 네리마구에서 남녀 시신 발견

그 첫 번째 보도를 발견했다. 틀림없이 내가 쓴 기사였다. 컴퓨터도 없던 시절이었다. 전용 원고지에 연필로 써 내려가던 감각이 머릿속에 생생히 떠올랐다. 그 순간, 기억이 한꺼번에 밀려왔다. 40년 전의 취재 활동. 그 시절의 장면들이 마치 어제 일처럼 생생했다. 취재 노트와 메모를 읽은 덕분에 나이 든 뇌가 갑자기 깨어난 듯했다. 사건의 최초 발견자, 오두막 주인인 노인, 수다쟁이 아주머니. 그들의 말투까지 머릿속에 되살아났다.

나도 아직 죽지 않았구나. 그 사실에 기뻤지만 도서관 전자 자료로는 사건의 전말을 파악할 수 없었다. 그러다 첫 기사 다음 날 보도된 도요오카 씨의 기사를 발견했다. 그 후 기사에서 이 사건을 다루는 비중은 점점 줄어들었고 기사의 길이도 점점 짧아졌다.

A카와 상사 영애 사망 사건, 진척 없어

제자리걸음만 하는 수사 상황을 보여 주는 기사였다.
그리고 2월 말,

동반 자살 사건, 사망자 간 접점 발견되지 않아

이런 기사를 발견했다. 사망한 두 사람의 접점이 여전히 발견되지 않았다는 기사를 끝으로 기록이 끊겼다.
아무리 조사해도 이후에 보도된 기사는 없었다. 사건이 해결됐는지 미궁에 빠졌는지, 그조차도 나오지 않았다. 사건이 어떻게 결론 났는지 어디에도 기록되지 않았다. 3월이 되면서 마치 그 동반 자살 사건이 없었던 일처럼 갑자기 정보가 완전히 끊겼다.
이게 뭐지? 왜 이렇게 어중간하게 끊어졌지? 의아했다.
국회도서관에도 찾아갔다. 당시 기록을 신문부터 삼류 주간지, TV 프로그램의 와이드쇼 제목까지 샅샅이 조사했다.
그러나 결국 결말은 찾을 수 없었다. A카와 상사의 영애가 사망했다는 사실이 드러났을 때 그렇게나 흥분했던 언론들이 갑자기 조용해졌다.

여기까지 조사하는 데 한 달을 보냈다.

기억은 더 선명해졌지만 정치부로 옮긴 이후로는 아는 바가 전혀 없었다.

막다른 길이었다.

사건 관계자들의 이야기를 들으러 다니는 방안도 고려했다. A카와 상사의 유족들 같은. 그러나 지금 나는 취재 허가증도 없는 평범한 은퇴자일 뿐이었다. 문전박대를 당할 것이 뻔했다. 경찰도 마찬가지였다.

그렇다면 방법은 하나뿐이었다.

그 선배는 결국 평생을 사회부 기자로 일했다고 들었다. 살아 있다면 이제 여든이 넘었을 터.

만나야겠다는 생각이 들었다.

회사 인맥을 통해 현재 연락처를 받았다. 가족에게 연락하자 도쿄 외곽의 병원에 입원해 있다는 소식을 들었다. 나는 병문안을 갔다.

병세를 알 수 없어 무난한 과일 바구니를 준비했다.

도요오카 씨는 6인실 한가운데 있는 침대에 누워 있었다. 그 시절의 날카로운 모습은 완전히 사라지고 주름진 노인이 되어 있었다. 그러나 얼굴만큼은 그때의 인상이 남아 있었다.

"오랜만입니다, 가타세입니다."

내가 이름을 대자 잠시 의아한 표정을 짓던 도요오카 씨의 눈빛이 반짝였다.

"가타세군. 정치부로 갔던."

"네."

"이거 참, 오랜만이군, 도대체 몇 년 만에 보는 거야. 옛날 생각나네. 잘 왔어, 앉아."

내게 작은 의자를 권했다. 그는 여전히 정신이 또렷했다. 나는 의자에 앉아 과일 바구니를 건넸다.

"고마워, 마음만 받을게, 이제 딱딱한 음식은 못 먹어. 거기 두면 집사람이 가져갈 거야."

그렇게 말하며 도요오카 씨는 코에 이어진 비닐 튜브를 가리켰다.

"정말 옛날 생각 많이 나네. 지금은 뭐해?"

"작년 말에 정년퇴직했어요."

"그렇구나, 벌써 그렇게 됐나. 젊은 신입이 그런 나이가 되다니. 하긴, 나도 늙었지."

도요오카 씨는 자조적으로 웃었다. 그러고는 한동안 옛이야기로 꽃을 피웠다. 도요오카 씨는 여전했다. 대담하면서도 날카로운 관찰력은 예전 그대로였다. 외모는 완전히 늙었지만. 나는 옛 생각에 가슴이 먹먹해졌다.

그리고 적당한 타이밍에 말을 꺼냈다.

"그러고 보니 그 사건 기억하세요? 동반 자살 사건."

"동반 자살? 뭐였더라?"

"그 사건 있지 않습니까, A카와 상사의."

다른 침대를 신경 쓰며 목소리를 낮추고 말했다.

"아아, 그렇지. 현장은 네리마였나. 그래, 가난한 예술가의 작업실이었지. 괴상한 조형물들이 잔뜩 있던."

"그 건 말입니다. 어떻게 해결됐나요? 그걸 모르겠더라고요."

"몰라?"

도요오카 씨가 멍한 얼굴로 물었다.

"네, 사건을 취재하던 중에 부서 이동했잖아요."

한동안 가만히 내 얼굴을 바라보던 도요오카 씨가 망연하게 말했다.

"그래, 어떻게 됐는지 모르고 정치부로 갔구나. 잊고 있었어. 그래서 모른다고?"

그러더니 별안간 얼굴을 찡그리며 웃음을 터뜨렸다.

"하하하하하, 그래, 모르는구나. 와하하하하, 이것 참, 걸작이군. 하하하하하하."

주위를 전혀 신경 쓰지 않고 크게 웃었다. 자못 즐거워 보이는 웃음은 이내 폭소로 변했다.

어리둥절한 나를 아랑곳하지 않고 도요오카 씨는 웃음을 멈추지 않았다.

역시 노화가 머리에도 영향을 미치는 것일까? 슬슬 걱정될 무렵 마침내 웃음이 멎었다. 그러고는 어깨를 들썩이며 말했다.

"가타세, 그 일이 궁금해서 여기까지 왔어? 나라면 그 사건의 결말을 알 줄 알고?"

"솔직히 말하면 그렇습니다."

"그래, 그 사건이 궁금하구나."

여전히 킥킥거리던 도요오카 씨가 말을 이었다.

"한 가지 가르쳐 주지. 그 사건은 해결됐어."

"정말입니까?"

나는 그만 일어나려던 참이었다.

"응, 아주 깨끗하게 해결됐지. 하지만 기사는 쓰지 않았어."

도요오카 씨는 의미심장하게 웃으며 먼 곳을 응시하는 눈으로 말했다. 그때 일을 떠올리고 있을까?

"알려 주시면 안 될까요? 어떻게 해결됐는지."

단도직입적으로 부탁했다. 하지만 도요오카 씨는 히죽거리며 단호하게 대답했다.

"아니, 안 가르쳐 줄 거야. 내가 말해 주면 재미없잖아. 스스로 생각해 봐. 정년 후 취미로서 꽤 괜찮을 거야. 치매 예방에도 좋고, 머리를 써야지. 그때 내가 기자는 발로 뛰고 머리로 써야 한다고 가르쳤잖아, 기억하지?"

도요오카 씨는 입가를 일그러뜨리며 심술궂게 웃었다. 악의가 느껴졌다. 젊은 나이에 핵심 부서로 발령받은 내게 도요오카 씨는 어떤 감정을 느꼈을지도 모른다. 40년이 지나고서야 나는 그 사실을 깨달았다.

결국 도요오카 씨는 사건에 관해서는 끝까지 침묵했다.

⚒

"그렇게 진상에 이르는 길이 끊어졌습니다. 그래서 골머리를 앓는데, 보다 못한 딸이 이데구치 씨를 소개해 줬죠."

가타세가 이야기를 매듭지었다.

"아이참, 도요오카 씨 참 심술궂네요. 그냥 가르쳐 주시지. 칫."

아야뽕이 입술을 삐죽였다.

"어쩔 수 없어요. 그 선배는 옛날부터 심술궂은 면이 있었거든요."

가타세가 쓴웃음을 지으며 대답하자 이데구치가 말했다.

"그런데 후속 보도가 어느 언론에도 실리지 않았다니 이상하네요. 사건이 해결됐다는 말은 거짓 아닐까요? 미제사건으로 흐지부지돼서 기사가 나지 않았을 수 있죠."

"아뇨, 도요오카 씨는 그런 걸로 거짓말을 할 사람이 아닙니다. 그가 해결됐다고 말한 이상 분명히 해결됐을 겁니다."

"진짜 심술쟁이네. 그냥 말해 주면 되지. 칫, 칫."

"자자, 그 덕분에 이렇게 오늘 방송에서 들을 수 있게 됐잖아요. '이데구치 수사 채널'이 시작된 이래로 살인 사건은 처음이니까요. 구독자분들도 아마 진실을 밝혀내려고 준비하고 계실 겁니다."

"쳇. 그런데 너무 어렵지 않아요? 가타세 씨가 40년 동안 풀지 못한 사건인데 이 영상을 보는 사람들이 과연 풀 수 있을까요?"

아야뿅이 고개를 갸웃거리자 이데구치도 조금 불안한 얼굴로 말했다.

"확실히 어려운 문제네요. 죽은 사람이 산 사람의 목을 졸라 죽인 미스터리라니. 자칫하면 괴담으로 빠질 수 있을 만큼 불가사의한 상황이에요. 정말 신기하고도 이상해요. 살인 사건일까, 정말 동반 자살일까. 살인 사건이라면 범인은 누구일까? 의문이 의문을 부르는 괴이한 사건이에요. 구독자 여러분 생각은 어떠신가요? 꼭 이 수수께끼를 추리해 보세요. 단순히 추측이라도 좋고 단편적인 아이디어라도 좋습니다. 무엇이든 떠오르는 생각이 있다면 댓글로 남겨 주세요. 그리고 '좋아요'와 '구독' 잊지 마시고요. 여러분의 멋진 추리를 기대할게요!"

아무래도 이데구치는 촬영을 끝내려는 것 같았다. 구독자들의 의견을 구하면서 마무리할 생각이었다. 그것도 괜찮겠다 싶었다. 이것으로 좋은 아이디어가 나오면 수익에 도움이 되리라 생각하며 가타세도 긴장을 풀었다.

그런데 그때, 묵묵히 있던 다쿠토가 한 손을 살짝 들더니 입을 열었다.

"저기, 잠깐만요."

"네네, 말씀하세요."

이데구치가 얼른 대답했다.

"이 채널이 인터넷의 집단 지성으로 사건의 의문을 푼다는 콘셉트인 건 잘 압니다. 그런데 그 취지에서 벗어난 행동을 해도 될까 싶은데요."

"취지에서 벗어난 행동이요? 그게 어떤 말씀이실까요?"

이데구치가 갸웃하며 묻자 다쿠토가 차분한 어조로 대답했다.

"이 자리에서 사건을 해결하는 것은 콘셉트에서 벗어나겠죠?"

"해결이요? 으음, 잠깐만, 그럼 다쿠토 씨가 사건을 해결하겠다는 말이에요?"

"네, 진상을 알 것 같습니다."

담백한 다쿠토의 말에 이데구치는 눈을 동그랗게 떴다.

"정말요? 가타세 씨가 그렇게 열심히 조사했는데도 풀지 못한 사건을요?"

"네, 괜찮을까요?"

"하지만 정보가 부족하잖아요. 가타세 씨가 한 이야기에 등장하지 않은, 우리가 전혀 모르는 사람이 범인이라면 맞힐 수 없을 텐데요."

"아뇨, 그건 아닙니다. 도요오카 씨는 스스로 생각하라고 조언했어요. 이 말은 가타세 씨가 현시점에 가지고 있는 정보만 조합하면 진상에 도달할 수 있다는 뜻이나 마찬가지예요. 가타세 씨가 모르는 정보는 필요 없다는 뜻도 되죠."

"그건 그럴지도 모르지만. 정말 해결할 수 있다고요?"

담담한 다쿠토와 달리 이데구치는 반신반의했다.

"네, 수수께끼를 풀 수 있을 것 같아요. 다만 이 채널의 취지와 다르다는 점이 마음에 걸려서."

"그건 별로 신경 안 써도 되죠! 다쿠토 씨는 참 지나치게 고지식하다니까요. 괜찮아요, 괜찮아. 편집으로 사건편과 해결편으로 나눠서 일주일 간격을 두고 업로드하면서 그 사이에 댓글을 받는 방법도 있으니까요."

"그럼 말해도 되죠?"

"네, 어서 말해 보세요."

"우와, 다쿠토 씨 어서 말해 봐요, 궁금하다."

아야뽕이 신이 나서 떠들었고 가타세도 흥미가 솟았다. 이 청년이 무슨 이야기를 할지 자못 궁금했다. 이데구치도 호기심으로 눈을 반짝였다.

다쿠토는 사람들의 반응을 살피지 않고 느릿한 말투로 입을 열었다.

"그럼 제 생각을 말씀드리겠습니다. 조금 길어요. 사건을 구체적으로 해결하기 전에 먼저 조금 추상적인 이야기부터 하겠습니다. 동반 자살에 관해서요.

동반 자살이란 보통 남녀가 함께 죽는 것을 뜻합니다. 절박하고 어쩔 수 없는 사정 때문에 함께 죽을 수밖에 없다는 생각에 남녀가 죽음으로 도피하는 행위죠. 뭐, 꼭 남자와 여자의 조합이라고 할 수는 없지만. 어쨌든 상대와 둘이서 죽는 것에 의미가 있습니다. 혼자 죽으면 단순한 자살이니까요.

그런데 만약 도쿄와 오사카처럼 서로 멀리 떨어진 곳에서 온라인으로 연락을 주고받으면서 동시에 '시작!' 하고 독을 먹는다고 생각해 보세요. 이것도 동반 자살이기는 하겠지만 당사자들 입장에서는 다소 무미건조하겠죠. 동반 자살로는 뭔가 부족하고 극적이지도 않습니다. 되도록 둘이 한 장소에서 죽고 싶다. 보통은 그렇게 생각하겠죠. 죽는 순간까지 서로 곁에 있고 싶다. 그것이 바로 함께 죽는다는 의미일 겁니다.

그리고 가타세 씨의 이야기에 등장한 가니카와 형사님의 발언을 떠올려 봅시다. 과거에 서로 경동맥을 잘라 동반 자살한 현장에 들어간 적 있다고 했죠. 이런 경우라면 서로의 손에 목숨을 잃은 상황이죠. 이것이 바로 동반 자살하는 사람들의 심리라고 생각합니다. 같은 장소에서 죽더라도 각자 따로 목을 매기보다 사랑하는 상대의 손에 죽는다. 그게 동반 자살로서 서로의 애정이 더 짙게 느껴지지 않습니까? 어때요. 이데구치 씨?"

갑작스러운 질문에 이데구치는 당황스럽게 대답했다.

"음, 글쎄요. 자살하는 사람의 마음은 잘 모르지만 동반 자살이라면 그런 심리가 작용할지도 모르겠네요. 스스로 죽는 것보다 상대의 손에 죽겠다는 마음이 이해는 가네요."

가타세도 잠시 생각에 잠겼다. 그래, 동반 자살의 궁극적 형태는 서로가 서로의 손으로 죽음에 이르는 것이라 할 수 있다. 어차피 죽는다면 자살하기보다 사랑하는 사람의 손에 죽고 싶다. 그렇게 생각해도 이상하지 않았다.

"그럼 이런 심리에 공감할 수 있겠네요."

다쿠토의 거듭된 질문에 이데구치가 대답했다.

"뭐, 공감까지는 아니더라도 이해는 가요."

그는 떨떠름하게 고개를 끄덕였다. 가타세도 이해는 되지만 다쿠토가 늘어놓는 이야기의 의도를 알 수 없었다. 이 서론은 뭐지? 사건 이야기를 하는 게 아닌가?

그런 가타세의 생각을 읽기라도 한 듯 다쿠토가 설명을 이어갔다.

"자, 이제 본론으로 들어가 40년 전 사건입니다. 가타세 씨가 취재한 사건의 현장은 밀실이었습니다. 아틀리에로 사용하던 오두막은 문이 잠겨 아무도 드나들 수 없는 상황이었다. 맞죠, 가타세 씨?"

"네, 맞습니다."

"그와 동시에 사망 추정 시간이 차이 나는 점이 문제가 됐습니다. 게다가 사망한 A코 씨와 B야마 씨 사이에 아무런 접점이 없어서 제삼자의 존재가 의심됐어요. 제삼자, 즉 범인이라고 표현해도 무방하겠죠. 저도 가타세 씨처럼 이니셜을 따서 범인을 X라고 하겠습니다.

이 X가 살인자라고 가정할 경우, 이 인물은 오두막 안에서 A코 씨와 B야마 씨를 살해하고 문이 잠긴 현장에서 사라졌습니다. 자, 어떻게 그랬을까요?

창문은 나사식 잠금장치가 달려 있었지만 녹이 슬어서 거의 잠긴 채 고정된 것이나 마찬가지였습니다. 이러면 창문을 이용해 상황을 조작할 수는 없어 보입니다. 오두막의 벽은 나무판자로 지어져 허술하지만 아무리 그래도 사람 한 명 지나갈 정도로 큰 틈이 있을 리는 없죠. 그렇다면 경찰이 현장 검증 때 발견했을 테니까요. 함석지붕을 들어내고 탈출한 뒤 밖에서 다시 못을 박는 방법도 떠오르지만 역시 경찰이 흔적을 금방 발견했을 겁니다. 이것도 현실적이지 않아요. 바닥도 콘크리트라서 사람이 지나갈 수 없습니다.

어때요? 창문, 벽, 천장, 바닥. 이런 곳들로는 탈출할 수 없어 보입니다. 그럼 X는 어떻게 오두막을 나왔을까요?"

이데구치가 의견을 제시했다.

"그냥 단순하게 생각해서 출입문으로 나온 거 아닐까요?"

"그래요, 그렇게 생각할 수밖에 없죠. X는 출입문으로 나갔다. 그것이 유일한 해답입니다. 그런데 출입문은 잠겨 있었습니다. 경찰도 출동 당시 문을 부수고 들어갔다고 했으니 분명히 잠겨 있었죠."

가타세도 긍정했다.

"그래, 잠겨 있었죠."

"그렇다면 문제는 X가 출입문을 어떻게 잠갔는가로 옮겨 갑니다. 어떤 도구를 사용해 낫처럼 생긴 데드볼트를 90도 회전시켰을까요? 하지만 가타세 씨가 확인한 결과 자물쇠가 오래되어서인지 삐걱거렸고 힘을 세게 주지 않으면 움직이지 않았다고 했습니다. 이러면 외부에서 문을 잠그는 데도 시간이 오래 걸릴 겁니다.

그런데 오두막이 있는 곳을 생각해 보세요. 주택가의 좁은 골목 끝에 있었죠. 골목을 따라서 주택이 빽빽하게 들어서 있었습니다. X가 오두막 앞에서 출입문을 조작하고 있었다면 언제 동네 주민이 나타나 수상하게 여길지 알 수 없었어요. 오두막 앞에 쪼그리고 앉아 만지작거리고 있으면 누가 봐도 이상하잖아요. X에게 매우 위험한 상황이죠. 사건 후에 X를 특정할 수 있는 목격 증언이 나올 가능성이 컸습니다. 그런 위험을 감수하며 굳이 그런 짓을 할 리 없었겠죠. 그래서 출입문을 조작해 밀실을 만들었다는 가정은 버릴 수밖에 없습니다. 솔직히 생각하면 그보다 훨씬 편한 방법이 있으니까요."

"맞아, 열쇠로 잠그면 되잖아요."

아야뽕이 매우 솔직하게 말했고 다쿠토도 고개를 끄덕였다.

"맞습니다. 열쇠로 잠그는 방법이 가장 상식적이에요. X는 편하게 열쇠로 문을 잠그면 됩니다. 다만 문제는 가타세 씨와 도요오카 씨의 취재 결과 여분의 열쇠는 없다고 오두막 주인 할아버지가 증언한 것입니다. 열쇠는 오로지 B야마 씨에게 넘긴 하나뿐이라고."

"아, 그건 확실합니다. 취재 노트에 그렇게 적어 놓았으니까."

가타세가 맞장구쳤다.

"그렇다면 X는 그 유일한 열쇠로 출입문을 잠갔을까요? 아니요, 그렇지 않습니다. 열쇠는 B야마 씨의 가방에서 발견됐으니까요. 게다가 열쇠는 열쇠고리 주머니 안에 있었고 그 열쇠고리는 오두막 안에 있던 B야마 씨의 가방 속에 있었으며, 가방은 닫혀 있었습니다. X는 열쇠로 출입문을 잠근 뒤 그 열쇠를 어떻게 가방 속에 넣었을까요?

이것이 터무니없는 말이라는 걸 여러분도 잘 아실 겁니다. 나무판자로 지어진 벽에는 분명 틈이 많았고 발견자인 H 씨가 들여다본 옹이구멍도 있으니 오두막은 엄밀히 밀실이라고 하기에는 다소 어폐가 있습니다. 완전히 밀폐된 공간이 아니니까요.

그렇다고 해서 밖에서 사용한 열쇠를 오두막 안에 있는 가방 속에 넣을 수 있을까요? 그야말로 미스터리 소설처럼 실을 이용해 벽 틈으로 열쇠를 안으로 밀어 넣고, 다시 실을 조종해 가방 속에 넣은 뒤 지퍼까지 닫는 그런 방식으로 말입니다. 그런 일이 완전히 불가능하지 않을 수도 있지만 상당한 시간과 노력이 필요합니다. 특히 오두막 뒤쪽은 발견자가 몸을 구겨 넣어 지나가도 옷이 더러워질 정도로 좁았죠. 사람 한 명이 겨우 지나갈 수 있을 정도의 공간이었습니다. 그렇게 좁아서는 무언가를 하기는커녕 팔꿈치를 제대로 움직이지도 못할 겁니다. 오두막의 양옆도 마찬가지고요. 만약 실 같은 물건을 이용해 조작한다면 출입문이 있는 오두막 정면에서 할 수밖에 없죠.

하지만 이러면 또 출입문을 조작할 때처럼 몹시 수상해 보일 겁니다. 이웃이 목격하는 순간 끝이었죠. 과연 X가 그런 위험을 감수하면서까지 문을 잠글 필요가 있었을까요?

따라서 애초에 X가 현장을 밀실로 만들어서 얻는 이득이 있었을까 하는 의문이 생깁니다."

이 의문에 이데구치가 반박했다.

"오두막 안에 있는 두 사람의 죽음을 동반 자살로 위장할 수 있잖아요. 문이 잠긴 오두막에 시신 두 구가 발견되면 보통은 동반 자살로 판단할 테니. 실제로 경찰도 처음에는 동반 자살로 생각했던 것 같고요."

"하지만 부검 결과 그건 불가능하다는 결론이 나왔죠."

다쿠토는 이데구치의 의견을 부정하며 말을 이었다.

"무엇보다 사망 추정 시간이 이상해요. B야마 씨의 사망 추정 시간은 2월 1일 오전 10시부터 저녁 6시 사이. A코 씨는 2월 2일 새벽 3시부터 아침 7시까지였습니다. 시간 차이가 크죠. 이러면 누구라도 동반 자살이라고 생각하지 않겠죠. X도 당연히 그 점을 예상했을 겁니다. 사망 추정 시간이라는 개념은 사건 당시에도 추리소설이나 형사 드라마에 흔히 등장했다고 가타세 씨가 말씀하셨죠. 웬만하면 다 알 정도로 특별한 지식이 아니었습니다. 그러니 살인을 하려는 X가 모를 리 없었습니다. 그래서 오두막을 밀실로 만들어도 동반 자살로 보이게 하는 것은 어렵다는 걸 충분히 알았을 겁니다. 그런 X가 군이 힘들게 실 같은 걸 써서 열쇠를 오두막 안에 되돌려 놓았을 리 없겠죠. 그렇게 애를 써도 아무런 이점이 없으니까요.

따라서 X는 열쇠를 오두막에 넣지 않았다. B야마 씨의 열쇠는 애초에 사용되지 않았다는 결론이 나옵니다."

다쿠토가 단호하게 말했다. 그러자 이데구치가 자신의 추론을 말했다.

"그렇다면 여분 열쇠가 있었다고 가정하는 건 어때요? B야마 씨는 여분 열쇠를 만들어 X에게 미리 줬고 X는 그 열쇠로 출입문을 잠그고 탈출했다고 볼 수도 있지 않아요?"

"네, 당연히 여분 열쇠가 존재할 가능성도 고려해야겠죠. 주인 할아버지한테 없다고 해도 어떤 가능성도 허투루 볼 수 없으니까요. 그럼 그 경우 X는 문을 왜 잠갔을까요? 동반 자살로 보일 가능성은 없다고 조금 전에 설명했습니다. 그렇다면 다른 목적이 있었겠죠."

이노구치가 고개를 갸우뚱하며 말했다.

"음, 동반 자살로 보이는 게 불가능하다면 사건을 은폐할 의도는 없었겠죠. 타살 사실이 분명히 드러날 테니까요. 그렇다면 시체 발견을 늦추려는 의도뿐이겠는데요? 문이 잠겨 있으면 아무나 들어올 수 없으니 시체가 늦게 발견되겠죠."

"그래요, 발견을 늦추려는 의도. 좋은 접근입니다. 하지만 그러면 X에게 어떤 이득이 있을까요?"

다쿠토는 자문자답하듯 말했다.

"도주 시간을 번다? 외국으로 도망이라도 가려고? 아니요, 그래봤자 의미가 없어요. 2월의 날씨가 아무리 추워도 시체는 부패하니까요. 이상한 냄새가 나면 이웃 주민이 금방 알아차릴 겁니다. 외딴곳이 아니라 번잡한 주택가니까요. 어쩌다 보니 H 씨가 최초 발견자가 됐지만 결국 언젠가는 현장이 발견됐을 겁니다.

그렇게 되면 B야마 씨 주변에서 모습을 감춘 X가 범인이라는 사실이 금방 드러납니다. 여분 열쇠를 받을 만큼 B야마 씨와 친했으니 X는 당연히 그와 사이가 가까운 사람이겠죠. 도망쳐도 국제적으로 지명 수배당하면 자유롭게 움직일 수 없습니다. 도망치지 않고 평소처럼 살려고 해도 위험부담이 있습니다. 누군가 B야마 씨가 '아틀리에의 여분 열쇠를 X에게 줬다'라고 말할 가능성이 있으니까요. 경찰이 그 사실을 알면 단번에 범인이 X라는 사실이 밝혀집니다.

사건 현장이 잠겨 있었다. 그러나 여분 열쇠가 있었다. 그 열쇠를 가지고 있던 사람은 X다. 삼단 논법까지도 필요 없는 간단한 추론으로 범인의 정체가 탄로 납니다. 그런 점을 고려하면 X 입장에서는 문을 잠그지 않는 편이 낫습니다. 여별 열쇠의 존재가 누군가의 귀에 들어갈 가능성이 아주 조금이라도 있으면 출입문을 잠그는 행위가 X에게 치명적이라는 사실을 아니까요. 시체가 영원히 발견되지 않는다면 모를까 고작 며칠 늦게 발견되는 것으로는 X에게 이득이 없습니다. '여분 열쇠를 만들어서 X에게 건넸다'라고 B야마 씨가 누군가에게 말할 상황을 고려하면 X는 절대로 출입문을 잠그면 안 됩니다."

"그렇군요, 맞는 말입니다."

가타세는 다쿠토의 설득력 있는 추리에 자신도 모르게 소리 내어 말했다. 아차 싶었지만 이데구치와 아야뽕도 같은 생각이었는지 눈총을 주지 않았다. 다쿠토가 사람들의 반응을 신경 쓰지 않고 말을 이었다.

"만약 X가 열쇠를 B에게 받은 것이 아니라 우연히 오두막에서 발견해서 갖게 됐다고 해도 큰 차이는 없습니다. 이 경우에도 X가 출입문을 잠그는 행위에 장점은 거의 없으니까요. 시체 발견을 늦춘다고 해도 상황이 달라지지는 않고, 오히려 현장에서 도주할 때 문을 잠그는 사이에 이웃에게 목격될 위험이 조금이라도 커지죠. X는 문을 닫자마자 1초라도 빨리 현장을 떠나는 편이 가장 좋습니다. X는 최대한 빨리 도망쳐야 한다고 생각했을 겁니다."

다쿠토는 말을 끊고는 숨을 고른 뒤 다시 입을 뗐다.

"자, 지금까지의 추론을 바탕으로 생각하면 X는 오두막 출입문을 잠글 이유가 없다는 결론이 나옵니다. 하지만 실제로 현장은 출입문이 잠겨 있었습니다. 문을 잠근 X라는 사람은 있는데 X는 사실 문을 잠글 이유가 없다. 여기서 모순이 발생합니다. 그러면 전제가 잘못되었기 때문에 모순이 생겼다고 추측할 수밖에 없습니다. 즉 X라는 인물을 가정한 것 자체가 오류였던 겁니다. X가 두 사람을 죽이고 문을 잠갔다는 가설이 부정됐으니 범인 X를 가정할 필요도 없어집니다. 그런 인물은 처음부터 존재하지 않았다고 결론을 내리는 것이 논리적이죠.

자, 어때요? 이것으로 X의 존재가 사라졌습니다. 현장에 X라는 제삼자는 없었다. A코 씨와 B야마 씨 둘뿐이었다. 그렇다면 두 사람 중 한 사람이 살아 있을 때 오두막 안에서 문을 잠갔다고 추측할 수 있습니다."

이럴 수가, 범인이 사라졌다.

가타세는 어안이 벙벙했다.

범인이 사라지고 사망한 두 사람만 남았다. 이래서는 처음으로 돌아가는 셈이었다. 동반 자살이라고 생각했던 수사 초기로.

가타세가 영문을 몰라 아연한 가운데 다쿠토는 추리를 이어갔다.

"자, 문을 잠근 사람이 A코 씨나 B야마 씨 중 누구 같습니까? 여기서 잠깐 다른 문제를 생각해 봅시다. B야마 씨는 당연히 자신의 아틀리에니까 오두막에 있었겠지만 A코 씨는 어떻게 오두막에 들어갔을까요? 이 부분을 추측해 보겠습니다.

A코 씨가 납치되었던 것은 아닌가. 기자회견장에서 그렇게 의심한 기자가 있었는데 우선 그 가능성을 검토해 보죠.

우선 사건 현장의 주변 환경부터 살펴보겠습니다. 아까 말했든 오두막은 좁은 골목의 막다른 곳에 있었습니다. 자동차조차 들어갈 수 없는 좁은 골목이었죠. 그렇다면 A코 씨를 차에 태워 오두막까지 데리고 가지 않았을 겁니다. 차를 오두막 바로 앞에 세울 수 없으니까요. 그리고 정신을 잃은 A코 씨를 업고 오두막으로 데리고 들어가는 것도 주변의 시선 때문에 위험했습니다. 여성을 둘러메고 옮기는 모습을 누가 보기라도 하면 바로 신고당할 테니까요. 유일하게 그럴듯한 방법이 A코 씨를 상자에 넣어 옮기는 것입니다. A코 씨는 147센티미터로 성인 여성치고도 작았습니다. 상자가 클 필요가 없었습니다. 그런데 법의관의 소견에 따르면 A코 씨의 몸에 묶인 흔적은 없었다고 했습니다. 손발이 묶이지는 않았던 것 같습니다. 게다가 입을 테이프나 재갈로 막으면 부검 때 법의관이 눈치챘을 겁니다. 그러니 입을 막지도 않았습니다. 즉 A코 씨가 감금당한 정황은 없습니다.

또한 A코 씨가 오두막에 갇혀 있었다고 해도 주택가인 만큼 인기척이 느껴졌을 테니 사람의 존재를 눈치채고 소리쳐서 도움을 청할 수 있었습니다. 감시자가 있었다고 해도 범인 X는 애초에 없었다는 사실이 밝혀졌으니 그 감시자는 B야마 씨 한 명뿐이었습니다. 그 B야마 씨는 2월 1일 낮에 사망했습니다. 그리고 A코 씨는 다음 날인 2일 새벽에 사망했습니다. 즉 B야마 씨가 죽은 뒤 A코 씨는 혼자 남겨졌습니다. 얼마든지 도움을 요청할 수 있는 상황이었고, 무엇보다 스스로 문을 열고 나갈 수도 있었습니다. 그러니까 애초에 상자에 담아서 어쩌고 하는 가정 자체가 필요 없는 것이죠. 차에 실어 끌고 간 것도, 둘러메고 옮긴 것도, 상자에 담아 옮긴 것도 아닙니다. 즉, 납치 가능성은 없습니다.

그러면 답은 하나뿐입니다. A코 씨는 스스로 오두막에 들어갔다.

A코 씨와 B야마 씨는 어떤 사이였을까요? 경찰도 기자들도 두 사람의 접점을 찾지 못해 애를 먹었습니다. 그럼 두 사람은 정말 아무런 사이도 아닌 완전한 타인이었을까요?

그러나 지금 A코 씨가 스스로 오두막에 들어갔다는 결론이 나왔습니다. 일면식도 없는 타인이라는 가정은 틀린 것 같네요. 전혀 모르는 사람의 아틀리에를 방문하지는 않을 테니까요. 그러면 두 사람은 어떤 사이일까?

저는 두 사람이 사귀는 사이였다고 생각합니다. 두 사람은 연인이었어요."

이데구치가 다쿠토의 말을 끊었다.

"아니, 잠깐만요. 비약이 지나친 것 아니에요? 아무런 근거도 없는 억측이잖아요."

"아뇨, 근거가 있습니다. 그 3백만 엔이요."

다쿠토는 이데구치의 반론을 차단했다.

"가니카와 형사님이 말했죠. B야마 씨의 계좌에 3백만 엔이라는 거금이 있었다고. 게다가 입금한 사람은 B야마 씨 본인이며 사건이 일어나기 얼마 전인 1월 20일에 입금됐다고. 이 돈의 정체는 도대체 무엇일까요?

만약 이 돈이 범죄 등을 통해 얻은 돈이라면? 절도, 빈집털이, 강도, 바꿔치기, 공갈, 사기, 소매치기, 날치기. 그런 불법 행위를 통해 얻은 돈이었다면 본인이 직접 자신의 계좌에 입금하지 않았겠죠. 만에 하나 경찰이 수사할 때 부인할 수 없는 증거가 될 테니까요. 그런 멍청한 범죄자는 없겠죠? 숨겨야 할 돈이라면 아틀리에의 조형물 중 하나에 구멍을 뚫고 비밀 공간을 만들어 숨길 정도의 발상은 누구나 할 겁니다. 하지만 B야마 씨는 그러지 않았죠. 당당하게 자신의 계좌에 입금했습니다. 그러니 이 돈은 쇠고랑을 찰 만한 부정한 돈이 아니라는 사실을 알 수 있습니다. 적어도 정당한 방법으로 얻은 돈이라는 점만은 확실합니다."

다쿠토는 단언하고는 말을 이었다.

"그럼 노동의 대가로 받은 돈일까요? 그런데 B야마 씨는 아르바이트로 근근이 생계를 유지하는 사람이었습니다. 갑자기 이런 큰돈을 받을 만한 일이 없었죠. 그나마 조형물을 팔았을 가능성이 있지만, 만약 그랬다면 B야마 씨가 가만히 있지 않았을 겁니다. 자신의 작품이 처음으로 예술품으로 인정받아 3백만 엔이라는 고액에 팔렸으니 아무리 말수가 없는 사람이라도 주변 사람들에게 자랑했을 겁니다. 오두막 주인 할아버지나 지인인 H 씨, 아파트 집주인 같은 사람들에게요."

하긴, 맞는 말이다. 가타세는 내심 동의했다. 전위 예술가라고 놀리던 대학 동기들을 생각하면 당연히 자랑하고 싶었을 것이다.

"그런데 B야마 주변 사람들을 철저하게 조사했지만 그런 자랑을 들었다는 사람은 아무도 없었습니다. 그러니 작품이 팔린 것은 아닐 겁니다. 경마로 돈을 따거나 복권에 당첨됐을 가능성도 마찬가지입니다. 그랬다면 누군가에게 자랑하고 싶은 심리가 사람 마음이니까요. 그렇다면 3백만 엔은 어디서 난 돈일까요?

　B야마 씨의 지인 중에 그런 큰돈을 쉽게 내줄 수 있는 사람이 있는지를 생각해 보면 답이 나옵니다. 그래요, 바로 A카와 가문입니다. 큰돈이 나올 구멍은 거기밖에 없습니다. 그렇다면 A카와 가문은 왜 B야마 씨에게 돈을 건넸을까요? 물론 범죄와 관계없다는 전제하에 말입니다. 한 가지 가능성밖에 떠오르지 않죠. 맞습니다, B야마 씨가 A코 씨와 헤어지는 대가로 건넨 돈입니다.

　재벌가의 딸인 A코 씨와 무명의 자칭 오브제 작가인 B야마 씨. 가타세 씨의 회상에 나온 A코 씨의 동창인 U씨의 증언처럼 이 두 사람의 신분 차이는 컸습니다. 게다가 A코 씨는 은행을 경영하는 K가문에 시집을 가야 했습니다. 정략결혼이었죠. 신분이 다른 두 사람의 교제는 허락받을 수 없었습니다. 그런데 어떠한 계기로 A카와 가문이 두 사람의 교제 사실을 알게 된 것 아닐까요? 그래서 딸과 헤어지라며 B야마 씨에게 돈을 건넸을 겁니다. 소심한 B야마 씨는 A카와 가문의 서슬에 눌려 그만 돈을 받고 말았습니다. 하지만 보관할 곳이 마땅치 않아 일단 계좌에 입금했습니다.

　어떻습니까? 이렇게 가정하면 돈이 입금된 경위를 자연스럽게 설명할 수 있습니다. B야마 씨의 주변에 3백만 엔을 쉽게 건넬 수 있는 사람은 A카와 가문의 사람뿐입니다. 그 외 다른 가능성은 없다고 생각하지 않나요?"

다쿠토의 주장에 이데구치가 당황한 기색으로 말했다.

"그런데 두 사람이 교제했다는 증거를 못 찾았잖아요. 경찰도 교제 사실을 밝히지 못했고."

"40년 전이라 그랬겠죠. 요즘 같은 시대에는 결코 숨길 수 없겠지만. 요즘은 일단 휴대폰이 있으니까 통화 내역만 조사해도 두 사람의 관계가 단번에 드러나요. 문자메시지나 메신저도 있고요. 교통카드도 있죠. 두 사람의 이동 경로가 분명히 남습니다. 같은 날 같은 시간에 같은 장소에 있었으면 데이트를 했다는 사실을 짐작할 수 있죠. 자주 만났다는 사실도 증명할 수 있을 겁니다. 또 CCTV도 있군요. 아틀리에에서 가장 가까운 역이나 역 주변 상가의 CCTV를 분석하면 A코 씨가 아틀리에에 자주 드나들었던 모습을 발견할 수 있을지도 모릅니다.

그런데 당시에는 그런 시스템이 없었습니다. 휴대폰도 교통카드도 CCTV도. 그래서 두 사람이 교제한 흔적을 찾지 못했습니다. 그들이 어디서 어떻게 만나 사랑에 빠졌는지 지금에 와서야 알 길이 없습니다. 하지만 두 사람은 연인 사이였습니다. 연락은 오로지 공중전화로 주고받았을 것으로 추측합니다."

다쿠토의 말에 아야뽕이 의아하다는 듯 말했다.

"둘이 사귀면 보통 주위 사람들에게 말하지 않아요?"

"아마 본인들도 신분 차이를 자각하고 있었을 겁니다. 특히 A카와 가문에게 들켰다가는 헤어져야 했을 테니. 실제로 들켜서 돈을 받았을 정도니까요. 게다가 의외로 교제 기간은 짧았을지도 모릅니다. 그 유명한 『로미오와 줄리엣』에서도 두 사람이 사귄 기간은 불과 5일이었습니다. 두 사람이 만나 사랑에 빠져 비극적인 최후를 맞이하기까지 닷새밖에 걸리지 않았죠. 소설은 현실을 비추는 거울입니다. 현실에서 그런 일이 있었다고 해도 이상하지 않아요. 교제 기간이 짧았으니 경찰도 두 사람의 연결고리를 못 찾았을 만합니다."

거기서 말을 끊은 다쿠토는 잠시 눈을 감았다가 다시 고개를 들었다.

"자, 지금부터 본격적으로 핵심에 접근해 보겠습니다. 사건 당일 두 사람에게 무슨 일이 있었는가. 그 부분을 추리해 보죠. 거듭 말해서 죄송하지만 B야마 씨의 사망 추정 시간은 2월 1일 오전 10시부터 저녁 6시 사이, A코 씨의 사망 추정 시간은 2월 2일 새벽 3시부터 아침 7시 사이입니다. 그리고 제삼자는 관여하지 않았습니다. 오두막에는 A코 씨와 B야마 씨 둘뿐이었습니다. 이 조건들을 놓고 보면 나머지는 단순합니다.

일어날 수 있는 일은 하나뿐. A코 씨가 B야마 씨를 죽였다. 범인은 A코 씨였습니다. 사망 순서로 봤을 때 이것 말고는 해석의 여지가 전혀 없습니다. 사고나 자살이 아닌 것은 명백합니다. B야마 씨는 밧줄로 교살됐으니까요."

당황한 이데구치는 단호한 다쿠토에게 말했다.

"아니, 그렇게 단순하다고? 더 복잡하지 않고?"

"그렇습니다. 다른 가능성이 없으니 당연하죠. 근거도 있어요."

"뭐라고? 근거라고?"

"보도가 중단된 것이 바로 그 근거입니다. 가타세 씨가 사회부를 떠난 뒤에 어느 순간 보도가 중단됐죠. 40년이 지난 지금, 아무리 조사해도 기사는 전혀 찾을 수 없었어요. 마치 누가 막은 것처럼요. 아니, 마치가 아니라 실제로 누군가 압력을 가했을 겁니다. 그렇지 않고서는 모든 언론이 일제히 침묵한 이유를 설명할 수 없죠. 그 누군가가 누구일까요. 답은 하나입니다."

"A카와 가문."

가타세가 떠오른 생각을 그대로 말했다. 다쿠토는 조용히 고개를 끄덕였다.

"사건에 연루된 사람 중 정치권까지 파고들어 절대적인 권력을 휘두르는 존재는 A카와 가문밖에 없습니다. 아무리 유력 재벌가라도 언론을 쉽게 통제할 수 없었을 테니 상당한 수고를 들였을 겁니다. 천하의 재벌가도 자존심을 버리고 그렇게까지 필사적이었던 이유, 그건 하나뿐입니다. A카와 가문의 명예를 지키려고. 만약 A코 씨가 그저 억울한 피해자였다면 언론 통제에 집착할 필요는 없었을 테죠. 그들이 숨기고 싶었던 진실은 A코 씨가 살인범이라는 사실이었습니다. A카와 가문의 대응이 그 증거입니다. 범인은 틀림없이 A코 씨입니다."

아아, 도요오카 씨가 병원 침대에서 웃었던 이유가 바로 그 때문인가. 권력이 언론을 통제하면서 기자로서 자존심이 무너진 데 대한 억울한 감정. 압력에 굴복할 수밖에 없었던 기자로서 느낀 자학. 그리고 그런 복잡한 갈등이 있었다는 사실을 전혀 눈치채지 못한 가타세의 아둔함. 아둔한 주제에 기자로서 자부심을 느끼며 단순 호기심으로 도요오카를 찾아온 가타세의 어리석은 행동. 그런 복합적인 감정이 도요오카 씨의 마음을 흔들었던 것이다. 도요오카 씨가 웃던 이유를 이제야 비로소 이해했다. 그리고 이제는 입막음 명령의 시효도 지났다고 판단해서 너 스스로 사건을 밝혀보라며 가타세를 자극했다. 너 따위가 할 수 있다면 해보라는 식의 조롱하는 마음으로.

가타세가 그런 생각에 잠겨 있는 사이에 다쿠토가 다시 입을 열었다.

"문제의 날, 2월 1일에 A코 씨는 오후 1시가 넘어 집을 나섰습니다. 그리고 사흘 후 숨진 채 발견될 때까지 자취를 감췄습니다. 그날 저녁, A카와 가문에서 수색 요청을 했지만 그때는 이미 오두막에 있었기 때문에 찾지 못했죠. 오후

1시에 집을 나와 오두막으로 향했고 그곳에서 B야마 씨를 만났다. 시간상으로 따지면 범행은 오후 3시경이겠죠. 사망 추정 시간 범위 내입니다.

B야마 씨의 측두부에 구타 흔적이 있었다던 법의관의 발표를 기억하시죠? 아마 A코 씨가 오두막에 있던 목공용 공구나 다른 공구로 후려친 뒤 B야마 씨가 반쯤 정신을 잃었을 때 목에 밧줄을 감은 것으로 보입니다. 그러지 않고서는 체구가 작은 A코 씨가 성인 남자인 B야마 씨의 목을 졸라 죽일 수 없었을 테니까요. A코 씨는 정신이 가물가물한 B야마 씨의 정면에서 밧줄로 목을 졸랐습니다.

두 사람 모두 40년 전에 사망했으니 동기는 추측할 수밖에 없겠네요. B야마 씨가 이별을 순순히 받아들여서인지, 강요 때문에 어쩔 수 없어서였는지는 모르지만 어쨌든 돈을 받았습니다. 어쩌면 B야마 씨도 신분 차이를 깨닫고 A코 씨와 헤어질 생각이었을지도 모릅니다. 그런데 이유야 뭐가 됐든 일단 돈을 받았으니 B야마 씨는 부담을 느껴서 A코 씨와의 교제를 주저하고 망설였을 겁니다. 하지만 A코 씨는 이해할 수 없었습니다. 온실 속 화초였던 A코 씨에게는 아마 첫 연애였을지도 모릅니다. 남녀관계의 복잡한 심리도 모르고 그저 감정에 휘둘렸을 테죠. 순수한 사랑은 종종 극단적으로 변하기도 합니다. 헤어지자는 이야기가 꼬이고 꼬여서 결국 감정을 주체하지 못하고 공구를 휘둘러 때렸을 겁니다. 그리고 사랑한 만큼 미움은 배가 되는 법. 이성을 잃은 A코 씨는 그만 목을 조르고 말았습니다.

아마 이런 상황 아니었을까요? 그렇게 오두막에는 사망한 B야마 씨와 살아 있는 A코 씨만 남았습니다."

다쿠토의 말이 끝나자 이데구치가 물었다.

"그럼 A코 씨를 죽인 사람은 누구죠? 제삼자는 없다고 했잖아요. A코 씨가 자살했다는 말이에요?"

가타세도 같은 의문이 들었다. 그러자 다쿠토는 무심하게 대답했다.

"그때부터 A코 씨의 분투가 시작됩니다. 이건 단순히 제멋대로 한 추측이 아닙니다. 발견 당시 정황에 끼워 맞추려는 것이 아니라 모든 것이 일관성을 갖추려면 이렇게 해석할 수밖에 없다는 차원에서 하는 추론입니다. 아마 틀리지는 않을 겁니다.

우선 오두막에 소프트볼이 있었죠? 눈알이 여러 개 달린 기괴한 조형물의 안구를 만드는 데 사용한 소프트볼이요. 그 소프트볼이 몇 상자 남아 있었다고 가타세 씨의 기록에 남아 있었습니다. 아마 이게 딱 알맞았을 거예요."

다쿠토는 두 손을 앞으로 내밀었다. 그리고 오른손 엄지손가락과 나머지 네 손가락으로 반원을 만들고, 왼손도 마찬가지로 반원 모양을 만들었다. 그리고 양손 끝을 맞대 원을 만들었다.

"소프트볼 크기가 이 정도일까요? 이렇게 하면 두 손으로 공을 감싸듯 들 수 있죠."

다쿠토의 설명에 이데구치가 재빨리 휴대폰을 꺼내 검색했다.

"음, 소프트볼의 정식 공은 3호 공으로, 지름 약 9.7센티미터, 둘레 약 30.5센티미터라고 한다."

"30센티미터 조금 넘네요. 그러면 이 정도인가?"

다쿠토가 엄지손가락만 조금 안쪽으로 넣어서 고리를 작게 만들었다. 엄지손가락 끝이 떨어져 서로 어긋나는 모양이 됐다.

"A코 씨는 B야마 씨 시체의 두 손에 이렇게 소프트볼을 쥐여 놓았습니다. 그리고 그 상태로 고정했습니다. B야마 씨가 '미라의 저주'라는 작품을 만들 때 사용하려고 했던 붕대로 말입니다. 그 붕대로 소프트볼을 쥐고 있는 B야마 씨의 두 손을 칭칭 감았습니다. 그야말로 미라처럼 만들어서 두 손을 그대로 굳게 만들려는 목적이었죠."

"저기, 그거 무슨 주술 같은 거예요?"

아야뽕이 신기한 듯 물었지만 다쿠토는 매우 진지하게 대답했다.

"주술이 아니라 매우 실용적인 행동이었습니다. 자, 두 손을 고정한 다음에 B야마 씨를 의자에 앉힙니다. 오두막에 의자가 있었죠? 두 사람의 시체는 두 의자 사이에서 발견됐고요. 체구가 작은 A코 씨가 B야마 씨의 시체를 옮겨야 했으니 이때가 가장 힘들었을 겁니다. 시체가 쓰러지지 않도록 하려면 의자 끝에 살짝 걸치듯 앉힌 뒤 상체는 의자 등받이에 기대 둬야 했겠네요. 그러면 나중에 편할 테니까요."

다쿠토는 설명하면서 직접 그 자세를 실연해 보였다. 의자에서 흘러내릴 듯 끝에 걸터앉고 상체를 등받이에 기댄 뒤 몸을 뒤로 젖히는 자세였다. 몹시 단정하지 못한 자세였지만 정작 다쿠토의 얼굴은 매우 진지했다.

"이렇게 몸도 고정합니다. 흘러내리지 않도록 다리에도 붕대를 감아 고정했어요. 의자 다리에 빙빙 감아서 움직이지 않도록. 상체는 의자 등받이에 고정하고 붕대로 감아 고정합니다. 이렇게 몸 부분이 완성됐습니다. 이제 가장 중요한 팔이 남았군요."

이데구치가 조심스럽게 물었다.

"저기, 다쿠토 씨. A코 씨가 지금 뭘 하는 거예요? B야마 씨의 손에 소프트볼을 쥐어 놓고 몸을 의자에 앉히고."

"곧 알게 됩니다. 이제 완성될 테니까요."

다쿠토는 이데구치의 질문에 대답하지 않고 말을 이었다.

"자, 이제 팔을 위로 뻗습니다. 최대한 높게, 천장을 향해. 물론 시체는 몸에 힘을 줄 수 없으니 무언가로 고정해야 하죠. 오두막에는 조형물을 만들 때 사용하던 재료가 많아서 걱정 없습니다. 가타세 씨도 말씀하셨죠. 각목과 염화비닐관이 있었다고. 바로 그것을 사용했을 겁니다. 각목을 나무 의자에 박았습니다. 못 박는 소리가 났겠지만 오후 3시에서 오후 4시 사이였을 테니 동네 주민들은 아마 B야마 씨가 작업하는 소리라고 생각했을 겁니다. 그리고 나무 의자에 목재를 세워서 박고 염화비닐관을 동원해 높이 쌓아 올려 보조봉을 세웁니다. 그리고 이번에는 B야마 씨의 팔을 천장을 향하게 들어서 그 보조봉에 대고 붕대로 감아 고정합니다."

가타세가 참지 못하고 물었다.

"저기, 도대체 뭘 하는 거죠? 무슨 작업이에요?"

"이제 곧 완성됩니다. 팔을 위로 뻗어 고정하는데 주의할 점은 손목의 각도입니다. 손목을 90도로 구부려서 둥근 모양을 만든 손이 바닥과 나란해지도록 해야 합니다."

다쿠토는 실연을 멈추지 않았다. 흘러내릴 듯한 자세로 의자에 앉아 팔을 위로 뻗고 소프트볼을 잡았다고 가정한 두 손을 지면과 나란해지도록 자세를 잡았다. '천사의 고리를 바깥에서 잡고 하늘에 바치는 자세' 같은 느낌이라고 생각했다. 기묘하기 짝이 없는 모습이었다.

"그러면 이런 자세가 완성됩니다. 사망한 B야마 씨는 붕대로 칭칭 감겨서 마치 미라 같아 보였을 겁니다. 의도치 않게 B야마 씨가 만들려고 했던 차기작이 완성됐네요."

이데구치가 곧바로 타박했다.

"아니, 지금 미라를 만들 때가 아니잖아요. A코 씨는 도대체 뭘 한 거죠?"

"기다렸죠. 그대로 잠시."

다쿠토의 대답에 이데구치는 이상하다는 듯 되물었다.

"뭘 기다려요?"

"당연히 사후경직이요."

다쿠토는 당연하다는 듯 대답한 뒤 기묘한 자세를 풀고 고쳐 앉으며 말했다.

"사후경직은 사망한 지 두세 시간이면 시작됩니다. 우선 턱과 목부터 시작해서 서서히 전신으로 퍼지는데 약 열두 시간이면 정점에 이른다고 하죠. 열 시간에서 열두 시간에 걸쳐 온몸이 딱딱해집니다. A코 씨는 고등학생 때 간호사가 꿈이었다고 했죠. 그래서 사후경직에 대한 지식도 있었을 겁니다."

"사후경직이요?"

예상치 못한 말에 가타세는 무심코 중얼거리고 말았다. 다쿠토는 고개를 끄덕였다.

"네. 정점까지 약 열두 시간. A코 씨에게 이 시간이 필요했습니다. 그 시간이 바로 A코 씨와 B야마 씨의 사망 추정 시간이 차이 난 이유입니다. A코 씨는 B야마 씨의 시체가 경직되기를 기다렸습니다. B야마 씨가 2월 1일 오후 3시경에 사망했다면 사후경직의 정점은 다음 날인 2일 새벽

3시가 됩니다. 가만히 기다리던 A코 씨는 이때 다시 움직이기 시작합니다. B야마 씨를 감고 있던 붕대를 모두 풀고 보강용으로 사용한 각목과 염화비닐관도 분해해서 치웁니다. 그런 잡다한 물건이 남아 있으면 지금까지 공들여 만든 상황을 망치게 되니까요. 의자는 평소 B야마 씨가 작업대 대용으로도 사용했기 때문에 페인트 얼룩이나 못을 박은 흔적 등이 남아 있었다고 하더군요. A코 씨가 못을 박았던 흔적은 기존에 남아 있던 흔적에 섞여 아무도 눈치채지 못했습니다. 그리고 붕대도 다시 감아서 제자리에 돌려놓았습니다. 마지막으로 B야마 씨의 두 손에 쥐여 놓은 소프트볼을 꺼내면 준비는 끝납니다. 이런 자세로 딱딱하게 굳은 B야마 씨의 시체가 완성됐습니다."

다쿠토는 다시 의자에 흘러내릴 듯 앉아 상체를 등받이에 기대고 팔을 위로 뻗은 아까와 같은 자세를 했다.

"어떤 준비가 끝났다는 거죠?"

이데구치가 쭈뼛거리며 물었다.

"당연히 동반 자살을 위한 준비입니다. A코 씨는 B야마 씨의 시체로 무대를 완성했습니다. 사후경직을 이용한 인체 고정형 액살 장치를."

뭐라고!? 숨을 삼킨 가타세는 너무 놀라 목소리도 나오지 않았다. 이데구치도 눈을 부릅떴고 아야뿡은 입을 헤벌렸다.

"처음에 말씀드렸죠. '동반 자살을 한다면 사랑하는 사람의 손에 죽고 싶다'라는 게 사람 마음이라고. A코 씨는 이 마음을 행동으로 옮겼습니다. 자신에게 최고의 죽음을 선사했죠. 가니카와 형사님도 그러셨다면서요. 서로 사랑하는 사람의 손에 죽다니 행복하다고 생각할 거라고. 서로가 서로의 손으로 죽음에 이르는 것. 이것이 바로 동반 자살의 궁극적인 형태라고."

다쿠토는 이야기의 내용과 달리 담담한 어조로 말했다.

"A코 씨는 의자를 가져와 경직된 B야마 씨의 정면에 놓았습니다. B야마 씨의 키는 182센티미터. 앉아 있어도 팔을 위로 뻗으면 손바닥 고리의 높이는 그럭저럭 높습니다. 147센티미터인 A코 씨의 목보다는 조금 더 높죠. 그래서 A코 씨는 의자 위에 올라가 높이를 조절했습니다. 그리고 우선 B야마 씨의 목을 조른 밧줄의 양 끝을 다시 두 손으로 잡았습니다. 동반 자살이니 A코 씨도 B야마 씨를 죽였다는 사실을 분명히 해야만 상황이 매끄러울 테니까요.

그리고 딱딱하게 굳은 B야마 씨의 두 손을 억지로 벌리고는 자신의 목을 억지로 넣었습니다. 당연히 정면에서 서로 마주 보는 형태로요. 경직된 B야마 씨의 두 손은 A씨의 목을 정면에서 조르는 형태가 됐습니다. 소프트볼을 넣어서 만든 손바닥 고리는 여성의 목둘레보다 조금 짧아서 좁은 편입니다. 사후경직으로 굳은 B야마 씨의 두 손은 A코 씨의 목을 파고들며 아슬아슬하게 졸랐습니다. 그와 동시에

A코 씨는 의자에서 뛰어내리며 B야마 씨의 손에 목을 매단 형태로 체중을 실었습니다. B야마 씨의 손이 조이는 힘만으로는 죽음에 이르지 못할 수도 있으므로 스스로 목을 맨 셈입니다. 액살縊殺이자 액사縊死였습니다. 법의관은 A코 씨가 반쯤 들어 올려진 채 목이 졸려 죽었다고 부검 결과를 발표했죠. 그 이유는 A코 씨가 스스로 목을 매는 형태로 현장을 꾸몄기 때문입니다. 고정형 액살 장치는 목을 매다는 교수대 같은 역할도 한 셈입니다. A코 씨는 체구가 작고 가벼운 데다 B야마 씨의 시체를 의자 등받이에 기대는 자세로 앉혀 중심을 잡아 놨기 때문에 B야마 씨의 시체는 앞으로 넘어지지 않았습니다.

이렇게 A코 씨는 사랑하는 B야마 씨의 손에서 타살이자 자살이라는 형태로 사망했습니다.

A코 씨의 동반 자살은 이렇게 완성됐습니다."

다쿠토는 부드러운 목소리로 추리를 끝맺었다. 가타세는 어안이 벙벙했다. 오브제 작가의 몸을 이용해 오브제를 만들었다는 어처구니없는 아이러니에 말문이 막혔다. 심지어 예술 작품이 아니라 실용적인 목적으로 만들어진 죽음의 오브제를.

"사후경직이 사망 후 열두 시간 후에 정점을 찍는다고 했죠? A코 씨는 그것을 이용해 스스로 목숨을 끊었습니다. 그리고 그 후 서서히 경직이 풀립니다. 제 기억으로는 사망 후

30시간에서 40시간 정도 지나면 사후경직이 풀리기 시작하고 90시간이 지나면 원래의 모습으로 완전히 돌아간다고 알고 있습니다.

2월 1일에 사망하고 사후경직이 시작된 후 고정형 액살 장치가 된 B야마 씨의 시체도 시간이 흘러 2월 2일, 2월 3일, 2월 4일이 되면서 서서히 경직이 풀렸습니다. 위로 뻗고 있던 팔이 아래로 떨어지고 허리와 등도 다시 부드러워졌습니다. 2월 4일 아침 무렵에는 자세가 무너져 의자에서 흘러내렸을 겁니다. 그와 동시에 손으로 옥죄고 있던 A코 씨의 시체도 아래로 흘러내려 쓰러졌습니다. 아마 이때 A코 씨의 측두부가 의자 모서리에 부딪히며 타박상 흔적이 생겼을 겁니다.

그렇게 두 시체는 얽히듯 스르르 바닥으로 쓰러졌고, A코 씨의 시체 위에 엎어진 B야마 씨의 시체가 두 의자 사이에 있는 모습을 H씨가 발견했습니다. B야마 씨의 한 손은 여전히 A코 씨의 목에 걸린 상태였고요."

다쿠토의 말처럼 시체 발견 당시 시체는 분명 그런 자세였다. 정말로 그의 말대로 생각할 수밖에 없는 상황이어서 가타세는 인정할 수밖에 없었다.

"경찰도 계속 수사하다가 이 장치를 눈치챘을 겁니다. 그것밖에는 정답이 없으니까요. 하지만 사건의 진상을 발표할 수는 없었어요. A카와 가문의 압력 때문에 사건을 흐지부지

종결해야 했죠. 그리고 정치권의 압박과 경찰 상부의 명령 때문에 입을 다물어야 했을 겁니다. A코 씨를 피의자 사망으로 처리했으니 검찰에 송치되는 일도 없었습니다."

도요오카는 아마 가니카와 형사에게 이야기를 전해 듣고 진실을 깨달았을 것이다. 두 사람 모두 상부의 명령에 굴복한 분한 마음을 공유했으리라.

"A코 씨의 심정이 어땠는지 지금은 알 길이 없습니다. 그만 화가 치밀어서 B야마 씨를 죽인 뒤 죄책감을 견딜 수 없어 죽음을 선택했는지, 아니면 경찰 수사를 피할 수 없으리라 예상해서 체념하고 자살을 선택했는지 아무도 모릅니다. 조금 전에는 헤어지자는 말이 나와서 살해에 이르렀다고 말했지만 사실 A코 씨는 처음부터 동반 자살을 결심하고 B야마 씨를 찾아갔을 가능성도 배제할 수 없습니다. A코 씨의 부모님이 B야마 씨가 돈을 받았다는 사실을 A코 씨에게 알리며 어디서 굴러먹다 온지 모를 놈과는 당장 헤어지라고 꾸중한 것이 원인일 수도 있습니다. 남은 건 자신의 의지와 상관없는 혼담뿐이었죠. 그래서 현실에 절망해 차라리 사랑하는 사람과 세상을 떠나겠다고 결심하고 동반 자살을 계획했을 수도 있습니다."

"분명 마지막 이유겠죠. 집안 때문에 좋아하지 않는 사람과 결혼할 바에야 사랑하는 사람과 죽는 게 백 번 나아요."

아야뿡이 멍한 얼굴로 말했다. 캐릭터 콘셉트는 잠시 잊은 듯했다. 아이돌이 죽음이라는 단어를 쉽게 입에 올리면 좋지 않을 텐데. 다쿠토가 풀어놓은 추리에 완전히 감정 이입한 듯했다.

다쿠토는 조금 음울한 얼굴로 말했다.

"다만 이 사건을 사실 동반 자살이라고 해도 좋을지 모르겠습니다. 이 사건은 어떻게 보면 단순히 A코 씨가 B야마 씨를 살해한 뒤 뒤따라 자살했다고 볼 수도 있어요. 그렇다면 단순히 살인과 자살일 뿐이니까요."

"동반 자살이라고 해도 괜찮잖아요. 그게 더 로맨틱하단 말이에요."

아야뿅이 말했다. 가타세는 어느 쪽이든 상관없다고 생각했다. 그래서 솔직하게 말했다.

"저는 사망하신 분의 마음을 헤아릴 만한 위치에 있는 사람이 아닙니다. 그러니 어느 쪽인지 판단할 수 없습니다. 다만 진실을 알게 되어 마음이 편해졌습니다. 어깨가 가벼워진 기분이에요."

실제로 마음이 가벼웠다. 그토록 골머리를 앓던 지난날이 다 거짓말 같았다. 안개가 걷힌 듯 머리가 맑아졌다.

이데구치는 매우 흡족한 얼굴로 쾌활하게 말했다.

"우와, '이데구치 수사 채널'이 시작된 후로 거둔 최고의 성과예요. 풀리지 않던 수수께끼를 게스트가 풀었잖아요. 마루짱, 이번 편 조회 수 대박날 것 같지? 문제편과 해결편으로 나눠서 편집하자. 구독자에게 보내는 도전장도 넣어서. 우와, 신난다."

그중 감상에 젖은 사람은 다쿠토 한 사람뿐이었다.

"저는 사후경직을 기다리는 동안 A코 씨가 어떤 심정이었을지, 그 점이 가장 마음 쓰입니다. A코 씨는 열두 시간 동안 연인의 시체가 굳어가는 모습을 얼어붙을 듯한 추위 속에서 가만히 기다렸습니다. 그동안 도대체 무슨 생각을 했을까요.

해가 지고 저녁이 되고 밤이 깊어질 때까지 어떤 마음으로 시간을 보냈을까요. 얇은 이불이 깔린 침대에 웅크리고 앉아서 무슨 생각을 했을까요. 사랑하는 사람의 손에 죽을 수 있다. 사랑하는 사람과 함께 죽을 수 있다는 그 단 한 가지 생각만으로 행복에 취했을까요? 사랑하는 사람과 함께 죽어 다음 생에서 다시 만나는 꿈을 꾸며 안도감을 느꼈을까요?

그 하룻밤이 과연 그녀에게 행복한 시간이었을지, 저는 그 의문만이 마음에 걸려요."

다쿠토는 혼잣말처럼 중얼거린 뒤 입을 다물었다. 명쾌한 어조로 기묘한 사건의 진상을 멋지게 밝힌 젊은 가수는 이국적인 얼굴에 근심 어린 표정을 띤 채 한참이나 말없이 생각에 잠겼다.

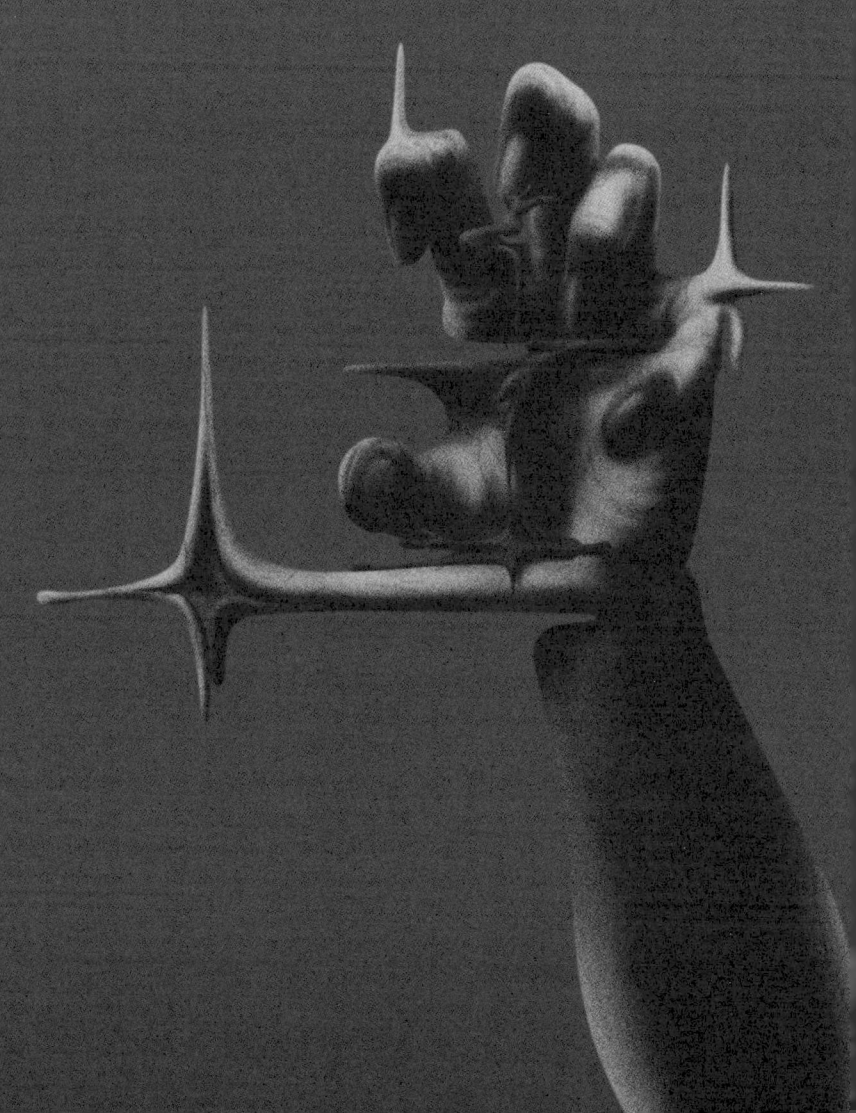

시체는 위를 보고 누운 자세로 쓰러져 있었다.

남자 시체였다.

나이는 아직 젊은 30대 정도일까.

자갈이 울퉁불퉁 깔린 강가. 살아 있었다면 등이 아파서 누워 있을 수 없었겠지만 이제는 그 고통조차 느낄 수 없었다.

남자의 얼굴은 창백했다. 상처 하나 없는 깨끗한 얼굴이었다. 그런데 머리카락과 피부가 흠뻑 젖어 있었다. 비가 내린 탓이었다. 머리카락에 맺힌 물방울이 여름의 아침 햇살을 받아 영롱하게 빛났다.

시체의 표정은 매우 평온했지만 팔은 끔찍했다.

최초 발견자는 눈치채지 못한 듯했지만 수사관들은 그 기이한 점을 곧바로 알아차렸다. 상당히 엽기적인 모습이니 아마 요란하게 보도되리라. 수사관들은 벌써부터 지긋지긋했다. 언론이 너무 떠들어대면 수사가 힘들어지기 때문이었다. 하지만 이 정도로 큰 사건이라면 의외로 빨리 해결될지도 모른다. 무려 두 명이나 살해된 사건이었으니까.

그렇지만 예상은 빗나갔고 거의 세 달이 지나도록 수사는 지지부진했다. 사건의 실마리조차 찾지 못한 상황이었다.

✼

관이다.

'특이한 상징물이다'라고 기타미 가즈테루는 생각했다. 가게 이름은 '드라큘라'. 이름답게 영화 속 흡혈귀가 침대로 사용하는 것 같은 서양식 관 모양이었다. 다만 둥글고 귀엽게 디자인을 변형해서 으스스한 느낌은 아니었다.

핼러윈 시즌이라서 그런가 싶었지만 유리문에 금박으로 인쇄된 관 마크와 가게 이름을 보니 세월의 흔적이 느껴졌다. 오래전부터 이 마크로 영업하고 있는 듯했다. 어쩌면 아는 사람만 아는 오래된 바일지도 모른다. 이제 갓 스무 살을 넘긴 기타미는 그런 옛날 일은 알 길이 없었지만.

도쿄 유라쿠초도 재개발되어 거리가 새롭게 바뀌었지만 골목으로 조금만 들어가면 이런 수수한 멋이 있는 바가 남아 있기도 해서 매력적이었다.

기타미는 유리문을 열고 가게 안으로 들어갔다.

아직 저녁 6시 전이라서 그런지 손님은 대략 30퍼센트 정도 차 있었다. 내부는 그을린 듯한 나무 재질로 꾸며져 있었다. 나무판자로 지은 바닥과 세월의 흔적이 느껴지는 나무 벽. 낡긴 했어도 청결하게 관리되어 있었다. 고풍스러운 영국 펍의 사진이 액자에 걸려 장식되어 있기도 했다. 아늑한 분위기였다. 역시 단골들이 찾는 맛집일지도 몰랐다.

기타미는 백발에 키가 큰 바텐더의 안내를 받아 카운터석에 앉았다. 자신 말고는 아무도 없어서 카운터를 독차지한 셈이라 기분이 좋았다.

넥타이 매듭을 적당히 풀고는 맥주를 주문했다. 백발의 바텐더가 맥주를 따라준 잔에도 관 모양 마크가 새겨져 있어 세심한 정성이 느껴졌다. 잔에 새겨진 마크는 검은색이었다.

시원한 맥주를 한 모금 마신 뒤 깊게 숨을 내쉬었다. 몸과 마음이 편안해지는 기분이었다. 이렇게 이른 시간부터 바 카운터에 앉아 여유를 즐기는 날이 오다니. 정말 얼마 만인지 모르겠다.

"다들 피곤하지? 오늘은 이만하자. 다들 정시퇴근해."

주임의 입에서 그 말이 나왔을 때 기타미는 자신의 귀를 의심했다.

10월 마지막 주. 이번 달도 쉬는 날까지 반납해 가며 열심히 일에 파묻혀 살았다. 동료들 모두 피로가 쌓여 한계에 다다른 상태였다. 무섭기로 소문난 주임도 부하 직원들의 눈 밑에 짙게 내려온 다크서클을 보고는 결국 안쓰러웠던 모양이다.

"오늘은 마무리해. 자, 어서어서 퇴근해."

주임은 거의 자포자기한 듯 말했다. 다들 잠깐 얼떨떨했지만 금세 부랴부랴 퇴근 준비를 했다. 주임의 마음이 바뀌기 전에 얼른 도망가자는 마음이었으리라. 정장 상의를 들고 문밖으로 뛰어나가는 사람도 있었다. 가정이 있는 선배들은 분명 누구나 집이 그리울 것이다.

그러나 과에서 가장 젊은 기타미는 미혼이었다. 퇴근하고 원룸으로 돌아가도 기다리는 사람이 없었다. 그저 침대와 한 몸이 되어 잠들 뿐이었다.

그래서 여자친구에게 전화했다. 최근 며칠 동안 일 때문에 제대로 만나지 못했으니 오랜만에 여유롭게 식사라도 해야겠다는 생각이 들었다. 그동안 만나지 못해서 미안하니 대신 맛있는 거라도 사야지.

그런데 운이 나쁘게도 오늘은 여자친구가 야근하는 날이었다. 기타미보다 세 살 어린 스물여섯 살 여자친구는 외국계 건설 자재 무역회사에 다녔다. 환율 변동 때문에 갑자기 일이 몰리는 경우가 많다고 했는데 하필 오늘이 그런 날이었다. 아무리 빨라도 밤 9시는 되어야 퇴근할 수 있다는 메시지를 받았다.

기타미는 별수 없이 시간을 때우기로 했다. 여자친구의

회사가 있는 유라쿠초까지 찾아와 낯선 바에 처음 들어온 이유도 그 때문이었다. 여자친구가 퇴근하는 대로 만나기로 했으니 그때까지 버티자는 마음이었다.

대충 고른 바는 다행히 차분한 분위기였다. 배경 음악으로 바이올린이 연주하는 클래식 곡이 흘러나왔다. 소리도 거의 들릴 듯 말 듯했다. 아직 술에 취할 시간이 아니라서 그런지, 아니면 손님들 수준이 좋은 건지 다들 조용히 잔을 기울였다.

기타미도 맥주잔을 들고 편안한 기분에 젖어 있었다. 얼마 만에 느껴 보는 여유인지. 너무 취하지 않도록 마시는 속도를 조절했다.

그때 문득 뒤쪽에 앉은 손님들의 대화가 귀에 들어왔다. 카운터석에서 가장 가까운 테이블석에 앉은 젊은 남자 두 명이었다. 큰 소리로 떠드는 것은 아니지만 바가 워낙 조용하다 보니 자연스럽게 대화 소리가 들렸다.

다리를 꼬는 척 자연스럽게 자세를 바꾸자 뒤쪽 테이블에 앉은 남자들의 얼굴이 보였다.

4인용 테이블을 둘이서 차지하고 앉은 두 사람은 둘 다 20대 중반으로 보였다. 한 사람은 평범한 얼굴이었는데 퇴근길에 들른 듯 정장 차림에 머리도 단정했다. 이 주변에서 흔하게 볼 수 있는 인상의 젊은 남자였다.

그런데 나머지 한 명의 외모가 상당히 눈에 띄었다. 기타미가 일부러 자세를 바꾼 이유도 이 남자에게 관심이 생겼기 때문이었다. 편한 후드티 차림에 얼굴은 온통 수염으로 덮여 있었다. 늦더위도 지나간 이 시기에 피부도 새까맣게 그을려 마치 방랑자나 산적 같은 인상이었다. 그 남자가 신경 쓰인 이유는 그 외모가 차분한 분위기가 흐르는 바와는 전혀 어울리지 않았기 때문이다. 수염은 덥수룩한데 머리카락은 짧은 데다가 삐죽삐죽 제멋대로 잘려 있었다. 대체 어느 엉터리 미용실에서 잘랐나 궁금할 정도로 엉망이었다.

처음에는 동남아 사람인 줄 알았다. 새까만 얼굴에 이목구비가 조각처럼 뚜렷했기 때문이었다. 그런데 말투를 들어보니 외국인이 아니었다. 그저 얼굴이 짙은 남자였다. 그래도 머리와 수염 길이는 이상했다. 그래서 궁금한 마음에 그만 관찰하고 말았다.

맥주잔을 들고 그들의 대화가 흘러들어오는 대로 들었다. 귀를 기울이지 않아도 자리가 가까워서 저절로 들리는 바람에 대화의 흐름을 대략 파악할 수 있었다.

수염이 덥수룩하고 피부가 짙게 그을린 남자는 배낭여행을 갔다가 귀국한 지 얼마 되지 않은 듯했다. 동아시아에서 인도를 거쳐 서아시아까지, 약 반년을 떠돌았다고 한다. 정말로 방랑자였던 셈이다. 그는 '거지 여행'이라고 표현했다. 정장 차림 남자와는 친구 사이고 반년 만에 만난 듯 여행 이야기를 나누며 즐거워했다.

외모도 그렇지만, 기타미가 조금 재미있다고 느낀 부분은 배낭여행을 다녀온 남자의 말투가 의외로 차분하다는 점이었다. 보통 반년 만에 귀국해 장기 여행의 이야기를 풀어놓는다면 조금 더 흥분한 말투로 말하지 않나. 이런 일이 있었다, 저런 것을 보았다며 풍부한 표정으로 신이 나서 말할 것이다. 그런데 수염이 난 남자는 담담했다. 마치 다른 사람의 경험담을 듣고 말하는 사람처럼 처음부터 끝까지 담백했다. 바로 그 부분과 외모의 괴리가 제법 흥미로웠다.

대화를 들으면서 두 사람의 이름도 알게 됐다.

퇴근길로 짐작되는 정장 차림 청년은 오기.

배낭여행을 다녀온 수염남은 구가야마.

참고로 구가야마의 머리가 엉망인 이유는 이스탄불의 노점 이발소에서 머리를 깎았기 때문이라고 했다. 길어진 머리를 귀국 전에 정리하려다가 봉변을 당했다고 한다. 말이 전혀 통하지 않으니 시키는 대로 할 수밖에 없었다고. 구가야마는 그런 에피소드를 온화한 어조로 늘어놓았다.

"그럼 돌아왔을 때 다시 머리 좀 다듬지 그랬어. 겸사겸사 면도도 하고."

그렇게 말하며 오기는 웃었다.

기타미는 여유롭게 여행할 수 있는 구가야마가 조금 부러웠다. 일에 쫓기며 사는 자신에게는 꿈같은 이야기였다.

그때 문득 떠오른 생각에 기타미는 자세를 원래대로 바로 잡고서 카운터를 향해 몸을 돌린 뒤 손목시계를 풀었다. 그러고는 시계를 카운터 위에 올려놓고 정장 안주머니에서 접힌 손수건을 꺼내 그 옆에 내려놓았다. 그리고 손수건을 조심스럽게 펼쳤다. 손수건에 싸여 있는 물건도 손목시계였다.

다만 모양이 특이했다.

둥근 문자판에 우스꽝스러운 고양이 얼굴이 그려져 있었다. 그리고 두 귀가 문자판 바깥쪽으로 튀어나와 있었다. 즉 고양이 귀가 돌기처럼 붙어 있었다.

이 고양이 귀 시계는 여자친구가 준 선물이었다.

"맨날 차고 다녀야 해, 나 대신에."

여자친구는 장난기가 있었다.

당시에는 기타미도 당연히 항상 차고 있겠다고 호언장담했지만 나중에 무척 후회했다. 서른 가까운 직장인이 일할 때 차기에 적합한 디자인이 아니었기 때문이다. 다른 사람이 보면 얼굴을 들 수 없을 정도로 민망했다. 그래서 여자친구에게는 미안하지만 절충안을 택했다. 바로 소중하게 싸서 정장 안주머니에 넣어 두는 것이었다.

이 정도면 늘 몸에 지니고 다니는 셈이라고, 약속도 절반은 지킨 셈이라고 생각했다. 평소에는 다른 시계를 차고 다니다가 여자친구를 만날 때는 고양이 귀 시계로 바꿔 찼다.

그래서 여자친구를 만나기로 한 기타미는 지금 고양이 귀 시계를 손목에 감고 있었다. 다만 디자인이 너무 유치해서 역시 조금 창피했다. 보는 사람도 없는데 기타미는 습관처럼 정장 소매를 잡아당겨 시계를 가렸다. 그리고 자신의 시계를 손수건에 감싸 주머니에 넣었다. 기타미가 원래 차고 다니는 시계는 평범하고 수수한 국내 제품이었다.

맥주잔이 비자 진토닉을 주문했다. 백발에 과묵한 바텐더가 재빠르게 진토닉을 만들어 내놓았다. 카운터에 놓인 술잔은 맥주잔보다 작지만 마찬가지로 검은색 관 마크가 새겨져 있었다.

시원하고 투명한 진토닉을 한 모금 맛보는데 신경 쓰이는 단어가 갑자기 귀에 쏙 들어왔다.

테이블석의 두 사람이었다.

방금 분명 '바꿔치기 살인'이라는 말을 들은 것 같은데, 기분 탓일까.

기타미는 귀를 곤두세우며 다시 다리를 꼬는 척 몸을 반쯤 틀어 아까처럼 앉았다. 두 사람의 자리가 시야 가장자리에 들어오는 자세였다. 확실하다. '바꿔치기 살인' 이야기를 나누는 중이었다.

정장을 입은 오기가 친구에게 말했다.

"네가 외국에 나간 사이에 일어난 사건이야. 벌써 거의 세 달은 됐지. 피해자는 두 명. 시체는 이상한 상태로 발견됐어. 엽기 살인이었어. 게다가 아직 해결되지 않았어. 당연히 범인도 잡히지 않았고."

견과류를 집어먹으며 이야기를 듣던 구가야마는 태평한 얼굴로 대답했다.

"전혀 몰랐어. 여행 중에 일본 뉴스는 전혀 안 봤거든."

"여긴 완전 난리였다니까. '바꿔치기 살인'이라고 불리면서."

"그런데 작명 센스가 별로네. 어감이 안 좋아."

"알 게 뭐야. 내가 지은 게 아니라고. 사건 초기에 TV에 나온 평론가가 그렇게 말한 뒤로 어느새 굳어졌어."

"흠, 그래서, 뭘 바꿔치기했는데?"

수염 덥수룩한 얼굴로 묻는 구가야마에게 오기가 히죽이며 말했다.

"오, 관심이 생기나 본데? 그럴 줄 알았어. 너 엽기 살인이니 비정상적인 살인이니, 그런 거 좋아하잖아."

"딱히 좋아하는 건 아니야. 이상한 사람 취급하지 마."

"자자, 진정해. 그래서, 듣고 싶지? '바꿔치기 살인' 이야기."

"그렇게까지 말하는데 궁금할 수밖에 없지."

"좋아, 들려주지. 여행 선물에 대한 답례야."

오기는 잔을 테이블에 내려놓고는 본격적으로 이야기를 시작할 준비를 했다. 구가야마는 여전히 느긋한 모습으로 의자에 등을 기대고 앉아 있었다.

기타미는 소리가 잘 들리도록 귀를 쫑긋 세웠다. 카운터에 한쪽 팔꿈치를 대고 쉬는 척하는 것도 잊지 않았다.

"시체 발견 단계부터 자세히 설명해 주마. 시체가 발견된 것은 8월 5일 이른 아침. 장소는 도쿄 오쿠타마. 미나세가와라는 강가였어."

오기는 설명하면서 정장 주머니에서 휴대폰을 꺼내 검색한 뒤 화면을 구가야마에게 보여줬다.

"이거 봐 봐. 이런 장소야."

현장 사진을 보여 준 듯했다. 사건이 사회적으로 주목받으면서 수많은 구경꾼과 인터넷 스트리머가 몰려들어 사진과 영상을 찍어 올렸다. 오기가 구가야마에게 보여 주는 사진도 그런 사진 중 하나이리라. 한동안 TV에서도 연일 방송되어 이제는 마치 명소처럼 유명한 곳이 되어 버렸다.

물론 기타미도 잘 알았다.

작은 마을뿐인 오쿠타마의 산속 깊은 곳. 다마가와 강의 발원지 중 하나인 미나세가와 강이 바로 사건 현장이었다.

강폭은 약 10미터로, 북쪽에서 남쪽으로 흘렀다. 서쪽 강가는 깎아지른 듯한 암벽이 우뚝 솟아 있었고 그 위는 사람의 손길이 닿지 않은 원시림이었다. 동쪽 강가는 자갈밭이었는데 강을 따라 자갈밭이 이어지며 둑 너머 바깥쪽에는 임산 도로가 지나갔다. 마을이 있는 곳도 이쪽이었다.

자갈과 강, 숲밖에 없는 풍경은 아름다웠지만 그게 전부였다. 아무것도 없었다. 가끔 마을 사람들이 낚시를 올 정도로 조용한 곳이었다.

오기는 그런 사진을 구가야마에게 보여 주면서 계속 설명했다.

"현장을 발견한 사람은 근처 마을에 사는 여든 넘은 노인이었어. 마을 주민의 증언에 따르면 그날 동이 트기 전에 그 일대에 게릴라성 호우가 지나갔는데 여름철에 흔히 있는 갑작스러운 소나기였대. 네가 싱가포르에서 겪었다던 스콜 정도는 아니겠지만 하늘에 구멍이 뚫린 것처럼 비가 쏟아졌어. 그 노인은 아침에 일어나자마자 강물이 불어날 것이 걱정돼서 미나세가와 강을 살피러 갔어."

구가야마가 고개를 갸웃하며 말했다.

"노인들은 왜 폭우가 온 뒤에 물가에 가는 걸까. 태풍이 지나간 뒤에 논의 용수로를 보러 가고, 폭풍이 올 때 항구에 배를 살피러 가고, 폭우를 맞으며 강물을 보러 가. 그래서 자주 사고에 휘말리지. 왜 굳이 그러는 걸까? 그런 본능이 인류의 DNA에 각인되어 있어서 나이가 들면 자연스럽게 나타나는 걸까?"

"하긴 그런 뉴스가 많긴 해. 어쩌면 정말 본능일 수도 있겠네, 잘은 모르지만."

"왜 그런 본능이 있는 거야? 물이 늘어났는지 확인하려는 본능이 생존 본능보다 우위인가?"

"나한테 묻지 마, 나도 몰라."

오기는 샛길로 빠진 이야기를 되돌렸다.

"아무튼 노인은 미나세가와 강을 보러 갔어. 그리고 강가 자갈밭에서 시체를 발견했대. 자갈이 널려 있는데 등을 대고 누워 있었다더라고."

구가야마가 오기의 말을 끊었다.

"피해자는 두 명이라며. 둘이 나란히 쓰러져 있었어?"

"아니, 노인은 시체가 한 구인 줄 알았대. 엄밀히 말하면 두 구였지만, 그건 일단 넘어가자."

오기는 의미심장하게 말하며 설명을 이어갔다.

"시체를 발견한 노인은 깜짝 놀랐어. 울퉁불퉁한 자갈밭에 사람이 잠들어 있을 리 없으니까. 게다가 안색이 너무 창백했거든. 딱 봐도 죽었구나 싶었대. 그길로 황급히 집으로 돌아가 신고했어. 휴대폰은 없었던 것 같아."

오기는 마치 직접 본 사람처럼 설명했다.

"신고를 받은 경찰이 현장에 출동했어. 관할서는 물론, 변사체가 발견됐으니 경시청까지 출동했지. 산속 오지지만 어쨌든 도쿄니까 경시청 관할이잖아. 경찰은 즉시 일대를 봉쇄했어. 산과 강뿐인 곳이라 구경꾼은 아직 모여들지 않았고."

오기는 테이블에 휴대폰을 엎어놓고 말을 이었다.

"우선 시체부터 설명할게. 젊은 남자였고 나이는 20대에서 30대. 여름이었으니 흰 티셔츠에 반바지에 맨발이었어.

하늘을 보고 누운 자세로 쓰러져 있었고 비 때문에 온몸이 흠뻑 젖어 있었지. 머리도 셔츠도 축축했어. 사인은 후두부를 둔기에 맞아 사망한 것으로 추정. 뒤통수에 둔기로 구타당한 심각한 손상 부위가 세 군데 발견됐거든. 후두부가 함몰돼 뇌타박상을 일으켰대. 상처 모양으로 추정컨대 흉기는 쇠 파이프나 금속 야구 배트 같은 건데 현장에서 발견되지는 않았어. 하지만 그런 건 중요하지 않아. 진짜 문제는 '바꿔치기'야."

오기가 의미심장한 말투로 설명했다.

"노인은 시체를 발견했을 때 눈치채지 못한 것 같지만 처음 현장에 도착한 관할서 경찰은 금방 알아차렸나 봐. 피해자의 팔이 이상할 정도로 가늘다는 걸. 그게 바로 '바꿔치기'의 결과였어."

이어서 오기는 에두른 표현으로 말했다.

"검시 때 팔을 잡자 티셔츠 소매에서 팔이 통째로 빠져나왔어. 남자의 팔은 어깨 바로 아래에서 잘려 있었거든. 게다가 한쪽 팔이 끝이 아니었어. 양쪽 팔 모두 그랬어. 톱 같은 걸로 억지로 잘랐는지 절단면이 별로 깨끗하지 않았지. 일본도 같은 무기로 단칼에 벤 건 아닌 느낌이었어.

그런데 그게 끝이 아니야. 검시관이 잡자 떨어진 그 팔이 그 남자의 팔이 아니었던 거야. 시체의 어깨 절단면에 붙어 있던 팔은 바로 다른 사람의 팔이었어. 가늘기로 보아 젊은 여성의 팔로 추정되는데 시체로 발견된 남자의 팔과 바꿔치기 됐어. 남자도 딱히 건장한 체격은 아니었지만 가녀린 손가락 등을 보면 여자의 팔인 건 분명했어. 그런데 남자의 투박한 팔이 있어야 할 곳에 여자의 팔이 있는 모습은 이상하고 그로테스크해 보였대. 즉 피해자가 한 명인 줄 알았더니 실은 두 명이었던 셈이야. 팔이 잘린 남자와 잘린 팔만 있는 여자. 두 사람이 죽었지. 수사관들은 혼란에 빠졌어."

"하긴 피해자가 두 명이나 되면 중대 사건이지. 경찰도 심각하게 대응하는 게 당연해."

구가야마가 고개를 끄덕이자 오기가 말했다.

"맞아, 더군다나 팔이 바뀐 기묘한 상태였으니까."

"그래서 '바꿔치기 살인'이라고 하는구나."

"응. 상상해 봐. 소름 돋지? 바닥에 등을 대고 누워 있는 남자 시체가 있는데 티셔츠 소매 밖으로 나온 팔만 이상할 정도로 가늘어. 바로 여자의 팔과 바꾸어 놓았기 때문에. 두 시체로 하나의 시체를 만든 거야. 정말 섬뜩하다니까."

미간을 구기는 오기를 보며 구가야마는 얼굴을 찌푸렸다.

"섬뜩하다기보다 속이 울렁거려."

"그렇지? 너무 엽기적인 사건이라 언론에서도 난리가 났어. 신문, 잡지, TV 방송국의 와이드쇼, 그리고 인터넷까지 온통 이 사건으로 들썩거렸지. 네가 델리인지 뭄바이인지에서 헤매고 있을 때 여기는 그 사건 때문에 엄청 시끄러웠다고. 한 달 내내 '바꿔치기 살인' 뉴스만 나왔다니까. 그래서 나도 이렇게 자세하게 알게 된 거야."

오기가 지겹다는 듯 말했다.

기타미도 과열됐던 보도 전쟁을 기억했다. 심각할 정도로 매일 그 이야기만 떠들어댔다. 솔직히 짜증 날 지경이었다.

기타미가 그때를 떠올리며 한숨을 쉬는데 오기의 이야기는 사건 현장을 발견했을 때로 되돌아갔다.

"경찰은 주변을 수색하기 시작했어. 많은 인력을 투입했고 현지의 의용소방대에도 협조를 요청해 총동원했지. 우선 남자의 사라진 팔과, 팔만 발견된 여자의 시체를 찾으려고 했어. 시체 발견 현장을 중심으로 샅샅이 수색했지. 숲을 헤치고 강바닥을 훑고 덤불을 걷어내면서 한여름에 죽기 살기로 수색했어."

"더웠겠네."

구가야마는 그야말로 남의 일이라는 듯한 어조로 말했다.

"하지만 시체의 나머지 부분은 찾지 못했어. 팔 하나도."

"오기, 말 끊어서 미안한데 살해 현장은 어디야? 그 강가였어?"

"아니, 경찰 발표로는 아무래도 아닌 것 같아. 시체를 발견한 장소는 자갈이 가득한 강가였는데 절단 작업을 하기에는 적합하지 않아 보이거든. 그리고 숲속이라서 가로등 하나 없어서 밤이 되면 캄캄해. 아무것도 안 보일 지경이라 거기서 시체를 절단한다는 건 말이 안 돼."

"조명과 발전기를 들고 갈 수도 있잖아."

구가야마의 말에 오기도 고개를 끄덕이며 말했다.

"그리고 범행을 저지르려고 해도 그런 아무것도 없는 숲속 강가로 피해자를 유인하기란 어려워. 무슨 핑계로 그 외진 곳까지 데려가냔 말이야. 그래서 경찰은 범인이 피해자를 다른 곳에서 살해하고 그곳으로 옮겼다고 보고 있어. 강가 옆에 임산 도로가 있잖아. 거기까지 차를 타고 가서 헤드라이트를 켜놓고 강가에 시체를 두고 온 것 같다고."

"당연히 날이 밝기 전이었겠지. 비가 쏟아지기 전에."

"그래, 시체는 비에 흠뻑 젖은 상태였으니까. 경찰은 시신 수색과 함께 증거를 채취하려고 했지만 결국 눈에 띄는 단서는 발견되지 않았어. 비 때문에 다 씻겨 내려갔거든. 범인이 시체를 옮긴 차량의 타이어 자국도, 범인의 발자국도, 시체를 옮길 때 떨어뜨렸을지 모르는 혈흔도, 범인의 머리에서 떨어졌을지도 모르는 머리카락까지 말끔히 쓸려 내려갔지. 물론 시체에 남아 있었을지도 모르는 범인의 흔적도 비 때문에 전부 사라졌어."

"수사관들에게는 뼈아픈 일이겠네."

"결국 남은 것은 남자의 팔 없는 시체와 여자의 두 팔뿐인 셈이야. 경찰에게 주어진 단서는 그것밖에 없어."

오기는 잔을 입에 갖다 댔다. 구가야마도 견과류를 입에 털어 넣은 뒤 술을 한 모금 마셨다. 기타미도 덩달아 진토닉 잔을 비운 뒤 백발의 바텐더에게 한 잔 더 부탁했다.

오기의 이야기는 계속됐다.

"경찰은 시체를 자세히 조사하는 작업부터 시작했어. 우선 남자부터 조사했지. 반바지에는 아무것도 없었고 소지품은 아예 없었는데 아마도 범인이 가져간 것 같았어. 아무튼 신원을 밝히지 못하면 아무것도 할 수 없잖아. 그런데 팔이 통째로 없으니 지문을 채취할 수 없었지. 그래서 마지막 희망은 얼굴뿐이었어.

시신의 얼굴을 바탕으로 생전 모습을 추정한 몽타주를 그려서 뉴스에 널리 공개했어. 이미 엽기 살인으로 떠들썩하던 상황이라 사람들의 관심도 컸지. 여기저기서 제보가 쏟아졌어. 누구랑 닮았다, 그 사람이 맞다. 전국 각지에서 수많은 제보가 들어와서 수사진은 이리저리 뛰어다녔어.

이런저런 복잡한 일이 많았지만 사족은 빼고 결론만 말할게. 몽타주 제보와 DNA 감정 결과를 종합한 끝에 한 사람을 특정했어. 야타가이 조지. 도쿄 시부야구 하쓰다이에 거주하는 33세 남성이었고 미혼. 일정한 직업은 없었어. 바로 이 남자야."

오기는 다시 휴대폰을 구가야마에게 보여줬다.

남자의 사진을 보여 주는 듯했다. 사진이 잘 나와서인지 모든 언론이 같은 사진을 보도했고 TV에도 매일 나왔다.

기타미도 질리게 본 얼굴이었다.

하얀색 민소매 셔츠에 상반신만 찍힌 야타가이 조지의 사진.

햇볕에 잘 그을린 피부에 건강한 미소, 하얀 치아가 돋보였다. 마치 연예인의 프로필 사진 같았다.

"흐음, 괜찮은 사람 같은데?"

"그렇지? 그런데 얼굴에 속으면 안 돼. 겉은 멀쩡한데 속은 완전 개차반이거든."

"어떤 사람인데?"

"직업이 없다고 했잖아. 그래서 평소에 시부야 근처를 어슬렁거리면서 술이나 마시러 다니는 놀기 좋아하는 놈이었나 봐. '시부야의 조지'라고 유명했대. 하지만 그저 놀고먹기만 한 건 아니었어. 먹고살려면 돈이 필요하잖아. 그런데 그 수입을 얻는 방식이 정말 악랄했어. 경찰의 수사와 언론의 자체 조사로 야타가이 조지가 어떤 인물인지 점점 밝혀졌는데 그의 실체는 정말 혐오스러웠어. 한마디로 말하면 프로 여자 사냥꾼."

"뭐야, 그게. 그런 프로도 있어?"

"응, 있어. 여자를 이용해서 등쳐먹는 놈. 이런 수법으로 그랬대."

오기는 얼굴을 살짝 찌푸리며 말을 이었다.

"우선 시부야 근처에서 젊은 여성을 꾀어내. 그리고 잘생긴 야타가이에게는 늘 들러붙는 추종자 같은 여자들이 있는데 꾀어낸 여성을 그 무리에 끼워서 같이 놀게 했어. 그러면서 점점 호스트 클럽에도 드나들게 만들고. 그 호스트 클럽은 당연히 야타가이의 친구가 운영하는 가게야. 야타가이가 꾀어낸 여성을 그렇게 덫에 빠뜨리는 거야. 그리고 자신의 추종자들을 조종해서 그 여성을 부추기고 자극해 돈을 마구 쓰게 만들어. 화려하게 노는 법을 알게 하고 금전 감각을 완전히 마비시키는 것도 다 야타가이의 계획이야. 그러다 보면 당연히 금방 돈이 부족해지잖아? 그때 야타가이가 사채업소를 소개해. 물론 그 사채업소도 야타가이의 친구가 운영하는 회사야. 그렇게 빚을 잔뜩 지게 해서 더는 헤어나올 수 없게 만든 다음 결국에는 성매매 업소에 팔아넘기는 거야. 그렇게 그 여성은 손님을 받는 처지가 되지. 물론 성매매 업소도 야타가이의 친구가 운영하는 가게고.

그리고 야타가이는 호스트 클럽, 사채업소, 성매매 업소에 각각 소개비 명목으로 돈을 챙기는 구조였어. 시부야를 어슬렁거리며 놀러 다니면서 여자들을 빚의 늪으로 빠뜨리는 것. 그게 바로 야타가이의 생업인 셈이었지."

"그게 뭐야. 나쁜 놈이네."

"그게 다가 아니야. 야타가이 본인도 호스트 뺨치는 세련된 미남이었어. 그래서 결혼 사기 비슷한 짓도 하고 다녔어. 시부야에서 꼬신 여성이 자기한테 마음이 있다고 판단되면 호스트 클럽에 빠뜨리는 대신 연인처럼 굴면서 접근했어. 그렇게 실컷 돈을 바치게 한 뒤 궁해지면 언제나처럼 똑같은 사채 코스로 빠뜨리는 거야. 빚 때문에 완전히 옴짝달싹도 못하게 된 순간 그 성매매 업소에 팔아넘기는 수법이었지."

"도대체 왜 그렇게까지 하는 거야."

"그게 다가 아니야. 야타가이가 팔아넘긴 여성의 부모에게도 접근했어. 야타가이의 레이더에 걸린 여성들은 대부분 지방에서 도쿄로 올라와 혼자 살았거든. 그 사람들의 본가로 편지를 보내는 거야. 사진까지 곁들여서. '댁의 따님은 도쿄 성매매 업소에서 이렇게 손님을 받고 있습니다. 친척이나 이웃에 알리고 싶지 않으면 돈을 내놓으세요'라는 내용이지. 즉, 표적이 된 여성의 부모까지 협박해서 돈을 뜯어낸 거야."

"그거 완전히 범죄 아냐? 그런 짓을 했는데 경찰에 안 잡혔다고?"

"문제가 될 만한 걸 요리조리 잘 피해 갔어. 여성에게도 거액을 뜯어낸 게 아니라 기껏해야 경차 한 대 살 돈을 뜯어냈어. 그리고 시골 어른들은 체면을 중시하니까 그 점을 잘 파고들었지. 한 번 돈을 받아내면 다시는 접근하지 않았고. 그게 바로 교활한 점이야. 피해자들은 체면 때문에 한 번 정도는 감수할 수 있다는 생각으로 울며 겨자 먹기로 마지못해 돈을 건넸어. 덧붙여 말하면 자신에게 들러붙는 추종자들을 이용해 꽃뱀 같은 짓까지 서슴없이 시켰다니까."

"무슨 그런 놈이 다 있어?"

"사람들의 반응도 너와 같았어. '바꿔치기 살인'의 엽기성과 함께 야타가이 조지의 생전 행적이 보도되면서 연일 도마 위에 올랐지. 여자를 등쳐먹는 악랄한 미남. 그야말로 와이드쇼에서 좋아할 만한 소재잖아. 대대적인 비난이 쏟아졌지."

기타미도 생생하게 기억했다. TV에서는 연일 야타가이를 맹비난했으며 인터넷에서도 그를 향해 온갖 비난과 욕설이 쏟아졌다.

'여자의 적', '인간 말종', '죽어도 싼 놈', '추잡한 짐승', '자업자득이다', '범인 최고', '꼴 좋다ㅋㅋㅋ', '천벌을 받았네', '지옥에나 떨어져', '죽어라. 아, 이미 죽었나? ㅋ', '인과응보', '두 번 죽이자, 죽이자, 죽이자, 죽이자'.

야타가이가 살인 사건의 피해자라는 사실을 다들 잊은 듯 사람들은 온 힘을 다해 그를 비난했다. 여느 때와 같은 인터넷의 모습이었다. 야타가이를 돕던 추종자 여자들도 '야타가이 걸스'라는 이름으로 불리며 인터넷에 얼굴이나 본명이 퍼져 뭇매를 맞았다. 당연히 야타가이를 향한 비난이 가장 많았고 강렬한 악의로 가득 차 있었다.

야타가이 조지는 두 번 죽었다.

기타미는 그렇게 생각했다.

처음에는 물리적으로 살해됐고 두 번째는 인터넷에서 명예가 짓밟혔다. 해명도 변명도 하지 못한 채 시궁창에 곤두박질쳐서 오물을 뒤집어썼다.

기분이 좋지 않았다.

기타미의 불쾌한 기분과 상관없이 오기는 계속 이야기했다.

"생전에 그런 삶을 산 탓에 야타가이를 증오하는 사람이 많았어. 야타가이에게 당한 여성들을 비롯해 그녀의 가족, 친구, 전 남자친구 등. 살인 용의자가 될 만한 사람이 차고 넘쳤지. 경찰은 이번에도 분주하게 움직여야 했어. 피해자 주변을 조사하면 조사할수록 범행 동기가 의심되는 인물이 계속 등장했거든. 그 사람들을 한 명 한 명 조사하는 것만으로도 엄청난 수고와 시간이 들었어. 알리바이가 입증된 사람을 제외해도 동기가 있어 보이는 사람이 끊임없이 쏟아지는데 물증이 전혀 없으니 용의자를 추릴 수도 없었지. 야타가이에게 이용당한 여성도 손님을 받고 있다는 죄책감 때문에 스스로 나서서 사실을 밝히지 않는 사람도 있었고. 동기를 가진 사람은 많은데 결정적인 증거가 없었어. 수사본부는 그렇게 시간과 인력을 허비하기만 했어."

"고생이 심했겠네. 아직도 사건이 해결되지 않은 것도 이해가 가. 범인을 특정하기 쉽지 않겠어."

구가야마가 턱수염을 만지며 말하자 오기가 고개를 끄덕였다.

"그렇겠지, 경찰도 고생이야. 참고로 야타가이가 혼자 살던 하쓰다이의 맨션에서는 살인의 흔적이 발견되지 않았어. 살해 현장은 아니었던 것 같아. 범인을 유추할 만한 단서도 찾지 못했대. 그런데 경찰은 야타가이만 쫓은 게 아니었어. 따라가야 할 길이 하나 더 있었지."

"또 다른 피해자, 팔만 발견된 여자 말이지."

구가야마가 눈치 빠르게 대답하자 오기가 이번에도 고개를 끄덕였다.

"그래, 팔이 없는 여자 시체가 경찰을 위해 짠 하고 나타날 리 없잖아. 범인이 여자의 시체를 숨긴 거야. 그래서 야타가이 사건을 수사하면서 여자의 정체를 파악하는 작업도 했어. 근데 이건 이거대로 또 어려웠지.

일단 야타가이 조지 주변에 여자가 워낙 많았어. 뭐, 여자 꾀어내는 데 선수였으니까. 깊은 사이였던 사람부터 단순히 얼굴만 아는 사이까지 엮인 여자가 너무 많았어. 경찰은 그중에서 실종된 여자가 있는지 조사했어. 하지만 성과는 없었지.

경찰 조사에 따르면 야타가이 주변에서 실종된 여자는 없었어. 하지만 어디까지나 경찰이 파악한 범위 내 이야기야. 팔의 주인이 아직 야타가이와 관계있다고 밝혀지지 않은 사람일 수도 있으니까. 야타가이가 아무리 멍청해도 팔아넘기려던 여자를 누구나 볼 수 있게 휴대폰에 저장해 놨을 리도 없고. 그래서 이쪽 가능성에 대해서도 아직 수사 중이야."

오기가 잔에 담긴 술로 목을 축이고 말을 이었다.

"물론 야타가이의 주변뿐 아니라 다른 쪽으로도 조사했어. 두 팔의 지문이 깨끗하게 남아 있어서 경찰의 데이터베이스에 검색했지만 해당하는 인물은 없었어. 팔의 주인은 경찰에 체포된 적 없는 사람인가 봐. 법의관의 소견으로는 팔은 성인 여성, 나이는 젊대. 다만 눈에 띄는 흉터, 멍, 수술 자국 등이 없어서 신원을 특정할 수 없었어.

그래서 경찰은 10대 후반부터 30대까지 실종된 여성을 대상으로 조사했어. 가출자, 실종자, 갑자기 이사 간 사람, 칩거해서 모습을 드러내지 않는 사람, 사건 직전에 갑자기 사라진 사람. 도쿄를 정말 이 잡듯이 뒤졌지. 하지만 쉽지 않았어. 실종된 여성은 많았지만 지문이 일치하는 사람은 없었거든.

수색 범위를 넓히기도 했어. 도쿄뿐 아니라 간토지방†의 여섯 개 현과 야마나시 현경에도 협조를 요청해 철저하게 조사했지. 하지만 역시 성과는 없었고, 수사는 이제 교토, 오사카, 고베, 나고야, 후쿠오카, 센다이, 삿포로 등 전국 주요 대도시권으로 확대됐어. 그래도 여전히 피해자 여성의

---

† 일본 혼슈 동부에 있으며 도쿄가 속한 지역. 도쿄도, 이바라키현, 도치기현, 군마현, 사이타마현, 지바현, 가나가와현이 속해 있다.

신원은 밝혀지지 않았어. 경찰은 여전히 필사적으로 수색 중이고."

"그렇군. '제인 도'라는 말인가."

구가야마가 중얼거렸다. 오기가 의아한 얼굴로 물었다.

"그게 뭔데?"

"미국 경찰에서 신원 미상의 여성 시체를 부르는 은어야. 여자 시체는 제인 도, 남자 시체는 존 도."

구가야마의 대답에 오기가 감탄했다.

"오, 그런 호칭이 있구나. 그럼 이번에 팔만 발견된 시체도 확실히 제인 도네. 그래서 경찰노 골치가 아파. 신원을 모르니 피해자 주변을 조사하는 평소 수사 기법을 사용할 수 없어서. 그래서 거의 세 달이 다 되어 가는데 아직도 범인을 잡지 못한 거야. 경찰이 혈안이 돼서 찾는데 지금껏 안 나오는 거 보면 밝히기 쉽지 않겠어."

"의외로 살아 있을 수도 있지."

구가야마의 말에 오기는 미심쩍은 표정을 지었다.

"뭐라고?"

"아니, 그 여자, 정말 죽은 게 맞을까 싶어서."

구가야마의 갑작스러운 의심에 오기는 어리둥절한 얼굴로 대꾸했다.

"무슨 소리를 하는 거야?"

"팔만 발견됐잖아. 팔이 잘린다고 사람이 죽지는 않으니까. 의외로 살아 있을지도 몰라. 두 팔을 잃은 상태로."

오기는 허를 찔린 모습이었다.

"설마, 그럴 리가."

"의외로 그럴 수도 있어. 작은 맹점이랄까. 경찰은 실종된 여성을 찾고 있지만 그 여성은 두 팔이 없는 상태로 집이나 병원에 있을 거야. 그래서 경찰이 아무리 수사해도 찾지 못했지."

"두 팔이 없는 상태로 살아 있다고?"

"그래."

"아니, 아무리 그래도 설마……."

오기는 말문이 막혔다. 구가야마는 그런 오기를 보며 수염에 파묻힌 입술을 약간 비틀어 웃었다.

"농담이야, 진지하게 받아들이지 마. 두 팔이 잘리면 중상이니 반드시 병원으로 실려 가겠지. 그랬다면 의사와 간호사도 뉴스는 볼 테니 세상을 떠들썩하게 한 사건의 피해자가 실려 온 환자와 관련이 있으리라는 걸 곧 알아차렸을 거야. 애초에 그런 큰 부상이라면 처음부터 경찰이 개입하지. 보고가 올라오지 않을 리 없어. 팔을 잃은 당사자도 의식을 되찾으면 뉴스에서 떠드는 피해자가 자신이라는 사실을 깨달을 테고. 그러면 반드시 경찰에 신고했을 거야. 농담을 진지하게 받아들이지 마. 오히려 내가 놀라니까."

"뭐야, 겁주지 마."

오기가 씁쓸하게 웃으며 말을 이었다.

"너는 옛날부터 엉뚱한 생각을 하니까 분명 진심으로 하는 말일 거라고 생각했어. 애초에 네가 농담을 하면 농담인지 진담인지 모르겠다고."

"미안해. 괜한 소리를 했네. 자, 계속 이야기해 봐."

구가야마는 술잔을 입에 댔다. 오기도 그를 따라 술을 한 모금 마신 뒤 입을 열었다.

"어쨌든 그래서 사건은 아직도 해결되지 않았어. 팔을 바꿔치기한 이유가 밝혀지지 않은 것도 사람들의 관심을 끌었어. 워낙 눈에 띄는 소재고 엽기적이니까. 아타가이를 향한 비난과 함께 팔을 바꿔치기한 이유에 대해서도 와이드쇼나 인터넷에서 여러 가지 추측이 난무했어. 구체적인 의견부터 막연한 추측까지 온갖 설들이 난무했지. 혼란 그 자체였어."

"어떤 설이 있어? TV나 인터넷에서."

"가설은 많아. 예를 들면 범인이 미친 예술가 행세를 하며 기괴한 예술성을 표현하려고 시체를 장식했다는 설. 그로테스크한 미를 추구하던 범인이 이상한 조형물을 만들어 눈에 띄도록 방치했다. 왜곡된 인정 욕구 때문에 두 사람을 죽였다. 그런 내용이야.

또 주술적 의미가 있다는 의견도 있어. 음양의 조화를 위해 남녀 시체를 하나로 조합해 무언가 주술을 걸었다는 가설이야.

또 바꿔치기가 아직 진행 중이라는 설도 있는데 팔을 다른 시체에 차례차례 바꿔 붙이며 릴레이처럼 완성하려는 것이라는 내용이야. 범인의 계획에 따르면 다음에는 여성의 몸통에 다른 사람의 팔을 붙이고 그다음에는 또 다른 시체와 팔을 바꾸는 식으로 차례차례. 하지만 사건이 너무 커지자 범인이 겁을 먹고 처음 한 건을 실행한 이후 포기했다는 거지. 왜 그런 바꿔치기 릴레이를 하려고 했는지는 끝내 모르겠지만.

또 다른 의견으로는 야타가이 조지의 팔이 없고 지문이 남아 있지 않다는 점에서 사실 그 시신은 야타가이가 아니라는 가설이야. 얼굴이 똑같이 생긴 다른 사람 시체와 바꿔치기했고 진짜 야타가이는 아직 살아 있다는 설이지. 그러면 범인은 야타가이 본인이 되는 셈이야. 야타가이를 비난하던 사람들은 이 가설을 지지했어.

그리고 살해 동기가 많은 야타가이를 죽인 건 위장에 지나지 않는다는 가설도 나왔어. 범인의 진짜 목적은 여성이고 야타가이는 경찰 수사를 교란하기 위해 이용한 것뿐이라고. 그런데 이 가설로는 팔을 왜 바꿨는지 설명할 수 없어.

그 외에도 시체를 기괴하게 장식해 사람들의 관심을 끌려는 의도였다는 설도 제기됐지. 사건이 커질수록 야타가이의 악행도 더 널리 알려질 테니까 그걸 노리고 일부러 시체를 그런 끔찍한 모습으로 만들었다는 주장이야."

"음, 하나같이 다 좀 모호하네. 설득력이 부족해. 허점이 크기도 하고."

"뭐, 인터넷에서 책임감 없이 떠드는 소리들이니까. 그냥 관심 끌려고 아무 소리나 떠드는 거야. TV에 나오는 평론가들도 매번 헛소리를 늘어놓고는 하잖아. 아, 그리고 일부 미스터리 마니아 사이에서 이건 어떤 비유 아니냐는 의견도 나왔어."

"비유?"

"응."

"동요나 하이쿠나 민요의 내용을 따서 시체를 연출하는 살인 말하는 거지?"

"응. 미스터리 팬들은 팔을 바꿔치기한 게 그런 연출 아니냐고 하더라고."

"그런 소재를 다룬 동요나 시가 있던가?"

"아니, 그게 뭔지 구체적으로 밝혀내지는 못했어. 팔을 갈아 끼우는 걸 암시하는 동화나 동요, 하이쿠가 없을 테니까. 그리고 미스터리 소설 같은 데서 두 시체의 머리를 바꾸는 설정이 종종 등장하는데 팔만 바꾸는 이야기는 없었던 모양이야."

"설득력이 전혀 없어. 솔직히 아주 역겹기도 하고."

구가야마가 눈살을 찌푸렸다.

기타미도 같은 생각이었다.

인터넷이나 와이드쇼에서 그런 의견들을 떠드는 사람들을 볼 때마다 시체를 가지고 장난치는 것 같아서 역겨웠다. 마치 시체를 장난감 취급하는 듯한 모습에 모욕감마저 들었다. 인간에 대한 존중 없이 '비유 살인'이니 '머리 바꿔치기'니 떠들며 신이 나서 인터넷에 글을 쓰는 미스터리 마니아들의 심리를 이해할 수 없었다.

기타미가 생각에 잠겨 있는데 오기가 이야기를 정리했다.

"그렇게 8월은 폭염과 '바꿔치기 살인' 이야기로 시끌시끌했어. 하지만 사람들의 냄비근성 잘 알잖아. 한 달이 지나자 조용해졌지. 경찰이 수색 범위를 전국의 대도시권으로 확대했다느니 전국 현경에 협조를 요청했다느니 하는 뉴스가 가끔 나올 정도였고 와이드쇼와 인터넷 소문도 다른 화제로 대체됐어."

그래, 소란이 점점 잦아들었던 것을 기타미는 기억한다. 세상의 관심사는 다른 곳으로 옮겨갔다. 여배우의 스캔들, 야구 선수의 불법 도박 문제, 코미디언의 여성 비하 발언 등이 연이어 화제가 됐다.

"물론 경찰 수사는 지금도 계속되고 있을 거야. 하지만 수사에 진척이 있다는 소식은 못 들었어."

오기가 이야기를 마무리하듯 말하자 구가야마가 길게 자란 턱수염을 천천히 잡아당기면서 잠시 생각에 잠겼다. 그러더니 입을 열었다.

"정리 좀 할게. 이 사건에서 알 수 없는 것은 제인 도의 정체, 팔을 바꾼 이유, 범인의 정체, 이 세 가지네. 그렇지, 오기?"

"응. 대충 정리하면 그 세 가지야."

"그러면 내가 알 것 같아."

구가야마는 시큰둥한 얼굴로 말했다.

"뭘 알았는데?"

"그 문제의 답."

"어떤 문제?"

"셋 다."

"셋 다?"

"응."

"야, 그럼 사건을 해결한 거나 마찬가지잖아."

오기가 어이없다는 듯 말했지만 구가야마는 무심한 얼굴로 대답했다.

"뭐, 그렇다고 할 수 있나?"

"또 농담이야? 그만해, 네 농담은 알아듣기 어렵다니까."

오기는 반신반의하며 웃었지만 구가야마의 표정은 변하지 않았다.

"아니, 농담 아니야. 진심이야."

"정말이라고?"

오기가 눈을 부릅떴다.

기타미도 정말이냐고 묻고 싶었다.

반년이나 외국을 떠돌아다니다가 오늘에야 처음 사건에 대해 들은 배낭여행자가 사건의 개요만 듣고 진상을 파악하다니 도무지 믿을 수 없었다.

오기도 기타미처럼 믿기지 않는 듯했다.

"아니, 믿을 수가 없는데. 그럼 범인이 누구인지 말해 봐."

"아니, 난 범인이 어디 사는 누구 씨라고 지목하는 건 아니야. 내가 점쟁이는 아니잖아.

내가 읽은 건 흐름과 논리야. 앞으로 경찰이 어떤 경로로 수사를 진행해야 할지 그 진행 방향을 알았거든. 그 길을 따라가면 제인 도의 정체는 금방 밝혀질 거야. 경찰 인력을 쏟아부으면 하루 이틀이면 끝나겠지."

"그렇게 쉽다고?"

당황한 오기의 질문에 구가야마가 곧바로 대답했다.

"응. 그리고 범인의 목적을 알았으니 팔을 바꾼 목적도 자연히 알게 됐어. 이로써 세 가지 문제점이 해결됐지."

자신감 넘치는 목소리였다.

그 여유 넘치는 모습에 기타미는 끝내 참지 못하고 자리에서 일어나 뒤를 돌아봤다.

오기와 구가야마가 기타미를 올려다봤다.

기타미는 두 사람에게 다가가 말을 걸었다.

"실례합니다. 엿들을 생각은 없었는데 어쩌다 보니 두 분이 나누는 대화가 들렸습니다. 저는 기타미라고 합니다. 매우 흥미로운 말씀을 나누시던데, 제가 잘못 들은 게 아니라면 그쪽에 계신 분이 '바꿔치기 살인'의 진상을 아신다고요. 그게 사실인가요?"

갑자기 말을 걸었지만 구가야마는 당황하지 않았다.

"네, 압니다."

으스대는 기색 없이 지극히 평범한 어조로 대답했다.

"실례인 줄은 알지만 죄송한데 합석해도 될까요? 그 이야기를 꼭 들어보고 싶습니다."

오기와 구가야마는 순간 기타미를 판단하는 듯한 눈빛으로 쳐다본 뒤 서로 눈을 마주쳤다. 기타미가 단정한 정장을 입고 나이도 크게 차이 나지 않아 경계심이 풀린 듯했다. 오기가 고개를 끄덕였다.

"괜찮습니다. 앉으세요."

"감사합니다. 그럼 실례하겠습니다."

기타미는 카운터에서 자신의 잔을 들고 와 오기의 옆자리에 앉았다. 4인용 테이블이라 자리에 여유가 있었다. 기타미는 넉살 좋게 술잔을 테이블에 내려놓고 말했다.

"경찰이 논리적으로 생각해서 맥락을 따라가며 수사하면 된다고 하시던데, 그 점에 대해 자세히 듣고 싶습니다."

오기도 동의했다.

"그래, 나도 궁금해. 팔을 바꾼 이유가 뭔지 알고 싶어."

두 사람의 재촉에도 구가야마는 담담한 태도를 잃지 않았다.

"좋습니다, 이야기하죠."

그러고는 생각을 정리하는지 잠시 침묵한 뒤에 천천히 입을 열었다.

"어디서부터 말해야 이해하기 쉬울까. 그래, 그럼 우선 제인 도의 팔에 대해 이야기할게.

일단 제인 도의 두 팔은 잠시 잊어. '바꿔치기'라는 요소가 사건을 지나치게 복잡하게 만드니까. 그러니 혼란을 피하려면 문제를 일단 나눠서 보자고. 제인 도의 신원은 아직 안 밝혀졌지?"

오기에게 물었지만 기타미가 옆에서 대답했다.

"네, 아직 전혀 안 밝혀진 것 같아요."

"아직 신원이 밝혀지지 않았다면 그 문제는 보류해 두죠. 음, 기타미 씨 맞으시죠? 여기서 질문 하나 드릴게요. 만약 제인 도의 양팔이 애초에 현장에 없었다면 어떻게 됐을 것 같습니까? 팔 바꿔치기라는 전제는 잠시 잊고 생각해 보세요."

"그랬으면 당연히 팔이 없는 야타가이 조지의 시체만 발견됐겠죠. 미나세가와 강가에서 야타가이 혼자."

기타미는 생각할 것도 없이 대답했다. 구가야마는 고개를 끄덕이고는 기타미와 오기를 번갈아 보며 말했다.

"그래요. 팔이 잘린 남성의 시체만 있는 셈이죠. 자, 그렇다면 범인은 왜 굳이 야타가이의 팔을 잘랐을까요? 이걸 한 번 생각해 봅시다."

"팔을 가져가 무엇에 이용하려는 목적이었다고 가정합시다. 예를 들어 지문이 있겠네요. 범인이 어떤 범죄를 저지르고 그 현장에 야타가이의 양팔을 들고 가서 지문을 마치 도장처럼 여기저기 찍어서 남겨요. 현장에는 야타가이의 지문이 잔뜩 남겠죠. 그러면 경찰은 그 사건의 범인이 야타가이라고 착각할까요?"

"설마, 경찰도 그렇게 바보는 아니에요. 야타가이의 팔 없는 시체가 발견되면 그런 눈속임에 속을 리 없죠. 팔만 가져가서 지문을 남겼다는 걸 금방 눈치챌 겁니다."

"그렇겠죠. 그래서 범인은 야타가이의 지문을 이용하려고 팔을 잘라 간 게 아니라고 생각합니다. 지문 인증 같은 것에 이용한다고 해도 나중에 들킬 게 분명하니까요. 팔 같은 건 가져가도 달리 쓸모가 없을 테니 아마도 어디에 이용할 목적으로 절단한 건 아닐 겁니다.

그럼 팔을 가져갈 만한 또 다른 이유는 뭐가 있을까요? 만약 야타가이의 팔에 문신이 있고 그 문신이 보물의 위치를 알려주는 암호 같은 것이었다면? 그런 판타지 같은 전개라면 꽤 재미있겠죠. 하지만 안타깝게도 그렇지 않다는 걸 알 수 있어요. 아까 오기가 보여 준 사진만 봐도 그 가능성은 단번에 부정할 수 있죠."

기타미는 세간에 퍼진 야타가이의 사진을 떠올렸다. 민소매 셔츠를 입은 야타가이는 아무렇지 않게 맨 팔을 드러내고 다녔다. 남의 눈에 띄는 부위에 비밀 문신이 있을 리 없었다.

그 점을 기타미가 지적하자 구가야마도 고개를 끄덕이며 동의했다.

"그래요, 평소에 드러내 놓고 다니는 팔에 암호니 뭐니 있을 리 없죠. 그럼 점의 위치 같은 건 어떨까요? 야타가이의 점 위치에 어떤 의미가 있어서 범인이 그걸 얻으려고 팔을 잘라 갔다면요?"

그 가설은 오기가 반박했다.

"말도 안 돼. 그러면 사진을 찍으면 되잖아. 요즘은 누구나 휴대폰을 가지고 다니니까 살인 현장에서도 가지고 있었겠지. 사진을 찍어 놓으면 되지 굳이 절단까지 할 필요는 없어."

"그래, 네 말이 맞아. 그렇다면 흉터는 어떨까? 그 흉터의 길이를 뭔가와 비교하려고 팔을 통째로 가져갔다면?"

이번에도 오기가 반박했다.

"그것도 아니야. 상처의 길이는 자로 재면 되지."

"그래, 필요 없어. 그런데도 범인은 굳이 피해자의 팔을 잘라 갔어. 그러니까 그 팔이 필요해서 가져간 건 아니라는 결론이 나오지. 즉 팔이나 손에 용건이 있던 건 아니라고 짐작할 수 있어. 그럼 반대로 생각해야지. 어떤 이점이 있어서 가져간 게 아니라면 팔을 그대로 두면 범인에게 불리하니까 가져갔다고 생각할 수밖에 없어. 그렇다면 살인범에게 불리한 점은 무엇이었을까? 당연히 범인의 정체를 특정하는 증거겠지. 그러니까 이렇게 생각할 수밖에 없어. 피해자의 팔에 범인을 특정할 만한 증거가 남아서 범인은 그 팔을 절단해 숨길 수밖에 없었다."

지나치게 단순한 논리에 기타미는 황당했다. 그러나 설득력은 충분했다.

갑자기 눈앞이 맑아진 기분이었다.

팔을 바꾼 사실에만 매달린 나머지 단순하게 해석할 생각을 못 했다. 기타미는 자신의 어리석음을 자책했다.

"그럼 숨길 만한 증거가 뭐가 있을까? 예를 들어 손톱이 있지.

범인은 네일 아티스트였는데 범행 직전에 피해자의 손톱에 특이한 네일 아트를 해준 거야. 야타가이는 남자니까 화려한 장식은 아닐 테고 자연스럽고 건강해 보이는 색을 발랐겠지. 그런데 시중에 판매되지 않는 전문가용 특수 용액을 썼어. 그래서 살해 후 손톱을 그대로 두면 매니큐어 때문에 자신이 범인이라는 사실이 금방 들통날 거라고 판단했겠지. 그래서 손톱을 없애기로 했어."

"그럼 손가락만 자르면 되잖아."

오기의 지적에 구가야마는 고개를 저었다.

"그래서는 안 됐어. 오기, 이 범인은 상당히 신중한 성격이야. 사건이 세상에 드러난 지 세 달 정도 됐는데도 경찰은 아직 단서조차 찾지 못하잖아. 그건 범인이 증거를 전혀 남기지 않았기 때문이야. 상당히 조심스럽게 움직였던 것으로 보여. 시체를 오쿠타마 산속 강가에 유기한 것도 새벽에 게릴라성 호우가 쏟아진다는 예보를 봤기 때문일 거야. 요즘은 인터넷에 시간대별 강수 예보가 수시로 업데이트되니까. 미나세가와 강 주변에 새벽에 비가 올 거라는 예보를 보고는 시체를 그곳에 버리면 모든 흔적이 씻겨 내려갈 거라고 예상했지. 실제로 그렇게 됐고.

그럴 정도로 신중한 사람이야. 그래서 손톱에 단서가 남았다면 손가락만 잘라 가서는 안 된다고 판단했어. 손가락만 잘라 갔다가는 수사관이 네일 아티스트라는 직업을 떠올릴 수 있으니까 덜미가 잡히겠지. 손목을 자른다고 해도 여전히 불안해. 그래서 팔을 통째로 자르기로 한 거야."

"그럼 범인은 네일 아티스트인가?"

성급하게 구는 오기를 구가야마가 진정시켰다.

"아니, 진정해. 이건 어디까지나 예시야. 다른 상황도 추측할 수 있어.

예를 들어 반지도 있지. 피해자가 장난삼아 범인의 반지를 빼앗아 끼웠는데 반지가 빠지지 않자 범인이 피해자를 죽이고 팔을 잘라서 가지고 간 거야. 그때도 범인은 매우 신중하게 판단해서 팔 전체를 잘랐어.

다른 예로 매듭 팔찌는 어떨까? 손목을 파고들어 자국이 남았다면 말이야.

범인이 범행 전에 피해자의 팔을 물어서 잇자국이 남았을 가능성도 떠올릴 수 있어. 치아는 지문처럼 사람마다 다르니까.

또 목걸이도 있어. 범인이 하고 있던 목걸이 줄이 범행 중에 끊어지면서 팬던트가 피해자의 팔 아래 깔린 거야. 그렇게 사망한 채로 시체를 방치했다가 피해자의 팔에 팬던트 모양이 자국으로 남아 사라지지 않았지. 그 자국을 숨기려면 팔을 잘라야 했어. 한쪽 팔만 자르면 경찰에게 힌트가 될 수 있으니 양팔을 모두 잘랐지.

그런데 기타미 씨, 상당히 독특한 손목시계를 차고 계시네요."

구가야마가 별안간 기타미의 손목을 바라보며 말했다.

아차 싶었던 기타미는 순간 정장 소매를 잡아당겨 고양이 귀 시계를 가렸다. 사회인으로서 남부끄러운 시계를 보이고 말았다.

구가야마는 얼굴을 붉히는 기타미에게는 관심 없는 듯 손목을 가만히 바라보면서 입을 열었다.

"그 시계도 방금 말한 상황들처럼 예시가 될 수 있겠네요. 피해자가 억지로 빼앗아 재미로 손목에 찼어요. 범행이 있었던 8월 초는 햇빛이 매우 강했을 테니 반나절만 밖에 있어도 금방 피부가 그을렸겠죠. 그래서 피해자의 손목에 고양이 귀 모양 시계 자국이 선명하게 남았던 것 아닐까요. 그 독특한 자국은 명확히 범인을 가리켰습니다. 범인은 그 사실을 숨기기 위해 피해자의 팔을 자를 수밖에 없었죠. 그래서 기타미 씨, 범인은 당신입니다."

기타미는 할 말을 잃었다.

옆자리에 앉아 있던 오기가 놀란 얼굴로 기타미를 쳐다봤다.

도저히 믿기지 않는 상황이었다. 설마 자신이 범인으로 지목당할 줄은 꿈에도 몰랐다. 아연한 기타미를 보며 구가야마는 표정 하나 바꾸지 않은 채 말했다.

"농담입니다."

오기가 거의 쓰러질 듯 휘청이며 타박했다.

"야, 농담이라고?"

"당연하지. 드라마나 소설이면 몰라도 어떻게 바에서 범인과 딱 마주치겠어. 그냥 장난이었어."

구가야마는 시큰둥한 얼굴로 재미없다는 듯 말했다. 오기가 불만스러운 듯 말했다.

"제발 좀. 전혀 농담 같지 않잖아. 네 농담은 알아듣기 어렵다고."

"미안해, 재미없었지? 기타미 씨, 실례했습니다. 갑자기 범인이라고 해서 놀라셨죠? 하지만 그 반대이기는 하죠? 기타미 씨는 범인을 쫓는 사람입니다. 형사님이시죠?"

이번에야말로 진심으로 할 말을 잃었다. 기타미는 아무 대답도 할 수 없었다. 정말로 깜짝 놀랐다.

"왜 기타미 씨가 형사라고 생각해?"

의아한 얼굴로 묻는 오기에게 설명했다.

"거창한 근거가 있는 건 아니야. 그냥 짐작만 했을 뿐이지. 우선 기타미 씨가 말을 걸었던 시점부터 말할게. 술집에서 아무나 붙잡고 말을 거는 귀찮은 아저씨라기에 기타미 씨는 너무 젊었어. 술에 취한 기색도 아니었고. 그런데도 억지로 끼어든 이유는 우리 대화에 관심이 매우 많았기 때문이지. 직업적인 관심이라고 봐도 무방할 정도로.

하지만 언론 관계자는 아닌 것 같았어. 그런 사람이라면 상대의 경계를 풀려고 신분을 밝히기 마련이니까. 언론 관계자라면 나와 오기도 흥미를 느꼈을 테니 분명 직업을 숨기지 않았겠지. 하지만 기타미 씨는 이름 말고는 아무것도 밝히지 않았어. 아마 자신의 신분을 공공연히 밝히기 곤란하기 때문일 거야.

경찰이나 자위대 같은 공적인 직업을 가진 사람은 평소 신분을 잘 밝히지 않아. 상대가 괜히 거부감이나 위압감을 느낄까 봐. 그리고 세 달이 지나서 사람들의 관심이 시들해진 사건 이야기를 하는데 기타미 씨는 유달리 관심을 보이며 말을 걸었어. 마치 그 사건이 현재 최대 관심사라는 듯. 그 모습을 보고 사건과 관계있는 사람이겠구나 싶었어. 그런데 피해자의 유족처럼 슬픔에 잠긴 분위기는 아니었고, 관심을 보이는 방식도 직업상 사명감 때문인 것처럼 느꼈어. 그래서 수사하는 사람이구나 추측했지.

우리에게 말을 걸었을 때도 곧바로 경찰이 수사해야 할 방향을 물었잖아. 보통이라면 팔을 바꾼 이유를 가장 궁금해할 텐데. 이건 수사관이 지푸라기라도 잡는 심정으로 일반시민의 의견을 들으려고 말을 건 것처럼 보였어.

그리고 처음에 내가 제인 도의 신원을 물었을 때 기타미 씨는 단호하게 '전혀 모른다'라고 잘라 말했지. 지금쯤이면 몇몇 후보가 거론되고 DNA 감정 결과를 기다릴 단계일 수도 있거든. 아직 확실한 정보가 아니기 때문에 공개하지는 않았더라도 경찰 내부에서는 유력한 범인 후보를 파악했을 수도 있어. 그런데 완전히 부정했지. 최근 수사 상황을 잘 아는 듯한 말투였어. 그런 사람은 직접 수사하는 사람밖에 없어.

아까 내가 절단한 피해자의 손으로 범행 현장에 지문을 남기는 수법에 대해 말할 때도, 가타미 씨는 곧바로 부정하면서 '경찰도 그렇게 바보는 아니다'라고 말했어. 그 뉘앙스가 마치 '우리도 그렇게 바보는 아니다'라고 말하는 것처럼 들렸어.

그런 식으로 이것저것 종합하니 기타미 씨는 형사일 거라고 판단했지. 범인을 만날 확률은 현저히 낮지만 수사관은 여러 명이니까 우연히 마주칠 만하다고 생각했어.

아, 기타미 씨, 대답하지 않으셔도 돼요. 곤란하실 테니."

기타미는 더 이상 아무 말도 할 수 없었다.

이래서는 긍정이나 다름없었다.

구가야마의 추리처럼 기타미는 경시청 수사1과의 수사관으로 이른바 '바꿔치기 살인 사건'을 수사하고 있었다.

수사관이 수사 중인 사건에 대해 외부인과 함부로 이야기하는 것은 복무규정 위반 사항이었다. 자칫하면 징계를 받을 수도 있다. 그래서 기타미는 신분을 밝히지 않았다.

형사 특유의 분위기도 나름 감췄다고 생각했는데 이렇게 쉽게 간파당할 줄이야. 이 구가야마라는 청년은 엄청난 통찰력을 지닌 인물일지도 모르겠다.

그의 말대로 기타미는 지푸라기라도 잡는 심정으로 말을 걸었다. 수사가 막다른 골목에 몰려 장기 수사가 되면서 세 달 내내 휴가도 제대로 낼 수 없었다. 결국 본부 직원들 모두 지칠 대로 지쳐서 수사 주임이 오늘은 이만 퇴근하라고 돌려보낸 것이다.

통찰력이 뛰어난 시민의 아이디어를 빌리면 타개책을 찾을 수 있을지도 모른다.

본질을 꿰뚫어 보는 의견을 기대하는 마음으로 기타미는

구가야마의 말에 더욱 집중했다.

구가야마는 다시 이야기를 시작했다.

"자, 범인이 피해자의 팔을 자른 이유에 대해 이런저런 가설을 검토했는데 사실 어떤 가설이라도 다 성립할 수 있습니다. 손톱, 반지, 매듭 팔찌, 손목시계, 햇볕에 그을린 자국, 잇자국, 목걸이 펜던트. 이 밖에도 무수한 가능성이 있죠.

그리고 시체의 팔에 어떤 흔적이 남았다는 가설은 어디까지나 추측일 뿐입니다. 팔 자체가 발견되지 않았으니 어떤 가능성도 배제할 수 없죠. 솔직히 말하면 어떤 가설이든 말이 됩니다. 범인에게 직접 묻지 않는 이상 그 이유를 알 방법은 없습니다.

다만 단언할 수 있는 것은 팔 절단은 범인도 예상치 못한 행동이었다는 점입니다. 살인이 계획된 범행이었는지 우발적 범행이었는지는 아직 모르지만, 적어도 팔을 자른 행위는 계획에 없는 것만은 확실합니다."

"어떻게 장담할 수 있지?"

오기가 물었다.

"생각해 봐. 피해자의 팔에 범인을 특정할 만한 흔적이 남는 걸 꺼렸다면 범인은 그런 상황이 생기지 않도록 미리 막았을 거야. 아까 말한 네일 아트 가설을 생각해 봐. 만약 범인이 처음부터 계획적으로 피해자를 살해할 생각이었다면 과연 자신의 정체가 쉽게 탄로 날 매니큐어를 발라줬을까? 증거가 남을 텐데. 피해자가 발라달라고 졸라도 이런저런 핑계를 대며 거절하거나 자신을 특정하지 못하도록 아마추어처럼 어설프게 바르는 등 뭔가 조치를 취했겠지. 그러면 팔을 자를 필요도 없었을 테니. 살인 자체가 계획에 없었고 돌발적으로 일어난 범행이었다면 매니큐어를 바른 뒤 다툼이 생겨 우발적으로 죽였을 테니 당연히 손톱을 숨기는 것도 계획에 없던 일일 거야. 그러니 만약 계획된 살인이 아니라면 팔을 자른 것도 당연히 계획에 없는 일이었을 거야.

다른 경우도 마찬가지야. 만약 계획 살인이었는데 실제로 팔을 절단해야 하는 상황에 처했다? 이건 범인이 예상치 못한 사고가 발생해 팔을 숨겨야만 했다는 증거야.

그러니까 계획 살인이든 우발적 살인이든 팔을 절단한 상황은 범인의 계획에 없었던 셈이야. 팔에 흔적이 남은 건 분명 사고였을 거야.

범행 장소가 어디인지는 몰라. 그러나 적어도 범인의 생활권 안이겠지. 팔을 자를 수 있을 만큼 은밀한 장소야. 일기예보를 보고 오쿠타마 산속에 시체를 유기하기로 했지만 팔은 그곳에 버릴 수는 없었어. 그래서 범인은 팔을 어떻게 처리할지 궁리했어. 내가 여행하고 온 치안이 나쁜 나라면 몰라도 이 나라는 아무 데나 팔이 굴러다니면 난리가 나니까 최대한 발견되지 않아야 했지. 자, 오기, 너라면 어떡할래?"

오기는 느닷없는 질문에 당황했지만 대답했다.

"땅에 묻겠지. 산속에 가져가 사람이 안 다닐 만한 곳에 묻을 거야."

"너구리나 족제비 같은 야생동물들이 파헤칠 수 있잖아. 범인은 신중한 성격이라고. 그렇게 쉽게 들킬 만한 곳에 숨기지 않을 거야."

단박에 부정당해 머쓱한 오기는 다른 의견을 내놓았다.

"범인은 시체를 강가에 방치했어? 그럼 그때 강물에 흘려보내지 뭐."

"도중에 교각에 걸리기라도 하면 들킬 거야."

"그럼 바다에 버릴래."

"부두 같은 곳에 가져가서 던지려고? 그럼 해안으로 떠밀려오잖아."

"더 먼 바다로 나가야지. 쇠사슬로 칭칭 감아서 그것을 추 삼아 깊은 바다에 가라앉히는 거야."

"팔을 자른 상황은 예상하지 못했다고 했잖아. 먼바다에 나갈 때 배는 어떻게 구하게. 갑자기 배를 준비할 수는 없어."

"그럼 쉽게 가자. 불에 태울 거야."

"그러면 뼈만 남을 테니 피부에 남아 있던 뭔가를 범인이 숨기려고 했다는 사실이 발각되잖아. 범인이 원하지 않는 상황이야."

"잘라낸 팔을 더 잘게, 아주 작게 조각을 내는 거야. 작게 잘라서 조금씩 여러 조각을 쓰레기장에 흩뿌리는 거야."

"너무 오래 걸리지 않을까? 뼈를 부수는 기계도 있어야 할 텐데 어디서 구해? 너무 비효율적이야."

아이디어가 고갈됐다.

"으음, 다른 방법은 없을까?"

이마를 짚고 생각에 잠겼다. 그때 구가야마가 힌트를 꺼냈다.

"사실 절대로 들키지 않을 장소가 있어."

"절대 들키지 않을 장소? 아! 그래, 공장 같은 곳에 황산처럼 강한 산이 가득 든 탱크가 있잖아. 거기에 넣으면 순식간에 녹을 테니 절대 들키지 않을 거야."

오기는 눈을 빛내며 말했지만 구가야마는 차가운 눈빛으로 말했다.

"팔을 자른 건 계획에 없던 일이라고 몇 번을 말해. 그런 공장을 갑자기 어디서 찾아. 찾는다고 해도 늦은 밤 공장에 어떻게 숨어들려고. 게다가 그런 물질이면 관리도 철저할 텐데 탱크를 어떻게 열려고 그래."

"음, 그럼 어떻게 하지? 전혀 모르겠어."

오기가 구가야마에게 도와달라는 눈빛을 보냈다. 기타미도 특별히 떠오르는 생각이 없어서 괴로운 나머지 중얼거렸다.

"나뭇잎은 숲에 숨겨라, 라는 말이 있죠."

자신이 생각해도 뻔한 말이라고 생각했지만 뜻밖에도 구가야마는 엷게 미소 지었다.

"오, 꽤 괜찮은 접근이에요. 숨긴다는 제 표현이 좀 잘못 됐을지도 모르겠네요. '처분한다'라고 해야 할지도 몰라요. 완전히 처분할 수 있는 곳이 세상에 딱 한 군데 있죠."

처분이라고?

기타미는 저도 모르게 갸웃거렸다.

그런 편리한 장소가 있나?

아무리 그래도 성인 남성의 팔 두 개다. 무게도 꽤 나가고 무엇보다 눈에 띈다. 사람 팔은 아무리 잘 숨긴다고 해도 시선을 끌 수밖에 없다. 아니, 숨기는 것이 아니라 처분한다고 했지.

처분.

즉 이 세상에서 완전히 없앤다는 뜻이다.

인체를 없앤다.

어떻게?

마술사가 사람을 사라지게 한다지만 사실은 무대 아래 같은 곳으로 이동시킬 뿐이다.

근본적으로 다르다.

그러면 어떻게?

지운다. 없앤다. 처분한다.

지워 버리려면 어떤 마술이 필요하지?

기타미는 기분을 전환하려고 진토닉 잔을 들었다. 그때 엄지손가락 끝에 있는 검은색 무언가가 눈에 들어왔다.

이 가게의 마크였다.

그 순간 머리가 번뜩였다.

"관이다."

기타미는 저도 모르게 중얼거렸다.

귀엽게 디자인된 서양식 관. 흡혈귀 침대.

"관 속인가?"

기타미는 자신의 생각에 놀라면서도 재차 중얼거렸다.

그 목소리에 구가야마는 고개를 크게 끄덕였다.

"맞아요. 역시 직업이 직업이니만큼 날카로우시네요. 기타미 씨의 말대로 화장 직전의 관입니다. 그곳에 넣으면 두 팔을 합법적으로 불태워서 없앨 수 있죠."

오기가 옆에서 입을 떡 벌렸다. 말문이 막힌 듯했다.

기타미도 어안이 벙벙했다. 뜻하지 않게 정답을 맞혔지만 실은 자신도 뭐가 뭔지 몰랐다.

오기와 기타미가 혼란스러워하는 것에도 아랑곳하지 않고 구가야마는 여전히 담담한 말투로 설명을 이어갔다.

"옛날에는 유족들이 밤을 지새우며 시신을 지키는 경야를 치르고 아침이 되면 본격적으로 장례식을 시작했죠. 하지만 요즘 장례식장은 유족에게 부담이 가지 않도록 여러 가지로 절차를 간소화했어요. 아마 유족의 고령화 때문이겠죠. 경야가 끝나고 조문객이 줄어 한산해지면 보통 유족들은 장례식장 내 휴게실에서 잠시 쉬고, 시신은 안치실에 보관합니다. 특히 8월에는 시체가 부패하기 쉬우니까 관에 드라이아이스를 깔아두기보다 안치실에 보관하는 편이 안전하죠. 그리고 날이 밝으면 장례식 때 안치실에서 관을 꺼내오는 절차로 진행합니다.

범인은 밤중에 숨어 안치실에서 보관하는 관에 두 팔을 넣지 않았을까요? 그때는 이미 관 뚜껑에 못을 박았을 테니 다음 날 장례식 때 고인과 마지막 인사를 할 때는 얼굴 부분에 작게 달린 문을 열어서 얼굴만 확인하니까요. 관에 이상한 팔이 들어 있어도 뚜껑이 못으로 봉인되어 있으니 아무도 눈치채지 못할 겁니다.

시신은 이른 아침 첫 번째 순서로 장례식을 치른 후 곧바로 화장장으로 옮겨져 화장장에 들어갑니다. 이때 팔도 함께 화장됩니다. 자, 그러면 처분이 끝났습니다.

그런데 여기서 문제가 하나 있습니다. 화장이 끝나고 유골이 나왔을 때 **팔뼈가 네 개**가 나오게 됩니다. 인체를 잘 모르는 유족이나 조문객은 유골을 수습할 때 이를 눈치채지 못할 수 있지만 화장장 직원들은 유골을 잘 알기 때문에 금방 눈치챌 겁니다. 그러면 아마 깜짝 놀라겠죠. 아니, 경찰에 신고할 겁니다. 그것을 막을 방법은 단 하나. **관 속 시신의 팔을 잘라** 팔 개수를 맞추는 수밖에 없습니다. 여기서 처음으로 여성의 팔이 사건 메인 무대에 등장합니다. 경찰이 세 달 동안 수색해도 여성의 시체를 찾을 수 없던 이유는 그녀가 관 속에 있었기 때문입니다. 오로지 그 이유뿐입니다."

구가야마의 말에 기타미는 아무 대답도 하지 못했다.

"아마도 장례 순서와 일정 문제 때문이었겠죠. 그날 아침 첫 번째로 화장하는 관은 여성의 것이었습니다. 야타가이 조지의 두 팔을 화장된 유골에 섞어 처리하려 했던 범인은 야타가이의 팔을 남성 시체의 팔과 바꾸고 싶었습니다. 그러나 안치실에 대기 중인 관은 젊은 여성의 것뿐이어서 선택의 여지가 없었어요. 물론 이 관에 누워 있던 여성이 바로 우리의 제인 도입니다. 화장된 시신은 제인 도의 것이지만 팔만은 야타가이 조지의 것이었습니다. 팔뼈만 남성의 것이니 다소 굵어 보였겠지만 야타가이 조지는 호스트 같은 미남이었습니다. 뼈대가 그리 굵은 편은 아니었을 테니 이상하게 여길 정도로 부자연스럽지는 않았겠죠. 화장장 직원도 설마 팔만 다른 사람의 것이라고는 꿈에도 생각 못 했을 테니 크게 신경 쓰지 않았을 겁니다. 그래서 여성의 관이어도 개의치 않았죠. 그리고 한쪽 팔만 굵으면 의심을 받을까 봐 두 팔 모두 절단해 바꿨습니다. 이렇게 범인은 야타가이의 팔을 처분하는 데 성공했습니다."

구가야마는 긴 턱수염을 쓰다듬으며 말을 이었다.

"그러나 이번에는 여성의 팔을 어떻게 처리하느냐가 문제였습니다. 하지만 이 팔은 야타가이의 팔보다는 수월했습니다. 경찰에 들키면 안 되는 팔은 야타가이의 팔이었고 제인 도의 팔에는 아무런 증거도 남아 있지 않기 때문에 경찰이 발견해도 상관없었죠. 그냥 아무 데나 버려도 됐지만 범인은 그 팔을 야타가이의 몸에 붙여두는 방법을 선택했습니다. 그러면 매우 의미심장해 보이기 때문이죠.

실제로 '바꿔치기 살인'이라며 세간이 떠들썩했잖아요. 형태를 갖춘 무언가가 눈앞에 나타나면 사람은 본능적으로 의미를 찾으려고 합니다. 남성의 몸에 여성의 팔이 달려 있다. 누가 봐도 기괴하고 이상하죠. 그래서 사람들은 그 의미를 해석하려고 했습니다. 그래서 온갖 억측이 난무했어요. 마치 팔을 바꾼 데 큰 목적이 있어서 야타가이의 팔을 의도적으로 자른 것처럼 보였죠. 하지만 실제로는 아무 의미도 없었습니다. 범인은 궁여지책으로 두 시체를 연결했을 뿐 그 안에 어떤 의도나 상징 따위는 존재하지 않습니다. 아무 데나 버리는 것보다 나은 선택을 한 것뿐이에요.

다만 이 행위에는 큰 효과가 있었습니다. 팔을 절단한 진짜 이유를 사람들이 눈치채지 못한 겁니다. 그래서 마치 바꿔치기 자체가 목적이었던 것처럼 위장할 수 있었죠.

게다가 한 가지 더. 경찰의 수사력을 갉아먹었습니다. 야타가이 조지의 시체만 발견되면 경찰은 모든 수사 인력을 야타가이 살인 사건에 집중할 수 있었을 테지만, 신원 미상 여성의 팔이 추가되면서 제인 도의 신원을 밝히는 데 수사력이 분산되고 말았습니다."

그 의견에는 기타미도 동의할 수밖에 없었다.

실제로 수사진의 거의 절반이 이 신원 미상 여성을 찾는 데 주력했다. 기타미도 8월 초부터 줄곧 이 임무를 맡고 있었다. 그런데 구가야마의 추리가 사실이라면 애초에 찾을 수 없는 존재였던 것이다.

제인 도는 관공서의 정식 화장 허가를 받아 합법적으로 화장됐다. 수사진이 완전히 놓치고 있던 부분이었다. 그들은 팔이 없는 변사체만 찾고 있었기 때문이다. 연령대가 일치하는 실종자와 가출자 등 살아 있는 사람만 대상으로 조사했다. 설마 정식으로 사망신고까지 된 사망자를 자신들이 찾고 있을 줄은 상상조차 하지 못했다. 공식적으로 호적까지 말소된 사람이 신원 미상자를 수색하는 그물에 걸려들 리 없었다.

지금까지 한 고생이 모두 헛수고였다고 생각하니 피로감이 한꺼번에 몰려왔다.

그러는 동안에도 구가야마의 해설은 이어졌다.

"피해자는 두 명이 아니라 원래 한 명이었어요. 팔을 잃은 여성은 살해된 시체가 아니니까요. 제인 도의 정확한 사인은 모르지만 팔에 링거 주사의 흔적이 없었던 것으로 보아 장기 입원 환자는 아니었던 것 같네요. 아마 교통사고나 갑작스러운 뇌출혈이나 심장발작이었겠죠. 무엇이었든 의심할 여지 없는 분명한 사인이 있었을 가능성이 큽니다. 그러니 경찰이 찾으려야 찾을 수 없었죠. 병사는 실종자 명단에 올라가지 않으니까요. 정말 고생하셨다는 말밖에 할 말이 없네요."

구가야마는 기타미의 피로감에 한층 더 소금을 뿌리는 말을 하면서 다시 입을 열었다.

"그러면 경찰이 가야 할 방향을 제안해 볼까요? 어떤 단계를 밟아야 범인의 정체를 알 수 있는지.

우선 도쿄에 있는 장례식장들을 조사하세요. 시체 발견 당일 젊은 여성의 장례식이 있었던 장례식장과 화장장을 찾는 겁니다. 범인은 시체를 유기하러 하룻밤 사이에 오쿠타마까지 갔을 정도니 제인 도의 팔을 입수한 장례식장은 그리 멀지 않을 겁니다. 도쿄와, 아무리 넓게 잡아도 간토지방이면 충분합니다. 경찰 인력을 동원하면 하루면 끝날 거예요. 아침 첫 번째 순서로 화장한 여성의 장례식으로 추리세요. 모든 조건에 부합하는 장례식은 몇 건 안 될 겁니다.

다음으로 유족의 협조를 받아 여성이 생전에 사용한 방을 수색합니다. 가구 등에 지문이 남아 있을 거예요. 젊은 여성이니 카펫에서 머리카락 한 올 정도 발견할 수도 있죠. 머리카락에서 추출한 DNA와 절단된 팔의 DNA가 일치하고 지문이 일치하면 제인 도의 신원을 드디어 밝혀낼 수 있습니다."

설마 그렇게 간단한 작업이라니.

기타미는 망연자실했다.

"제인 도의 장례식을 어느 장례식장에서 치렀는지 알면 그 장례식을 주관한 장의사를 조사하세요. 그곳에 아마 최근 몇 년 안에 그만둔 직원이 있을 겁니다. 그 인물이 바로 이번 사건의 범인입니다.

살해 동기까지는 지금 알 수 없습니다. 피해자인 야타가이 조지라는 남자는 살해당할 만한 동기가 너무 많은 사람이니까요. 뭐, 그건 범인에게 직접 물으면 될 일이죠. 어쩌면 이미 범행 동기 명단에 한 번 올라 조사받은 사람일지도 몰라요."

구가야마는 부드러운 목소리로 느긋하게 말했다.

"장례식장 전 직원. 아마도 범인은 장례식장에서 근무한 경험이 있어서 팔을 처분할 방법을 생각해 냈을 겁니다. 팔을 바꿔칠 수 있다는 것을 알았기 때문에 대담하게 야타가이의 팔을 잘라 없애기로 마음먹었겠죠.

팔을 절단하고 나서 이 방법을 생각해 낸 것은 결코 아닐 겁니다. 왜냐하면 깊은 밤 어느 장례식장에 숨어들어 갈 수 있는지, 안치실 구조가 어떻게 되어 있는지, 관 속에 있는 팔을 자를 수 있는지 등은 급하게 조사한다고 알 수 있는 내용은 아니거든요. 팔을 자르는 건 계획에 없던 일이라고 아까도 말씀드렸죠. 당연히 사전 조사도 안 했을 겁니다. 하지만 범인은 미리 알고 있었습니다. 장례식장 내부 구조, 숨어들어갈 수 있는 경로, 아침에 가장 먼저 화장될 시신을 보관하는 안치실 위치까지. 사전에 완벽히 파악하지 않았다면 이번 트릭은 흉내도 내지 못했겠죠. 그리고 설마 자신이 일하는 직장에서 이런 대담한 짓을 저지를 수는 없을 테니 지금은 그만둬서 의심받지 않을 사람이 범인일 가능성이 큽니다. 그만둔 지 너무 오래 지났으면 장례식장의 내부 구조가 바뀌었을 수도 있는데 안치실 위치 등이 바뀌지 않았다고 확신했을 정도면 그만둔 지 얼마 되지 않은 인물, 최근 몇 년 안에 퇴사한 사람으로 한정할 수 있습니다.

따라서 경찰은 최근 그만둔 직원을 노리면 됩니다."

여기까지 들은 기타미는 자리에서 일어났다. 구가야마의 이야기가 아직 끝나지 않았을지 모르지만 알고 싶은 내용은 모두 들었다. 한시라도 빨리 수사본부에 의견을 전달하고 싶었다. 수사관들은 퇴근해도 간부급은 남아 있을 것이다. 그들에게 건의해 조속히 검토받고 싶었.

'아, 그렇지' 하고 기타마는 구가야마에게 물었다.

"구가야마 씨, 연락처 좀 알려주실 수 있습니까?"

구가야마는 조금 곤란한 듯 대답했다.

"알려드릴 수는 있는데, 귀국한 지 얼마 안 돼서 휴대폰이 없어요."

오기가 옆에서 도움의 손길을 내밀었다.

"그럼 제 명함을 드릴까요? 저를 통하시면 언제든 연락할 수 있으니까요."

"감사합니다. 나중에 방금 이야기를 저희 본부에 오셔서 다시 해 달라고 요청 드릴 수도 있는데 괜찮으세요?"

구가야마는 더욱 곤란한 얼굴로 말했다.

"아, 괜찮기는 한데, 제 이름이 구가야마가 아니에요."

응? 지금까지 구가야마라고 부르지 않았나. 오기가 그렇게 부르길래 이름이 구가야마인 줄 알았는데. 아닌가?

의문이 담긴 눈으로 쳐다보자 오기는 미안하다는 듯 말했다.

"그냥 별칭이에요. 보통 지명으로 사람을 부르는 경우 있잖아요. 네기시 스승, 미토 노공, 구로몬초의 두목처럼. 이 친구가 여행을 떠나기 전에 구가야마 산에 살아서 '구가야마의 무뚝뚝이'라고 불렀는데, 어느새 구가야마로만 불리게 됐죠."

"누가 무뚝뚝하다고."

구가야마가 무뚝뚝하게 대꾸했다.

어디 사는 누구 씨 같은 식으로 지은 별칭이구나. 기타미는 이해했다.

오기가 계속 설명했다.

"이 녀석, 애초에 별칭이 여러 개예요. 학생 때는 몇 안 되는 친구들이 출신 지역명으로 불렀던 것 같은데. 구가야마 너 어디 출신이지?"

"다네가시마."

구가야마는 무뚝뚝하게 대답했다.

"대학에서 철학을 전공했는데 그중에서도 동양철학에 심취했다가 결국 불교에 빠졌거든요. 그러더니 갑자기 휴학하고는 진짜로 절에 들어가서 견습 스님이 된 거 있죠. 그때 절에서 주지 스님이 지어준 법명이 있었는데."

"만넨."

"반년 남짓 절에서 견습 스님으로 지내다가 목탁과 독경 리듬으로 음악성이 있다는 것을 깨닫고 거리 뮤지션으로 변신했어요. 그때 예명이."

"다쿠토."

"그리고 지금은 음악 활동을 그만두고 '구가야마의 무뚝뚝이'로 불리면서 해외를 떠돌고 있어요. 특이한 녀석이죠?"

"누가 무뚝뚝하다는 거야."

오기와 구가야마의 대화는 흥미로웠지만 지금의 기타마는 그것을 즐길 여유가 없었다. 서둘러 수사본부로 돌아가야 했다.

기타마는 테이블 위에 놓인 오기와 구가야마의 계산서를 들고 카운터로 돌아가서 자신의 계산서를 챙긴 뒤 테이블석의 두 사람에 말했다.

"고마워요. 좋은 이야기를 해줘서. 언젠가 다시 만날 기회가 있겠죠."

기타마의 인사에 오기는 꾸벅 고개를 숙였고 구가야마는

한 손을 들어 화답했다.

계산대에서 오기와 구가야마의 몫까지 계산한 기타미는 '드라큘라'를 뛰어나가 소토보리도리 거리에서 택시를 잡아 탔다.

"사쿠라다몬의 경시청까지 부탁드립니다."

그리고 휴대폰을 꺼내 여자친구에게 문자를 보냈다. 오늘은 급한 일이 생겨 만날 수 없다는 사과 문자를 보내고 다음에 꼭 만회해야지 하고 다짐했다.

아, 그러고 보니 고양이 귀 시계를 차고 있었다.

가타미는 시계를 빼고 평소 손목시계로 바꿔 찼다. 고양이 귀 시계는 평소처럼 손수건으로 정성스럽게 감싸 정장 안주머니에 넣었다.

그제야 깨달았다.

여러 별칭으로 불린다는 수염남의 본명을 듣지 못했다는 사실을.

옮긴이의 말
시체로 놀아주세요, 작가님

　본격 미스터리, 사회파 미스터리, 법정 미스터리, 스릴러 등 미스터리 소설에는 다양한 장르가 존재합니다. 그중에서 '본격 미스터리'는 밀실, 알리바이, 암호 등 트릭과 퍼즐이 가득한 장르입니다. 정교한 트릭을 논리적으로 간파하는 재미. 본격 미스터리를 사랑하는 독자는 아마 '논리로 작품을 정복하는 힘'에 매력을 느끼지 않을까요?

　그런 의미에서 이 작품은 본격 미스터리를 사랑하는 독자들의 호기심을 자극하는 또 다른 작품일지 모르겠습니다. 오로지 '시체'만을 놓고 펼쳐지는 논리의 향연. 죽음이 장식이 아닌 장치가 되며 자극이 정교하게 짜인 논리가 되는, 바로 『시체로 놀지 마 어른들아』입니다.

　『시체로 놀지 마 어른들아』는 작가 구라치 준이 데뷔 30주년을 맞아 선보인 작품입니다.

　총 네 편의 단편으로 구성된 이 작품은 제목에서 노골적으로 드러내듯 '시체'를 중심으로 펼쳐지는 이야기입니다. 다만 평범한 시체가 아니라 이상하고 기괴한, 상식적이지 않은 시체를 놓고 어떻게 그런 시체가 되었는지를 논리적으로 추리하는 하우더닛에 중점을 둔 작품입니다.

여름방학을 맞아 친구들과 산장으로 떠난 여행에서 맞닥뜨린 좀비 떼, 그로 인해 갇힌 산장에서 좀비에게 물려 사망한 시체를 다룬 「본격 오브 더 리빙 데드」. 이미 저지른 범죄를 상담해 주는 상담소에 자신이 사람을 죽였을지도 모른다며 찾아온 세 명의 상담자, 그런 그들이 각자 경험한 기묘한 상황을 논리적으로 파헤치는 「당황한 세 명의 범인 후보」. 40년 전 주택가의 한 밀실 오두막에서 일어난 '죽은 자가 산 자를 죽인 듯 보이는' 동반 자살 사건의 진상을 추리하는 「그것을 동반 자살이라고 불러야 하는가」. 산속 강가에서 두 팔만 여성의 것으로 바꿔 끼워진 남성 시체가 발견되고, 이 엽기적인 사건의 진상을 밝히는 「시체로 놀지 마 어른들아」.

알차게 실린 네 단편을 읽으며 각각 다른 방식으로 구축한 퍼즐을 즐길 수 있습니다. 설정 자체가 불온하거나 기이하지만 그 기이함이 트릭으로 치밀하게 작동하죠. 처음에는 '어떻게 그래?'라고 생각할 법한 설정이지만 작가는 치밀한 논리와 설득력으로 '그럴 수도 있겠구나' 하는 생각을 이끌어냅니다. 이런 점은 구라치 준이 지적 게임을 즐기는 작가라는 사실을 엿볼 수 있습니다. 그래서 다소 억지스러운 부분이 있다고 느낄지언정 그것을 억지로라도 성립시켜 버리고 마는 작가의 재치에 읽고 나면 기묘한 만족감이 들죠. 더불어 단편집인 줄 알았던 작품의 끝에서 만나는 깜짝 반전에서도 이 작품을 마지막까지 즐길 수 있도록 고심한 작가의 재치를 느낄 수 있습니다.

이 작품은 다소 불경하게 느껴질 정도로 다양한 시체가 나와서 제목만큼이나 아슬아슬하지만, 파격적인 소재와 적당한 유머, 충실한 논리가 작가의 데뷔 30주년을 기념할 만한 작품이라고 생각합니다. 그렇기에 『시체로 놀지 마 어른들아』는 본격 미스터리를 좋아하는 독자에게는 '이 재미에 본격을 읽는다'는 감각을 되살려주는 작품이고, 이 장르에 익숙하지 않은 독자에게는 본격 미스터리가 얼마나 유연하고 매력적인 장르인지 느낄 수 있게 하는 작품이라고 생각합니다.

제목은 『시체로 놀지 마 어른들아』지만 누구보다 시체로 신나게 논 사람은 구라치 준 작가 같네요. 다소 불경스러운 표현이기는 하지만 생각해 보면 세상에서 시체를 가장 재미있게 잘 가지고 노는 사람은 미스터리 작가들 아닐까 생각합니다.

그래도 이 정도로 지적 유희가 담긴 놀이라면 시체로 논다기보다 시체로 마술을 부리는 셈 아닐까요?

2025년 가을
문지원

시체로 놀지 마 어른들아

1판 1쇄 인쇄 2025년 9월 8일
1판 1쇄 발행 2025년 9월 18일

지은이 구라치 준 **옮긴이** 문지원
발행인 송호준 **편집장** 민현주 **총괄이사** 황인용
표지 디자인 솔트앤블루 **본문 디자인** 송재원
표지 일러스트 Soejima Tomoya
마케팅 소금 **제작** 송승욱 **제작처** 블루엔
발행처 블루홀식스 **출판등록** 2016년 4월 5일 제 2016-000100호
주소 경기도 파주시 회동길 483-1 **전화** 031-955-9777
팩스 031-955-9779
이메일 blueholesix@naver.com

ISBN 979-11-93149-58-4 03830

· 저자와 출판사의 서면 허락 없이 내용의 일부를 무단 인용하거나 발췌하는 것을 금합니다.
· 책값은 뒤표지에 있습니다. 잘못된 책은 구입하신 곳에서 교환해 드립니다.